LEISA RAYVEN

Mister Secret

LEISA RAYVEN

MISTER SECRET

Roman

Ins Deutsche übertragen von
Wiebke Pilz und Nina Restemeier

LYX

LYX in der Bastei Lübbe AG
Dieser Titel ist auch als E-Book erschienen.

MIX
Papier aus verantwortungsvollen Quellen
FSC® C014496
FSC
www.fsc.org

Die Originalausgabe erschien 2018 unter dem Titel »Professor Feelgood«.

Published by Arrangement with Leisa Rayven.
c/o JANE ROTROSEN AGENCY LLC,
318 East 51st Street, New York, NY 10022 USA.
Dieses Werk wurde im Auftrag der Jane Rotrosen Agency LLC vermittelt
durch die Literarische Agentur Thomas Schlück GmbH, 30161 Hannover.

Für die deutschsprachige Ausgabe:

Textredaktion: Andrea Kalbe
Umschlaggestaltung: © Guter Punkt, München | www.guter-punkt.de
unter Verwendung der Originaldaten von maeldesign.com
(© reginawamba.com / shutterstock) und unter Verwendung von
© feedough / istock
Satz: Greiner & Reichel, Köln
Gesetzt aus der Adobe Caslon
Druck und Verarbeitung: GGP Media GmbH, Pößneck
Printed in Germany
ISBN 978-3-7363-1190-9

1 3 5 7 6 4 2

Sie finden uns im Internet unter www.lyx-verlag.de
Bitte beachten Sie auch: www.luebbe.de und www.lesejury.de

Für meinen Schwiegervater, der jedes meiner Bücher mehrmals gelesen hat, alle Figuren liebte, als wären sie alte Freunde, und unsere Familie mit unendlicher Großzügigkeit, Freude und Liebenswürdigkeit erfüllte.
Es tut mir leid, Dad, dass du dieses Buch nicht mehr lesen konntest, aber du sollst wissen, dass dein Licht und deine Liebe mich weiterhin inspirieren werden.
Für immer.

In der Geschichte unseres Lebens sind wir unser eigener Erzähler, aber die Geschichte, die wir erzählen, entspricht nicht immer der Wahrheit. Unsere wankelmütigen Erinnerungen erfinden alternative Realitäten. Wir zeichnen die Höhepunkte zu heiter und zu hell. Aber schlimmer noch, wir ritzen unsere zahlreichen Tiefpunkte in die Rinde unseres *Baums des Bedauerns*, bis es ganze Wälder gibt, still und grau, knarrend und stöhnend, in der trüben, stickigen Luft unseres Unterbewusstseins.

Ich möchte nicht mein eigener unzuverlässiger Erzähler sein. Meine Geschichte soll die Wahrheit sein, auch wenn die Grenze zwischen Schurke und Held fließend und verschwommen ist.

Und so sehr ich meine Fehler auslöschen und neu anfangen will, weiß ich doch, es ist nicht möglich. Der Anfang unserer Geschichte ist der einzige, den wir bekommen. Aber wir können den Schluss verändern. Denn der muss noch geschrieben werden.

Auszug aus *Unsere Geschichte* von J.A. Stone

1. KAPITEL

Feelgood macht mich an

Also, das ist echt peinlich. Es ist Montagmorgen um halb acht, und ich bin so angetörnt wie noch nie in meinen dreiundzwanzigdreiviertel Jahren. Aber bin ich etwa mit meinem Traummann zusammen? Werde ich etwa romantisch zum Essen ausgeführt und nach Strich und Faden umworben? Bin ich etwa an einem exotischen Ort mit Sand, Meer und halbnackten Kellnern, die Getränke mit kleinen Papierschirmchen servieren?

Nein.

Ich sitze im leeren Großraumbüro bei Whiplash Publishing an meinem Schreibtisch, im Hintergrund klickt leise der Wasserspender, während mich sehr schmutzige Gedanken an einen unbekannten Mann überwältigen.

Das ist nicht gut.

Aus dem Flur höre ich heftiges Hämmern. Der einzige andere Frühaufsteher ist unser schottischer Finanzdirektor Fergus. Er hat ein schwieriges Verhältnis zu unserem uralten Kopierer, und es ist ihm egal, wenn die anderen das mitbekommen.

»Duuuuu Scheißteil!«, brüllt er mit schottischem Akzent und übertönt dabei weiteres Hämmern. *»Du widerlich stinkender Wichser.«* Seine Worte werden vom Geräusch reißenden Papiers begleitet. *»Tacker … es einfach … zusammen, du perfider Papierfresser.«*

Ein lautes Piepsen ertönt, und kurz darauf schreit Fergus frustriert auf. Ich würde ihm ja meine Hilfe anbieten, aber ich komme nicht von meinem Wortpornorausch runter. Außerdem ist Fergus immer besonders übellaunig, wenn er am Ende des Quartals die Gewinn- und Verlustrechnung erstellt, weshalb ich ihm im Moment so gut ich kann aus dem Weg gehe.

Während er weiter den Kopierer malträtiert, schlage ich unter dem Tisch die Beine übereinander. Um sicherzugehen, dass ich immer noch alleine im Büro bin, sehe ich mich unauffällig um. Merkt man mir an, wie angetörnt ich gerade bin? Erkennt man, dass die Hitze in meinem Gesicht nichts ist im Vergleich zu der, die in meinen unteren Körperregionen pulsiert?

Ich atme tief durch, stehe auf und gehe in Richtung Toilette. Der Rest der Truppe wird jeden Augenblick eintreffen, und bevor es soweit ist, muss ich mich dringend wieder unter Kontrolle bekommen.

Ich drücke die Tür zur Damentoilette auf, halte die Hände unter kaltes Wasser und spritze mir ein wenig ins Gesicht. Mein Blick fällt auf mein Spiegelbild, und ich schüttele den Kopf. Keine Wassermenge der Welt würde gegen mein lächerlich gerötetes Gesicht ankommen.

»Was zur Hölle ist los mit dir, Asha? Im Ernst. Du willst einen Mann abschlecken, den du noch nicht einmal kennst. Schlimmer noch, einen Mann, dessen *Gesicht* du noch nicht einmal gesehen hast. Das ist völliger Wahnsinn.«

Das sieht mir gar nicht ähnlich.

Ich bin Romantikerin. Ich will Blumen und zum Essen ausgeführt werden und lange, sanfte Küsse im Mondschein. Ich habe keine Lust auf unverbindliche Treffen und Gelegenheitssex. Ich habe nie verstanden, wie meine Schwester so viel Befriedigung aus One-Night-Stands ziehen konnte. Ich habe sie ausprobiert. Sie sind peinlich und unangenehm. Mir ist es lieber, wenn ich die Männer kenne, die ich an mich heranlasse. Für mich gibt es nichts Anziehenderes als einen Mann, der sich eine Beziehung wünscht.

Aber wahrscheinlich ist genau das der Grund, warum ich so scharf auf einen völlig Fremden bin. Dieser geheimnisvolle Mann hat die Liebe seines Lebens verloren und erzählt es völlig ungeniert der ganzen Welt. Die Leidenschaft in seinen Worten ist ansteckend und offensichtlich irrsinnig erregend.

Ich hole tief Luft und kehre an meinen Schreibtisch zurück. Dort schnappe ich mir meine Maus mit dem festen Vorsatz, mich an den Riesenberg Arbeit zu machen, der heute ansteht, aber stattdessen scrolle ich noch ein letztes Mal durch den Instagram-Feed des Mannes, der sich *Professor Feelgood* nennt. Verdammt, der Name passt wirklich. Obwohl, um ganz exakt zu sein, Professor Sexgott noch besser gepasst hätte. In seinem Profil prangt direkt über seinem Namen ein Foto von Harrison Ford als Han Solo, und seine Bio darunter lautet: »*Ein geläutertes Arschloch übt sich Schritt für Schritt in schonungsloser Introspektion. Ich bin eine Ansammlung schlechter Entscheidungen, getarnt als halbwegs funktionierender Mann.*« Tja, offensichtlich können ziemlich viele Leute seine schlechten Entscheidungen nachempfinden, denn er hat über drei Millionen Follower.

Vor ein paar Wochen bin ich über seinen Feed gestolpert, als jemand, dem ich folge, eins seiner Gedichte repostet hat, und in diesem Augenblick bin ich durch das Kaninchenloch in seine Welt gefallen. Es gibt körnige, ästhetische Fotos von ihm, die alle so aufgenommen sind, dass man unmöglich sein Gesicht erkennen kann. Ein paar wurden im Ausland vor bekannten Sehenswürdigkeiten geschossen, während andere seinen straffen, muskulösen Körper so nah zeigen, dass ich mir vorkomme, als würde ich ihn allein durch das Betrachten der Fotos liebkosen.

Aber mehr als die provokanten Fotos machen mich seine Worte fertig. Seine manchmal süßen, manchmal traurigen, immer sexy Worte über Liebe und Verlust rauschen an meinem Verstand vorbei und sprechen direkt zu meiner Seele.

In dir will ich sein, von deiner Wärme umhüllt
Bebende Muskeln, vernebelter Geist, ich stoße und stoße und stoße.
In dir will ich sein, von deinen Gliedern umschlungen
Glühende Haut und süßes Stöhnen
In dir will ich sein, dein Körper soll tanzen, brennen, fliegen.
Doch in Wahrheit will ich in dir sein
Weil du von Anfang an in mir warst
Und jetzt
Bin ich dran.

Dieses Gedicht habe ich bestimmt schon zehnmal gelesen, und was sein Talent betrifft, ist es nur die Spitze des Eisbergs. Je mehr ich lese, desto faszinierter bin ich von ihm.

Ich scrolle zum Anfang seiner Timeline und versuche herauszufinden, warum er mich so tief berührt. Ja, es gibt eine körperliche Reaktion auf seine Bilder, besonders auf die, auf denen er halbnackt ist, denn mal ehrlich, sein Körper ist der Wahnsinn. Aber es steckt noch mehr dahinter. All seine Posts wirken wie zutiefst persönliche Bekenntnisse. Ich glaube, dass er zum Teil so populär ist, weil er seine Probleme, Fehler und seinen Kummer vor den Augen der Welt verarbeitet. Der Mut und die Ehrlichkeit in seinen Worten wirken auf mich wie flüssige Leidenschaft, die mir direkt ins Herz injiziert wird. Und das bringt meinen Blutdruck völlig durcheinander.

Ein besonders lautes Krachen hallt durch den Flur, und ich zucke zusammen. Ich schaue hoch und sehe, wie Fergus mit einem ziemlich ramponierten Vorlagenwechsler unter dem Arm aus dem Kopierraum kommt.

Er geht an mir vorbei und nickt mir zu. »Morgen, Asha.« Wegen seines schottischen Akzents klingt es wie »Mohgen«.

»Hey, Fergus. Alles in Ordnung?«

»Oh, aye. Alles super. Ich muss nur mal kurz austreten.«

Ich bin mir ziemlich sicher, dass er nicht über einen Gang zur Toilette spricht, als er zum anderen Ende des Büros schlendert und die Tür zum Treppenhaus aufdrückt, das zum Dach führt. Will er etwa den Vorlagenwechsler vom Dach in den Fluss werfen?

Ich will ihm gerade folgen, um sicherzugehen, dass er keinen Unsinn macht, da leuchtet das Bild meiner Schwester, die mir lächelnd den Stinkefinger zeigt, auf meinem Handydisplay auf.

So ein liebes Mädchen. »Hey, Eden.«

»Selber hey. Bist du schon bei der Arbeit? Max wollte dir Frühstück machen, aber als wir aufgewacht sind, warst du schon weg.«

»Das stimmt nicht. Nach den Geräuschen aus deinem Zimmer zu urteilen, war Max schon zwanzig Minuten wach, bevor ich gegangen bin.«

Eden kichert, und ich lächele. Sie hat es so verdient, glücklich zu sein. Endlich hat sie die unzähligen One-Night-Stands mit mittelmäßigen Typen hinter sich gelassen und einen richtigen Mann gefunden. Und jetzt, zum ersten Mal in ihrem Leben, führt sie eine intakte, erwachsene Beziehung. Ich wünschte nur, ich müsste die lauten Sexkapaden nicht hören, die damit einhergehen.

»Ich entschuldige mich dafür, dass mein Mann nicht leise sein kann«, sagt sie und klingt dabei ziemlich selbstgefällig. »Aber ich genieße seine Geräusche einfach zu sehr.«

»Klar, bei den Geräuschen, die *du* gemacht hast, habe ich mir das schon gedacht. Mal im Ernst, ich habe keinen Zweifel, dass du die alte Mrs Eidleman aus dem vierten Stock geweckt hast, und wir wissen beide, dass sie ihre Hörgeräte nie vor neun einsetzt.«

Wieder bricht Eden in Lachen aus. Ehrlich, so unangenehm es ist, anderen Leuten bei ihrem Wahnsinnssex zuzuhören, wenn man selbst keinen hat, freue ich mich doch unheimlich, dass sie endlich einen richtigen Freund hat. Bis vor ein paar Wochen dachte ich noch, dass man sie mit einem aus der Erde ragenden Arm begraben müsste, damit sie Liebe und Hingabe für immer den Mittelfinger zeigen könnte. Aber seitdem sie mit Max Riley zusammen ist, hat sich all das geändert. Jetzt ist sie so dermaßen über beide Ohren verliebt, dass ich fast schon kleine Herzchen um sie herumfliegen sehe, wann immer er in der Nähe ist.

»Ich kann immer noch nicht glauben, dass du dir Mr Romance geangelt hast«, sage ich, lehne mich auf meinem Stuhl zurück und drehe mich darauf im Kreis, um das Büro zu überblicken. »Und vor allem hast du das nur mir zu verdanken.«

»Ja, ja. Jetzt geht das wieder los.«

»Tja, du kannst wohl kaum leugnen, dass du nie von Max erfahren hättest, wenn ich dir nichts erzählt hätte. Ganz zu schweigen davon, dass ich euer erstes Date arrangiert habe. Ihr steht beide so tief in meiner Schuld. Aber mach dir keine Sorgen. Ich werde es dir nicht für immer unter die Nase reiben. Höchstens ein oder zwei Jahrzehnte.«

Sie stöhnt. Ich weiß, dass sie verstecken möchte, wie gefühlsduselig und liebeskrank sie ist, aber es ist mehr als offensichtlich. Bis vor kurzem war Max das bestgehütete Geheimnis der New Yorker High Society. Als professioneller Escort bot er Frauen etwas viel Besseres als Sex: romantische Dates, die ihrem Selbstbewusstsein einen gesunden Schub gaben. Ein paar Jahre lang konnte er sein Alter Ego geheim halten, aber seitdem Edens Geschichte über ihn viral gegangen ist, ist er zu einem echten Promi avanciert. Ich finde es immer noch seltsam, dass der Typ, den ich in all diesen Talkshows sehe, derselbe ist, der gestern unseren verstopften Küchenabfluss gereinigt hat.

Als ich mit diesem Gedanken fertig bin, drehe ich mich so, dass ich aus dem Fenster schauen kann, und sehe etwas zu Boden stürzen, das verdächtig nach unserem Vorlagenwechsler aussieht.

Oh Fergus, was hast du getan?

Ich mache mir eine Notiz auf meinem Planer, den Typen von Xerox so schnell wie möglich wegen der Reparatur anzurufen. Kurz darauf drehe ich mich um und sehe Fergus, der mit einem fetten Grinsen aus dem Treppenhaus kommt. Ich schätze, an manchen Tagen nimmt man jeden Sieg, den man bekommen kann.

»Wenn du mit deiner täglichen Ich-hab's-dir-doch-gesagt-Predigt fertig bist«, sagt Eden und bringt mich zu unserem Gespräch zurück, »können wir uns etwas Wichtigerem zuwenden? Ich glaube, wir haben schon seit Tagen nicht mehr richtig miteinander gesprochen. Geht's dir gut? Wie läuft's mit deinem Franzosen?«

Ich seufze glücklich. »Ach, fantastisch, Edie. Er ist umwerfend. Ich glaube wirklich, er könnte der Richtige sein.«

»Ohhhh«, stöhnt sie, als hätte sie gerade gesehen, wie ein Skateboarder mit den Eiern aufs Geländer kracht. »So schlimm?«

Ich lehne mich auf dem Stuhl zurück und schlage die Beine übereinander. »Was soll das denn heißen? Ich habe dir gerade gesagt, wie gut wir zusammenpassen. Er erfüllt mehr Punkte auf der Liste als jeder andere Mann, mit dem ich je zusammen war.«

»Mh-hm. Dir ist schon klar, dass eine Checkliste für Männer nicht besonders lebensnah ist, oder?«

»Es ist keine Checkliste.« Ich ignoriere ihr spöttisches Lachen. »Es ist eine Liste mit *Richtlinien*. Allgemeine Merkmale, die mir dabei helfen, meine Suche nach der wahren Liebe zu verbessern.«

»Nein, kleine Schwester, es ist eine Liste spezifischer Merkmale, die du bei jedem Typen abgleichst, den du kennenlernst. Wenn er von den Must-haves abweicht, lässt du ihn fallen.«

»Stimmt doch gar nicht.«

»Ach nein? Sollen wir das mal überprüfen?« Sie räuspert sich. »Dein Traummann muss einen Hochschulabschluss haben, arbeiten – und das mindestens halbwegs erfolgreich –, Kinder lieben, Bücher von Aaron Sorkin mögen …«

»Das ist optional.«

»… er muss romantisch sein, einen ausgezeichneten Geschmack haben, darf beim Sprechen die Endungen nicht verschlucken …«

»Entschuldige, dass mir eine deutliche Aussprache wichtig ist.«

»Er darf ›genossen‹ nur als Vergangenheitsform von ›genießen‹ und nicht von ›niesen‹ verwenden …«

Ich hebe die Hände. »›Geniest‹ ist die Vergangenheitsform! So schwer kann das doch nicht sein.«

»Und jedes Mal, wenn du mal lange genug mit einem Typen zusammen bist, dass deine hübsche rosarote Brille ein bisschen verschmiert, kommst du in diese seltsame Leugnungsphase, weil du nicht zugeben willst, dass du schon wieder kurz davor bist, einen anständigen Typen auf den Mond zu schießen. Mit Phillipe bist du an genau diesem Punkt, stimmt's?«

Für eine Weile lache ich gekünstelt, bevor ich wie eine Sirene langsam leiser werde. »Oh Eden. Meine arme, verblendete Schwester. Du könntest nicht falscher liegen.«

Natürlich hat sie im Großen und Ganzen recht. Verflucht, warum kennt sie mich nur so gut?

Vor kurzem habe ich in Paris einen Typen kennengelernt und hatte eine stürmische Romanze mit ihm, wie ich sie mir immer erträumt hatte. Aber obwohl ich ihn anbete und es genieße, wenn wir zusammen sind, zeigt das Problem, das ich bisher mit jedem meiner Freunde hatte, langsam seine hässliche Fratze, und ich kriege nicht heraus, wie ich das ändern soll. Allerdings würde ich mir eher die Zunge abbeißen, als das gegenüber meiner Besserwisser-Schwester zuzugeben.

»Lass uns über etwas anderes sprechen«, sage ich auf dem Weg zum Pausenraum, um mir einen Kaffee aufzubrühen. »Irgendwas anderes.« An dem Geräusch im Hintergrund erkenne ich, dass Eden auch Kaffee zubereitet. Zwei Doofe und so weiter.

»Aber jetzt mal ernsthaft«, sagt sie. »Du musst diesen Kreislauf durchbrechen, Ash. Langsam wird es lächerlich. Sag mir noch mal, warum du mit dem Typen davor Schluss gemacht hast? Diesem Gary?«

»Du weißt, warum.« Ich setze einen neuen Filter in die Maschine und fülle Kaffee hinein.

»Du hast behauptet, er sei zu anhänglich.«

»Ganz genau«, sage ich und gieße das Wasser ein. »Und vergiss nicht, dass er unsere Jersey/Brooklyn-Lebenssituation als Fernbeziehung bezeichnet und mich zehn Mal am Tag angerufen hat, *nur um meine Stimme zu hören*. Danke, nein.«

»Mh-hm. Und der Typ vor ihm … John? Er war nicht anhänglich genug, oder?«

»Ja. Na und?« Die Maschine hustet und zischt, während der dampfende Kaffee in die Kanne tröpfelt.

»Und weiter unten auf der Liste der Abservierten gab es noch Pablo – zu klein, Damien – zu groß, Bartholomew – zu blond.«

»Du weißt, warum ich nicht mit blonden Typen zusammen sein kann.«

»Und dann war da noch der arme, perfekte Peter, den du abgeschossen hast, weil er sich rasiert hat – überall.«

Ich schnappe mir einen sauberen Becher aus dem Schrank und gebe vier Stück Zucker hinein. »Hey, *du* musstest dir nicht die ganze Zeit seine perfekten Augenbrauen ansehen. Es war verstörend, wie geschwungen sie waren. Und von der Taille abwärts hatte er *null* Haare, also bitte. Es ist schon okay, wenn Typen sich da unten pflegen, aber er war vollkommen *glatt*. Ich habe versucht, damit klarzukommen, aber es war, als würde ich mit Ken ausgehen.«

Ich kann quasi hören, wie Eden die Augen verdreht. »Hast du jemals in Betracht gezogen, dass du keine Langzeitbeziehung führen kannst, weil du gar keine willst?«

Zur Antwort verdrehe ich die Augen besonders laut. »Ja, natürlich, meine liebe Schwester. Das ist auf jeden Fall meine Motivation dafür, Zeit mit all diesen Männern zu verbringen. Um niemals eine liebevolle, erfüllende Beziehung zu haben und allein zu sterben.« Den wahren Grund, warum ich all diese Männer verlassen habe, verrate ich ihr nicht. Darüber zu sprechen wäre zu peinlich, sogar mit ihr.

»Aber warum erfindest du dann schwache, lahmarschige Ausreden, um mit jedem Typen Schluss zu machen? Ist dir schon mal in den Sinn gekommen, dass du vielleicht zu pingelig bist?«

»Ich bin nicht pingelig. Ich weiß einfach, was ich in einer

Beziehung will, und bin nicht bereit, für einen Typen, der nicht perfekt zu mir passt, von meinen Vorstellungen abzuweichen.«

Eden zischt missbilligend, dann wird sie verdächtig still.

»Was?«, frage ich und rühre etwas Kaffeeweißer in meinen Kaffee. »Was für eine sarkastische Bemerkung unterdrückst du gerade?«

Sie räuspert sich. »Ich wollte sagen, dass es keinen Mann auf der Welt gibt, der all deine unmöglichen Erwartungen erfüllen kann, aber dann ist mir aufgefallen, dass es zumindest einen gibt und ich mit ihm zusammen bin.«

Ich mache ein triumphierendes Geräusch. »Exakt. Du hast deinen perfekten Typen und willst mir trotzdem einreden, ich solle auf meinen verzichten? Schäm dich, Eden Marigold Tate.«

Ich werfe das Rührstäbchen in den Müll, schnappe mir meinen Kaffee und gehe zurück zu meinem Schreibtisch.

»Na gut, das ist ein Argument«, sagt Eden. »Jedenfalls wollte ich nur mal hören, wie es so läuft. Ich weiß, dass ich zuletzt ziemlich viel Zeit mit Max verbracht habe und … na ja, ich vermisse dich. Bist du sicher, dass es nichts gibt, worüber du mit mir reden willst? Keine anderen Männer in Sicht? Kein prominenter Schwarm, über den du reden willst?«

Ich lasse mich auf meinen Stuhl gleiten, klicke mit der Maus noch einmal auf den Feed von Professor Feelgood und fächele mir mit dem Notizbuch Luft zu. »Nein. Nichts und niemand. Mir geht's gut. Ich hab nur … viel zu tun.« *Und bin kurz davor, die weltweite Energiekrise zu beseitigen, wenn ich nur einen Generator entwickeln könnte, der die Hitze in meinem Slip in Strom umwandelt.*

Eden hält inne. Ich weiß, dass sie mir meine gelassene Haltung nicht ganz abkauft, aber sie dringt auch nicht weiter in mich. Doch ich kenne meine Schwester und weiß, dass das nicht lange so bleiben wird.

»Na gut, dann«, sagt sie. »Wir sehen uns heute Abend. Hab dich lieb.«

»Ich dich auch.«

Ich lege auf und seufze tief. Ich weiß, dass sie mein wachsendes Unbehagen in Bezug auf meinen Freund spürt. Aber das ist nicht das Einzige, was mich beschäftigt.

In letzter Zeit fühle ich mich … komisch, und ich weiß nicht, warum. Gibt es so etwas wie eine Zwanziger-Krise? In ein paar Wochen werde ich vierundzwanzig, das könnte also ein Grund sein, schätze ich. Aber mich plagt eine nagende Unzufriedenheit, als hätte ich den falschen Weg eingeschlagen und trüge die Schuhe von jemand anderem. Doch obwohl sie eine halbe Nummer zu klein sind, kann ich das Unbehagen ignorieren und weitermachen, solange ich nicht zu sehr darüber nachdenke.

Aber die Posts des Professors bringen mich dazu, diese Unzufriedenheit untersuchen zu wollen. Er weckt in mir das plötzliche Verlangen, mutig zu sein und den richtigen Weg zu finden, zusammen mit einem Paar passender Schuhe.

Wenn ich nur eine Ahnung hätte, wie ich das anstellen soll.

2. KAPITEL

Eine kniffige Challenge

Gegen halb neun haben sich die stillen und leeren Verlagsräume in einen wuselnden Bienenstock verwandelt.

Nachdem ich den Browsertab mit dem Professor sorgfältig geschlossen habe, mache ich mich wieder an meine To-do-Liste für den Tag. Sie ist irre lang, und zweifellos werde ich mich auch heute Abend noch hier abrackern, nachdem alle anderen längst nach Hause gegangen sind.

Gegen neun blicke ich von meinem Computer auf und muss ein Stöhnen unterdrücken.

Es ist Tag 523 bei Whiplash, und hier kommt Devin Shields, um mich zum fünfhundertdreiundzwanzigsten Mal anzubaggern. Er trägt ein grell gemustertes Hemd unter seinem marineblauen Anzug und hat die weißblonden Haare wie immer perfekt zurückgegelt. Ich bin mir nicht sicher, ob er absichtlich auf Draco Malfoy macht, aber die Ähnlichkeit ist unverkennbar. Wenn ich doch nur *Expecto Patronum* könnte …

»Tate.«

»Shields.«

Ich richte meinen Blick wieder auf den Bildschirm, doch aus dem Augenwinkel erkenne ich, wie er sich an die Trennwand meiner Kabine lehnt. Stur arbeite ich weiter. Hoffentlich kapiert er meinen subtilen Hinweis, dass ich lieber diesen Umsatzbericht fertigmache, als mich mit ihm abzugeben.

Außerdem weiß ich, wenn ich jetzt aufblicke, würde ich ihn dabei erwischen, wie er meinen Ausschnitt einer intensiven Begutachtung unterzieht, und bei meiner derzeitigen Laune würde ich mich nicht davon abhalten können, ihm ein Post-it mit *MEINE AUGEN SIND HIER OBEN, DU ARSCH* mitten auf die Stirn zu tackern.

Devin glaubt allen Ernstes, er wäre das Alphatier unter den Lektoratsassistenten in unserem tapferen kleinen Verlag und hätte, weil wir anderen alle Frauen sind, automatisch recht. Einige der Mädels streicheln sein Ego, indem sie um seine Gunst wetteifern, und vermutlich sieht er auch gar nicht so übel aus, auf so eine metrosexuelle Schmieriger-als-Vaseline-Art. Aber er erinnert mich viel zu sehr an das untreue Arschloch, mit dem ich auf der Highschool zusammen war, um ihn jemals attraktiv zu finden. Die traurige Wahrheit ist: Auch nach all den Jahren und nach dutzenden gescheiterter Beziehungen kriege ich bei blonden Männern immer noch die Krätze.

»Du ziehst dich so an, weil du mich quälen willst, stimmt's?«, sagt Devin. »Der Bleistiftrock, diese enge Bluse. Das dient alles nur dazu, mich in den Wahnsinn zu treiben.«

Ich nicke ernsthaft, ohne ihn anzusehen. »Genau, Devin. Jeden Morgen, wenn ich mir etwas anziehe, überlege ich mir als Erstes, wie es wohl auf dich wirkt. Es hat nichts damit zu tun, was gewaschen ist und mir passt. Du hast mich durchschaut. Mist!«

»Ich wusste es. Und heute siehst du sogar besonders hübsch aus. Ist die Brille neu?«

»Nö. Die trage ich seit zwei Jahren jeden Tag, aber Glückwunsch zu deiner ausgezeichneten Beobachtungsgabe.« Wahrscheinlich kommt ihm die Brille neu vor, weil ihm meine Brust vertrauter ist als mein Gesicht. Manchmal denke ich, ich sollte mir ein Stirnband mit ein paar feschen Plastikmöpsen umbinden, damit die Männer ihren Blick weiter nach oben richten. Ich könnte die Idee bei *Die Höhle der Löwen* verkaufen und Millionen verdienen, weil so viele Frauen es satt haben, dass ihre Nippel mehr Aufmerksamkeit bekommen als ihre Pupillen.

»Also mir gefällt die Brille«, sagt Devin und setzt sich unaufgefordert auf den Stuhl neben mich. »Wirklich ... sinnlich.«

Ich beachte ihn gar nicht und tippe weiter. Eigentlich brauche ich gar keine Brille, aber ich habe mich in einem literarischen Umfeld immer wohler gefühlt, wenn ich eine trage. Wenn man eine Frau ist, und noch dazu kurvig, stellen die Leute in jeder Branche automatisch Vermutungen über deine Intelligenz an, als verhielte sich die Oberweite antiproportional zum IQ. Also habe ich auf dem College angefangen, eine Hornbrille zu tragen, um mir selbst so eine Art umgekehrte Street Credibility zu verleihen. Bücherwurm-Credibility, sozusagen. Ich habe das Gefühl, wenn ich sie aufhabe, nimmt man mich ernster.

Devin ist aber ganz eindeutig die Ausnahme von dieser Regel. Ich könnte einen Ganzkörper-Kuschelumhang mit Rollkragen tragen, und er würde immer noch einen Körperteil an mir finden, den er sexualisieren kann. »*Wow, Tate, deine Fußknöchel sind heiß. Du siehst toll aus.*«

»Also, Asha«, sagt Devin und geht vollkommen unbekümmert über mein nichtvorhandenes Interesse hinweg, »ist dies die Woche, in der du unserer unwiderstehlichen wechselseitigen Anziehungskraft endlich nachgibst und mit mir ausgehst?«

Jetzt schaue ich doch auf und lächle ihn geduldig an, was viel mehr ist, als er verdient hat. »Devin, wie oft soll ich es dir noch sagen: Du bist nicht mein Typ. Und selbst wenn, du weißt, dass ich einen Freund habe.«

»Ja, aber der ist doch in Frankreich, oder? Alle Fernbeziehungen scheitern früher oder später.«

»Kann sein, aber wir sind wild entschlossen, es zu versuchen.«

Genau genommen habe ich keinen Freund in Frankreich, aber diese Geschichte erzähle ich allen. Ich hatte naiverweise angenommen, Devin würde von seinen täglichen Besuchen absehen, wenn er wüsste, dass ich nicht mehr auf dem Markt bin, aber von wegen. Es ist bloß ein weiterer wunder Punkt im Reizdarm meines aktuellen Lebensplans.

»Also«, sagt Devin, rückt näher und senkt die Stimme zu einem Flüstern, das er wohl für sexy hält. »Wenn es mit deinem Franzosen in die Brüche geht, sag Bescheid. Ich spreche zwar die Sprache nicht, aber ich kann mindestens genauso gut küssen.«

Er krönt das Ganze mit einem Zwinkern.

Ekelhaft.

Ich fletsche die Zähne zu so etwas Ähnlichem wie einem Grinsen. Ich bin längst nicht so gut darin wie meine Schwester, einen Typen mit einem vernichtenden Blick oder einer wortgewandten Ego-Klatsche zum Schweigen zu bringen, aber es steht auf meiner Liste der Dinge, an denen ich noch arbeiten muss, zusammen mit meiner Zuckersucht und meiner Leidenschaft für Secondhand-Designermode.

»Ich werd's mir merken.«

Devin schaut sich um, als wolle er sichergehen, dass uns niemand hört, dann raunt er: »Hat Serena dir schon erzählt, dass einer von uns Assistenten zum Lektor befördert werden soll?«

Serena ist die Cheflektorin und meine direkte Vorgesetzte, also würde ich wetten, dass ich es sogar eher wusste als er. »Na sicher.«

»Und hast du deinen Hut in den Ring geworfen?«

Als wüsste er die Antwort darauf nicht schon längst. »Was denkst du denn?«

Ich mache kein Geheimnis aus meinem Ziel, die jüngste Lektorin aller Zeiten bei Whiplash zu werden. Wahrscheinlich war mein dreister Ehrgeiz im Vorstellungsgespräch sogar der Grund, warum ich den Job als Lektoratsassistentin bekommen habe, obwohl ich frisch vom College kam und noch grüner hinter den Ohren war als Kermit der Frosch. In den letzten zwei Jahren habe ich alles in meiner Macht Stehende getan, um zu beweisen, dass ich die nötigen Voraussetzungen mitbringe – angefangen damit, Serena beim Redigieren zu helfen, bis hin zum Umschreiben von ganzen Kapiteln bei Manuskripten, die einfach nicht funktioniert haben. Nach all meinem Einsatz und den zahlreichen Überstunden, die ich in Kauf genommen habe, um mich unentbehrlich zu machen, ist mir diese Beförderung so gut wie sicher. Oder zumindest sollte sie es sein.

Natürlich ist Devin genauso von sich überzeugt, in erster Linie, weil er der Neffe von unserem Boss, Robert Whip, ist, und das bedeutet, dass es für ihn nur aufwärts gehen kann. Devin ist kein schlechter Lektor, aber großartig ist er auch nicht. Was ihn von fast allen anderen hier unterscheidet, ist sein unerschütterliches Selbstbewusstsein. Oder in den Worten meiner weisen Großmutter: »Oh Herr, schenk mir das Selbstvertrauen eines mittelmäßigen Mannes.«

Trotz der familiären Verbindung bezweifle ich, dass Mr Whip voll auf Vetternwirtschaft setzt und Devin unverdient befördert. Und dennoch trägt Devin einen so selbstgefälligen Ausdruck zur Schau, dass bei mir sämtliche Alarmglocken schrillen.

Er schlägt die Beine übereinander. »Serena hat dir offensichtlich nicht erzählt, dass Onkel Robert aus dem Bewerbungsverfahren eine Challenge gemacht hat. Wer das Projekt mit dem größten Bestseller-Potenzial an Land zieht, kriegt die Stelle.«

Ich höre auf zu tippen und drehe mich zu ihm um. Das ist mir neu. »Was?«

Das ist nicht gut. Unter normalen Umständen wäre ich mir absolut sicher, dass ich den Job im Handumdrehen bekommen würde – aber einen Bestseller entdecken? Das ist, als sollte ich einen Kobold aus meiner Achselhöhle hervorzaubern. Selbst einige der erfahrensten Lektoren hier haben noch keinen Bestseller gelandet, und sie versuchen es seit Jahren.

Warum nur habe ich den Eindruck, dass Devin bei diesem absurden Plan ein kleines bisschen nachgeholfen hat?

»Jep«, sagt Devin und schnappt sich meinen Wackelshakespeare. »Serena wird jeden Moment ein Memo rausschicken.« Er gibt Willy einen Schlag auf den Kopf und schaut zu, wie er nickt. Ich knirsche mit den Zähnen. Ich mag es nicht, wenn irgendjemand meinen Willy anfasst. Außerdem hat Devin einmal, als ich *Macbeth* zitiert habe, gedacht, es wäre aus *Game of Thrones*, also hat er nun wirklich kein Recht, den Meister zu begrapschen.

Gerade noch rechtzeitig, um meinem wachsenden Zorn zu entgehen, stellt Devin Willy zurück auf den Tisch und steht auf. »Na ja, ich fand bloß, du solltest es wissen. So, wie es aussieht, werden wir das unter uns ausfechten. Aber zum Glück bedeutet dein schlechter Buchgeschmack, dass ich vermutlich das Rennen machen werde.«

Ich funkle ihn an. »Mein schlechter *was*?«

»Aaach, komm schon. Du hast doch eine Schwäche für diesen Romantikscheiß. Ich sehe genau, wie du ihn in jeder freien Minute verschlingst. Ich persönlich würde es ja nicht ertragen, immer wieder den gleichen unrealistischen Mist lesen zu müssen, aber wenn du auf Mummy-Porn stehst, ist das dein gutes Recht.«

Ich werde wütend und stehe auf. »Wenn du jemals einen Liebesroman *gelesen* hättest, Devin, dann wüsstest du, dass so viel mehr darin steckt als bloße Erotik. Sie ermutigen und inspirieren Frauen. Sie sind tröstlich, und ja, manchmal anregend. Ich glaube einfach nicht, dass du so viele dumme Vorurteile einem ganzen Genre gegenüber hast, vor allem, wenn man bedenkt, dass ›dieser Romantikscheiß‹ dieses Verlagshaus am Laufen hält. Jedes Jahr aufs Neue beweisen die Romance-Verkaufszahlen, dass die Kaufkraft von Frauen …«

Devin hebt die Hände. »Hey, hey, hey, schon gut. Reg dich ab, Süße. Ich wusste nicht, dass ich das Biest entfessle, wenn ich deine kostbaren Liebesromane kritisiere. Ich glaube, ich hab dich noch nie so wütend gesehen.« Er beugt sich vor. »Es ist unfassbar sexy.«

Zum allerersten Mal lege ich Hand an Devin Shields, genauer gesagt an seine Schultern, um ihn von meinem Schreibtisch wegzuschieben. »Hau ab, Devin. Ich habe heute nicht die Nerven, mich mit dir zu beschäftigen.«

Er wirft mir einen verletzten Blick zu. »Bist du sauer? Falls ja, können wir uns gern im Materiallager treffen, damit du mich bestrafen kannst.«

Ich atme tief durch und schiebe mir die Brille auf der Nase hoch. »Es ist Strafe genug, wenn ich die Beförderung bekomme. Und jetzt solltest du besser gehen, sonst rufe ich in der Personalabteilung an und beschwere mich wegen sexueller Belästigung am Arbeitsplatz.«

Das bringt mir ein höhnisches Grinsen ein. »Mein Gott, Tate, du verstehst echt keinen Spaß. Ich glaube, du bist bloß so zickig, weil du weißt, dass ich dir den Job wegschnappen werde. Aber keine Sorge, ich werde ein guter Boss sein, wenn ich erst mal die Karriereleiter erklommen habe.« Wieder lächelt er, aber diesmal weniger freundlich. Er weiß ganz genau, dass ich seine Hauptkonkurrentin bin und alles dafür tun werde, um ihn auszustechen. Allerdings hat er mir gegenüber einen entscheidenden Vorteil, und das sind seine Verwandten in drei der größten Verlagshäuser in New York. Ich habe keinen Zweifel, dass er sie bereits alle angezapft hat auf der Suche nach dem goldenen Manuskript.

Ich habe das Gefühl, als beträte ich die Arena mit einem Stock, an den eine Banane genagelt ist, während er ein riesiges Langschwert schwingt.

»Bis später, Tate. Ach, und viel Glück.«

Devin wirft noch einen letzten Blick auf meinen Ausschnitt, eher er sich zurück an seinen Schreibtisch auf der anderen Seite des Großraumbüros begibt.

Ich blicke ihm immer noch zornig nach, als in meinem Postfach eine E-Mail zu der Challenge eintrudelt. Während ich sie lese, steigt ein fieses Gefühl des Grauens in meinem Bauch auf. Alle Lektoratsassistenten haben zwei Wochen, um ein Projekt zu finden, das sie vorstellen möchten, und dann werden Serena und Mr Whip die Einreichungen durchgehen und sie nach Originalität und Erfolgsaussichten bewerten.

Ich schnappe mir die Liste mit meinen aktuellen Manuskriptfavoriten vom Schreibtisch und gehe in Serenas Büro. Ihr Arbeitsplatz ist genauso wie sie: schick, modern und hell. Sie blickt auf und wirkt nicht im Mindesten überrascht, mich zu sehen.

»Du hast die E-Mail gelesen.«

»Ja.«

Sie bedeutet mir, mich hinzusetzen. »Hast du schon eine Idee?«

»Nicht wirklich. Das sind die interessantesten Manuskripte,

die in letzter Zeit hereingekommen sind, aber keins davon hat mich vom Hocker gerissen.«

Ich reiche ihr das dünne Blatt und setze mich.

Serena presst die kirschroten Lippen aufeinander, während sie meine Liste überfliegt. Mit dem platinblonden Bob, der in der Morgensonne glänzt, und dem Kleid in ihren üblichen Farben Creme, Beige und Weiß sieht sie aus wie ein wunderschöner Fashion-Engel mit blau gerahmter Brille. Ich habe noch nie eine so ordentliche Frau kennengelernt wie Serena. Sie scheint durchs Leben zu schweben, ist immer perfekt frisiert und hat nie auch nur den kleinsten Fleck auf ihren makellosen, hellen Sachen. Es ist zugleich inspirierend und irritierend.

Ich persönlich stehe mehr auf Secondhand-Vintage-Style und habe meinen knallroten Lippenstift fünf Minuten nach dem Auftragen schon wieder abgeleckt. Ich habe gelernt, dass ich niemals Weiß tragen sollte, denn wenn ich das tue, dann bekleckere ich mich so sicher wie ein tollpatschiges Kleinkind.

Nachdem sie meine Liste durchgegangen ist, legt Serena das Blatt vorsichtig auf den Tisch. »Das sind keine besonders aufregenden Aussichten.«

Erzähl mir was Neues.

»Ich halte die Augen offen. Aber im Ernst, Serena, diese Challenge ist doch lächerlich, oder? Es ist so, als würde man den glücklichen Lottogewinner zum Finanzberater ernennen. Es ist einfach nicht logisch, auf diese Weise einen neuen Lektor auszuwählen.«

Sie nickt und setzt ihre Brille ab. »Ich weiß, du hast mit dieser Beförderung gerechnet, Asha, aber mir sind die Hände gebunden.«

Als sie mir die Liste zurückgibt, zerknülle ich sie zu einer Kugel. »Ich weiß, dass du nichts machen kannst, aber … ich bin die einzige Lektoratsassistentin, der du ein paar deiner großen

Autoren anvertraut hast. Devin hat drei Wochen gebraucht, um die neue Brandschutzvorschrift zu redigieren. Er muss ständig kontrolliert werden.«

»Ich weiß.« Sie sieht sich durch die Glaswand hinter mir im Großraumbüro um, ehe sie sich vorbeugt und raunt: »Asha, du bist den anderen Assistenten meilenweit voraus, aber Robert muss eben alles so machen, wie er es will. Wenn du nichts findest, das ihn aus den Socken haut, kann ich nichts für dich tun. Also musst du liefern, okay?«

Ich nicke, auch wenn ich überhaupt nicht zuversichtlich bin. »Ich nehme nicht an, dass du irgendeinen Tipp für mich hast, wo ich einen unglaublichen Bestseller aufspüren kann?«

Sie schaut mich mitfühlend an. »Wenn ich irgendetwas mit auch nur ein bisschen Potenzial hätte, würde ich es dir geben. Aber leider habe ich in den letzten Wochen nichts Aufregendes auf den Schreibtisch bekommen. Aber auch wenn die Bestsellerlandschaft im Moment ein wenig abgegrast wirkt, habe ich Vertrauen in dich. Du bist clever und hast einen guten Instinkt.«

»Fairerweise muss man das auch über Devin sagen. Außerdem ist er Mitglied des Shields/Whip-Verlagskartells, da hat er sicher Augen und Ohren auf alle Stapel unverlangt eingesandter Manuskripte in der ganzen Stadt.«

»Devin hat nicht deinen Einfallsreichtum. Da kannst du ihn schlagen. Bring uns irgendwas Außergewöhnliches. Etwas, was wir noch nicht gesehen haben.«

Als wäre das so einfach.

»Okay. Danke, Serena. Ich tu, was ich kann.«

Sie lächelt. »Das tust du immer. Darum bist du ja auch mein Liebling.«

Leider hilft mir das in dieser Situation nicht weiter.

Zurück an meinem Schreibtisch fahre ich mir mit den Fingern durch die Haare. Ich durchforste regelmäßig die Tiefen meines Stapels unverlangt eingesandter Manuskripte, aber dort irgendetwas mit Bestsellerpotenzial zu finden ist ungefähr so wahrscheinlich, wie kopfüber in eine Müllkippe zu springen und mit einer blitzsauberen Chanel-Handtasche wieder aufzutauchen.

Ich schätze, ich könnte die Unmengen an frei verfügbaren Romanen im Netz durchkämmen und schauen, ob ich da auf irgendein Talent stoße. Auf diese Weise wurde schon so mancher Bestsellerautor entdeckt, aber sonderlich originell ist das nicht.

Ich bin immer noch tief in Gedanken versunken, als meine Freundin Joanna neben mir auftaucht. Nach ihrem Gesichtsausdruck zu urteilen, hat sie die Neuigkeit auch schon gehört. Andererseits hat Joanna die Gabe, Sachen herauszufinden, die sonst niemand weiß. Wenn Krieg wäre, würde sie eine erstklassige Spionin abgeben. Offenbar hat sie überall ein Netzwerk an Informanten.

»Devin hat schon Sandra Larson angeschrieben und sie gebeten, ein neues Buch einzureichen«, flüstert Joanna, als sie sich auf den Stuhl neben meinem Schreibtisch fallen lässt. Ich will den Mund aufmachen und ihr sagen, wie lächerlich das ist, aber sie schüttelt den Kopf. »Ich weiß, sie hat seit fünf Jahren nichts veröffentlicht, und alle denken, sie hat sich zurückgezogen, aber Devins Bruder bei Random House kennt sie, und der schwört, dass sie wieder schreibt. Sie ist so gut wie fertig mit dem ersten Entwurf zu einem neuen Buch aus dem *Rageheart*-Universum.«

Mir krampft sich der Magen zusammen. *Rageheart* war eine mega-erfolgreiche Fantasy-Trilogie, die nicht nur die internationalen Bestsellerlisten gestürmt hat, sondern auch noch als Blockbuster fürs Kino verfilmt wurde. Wie um alles in der Welt soll ich mit einer Serie mithalten, zu der es ein ganzes Set von Actionfiguren gibt?

»Das wird sie doch sicher zuerst ihrem jetzigen Verlag anbieten müssen«, sage ich. »Warum sollte sie zu uns kommen? Wir sind doch viel kleiner.«

»Es geht schon länger das Gerücht, dass sie unglücklich dort ist und sich nach etwas anderem umsieht. Devin ist vielleicht genau derjenige, der sie überredet, zu uns zu kommen. Du weißt doch, sein Süßholzraspeln ist der einzige Grund, warum er überhaupt mal eine ins Bett bekommt.«

Mir schwirrt der Kopf. »Wenn er das an Land zieht, hat er die Beförderung sicher.«

Joanna nickt. »Genau. Also müssen wir für dich etwas Besseres finden.«

Ich setze die Brille ab und reibe mir die Augen. »Besser als ein Spin-off zu einer mega-erfolgreichen Fantasyreihe? Zum Beispiel?«

Joanna zuckt mit den Schultern. »Ich weiß nicht, aber du kannst das! Das hab ich in den Möpsen.«

Da muss ich lächeln. Was ich an Joanna so mag, ist ihr Optimismus. Sie hat einen unerschöpflichen Quell an Zuversicht und teilt ihn gern mit allen.

»Immerhin glauben deine Möpse an mich.«

Joanna nimmt meine Hände und dreht mich zu sich um. »Pass mal auf, ich erzähle das nicht vielen Leuten, weil meine Gabe die meisten abschreckt, aber ich habe oft starke Vorahnungen bei Leuten oder Ereignissen. Und ich weiß, wenn du diese Gelegenheit mit beiden Händen beim Schopf packst, wird dein Leben eine entscheidende Wendung nehmen. Vertrau mir. Meine Möpse irren sich nicht.« Sie drückt meine Hände und steht auf. »So, jetzt an die Arbeit. Ich hole dir einen Kaffee. Den wirst du brauchen.«

Als sie geht, lasse ich mich auf meinem Stuhl zurücksinken und schließe die Augen. Ein todsicherer Bestseller. In zwei Wochen. Kein Problem.

Ich werfe einen raschen Blick in meine Achselhöhlen. Leider sind dort keine Kobolde aufgetaucht.

So wie es aussieht, bin ich auf mich allein gestellt.

3. KAPITEL

Die Jagd nach dem Bestseller

Nachdem ich stundenlang mit dem Laptop auf den Oberschenkeln auf meinem Bett gesessen habe, lasse ich den Kopf kreisen und zucke zusammen, als es knackt. In dem Versuch, mir bei der Bestsellersuche zu helfen, hat Serena mir in den vergangenen zwei Wochen siebzehn Manuskripte weitergeleitet, aber nichts davon hat mein Kreativzentrum in Wallung versetzt. Bis zur Präsentation sind es nur noch zwei Tage, und in der vergeblichen Hoffnung, einen Rohdiamanten zu finden, überfliege ich verzweifelt die letzten Bücher auf meiner Liste.

Ich habe eine Tabelle geöffnet, in der ich Notizen zu allen gelesenen Manuskripten gemacht und ihr Potenzial mit verschiedenen Farben gekennzeichnet habe. Rot bedeutet »für die Tonne oder als Kaminanzünder«. Gelb bedeutet »Lesen, wenn man betrunken oder high ist, dann ist es nicht ganz so schlimm«, und Grün steht für »Mein Gott! Ich hasse es nicht! Ich glaube, ich bin fast gekommen!«. Natürlich habe ich nichts grün markiert. Eins ist grünlich-gelb, aber das betrachte ich als mein Feuerlöscher-Manuskript: Nur im Notfall verwenden.

In den vergangenen vierzehn Tagen habe ich so viel gelesen, dass ich quasi schiele. Mein Gehirn hat Dutzende Bücher und Millionen Wörter gefiltert, vergebens, und jetzt habe ich keine Zeit mehr.

Verdammt.

Ich öffne ein neues Dokument und tippe wie verrückt meine Gefühle zu meiner Suche nach dem *nächsten großen amerikanischen Bestseller*. Ich beginne mit der Absicht, so etwas wie ein geniales Gedicht zu schreiben, aber während meine Finger über die Tastatur fliegen, entsteht etwas, das eher nach dem Grüffelo klingt.

Ich las Schmonzetten, Schmalz und Schund
Durchwühlte Stapel bis auf den Grund
Durchforstete Hochglanzmagazine
Fand Wortverbrechen, ziemlich obszöne
Ich klickte mich durch Fanfics im Internet
Und fiel vor Langeweile schnarchend ins Bett
Doch der heilige Gral war nirgends zu finden
Nichts, was sich lohnte, zu drucken und binden
Bin verzweifelt und müde – zum Haareraufen
Die Uhr tickt lauter, keine Zeit zum Verschnaufen
Das Buch, das ich suche, ist noch unbekannt
Und wohnt sicher und versteckt im Niemandsland.

Ich schiebe den Laptop weg und lehne mich an mein Kopfteil. Das ist so ungerecht. Nachdem ich mir jahrelang ein Bein ausgerissen habe, um mich zu beweisen, hängt diese Beförderung an einer Aufgabe, die ich nicht lösen kann. Die Gerüchte über Devin und Sandra Larson sind wahr. Er hat die ganze Woche schon damit angegeben, der Riesenarsch.

Auf dem Nachttisch neben mir vibriert mein Handy. Joanna hat mir geschrieben.

Bin in 20 Minuten da. Ich habe Alkohol.

Super. Sie kommt vorbei, um mir bei meiner Präsentation zu helfen, aber ich habe nichts als einen Riesenhaufen Mist.

Ich will gerade einen Science-Fiction-Roman zu Ende lesen, der im Grunde eine schlecht geschriebene Version von *Stolz und Vorurteil* im Weltall ist, da schallt Miley Cyrus' *Wrecking Ball* aus meinem Handy. Im selben Moment erscheint ein Bild meiner Großmutter auf dem Display. Ihr von grauen Strähnen durchzogenes rotes Haar ist zu zwei Schnecken im Prinzessin-Leia-Stil frisiert, und sie grinst und formt mit den Händen ein Herz.

Dieses Foto beschreibt perfekt Nannabeths Persönlichkeit. Mit anderen Worten: ein dreizehnjähriges Mädchen im Körper einer fünfundsiebzigjährigen Frau. Manchmal frage ich mich, ob irgendwo eine arme Schülerin herumläuft, die in einer Vollmondnacht den Körper mit ihr getauscht hat und sich jetzt darüber beklagt, dass »die jungen Leute heutzutage nichts mehr wissen«, und Regen aufgrund des Schmerzes in ihrem kaputten Knie vorhersagen kann.

Bei diesem Gedanken muss ich lächeln.

Trotz ihres jugendlichen Auftretens würde ich Nan für nichts auf der Welt eintauschen. Sie ist einzigartig und eine der beiden Personen auf dieser Erde, denen ich blind vertraue.

Ich tippe auf die Antworttaste und nehme den Anruf über Lautsprecher entgegen. »Hey, Nan. Was gibt's?«

»Asha«, sagt sie in einem mir vertrauten panischen Tonfall. »Es geht um Moby. Ich glaube, er liegt im Sterben.«

»Schon wieder? Das ist das dritte Mal diese Woche.«

Nannabeth ist ihrer Ente, Moby, treu ergeben. (Ganz genau, *Moby Duck*. Ein großartiger Name für einen großartigen Vogel.) In Nannabeths Leben ist neben Eden und mir niemand so wichtig wie Moby, und auf diesem Planeten gibt es ganz sicher keinen verwöhnteren Vogel. Nan kümmert sich wie eine Glucke um ihn.

»Asha, ich meine es ernst.«

»Ich weiß, Nan, aber ich bezweifle, dass er stirbt. Wahrscheinlich will er nur deine Aufmerksamkeit.«

»Er macht beim Schlafen ein komisches Geräusch.«

»Er schnarcht. Das weißt du doch.«

»Ja, klar, aber das hier hört sich anders an. Normalerweise klingt es so.« Sie macht ein Geräusch wie eine Rennmaus mit Kopfgrippe. »Und heute klingt er so.« Sie macht genau dasselbe Geräusch.

Ich seufze. Nachdem unser Vater uns verlassen hatte und Mom gestorben war, ist Nannabeth eingesprungen und wurde für uns wie Mutter und Vater. Sie ist unser Ein und Alles, und ich liebe sie mehr als mein Leben, aber das heißt nicht, dass sie mich nicht manchmal in den Wahnsinn treibt. Nach meiner Erfahrung sind es die Leute, die uns am nächsten stehen, die uns am meisten auf die Nerven gehen.

»Nan, ich bin mir sicher, dass es Moby gut geht, aber wenn du dir Sorgen machst, dann ruf Dr. Solley an. Er macht sicher gerne einen Hausbesuch.« Dr. Solley ist Mobys Tierarzt, seitdem Nan ihn hat, und ich bin mir sicher, dass er die Renovierung seiner Wohnung in der Park Avenue allein mit Nannabeths Tierarztrechnungen finanziert hat.

»Wahrscheinlich hast du recht«, sagt Nannabeth und klingt ein bisschen ruhiger. »Ich kann nur die Vorstellung nicht ertragen, ihm könnte etwas zustoßen.«

»Das verstehe ich. Aber er ist ein taffer Vogel. Er würde sich nicht von etwas so Trivialem wie Schlafapnoe unterkriegen lassen.«

Wenn es um ihre geliebte Ente geht, mag Nan neurotisch sein, aber ich verstehe sie. Sie hat viele Menschen verloren, die ihr sehr nahestanden, darunter auch ihre Tochter – ihre Angst ist also eine natürliche Reaktion. Eine, die ich nur allzu gut verstehe.

Ich höre es rascheln und kann mir vorstellen, wie Nan sich in ihrem Bett an Moby kuschelt und schützend einen Arm um ihn legt.

»Und was hast du heute Abend vor, Süße?«, fragt sie leise. »Facetimest du vielleicht mit deinem Franzosen? Oder machst du ein bisschen … wie hieß das noch? Sexting?«

»Nan!«

»Was? Das machen die jungen Leute doch heutzutage, oder? Dafür muss man sich nicht schämen. Dein Granddad und ich haben früher, als er noch am Leben war, auch jede Menge Sexting gemacht, aber damals nannte man das natürlich noch Briefe schreiben.«

Ich kneife die Augen zu. »Nan, bitte. Du weißt, wie unangenehm es mir ist, wenn du über Sex mit Granddad sprichst.«

»Oh Liebling, meinst du nicht, dass auch alte Leute ab und zu einen vernünftigen Orgasmus brauchen? Auch wir Oldies haben Bedürfnisse.«

Gott, mein Gehirn. Bitte keine Bilder.

»Egal, Nan, um deine Frage zu meinen abendlichen Plänen zu beantworten: Ich werde nicht mit meinem Freund sprechen. Ich arbeite. Und am Montag habe ich eine superwichtige Deadline, deshalb muss ich mich kurzfassen.«

Ich stecke mir mein Handy in den Ausschnitt, damit ich tippen kann, während wir reden. Eden zieht mich immer auf, wenn sie mich dabei sieht, aber nur, weil ihre Brüste dafür zu klein sind. Ihr schlanker, kurvenloser Körper mag bekleidet besser aussehen als meiner, aber dummerweise hat sie keine so großartige Dekolleté-Freisprechanlage.

»Oh Schätzchen«, sagt Nan. »An einem Samstagabend arbeiten zu müssen ist ja wirklich traurig. Ist das immer noch wegen der Beförderung?«

»Ja.«

»Ahh. Also, wie läuft deine Suche nach der nächsten *Great American Novel?*«

»Nicht besonders gut.« Ich tippe den Namen des Manuskripts, das ich gerade lese, in die gelbe Spalte meiner Tabelle. »Mein Ausschussstapel hat gerade den Freedom Tower als höchstes Bauwerk in New York abgelöst.«

Sie lacht. »Dann sollte ich dich wohl weiterarbeiten lassen.«

»Leider ja.« Ich ziehe das Handy zwischen meinen Brüsten hervor und halte es mir dicht vor den Mund. »Umarme Moby von mir, okay? Und nächste Woche gehen wir zusammen essen.«

»Auf jeden Fall, Liebling. Bis bald.«

»Hab dich lieb, Nannabeth.«

»Ich dich auch.«

Ich lege auf und reibe mir die Augen. Ich habe fünf Stunden ohne Pause gearbeitet, und meine Augen fühlen sich an wie Schmirgelpapier. Ohne darüber nachzudenken, öffne ich meine Instagram-App und gehe auf die Seite des Professors.

»Nur mal kurz gucken, dann arbeite ich weiter«, sage ich zu mir. »Keine große Sache. Ich kann aufhören, wann immer ich will.«

Als ich durch seine Posts scrolle, bin ich sofort entspannter. Und mehr als nur ein bisschen angetörnt. »Komm zu Mami, mein wilder Wortpornoprofessor. Lass mich in deiner Genialität baden.«

Ich bin nicht besonders aktiv in den sozialen Medien; die Accounts, die ich habe, sind hauptsächlich zum Spionieren. Aber die Plattform, auf der ich am meisten teile, ist Instagram, wo ich gern meine liebsten Vintage-Designerteile von Flohmärkten und aus Secondhand-Läden präsentiere. Keine Selfies, nur Fotos von Kleidung, Taschen und Schuhen, und obwohl ich nicht besonders regelmäßig poste, hat *Vintage-BrooklynGrl* fast zweihundert Follower. Ich nehme an, da draußen gibt es ein paar Leute, die genauso auf meine Secondhand-Funde abfahren wie ich.

Was ich auf Instagram jedoch nie mache, ist, Beiträge zu kommentieren. Ja, ich verteile großzügig Likes, aber ich käme mir komisch vor, meinen Lieblingsinstagrammern zu schreiben. Warum sollte sie interessieren, was ich zu sagen habe? Meine Meinung bedeutet nichts, und mal ehrlich, ein paar der Kommentare sind so unverschämt, dass ich den Lärm nicht noch verstärken will.

Aber in diesem Moment überlege ich ernsthaft, ob ich einen der letzten Beiträge des Professors kommentieren soll. Auf diesem Foto ist er oberkörperfrei, und es ist von hinten aufgenommen. Er hält den Kopf gesenkt, seine dunklen Haare sind nass, und er stützt den Kopf in die Hände, die mit Boxbandagen umwickelt sind. Wie immer kann man sein Gesicht nicht sehen, aber das Foto hat Kraft. Es zeigt jemanden, der gequält wirkt, aber versucht, es sich nicht anmerken zu lassen.

Der Text dazu lautet:

Loslassen, nicht länger auf das Unmögliche hoffen.
Ich versuche es.
Ich meditiere mich in einen Rausch, und den Rest macht der Alkohol.
Ich boxe, bis die Knöchel wund sind, blute Wörter auf ein weißes Blatt.
Ich kremple meine Welt um, damit ich nicht mehr sehen muss, wo du einmal warst.
Doch wenn ich mich umdrehe, bist du immer da.
In den letzten Winkeln meiner Erinnerung.

Ich weiß nicht, warum ich das Bedürfnis habe, etwas zu sagen, damit er sich besser fühlt.

Ich hole tief Luft und versuche, mir den perfekten Kommentar auszudenken, was dämlich ist, wenn man bedenkt, dass er es vermutlich sowieso nicht lesen wird.

»Großartiger Post. Danke, dass du das mit uns teilst. Deinetwegen möchte ich gerne mutig sein.«

Bevor ich es mir anders überlegen kann, drücke ich auf die Entertaste, und als meine Nachricht unter den Tausenden anderer Kommentare erscheint, schneide ich eine Grimasse.

Oh, nur sechsunddreißigtausend andere haben den Post vor mir kommentiert. Na gut.

Ich stoße die Luft aus und will gerade die App schließen, da bekomme ich eine Benachrichtigung.

Ist nicht wahr!

Der Professor hat meinen Kommentar nicht nur gelikt, er hat sogar geantwortet.

Mit angehaltenem Atem lese ich, was er geschrieben hat.

»@VintageBrooklynGrl Trau dich. Sei mutig. Verfolge deine Ziele mit all deiner Leidenschaft. Nichts höhlt ein Herz so gehörig aus wie Bedauern.«

Wow.

Mein Puls hat sich auf einmal verdoppelt. Irgendetwas stimmt doch nicht mit mir, wenn ein paar Worte eines völlig Fremden mich so sehr berühren. Ich weiß, dass es nur eine blöde Schwärmerei für einen Internetstar ist, aber das Gefühl ist stärker als alles, was ich jemals gefühlt habe, und um ehrlich zu sein, ist das ein bisschen besorgniserregend.

Völlig berauscht like ich seinen Kommentar und versuche, mir eine tiefsinnige Antwort auszudenken. Als mir nach fünf Minuten immer noch nichts eingefallen ist, tippe ich schnell: *»Danke für die Ermutigung. Ich gebe mein Bestes.«*

Innerhalb von Sekunden hat er auch das gelikt, offenbart aber keine weiteren Weisheiten. Ich scrolle durch die Kommentare der anderen, kann aber keine weiteren finden, die ihm gefallen oder die er kommentiert hat. Obwohl das vermutlich nichts zu bedeuten hat, gibt mir das, was gerade passiert ist, das Gefühl, etwas Besonderes zu sein. Ich weiß zwar nicht, warum er mich ausgewählt hat, aber ich bin dankbar.

Da fällt mir auf, dass ich wie der letzte Vollidiot total verliebt auf mein Handy schaue.

Warum konnte ich nichts Vergleichbares finden? Eine Buchversion seiner Leidenschaft und Ehrlichkeit. *Das* hätte ich verkaufen können. Verdammt, es hätte sich von selbst verkauft.

Ich werfe noch einen letzten Blick auf seine Worte und Fotos, und in mir entzündet sich etwas – der Funke einer Idee, die so verrückt ist, dass sie vielleicht auch nur ein Geistesblitz mit einer schlechten Frisur ist.

Warum bin ich nicht schon früher darauf gekommen?

Während die Idee reift, schaue ich mir die Posts des Professors mit den Augen einer Lektorin anstelle eines vernarrten Fans an. Mit jedem weiteren Beitrag lichtet sich mein mentaler Nebel, und es fühlt sich an, als würde mir jemand immer wieder in den Bauch boxen.

Mein Gott – das könnte wirklich etwas sein. Das könnte mein Kobold sein!

Ich scrolle und lese weiter und bemerke plötzlich, dass ich auf der Innenseite meiner Wange kaue und sich meine Muskeln vor Aufregung verkrampfen.

Ich dachte immer, das Gefühl, vom Blitz getroffen zu werden, während ein Engelschor singt, würde man empfinden, wenn man seiner wahren Liebe begegnet. Aber nun, da ich den Feed des Professors lese, überkommt mich dieses schicksalhafte Gefühl deutlicher als bei jedem meiner Exfreunde. Ich habe überall gesucht, aber vielleicht war es immer der falsche Ort. Das Niemandsland gibt es wirklich, und es hat nur einen Einwohner, der verrückt und beliebt genug ist, um sofort zum Bestseller zu werden.

Beim Zeus! Ich könnte doch noch gewinnen.

Ich beuge mich vor und mustere Joannas Gesicht. Sie umklammert ihr Handy und starrt mit offenem Mund auf den Bildschirm.

Bitte lieber Gott, mach, dass sie meine Meinung bestätigt, sonst bin ich nur eine weitere Irre, die sich vor lauter Verzweiflung an irgendwelche Strohhalme klammert.

Sie lässt sich Zeit, und ich weiß nicht, ob sie so ungerührt wirkt, weil sie mich in den Wahnsinn treiben will, oder ob das, was sie liest, bei ihr tatsächlich keine Reaktion hervorruft. Stimmt Option zwei, bin ich erledigt. Stimmt Option eins, werde ich sie hemmungslos mit meinem Chris-Hemsworth-Kissen verhauen.

Ich höre, wie sich die Wohnungstür öffnet und wieder schließt, gefolgt vom leisen Murmeln meiner Schwester und ihrem Freund, die nach Hause kommen. Normalerweise würde ich aufstehen und sie begrüßen, aber im Moment habe ich Wichtigeres zu tun. Zum Beispiel muss ich mich davon abhalten, Joanna zu schütteln, damit sie mir endlich sagt, was sie verdammt noch mal denkt.

Gerade als ich langsam glaube, dass ich mir die Magie von Professor Feelgood nur eingebildet habe, bemerke ich genau die Reaktion, auf die ich gehofft habe: Joanna errötet heftig, und jedes Mal, wenn sie auf einen weiteren Post klickt, atmet sie flach und unregelmäßig.

Jawoll!

Das ist *fantastisch.* Obwohl wir seit zwei Jahren zusammenarbeiten, habe ich noch nie erlebt, dass Joanna die Fassung verliert. Aber in diesem Augenblick können ihre perfekten blonden Locken und ihr makelloses Make-up nicht verbergen, wie fassungslos sie ist.

»Oh mein Gott«, sagt sie. Ihr Blick huscht zu mir und dann wieder weg.

»Ja, oder?«

Ihre Brust hebt und senkt sich schnell und ihre Finger zittern leicht. »Oh … mein *Gott.*«

»Ich weiß.«

»*Oh* mein *GOTT.*«

Mit der Hand fächelt sie sich Luft zu, und ich weiß genau, wie schnell und heiß ihr Blut pulsiert. Wie ihre Haut förmlich vor Überreizung brennt.

Ich fasse mir ein Herz und stelle ihr meine drängendste Frage. »Sag mir, dass du genauso fühlst wie ich.«

Sie nickt. »Ganz genauso.« Mit offenem Mund sieht sie zu mir auf. »Heiliger Sexgott, Asha.«

Ich lehne mich an mein Kopfteil, und vor Erleichterung beruhigt sich mein rasender Puls. »Nur, um das klarzustellen – das macht dich scharf, oder?«

Sie wendet sich wieder ihrem Bildschirm zu. »Sooooooo scharf.«

Meine Schwester Eden steckt den Kopf zu meiner Zimmertür herein und sieht uns argwöhnisch an. Ich weiß nicht, was sie erwartet hat, aber sicher nicht mich und Joanna, wie wir auf dem Bett sitzen und unsere Handys streicheln.

»Was macht ihr denn da?«, fragt sie mit schmalen Augen. »Guckt ihr euch Pornos an?«

Ich lächle und bedeute ihr, herzukommen. »Gewissermaßen.«

Ich reiche ihr mein Handy und beobachte ihr Gesicht, um ihre Reaktion einzuschätzen. Als sie mit dem Daumen durch die Timeline scrollt, wird mir klar, dass Eden hier der Härtetest ist. Ihr angeborener Zynismus und ihre fehlende Geduld machen sie immun gegen die meisten Formen emotionaler Manipulation. Wenn sie den Professor gut findet, dann habe ich es geschafft.

Erwartungsvoll halte ich den Atem an. Etwa dreißig Sekunden später bekomme ich meine Antwort.

Sie runzelt die Stirn, öffnet den Mund und Röte breitet sich auf ihren Wangen aus.

Wir haben beide den Pfirsichteint unserer verstorbenen Mutter geerbt, und obwohl Eden ihre roten Haare lockig trägt und ich hart dafür arbeite, dass meine glatt bleiben, ist nicht zu übersehen, wie kräftig wir erröten, wenn uns etwas peinlich ist. Oder wenn wir erregt sind.

»Oh mein Gott«, sagt sie.

Joanna nickt und zeigt auf sie. »Ganz genau.«

»Oh … mein *Gott*«, wiederholt Eden mit großen Augen, und ihre Stimme wird mit jeder Sekunde rauer.

Ich bemerke, wie ich vor Stolz glühe. »Es ist erstaunlich, oder?«

»*Oh* mein *GOTT!*«

Als ihr großer, gutaussehender Freund im Türrahmen auftaucht, zuckt sie ein bisschen zusammen.

»Okay«, sagt Max und sieht Eden mit zusammengekniffenen Augen an. »Normalerweise bin ich derjenige, der dir solche Laute entlockt. Was zur Hölle geht hier vor?«

Joanna beugt sich vor und flüstert: »Ich glaube, ich werde mich nie daran gewöhnen, Mister Romance in eurer Wohnung zu sehen. Er ist das Einhorn unter den Männern. So verdammt sagenhaft, innen und außen.«

Ich nicke. »Finde ich auch.«

Eden winkt ihn zu sich, und als er neben ihr steht, gibt sie ihm mein Handy, um ihm zu zeigen, was wir uns ansehen.

»Das ist der Instagram-Feed eines Typen, der sich Professor Feelgood nennt«, erklärt sie.

Max runzelt die Stirn, während er durch die Posts scrollt. »Wow. Drei Millionen Follower. Wie kann jemand, von dem ich noch nie gehört habe, so beliebt sein?«

Immer noch voller Adrenalin tippe ich den Namen des Professors in meine Liste und markiere ihn im knalligsten Neongrün, das ich finden kann.

»Ob du es glaubst oder nicht, Max, es gibt jede Menge Leute, die auf Instagram extrem populär, aber offline unbekannt sind. Modeblogger, Make-up-Artists, heiße Doktoren und Rechtsanwälte. Aber dieser Typ? Er hat etwas … Undefinierbares. Das ist faszinierend.«

Während Max weiterscrollt, greift Eden nach seinem Bizeps, und ich sehe, wie sie ihn liebevoll streichelt.

»Was denkst du?«, fragt sie.

Max zuckt mit den Schultern. »Ich bin mir nicht ganz sicher, was ich mir da ansehe. Pseudokünstlerische Fotos, jede Menge Bilder internationaler Sehenswürdigkeiten. Ein bisschen depressive Lyrik.«

»Das ist eine Entdeckungsreise«, sagt Eden und zeigt auf den Bildschirm. »Wenn du vorne anfängst, verstehst du, dass er sich selbst finden will, indem er um die Welt reist. Dann lernt er eine Frau kennen, die er für seine Seelenverwandte hält, sie haben eine leidenschaftliche Beziehung und er verliert sie. Jetzt versucht er, ohne sie zurechtzukommen.«

Max nickt. »Okay.« Er sieht Eden, Joanna und mich nacheinander an. »Moment mal … das findet ihr sexy?«

Wir antworten fast synchron. »Oh mein Gott, ja!«

»Er hätte sich Professor Sexgott nennen sollen«, sagt Joanna und fächelt sich wieder Luft zu.

»Genau!«, sage ich und nicke energisch.

Eden lacht. »Auf jeden Fall.«

Max zieht die Augenbrauen hoch und dreht sich zu seiner Freundin um. »Meinst du das ernst?«

Ihr Lächeln verrutscht, sie räuspert sich, dann streckt sie sich und küsst ihn sanft. »Versteh mich nicht falsch, niemand wird jemals so sexy sein wie du, aber … ich erkenne sein Potenzial. Gutaussehender Typ mit gebrochenem Herzen, der sich nach der Frau seiner Träume sehnt? Das ist ziemlich attraktiv.«

Max gibt mir mein Handy zurück. »Woher weißt du, dass er gut aussieht? Es gibt keine Fotos von seinem Gesicht.«

»Oh, er sieht gut aus«, sagt Joanna und starrt immer noch auf ihren Bildschirm. »Schon an den kleinen Ausschnitten seines stoppeligen Kinns kann man erkennen, dass er ein echter Traummann ist.«

»Aber es geht gar nicht darum, wie er aussieht«, sage ich und schaue von meinem Laptop auf. »Seine *Worte* berühren uns so viel mehr als sein Körper oder sein Gesicht. Sie sind einfach so … gefühlvoll. Voller Leidenschaft.«

Joanna reicht Max ihr Handy. »Schau mal, das hier ist ein perfektes Beispiel. Lies das laut vor.«

Max schaut uns alle zweifelnd an, dann hebt er das Handy und liest, was auf dem Bildschirm zu sehen ist.

Wäre sie eine Farbe, dann wäre sie strahlend gelb wie die Sonne.
Ich wäre schwarzgrau wie ein Gewitterhimmel.
Doch mit ihr zusammen fühlte ich mich wie im Sonnenlicht.
Strahlend und glücklich.

Dann war auch ich gelb.
Und war gerne gelb.
Als sie ging, wollte ich mir ihr Licht bewahren.
Aber ich war schon immer aus Gewitterwolken gemacht, und so verblasste sie schließlich.
Und das Grau sank wieder herab.
Manchmal halte ich die Hand der Sonne entgegen,
und die Wärme erinnert mich an ihre Finger zwischen meinen.

Joanna und ich seufzen tief, als er fertig ist.

Eden reagiert eher … körperlich. Sie sieht Max an, als wäre sie kurz davor, ihm das Shirt auszuziehen und ihm über die Brust zu lecken.

Max entgeht ihre wilde Miene nicht. »Du weißt, für den Fall, dass du auf so was stehst, habe ich haufenweise depressive Lyrik in meinem Loft, die ich vor ein paar Jahren geschrieben habe.«

Eden rückt an ihn heran und berührt seinen Bauch. »Wirklich?«

Als Max nickt, schlingt sie ihm die Arme um den Hals und zieht ihn zu sich herunter, sodass sie auf Augenhöhe sind. »Dann wirst du mir später am Abend wohl eine exklusive Lesung geben.«

Max küsst sie, und Joanna und ich seufzen wieder. Die Anwesenheit derartig verliebter Menschen ist wundervoll und schrecklich zugleich. Auf der einen Seite bin ich wahnsinnig glücklich, dass meine Schwester endlich jemanden gefunden hat, der ihrer würdig ist. Auf der anderen Seite wirkt die Liebe zwischen ihnen so einfach und natürlich, dass ich mich frage, ob mit mir etwas nicht in Ordnung ist, weil ich so lange brauche, um sie zu finden.

Nachdem sie eine Weile an den Lippen des jeweils anderen herumgesaugt haben, löst sich Max von ihr und steckt verlegen die Hände in die Taschen.

Also bitte. Als wäre ich nicht längst an die Reaktion seines Körpers gewöhnt, wenn er meine Schwester küsst.

»Okay«, sagt er und küsst Eden noch einmal auf die Lippen. »Ich muss los und ein paar neue Mitarbeiter bei ihren Dates heute Abend betreuen. Sehen wir uns später bei mir?«

Eden nickt. »Ja klar.«

»Och, Max«, sage ich. »Bleibst du nicht zum Abendessen? Ich habe doch schon Pizza für uns bestellt. Extra viel Ananas, nur für dich.«

Max kneift die Augen zusammen. »Du bist ein Monster, Asha. Das weißt du, oder?«

Obst auf Pizza hasst er fast so sehr, wie er meine Schwester liebt – und das will was heißen.

Joanna lacht, als Eden Max aus dem Zimmer zieht. »Na komm, Großer. Wir werden nicht wieder über Pizza diskutieren. Du regst dich viel zu sehr darüber auf.«

»Ich rege mich nicht auf«, sagt Max mit leiser werdender Stimme, da Eden ihn zur Wohnungstür schiebt. »Es gibt eine falsche und eine richtige Art, Pizza zu essen, und deine Schwester und du macht es *falsch*. Ende der Diskussion.«

Ich tippe weiter Notizen, um die Buchidee auszuarbeiten, da höre ich, wie sich die Wohnungstür öffnet, gefolgt von leisem Seufzen und Flüstern. Ich bin mir sicher, dass Max und Eden sich mit heißen Küssen voneinander verabschieden.

Nach ein paar Minuten höre ich, wie sich die Wohnungstür schließt, und Eden kommt wieder herein und lässt sich mit einem tiefen Seufzer auf den Stuhl neben meinem Bett fallen.

»Okay«, sagt sie und streicht sich die Haare aus dem Gesicht. »Jetzt, da ich von der riesigen Ablenkung in Männergestalt befreit bin, will ich alle Details über diesen Professor hören. Da du so auf deinem Platz herumhüpfst, nehme ich an, dass du ihn für dein Bestseller-Projekt in Erwägung ziehst?«

»Vielleicht«, sage ich und versuche, unbeteiligt zu wirken. »Findest du die Idee, diesen Typen zu veröffentlichen, völlig verrückt?«

Neben mir quietscht Joanna aufgeregt, und Edens Augen leuchten auf. »Nicht verrückt, sondern brillant. Seine Timeline liest sich wie die sexy Männerversion von *Eat, Pray, Love.* Wenn ihr gemeinsam eine coole Geschichte drum herum entwickeln würdet, könnte man sicher ein gutes Buch daraus machen.«

Joanna nickt begeistert. »Ja!«

»Das glaube ich auch«, sage ich und werde noch aufgeregter. »Und mit all seinen Followern wird es bestimmt ein Hit, oder?«

Joanna setzt sich auf. »Ganz bestimmt! Selbst wenn nur ein Prozent seiner Follower das Buch kauft, würde er damit immer noch die *New-York-Times*-Bestsellerliste stürmen.« Aufgeregt wedelt sie mit der Hand. »Ich mache eine Grafik der zu erwartenden Verkäufe. Und ich werde sie sogar farblich kennzeichnen, damit auch der letzte Idiot erkennt, wie großartig das werden könnte.«

Ich lächele. »Ich habe gehofft, dass du das sagst.«

Abgesehen von Joannas Besessenheit von Mode und Popkultur ist sie ein absolutes Zahlengenie. Wahrscheinlich kommt das daher, dass sie seit ihrem achtzehnten Geburtstag ihr internationales Wertpapierdepot selbst gemanagt hat. Ich nehme an, dass sie finanziell gesehen gar nicht bei Whiplash arbeiten müsste, aber sie liebt Bücher wirklich.

»Gehen wir's an«, sage ich und tippe wie wild. »Wenn ich diesen Wettbewerb gewinnen will, muss ich den Professor präsentieren, als wäre er die Gans, die goldene Eier legt. Oder besser: der Mann, der goldene Bücher schreibt. Ich weiß nicht, ob ich trotz all seiner Follower mit einem *Rageheart*-Buch konkurrieren kann, aber wenigstens werde ich nicht kampflos untergehen.«

»Solltest du ihn nicht zuerst kontaktieren?«, fragt Eden. »Du weißt, für den Fall, dass er ein verrückter Spinner ist, der gar kein Bestsellerautor sein will?«

»Hm. Du hast recht.«

Das versetzt mir einen Dämpfer.

Es klopft an der Wohnungstür.

»Das ist bestimmt die Pizza.« Eden springt auf und verlässt das Zimmer. Nachdem sie sich leise mit dem Lieferanten unterhalten hat, höre ich sie lachen.

Lächelnd kommt sie zurück. »Sieht so aus, als hätte Max den Pizzaboten in der Lobby abgefangen.« Sie hält den Karton hoch, und ich sehe, dass Max in großen Buchstaben darauf geschrieben hat: »DIESE PIZZA IST EINE SCHANDE! ÄNDERT EURE EKELHAFTE ANGEWOHNHEIT, BEVOR ES ZU SPÄT IST!«

Wir lachen alle drei. Dann steigt mir der köstliche Duft geschmolzenen Käses in die Nase, und mein Magen knurrt so laut, dass die anderen zwei mich überrascht ansehen.

»Ich habe das Mittagessen ausfallen lassen«, sage ich schulterzuckend.

»Okay«, sagt Joanna, steht auf und geht zu Eden hinüber. »Du schreibst dem Professor, und wir organisieren die Cocktails.«

Als sie gehen, rufe ich ihnen nach: »Egal, was ihr trinkt, ich nehme einen Doppelten.«

Nachdem sie gegangen sind, sitze ich da, starre ein paar Minuten auf mein Handy und atme tief durch. Ich weiß nicht warum, aber dem Professor zu schreiben macht mich schrecklich nervös. Einerseits habe ich Angst davor, er könnte Nein zum Projekt sagen, andererseits bekomme ich Panik beim Gedanken daran, dass er Ja sagen könnte. Entweder wird das hier mein Durchbruch, oder ich werde zum Gespött einer Branche, die ich liebe.

Während ich darüber nachdenke, wie ich meine Anfrage formulieren soll, schwebt mein Finger über dem Display.

»Hallo Fremder! Dürfte ich bitte Ihr Talent für Worte und pornöse Bilder ausbeuten, damit ich befördert werde und Devin Busenglotzer Shields zurufen kann: ›Ätschibätschi!‹«

Hm. Nicht schlecht. Vielleicht muss man noch etwas daran feilen.

Außerdem sollte ich berücksichtigen, dass jemand mit so vielen Followern wahrscheinlich jeden Tag einen Haufen verrückter Nachrichten bekommt, und ich will nicht, dass er meine auch dafür hält.

Ich beuge mich vor und wähle die Buchstaben sorgfältig mit dem Zeigefinger. Mehrfach beginne ich die Nachricht, lösche sie jedoch wieder und fange von vorn an. Ich halte mich nicht für schüchtern, aber etwas an der Ehrlichkeit und Leidenschaft des Professors bringt mich dazu, ihn unbedingt beeindrucken zu wollen.

Auweia. Das wird ewig dauern.

Ich atme tief aus und beschließe, bei den Fakten zu bleiben.

Hi, Professor Feelgood. Mein Name ist Asha Tate, und ich arbeite bei Whiplash Publishing. Vor einer Weile bin ich auf Ihren Instagram-Feed gestoßen, und ich glaube, man könnte daraus sehr gut einen Bestseller machen. Haben Sie schon einmal daran gedacht, Autor zu werden? Ihr Umgang mit Worten ist so wunderbar leidenschaftlich, und es ist offensichtlich, dass sich viele Menschen davon angesprochen fühlen, ich eingeschlossen. Ich würde Ihnen gerne dabei helfen, ein noch größeres Publikum zu erreichen, wenn Sie Interesse daran haben. Bitte schreiben Sie mir baldmöglich zurück, damit wir die Details besprechen können. Herzliche Grüße.

Nur für den Fall, dass er lieber anrufen als schreiben möchte, füge ich meine Telefonnummer hinzu, und mir fällt auf, wie sehr meine Hand zittert, als ich auf Senden drücke.

Ich lasse mich zurücksinken und schließe die Augen. Gott, das war unangenehmer als mein letzter Krebsabstrich bei der Gynäkologin.

Bitte sag Ja, bitte sag Ja.

Wenn ich diese Beförderung nicht bekomme, werde ich nicht nur enttäuscht sein, sondern Devin wird mein Vorgesetzter, und das ist in keinem Universum cool. Aber abgesehen davon, glaube ich, dass der Professor eine wirklich authentische Stimme hat und sein mögliches Buch vielleicht tatsächlich Menschen inspiriert. Das wäre sogar noch befriedigender.

»Komm endlich, Ash!«, ruft Eden aus der Küche. *»Die Pizza wird kalt. Und deine Margarita ist fertig. Ich habe sie in unserer größten Vase gemacht. Hoffe, das ist okay.«*

Ich hüpfe vom Bett und gehe zu ihnen in die Küche. Wenn ich schon in der Hölle schmoren muss, während ich auf die Antwort des Professors warte, kann ich mich in der Zwischenzeit wenigstens betrinken.

4. KAPITEL

Pizza und Leidenschaft

Eine halbe Stunde später ist unser Couchtisch unter einem Durcheinander aus Tellern, angebissenen Pizzastücken, Servietten und Fettflecken verschwunden. Joanna und ich sitzen in den gegenüberliegenden Ecken der Couch, haben jede ein riesiges Margarita-Glas in der Hand und trinken aus superedlen gebogenen Strohhalmen. Wir haben schon zweimal nachgefüllt, und die Flasche Patrón, die Joanna freundlicherweise spendiert hat, ist schon fast leer. Hatte ich erwähnt, dass meine Schwester die stärksten Cocktails der Welt mixt?

Nachdem sie ihre Barkeeper-Pflichten erfüllt hat, hängt Eden in unserem riesigen Liegesessel, die nackten Füße auf dem Couchtisch, und reibt sich den Bauch, während sie langsam ihren Drink schlürft.

»Mein Kerl hat eine Menge wunderbarer Eigenschaften«, sagt sie. »Aber seine Pizzavorlieben sind engstirnig und falsch.« Sie schließt die Augen und lehnt den Kopf zurück. »Ananas und Salami ist das Beste. Und wehe, irgendwer behauptet das Gegenteil.«

»Ja!«, rufe ich und recke die Faust. »Nieder mit dem Pizza-Patriarchat!«

Joanna bricht in Gelächter aus. Im Laufe unserer Freundschaft habe ich festgestellt, dass wir zu gleichen Teilen albern und rechthaberisch werden, wenn wir betrunken sind.

»Passt mal auf«, sagt Joanna, und ich erkenne, dass es mal wieder Zeit für eine rechthaberische Schimpftirade ist. »Ihr wisst, dass ich Männer liebe … aber reden wir doch mal über unverlangte Schwanzfotos. Im Ernst jetzt!«

Ich verziehe das Gesicht. Nachdem ich schon mehrfach unaufgefordert Schwanzfotos zugeschickt bekommen habe, weiß ich, wie unangenehm das ist. »Warum machen Männer das? Vor allem bei Frauen, die sie kaum kennen? Glauben die ernsthaft, das törnt uns an?«

Joanna nickt. »Mir hat mal ein hochrangiger europäischer Royal ein Bild von seinem Penis geschickt. Es war nicht das erste Mal, dass mich ausländische Sicherheitskräfte festgehalten haben, um Bilder von meinem Handy zu löschen, aber es war definitiv das peinlichste. Die wollten das Gehänge von ihrem Boss *nicht* sehen.«

»Oh Gott.« Eden lacht und trägt die dreckigen Teller in die Küche. »Jetzt musste ich mir gerade vorstellen, wie mir Derek ein Bild von seinem Prügel schickt. Ich wette, der ist ganz rot und wütend, so wie er selber.«

Derek ist Edens nie zufriedener Boss, und die beiden haben das streitlustigste berufliche Verhältnis, das ich jemals erlebt habe. Als sie Derek erwähnt, nehme ich einen großen Schluck von meinem Drink. Ich persönlich fand ihn eigentlich immer ganz gutaussehend.

Joanna lässt sich auf der Couch zurücksinken und seufzt. »Wir sollten einen Pakt schließen. Die nächsten Kerle, die uns unaufgefordert Schwanzfotos schicken, werden mit Bildern von riesigen Eselsgemächten bombardiert, gegen die ihre durchschnittlichen Dinger aussehen wie Cocktailwürstchen.«

Das bringt uns alle zum Lachen, und ich muss noch mehr kichern, als Joanna versucht, ihren Strohhalm mit der Zunge zu fangen, und ihn vollkommen verfehlt.

»Ach, verdammt«, murmelt sie, nimmt ihn in die Finger und schiebt ihn sich zwischen die Lippen. Nachdem sie einen großen Schluck getrunken hat, beugt sie sich über den Tisch und tippt auf meinem Laptop herum, um ihrer Tabelle den letzten Schliff zu verleihen.

»Bitteschön«, sagt sie schwungvoll. »Epische Professor-Profit-Prognose – fertig!«

Sie dreht den Bildschirm so, dass ich sie sehen kann. Sie ist beeindruckend.

»Joanna, wie um alles in der Welt schaffst du es, so schnell eine unfassbar gute Berechnung aus dem Ärmel zu schütteln, wenn du völlig betrunken bist?«

Sie lehnt sich zurück und grinst. »Übung, meine Liebe. Jetzt muss der Professor nur noch in unseren Bestsellerzug nach Lektorhausen einsteigen.«

Ich trinke noch einen Schluck Alkohol und werfe zum hundertsten Mal einen Blick auf mein Handy.

Mist. Immer noch keine Antwort.

Na los, Professor. Mach meiner Qual ein Ende. Sag entweder Ja, oder befiehl mir, dass ich in den Hudson springen soll. Aber melde dich endlich!

Ich gehe noch einmal auf seine Timeline und lese seinen letzten Beitrag. Hitze steigt mir ins Gesicht, und ich fürchte, der Alkohol tut ein Übriges.

Ich möchte deine Zunge mit meiner liebkosen
bis du all die unaussprechlichen Gründe verstehst
warum ich dich liebe.

Oh Gott, was macht er nur mit mir? Ich habe selbst immer gern geschrieben, aber ich bringe nichts annähernd so Emotionales zustande wie er. Ich möchte wissen, wie er privat ist.

In seiner Bio steht »geläutertes Arschloch«, also schätze ich, er ist kein Engel, aber es gibt ungefähr eine Million Abstufungen von Idiot. Ich frage mich, wo er einzuordnen ist.

Außerdem fasziniert mich, was zwischen ihm und dieser Frau vorgefallen ist. Hat sie ihn verlassen? Und wenn ja, warum? Die meisten seiner Follower sind Frauen, also bin ich mir sicher, dass es ihm nicht an weiblicher Gesellschaft mangeln würde, wenn er denn wollte, aber alle seine Beiträge lassen vermuten, dass er Single ist, Liebeskummer hat und sich nach ihr verzehrt. Verdammt, ist das attraktiv.

Während ich meinen Cocktail schlürfe, grüble ich darüber nach, wie es sich anfühlen muss, jemanden so sehr zu lieben, dass es einem das Herz bricht, wenn er oder sie geht. Irgendein kranker, neugieriger Teil von mir will es unbedingt herausfinden. Großer Herzschmerz bedeutet epische Liebe, oder nicht? Ich hatte nur einmal in meinem Leben Liebeskummer, und das war auf der Highschool. Und auch, wenn ich noch manchmal an diese Beziehung denke, bezweifle ich, dass mein Schmerz mit dem des Professors mithalten kann. Wird er wohl jemals wieder lieben, nachdem er seine Seelenverwandte verloren hat, oder werden von jetzt an alle anderen Frauen die zweite Geige spielen?

»Ash?« Eden ist in ihren Sessel zurückgekehrt und schaut mich an. »Hat er geantwortet?«

Ich schüttele den Kopf. »Ich warte immer noch.«

»Und warum guckst du dann so?« Eden beugt sich vor, ihre Augen funkeln. »Ach du Scheiße. Du willst mit dem Typen ins Bett, stimmt's?«

»Eden …«

»Nein, nein, streite es nicht ab. Es steht dir ins Gesicht geschrieben. Du bist diesem Typen verfallen. Stimmt's, Joanna?«

Joanna guckt gar nicht hin, nickt aber trotzdem. »Jep. Total verfallen.«

»Ich kann es dir nicht vorwerfen«, sagt Eden und rührt mit dem Strohhalm im Glas herum. »Sogar ich muss zugeben, dass er ein ausgesprochen attraktives Exemplar ist. Ein Typ, der sich die Brust aufreißt, um allen zu zeigen, wie kaputt er ist, ist sogar doppelt anziehend. Du solltest ihm anbieten, sein armes gebrochenes Herzchen zu heilen, zum Beispiel mit seinem Schwanz in deinem Mund.«

Ich verdrehe die Augen. »Ich möchte ihn verlegen, nicht vögeln.«

»Kannst du nicht beides? Er ist heiß. Du bist heiß. Könnt ihr nicht ein bisschen Spaß zusammen haben?«

»Nein, danke. Das ist nicht so meins.«

Eden sinkt in ihrem Sessel zusammen. »Ash, kannst du nicht einmal deine blöde Männer-Checkliste vergessen und dir einfach mal ein bisschen Spaß gönnen? Du musst ja nicht gleich so werden, wie ich war, bevor ich Max kennengelernt habe, und nur noch unverbindlichen Sex haben, aber es ist nichts Verwerfliches daran, sich ab und zu einfach nur dem körperlichen Vergnügen hinzugeben. Dafür ist das Leben einfach zu kurz.«

»Ich habe einen Mann für Sex, schon vergessen?«

»Nein, du hast einen Mann im Ausland, mit dem du chattest und mailst. Zwischen euch gibt es *null* heißen Sex.«

Tja, das stimmt. Und auch wieder nicht.

»Hast du schon mal von Telefonsex gehört?«, frage ich.

»Gehört«, sagt Eden. »Ausprobiert. Fand ich doof. Auf einem Karussell auf Coney Island würde ich im Moment mehr Action kriegen als du, und das ist echt traurig.«

»Übrigens«, spinnt Joanna den Gedanken weiter, »ich hatte meinen ersten Orgasmus mit zwölf bei einer Reitstunde, also ja, eins von diesen harten Holzpferden sollte definitiv den Zweck erfüllen.«

Eden nickt. »Meine Rede. Ein Mann im Ausland ist wie ein Bleistift ohne Mine.«

Als Joanna sie fragend ansieht, flüstert Eden: »Nutzlos.«

Die beiden brechen in schallendes Gelächter aus, aber ich stimme nicht mit ein. Wie immer, wenn Eden von meinem Freund anfängt, versuche ich, das Thema zu wechseln. Wenn sie herausfindet, dass ich sie die ganze Zeit angelogen habe, würde sie mir eine scheuern. Ausweichen scheint mir die beste Strategie.

»Ganz abgesehen von meinem Beziehungsstatus«, sage ich, als ihr Gelächter abebbt, »habe ich kein Interesse daran, mit jemandem zu schlafen, den ich kaum kenne. Mich vor einem Typen auszuziehen ist sowieso schon traumatisierend genug, da muss es nicht auch noch ein Fremder sein.«

»Aber lernst du nie einen Typen kennen und hast einfach das Bedürfnis …« Eden tut so, als würde sie auf ein Pferd steigen, dann ruckt sie rhythmisch mit dem Unterleib, schwingt ihren Arm und grunzt dazu, woraufhin Joanna lacht und ich mich fremdschäme.

»Eden, als ich das letzte Mal eine derartige Anwandlung hatte, entpuppte sich der Kerl als *dein* Seelenverwandter, also kann ich meinen Hormonen definitiv nicht trauen.«

Sie winkt ab und lässt sich zurück in den Sessel fallen. »Pfff. Das ist eine vollkommen natürliche Reaktion auf Max. Keine Frau mit einer funktionierenden Vagina ist gegen dieses Sahneschnittchen immun.«

Ich verziehe immer noch das Gesicht, wenn ich an den Abend denke, an dem ich Max kennengelernt habe. Ich hielt ihn für den umwerfendsten Mann, den ich jemals gesehen hatte, aber es dauerte nicht lange, bis ich feststellen musste, dass nicht ich die Tate-Schwester war, für die er sich interessierte.

»Was ist eigentlich mit dir, Joanna?«, frage ich in dem verzweifelten Versuch, von mir abzulenken. »Du redest fast gar nicht von Männern.«

Joanna lächelt, und daran, wie lange sie zum Blinzeln braucht, erkenne ich, dass sie das schläfrige Stadium der Betrunkenheit erreicht hat.

»Na ja, also ich habe im letzten Jahr ein Keuschheitsgelübde abgelegt, um gegen die Sexualisierung von Frauen und Mädchen in den Medien zu protestieren, deshalb habe ich im Moment Männer nicht wirklich auf dem Schirm. Aber ehrlich gesagt, brauchte ich nach meiner Scheidung von Prinz Abdulla auch erst mal eine Pause von Beziehungen. Er war vielleicht ein Arschloch, aber das heißt nicht, dass ich ihn nicht vermisse. Ich kann kein Kamel mehr ansehen, ohne daran zu denken, wie zärtlich wir uns in unseren Flitterwochen in der Wüste geliebt haben.«

Als sie zu Ende geredet hat, tritt eine kurze Stille ein, in der Eden und ich uns einen Blick zuwerfen. Eine Zeitlang haben wir Joanna für eine zwanghafte Lügnerin gehalten, weil die meisten ihrer Geschichten viel zu unglaubwürdig klangen, um wahr zu sein. Aber je besser wir sie kennenlernten, umso klarer wurde uns, dass HBO ihr Leben eigentlich als mega-heiße Serie verfilmen müsste. Sie hat ein paar wirklich abgefahrene Sachen erlebt, aber sie lässt immer nur Andeutungen fallen, wie »Ich habe ein Keuschheitsgelübde abgelegt« oder »Ich habe schon royale Schwanzfotos bekommen« oder »Ich war mal mit einem Prinzen verheiratet«, so als wüssten wir das alles längst.

Ich würde lügen, wenn ich behauptete, ich würde ihre Storys nicht lieben.

»Ein echter Prinz?«, frage ich. »Bitte sag mir, dass er auf einem weißen Pferd geritten ist.«

Sie nickt. »Er reitet *nur* auf weißen Pferden. Arabern.«

Eden ist noch dabei, das Gehörte zu verarbeiten, doch dann findet sie ihre Stimme wieder. »Wie um alles in der Welt bist du alt genug, um verheiratet und schon wieder geschieden zu sein?«

Joanna trinkt einen Schluck. »Das ist keine große Sache. Ich war mit achtzehn drüben, mit dem diplomatischen Jugendkorps, hatte eine Affäre mit einem heißen Typen, und auf einmal … zack … stehe ich im Königspalast und heirate. Das hätte jedem passieren können.«

»Nein«, sagt Eden. »Solche verrückten Sachen passieren immer nur *dir*, und ich kapiere einfach nicht, wie du da so gelassen bleiben kannst. Du hast einen *Prinzen* geheiratet.«

Joanna lehnt den Kopf zurück und schließt die Augen. »Ja, aber ein Prinz kann genauso ein Arschloch sein wie jeder andere auch, und der ganz gewöhnliche Typ von nebenan kann ein viel besserer Mensch sein als jeder Prinz der Welt. Das ist alles relativ.«

Eden und ich schauen uns wieder an. Joanna macht unser Leben eindeutig interessanter. Die Wahrscheinlichkeit, im Lotto zu gewinnen, ist höher, als vorauszusagen, was für eine Geschichte Joanna als Nächstes erzählt.

»Ich muss mal«, sagt Eden und verschwindet Richtung Bad. »Habt keinen Spaß ohne mich.«

Während sie weg ist, vibriert mein Handy auf dem Couchtisch. Als ich aufs Display schaue, muss ich lächeln.

»Und?«, fragt Joanna. »Willst du es nicht verraten?«

Ich halte ihr das Handy hin, damit sie die Nachricht lesen kann.

Ich vermisse dich, mon Cherie.

Joanna lächelt verzückt. »Oooh. Diese Nachrichten …« Sie scrollt nach oben, und ich halte sie nicht davon ab. »›Ich kann es kaum erwarten, dich wiederzusehen.‹ ›Ich denke schon den ganzen Tag an dich.‹ ›Ich denke gerade daran, wie schön du bist und wie es sich anfühlt, mit dir zusammen zu sein.‹« Sie schaut mich an. »Zum Schwachwerden.«

Ich nicke. »Er ist lieb und romantisch und aufmerksam und sieht gut aus und …«

Sie sieht mich fragend an. »Und … was?«

Wie soll ich ihr klarmachen, dass er der faszinierendste und wunderbarste Mann ist, mit dem ich je zusammen war, und es ziemlich heiß hergeht, solange wir vollständig bekleidet sind. Aber sobald nackte Haut ins Spiel kommt, schlagen meine altbekannten Komplexe zu. Nur einmal möchte ich in der Lage sein, mich genug fallenzulassen, um großartigen Sex zu haben. Ich hatte so sehr gehofft, dass es mit ihm anders sein würde. Schließlich verstehen wir uns *so gut.*

»Jo, dieser Typ ist wunderbar und attraktiv und passt perfekt zu mir, aber …«

»Auf der Sex-Gott-Skala schlägt er nicht aus?«

Ich schnaube. »Sex-Gott-Skala?«

»Ja. Es gibt die Herzskala, das ist das kitschige romantische Zeug. Die Hirnskala zeigt an, wie sehr er dich intellektuell stimuliert. Und dann gibt es die Sex-Gott-Skala, auch bekannt als die Wie-heftig-lässt-er-dich-kommen-Skala. Die meisten Männer schneiden nur auf einer der drei Skalen gut ab, deswegen gibt es auch so viele Singlefrauen da draußen. Wenn du einen findest, der auf zwei Skalen hohe Werte erzielt, dann pack ihn mit beiden Händen und halt ihn gut fest. Die gibt es ziemlich selten.«

»Genau das ist mein Dilemma. Auf zweien ist er gut, aber das reicht mir nicht. Ich will alle drei.« Und meine größte

Angst ist, dass ich sexuell so verklemmt bin, dass ich es niemals bekommen werde.

»Ach, alle drei zu wollen ist einfach gierig«, sagt Joanna und schürt damit noch meine Angst. »Vielleicht sollten wir uns einfach mit zweien zufriedengeben und gut ist.«

»Ja«, sage ich und sacke auf meinem Platz zusammen. »Das ist das Maximum, worauf wir hoffen können.« Vermutlich sollte ich aufhören, Typen wegen etwas abzuservieren, wofür sie überhaupt nichts können.

Joanna starrt in die Ferne, ihre Augen werden glasig und unfokussiert. »Alles drei wäre der Traum, was? Alles drei wäre dein Seelenverwandter. Ich hätte gern einen Seelenverwandten.«

»Ich auch.«

Eden lässt sich wieder in ihren Sessel fallen und seufzt. »Wisst ihr, dass ihr beide gerade total bekifft ausseht, oder …?«

Wir zucken alle zusammen, als mein Handy vibriert.

»Der Professor?«, fragt Eden und beugt sich vor.

Ich schaue aufs Display. »Nein. Freund.«

Sie sackt enttäuscht in sich zusammen. »Mist!«

Ich öffne die Nachricht.

Ich wünschte, du wärst hier in meinem Bett. Was ich mit dir anstellen würde …

Ich räuspere mich und stehe auf. Unser echter Sex ist vielleicht ein Rohrkrepierer, aber unser Cybersex ist reinstes Dynamit. Klar, irgendwie ist das nicht richtig, aber im Moment habe ich nicht die Kraft, mich darum zu scheren. Dank dem Professor bin ich betrunken, angetörnt, aufgeregt und brauche jede Erleichterung, die ich kriegen kann.

»Okay, es ist schon spät«, sage ich und schnappe mir meinen Drink. »Ich leg mich hin.«

Jetzt werfen sich Joanna und Eden einen wissenden Blick zu.

»Viel Spaß«, wünscht mir Joanna glucksend. »Wir sehen uns Montag bei der Arbeit.«

Ich umarme sie rasch und verschwinde in meinem Zimmer. Ich bin kaum aus meinen Sachen geschlüpft und unter die Decke gekrochen, da klingelt Facetime.

Mein gutaussehender Freund erscheint auf dem Bildschirm, und als er sieht, dass ich nichts anhabe, erscheint ein breites Grinsen auf seinem Gesicht.

»*Bonjour*«, sagt er und hält sein Telefon weiter weg, damit ich sehen kann, wie er mit nacktem Oberkörper auf dem Bett sitzt.

Ich lächle. »Selber *Bonjour*.«

Ich reibe mir mit einem Handtuch über die nassen Haare und tappe in meinem Bademantel auf der Suche nach übrig gebliebener Pizza in die Küche. Mir würde es reichen, wenn ich eine sexuelle Beziehung mit einem Mann allein über Facetime führen könnte. Aber ich weiß nur zu gut, dass sich kein Mann auf Dauer damit zufrieden geben würde, und das würde ich auch gar nicht erwarten.

Eden hatte recht, als sie sagte, ich würde immer Ausreden finden, um mit jemandem Schluss zu machen. Das stimmt auch, aber die Gründe, die ich anderen erzähle, dienen nur dazu, von der Wahrheit abzulenken. Das eigentliche Problem ist: Ich könnte den attraktivsten Mann der Welt in meinem Bett haben und würde von meinem Körper trotzdem nur eine lauwarme Reaktion bekommen, sobald ich nackt bin, und ich habe keine Ahnung, warum das so ist.

Es ist nicht so, als wäre ich nicht erregbar, denn das bin ich absolut. Pornos machen mich an. Erotische Romane auch. Verdammt, sogar Sprinkles Cupcakes.

Aber sobald es ans Ausziehen geht, wird in mir irgendein

Schalter umgelegt, und die Erregung verwandelt sich in Angst. Ich habe versucht herauszufinden, warum das so ist, und meine Arbeitshypothese ist, dass mein Freund auf der Highschool furchtbar schlecht im Bett war. Damals dachte ich, peinliche, unbeholfene Nummern, die nur ein paar Minuten dauern, wären normal in einer Teenagerbeziehung. Aber wir waren ein paar Jahre lang zusammen, und es wurde nie besser. Er war eindeutig nicht daran interessiert, mir Lust zu bereiten, und als er dann noch andeutete, es sei unmöglich, mich zum Höhepunkt zu bringen, habe ich ihm geglaubt. Dass er mich mehr als einmal daran erinnerte, dass ich vielleicht ein kleines bisschen zu pummelig war, um wirklich begehrenswert zu sein, machte es nicht besser. Ich war schon immer unsicher wegen meiner zu großen Brüste und meiner kurvigen Figur, und so führten seine ständigen Sticheleien nur dazu, dass ich Angst hatte, mich auszuziehen.

Diese Erfahrung während der Entdeckung meiner Sexualität muss meiner Weiblichkeit einen Dämpfer versetzt haben, denn seitdem plagt mich diese Unsicherheit. Das ist der Hauptgrund, warum ich unverbindlichen Sex noch nie mochte. Oder überhaupt Sex mit einer anderen Person, wenn ich ehrlich sein soll. So sehr ich auch versuche, es zu genießen, es gelingt mir einfach nicht, und deshalb liege ich bloß da und warte, bis es vorbei ist.

Sexuelle Befriedigung erlange ich heutzutage vorzugsweise durch Masturbieren. Ich will mich ja nicht selbst beweihräuchern, aber ich bin ziemlich gut darin. Zweifellos bin ich der beste Sexualpartner, den ich jemals hatte – und eigentlich ist das ziemlich traurig.

Der einzige Lichtblick in meiner aktuellen Lage ist, dass mir Facetime mit meinem Freund den idealen Kompromiss bietet. Für mich ist es in Ordnung, nackt zu sein, weil er nur zu sehen bekommt, was ich ihn sehen lasse, und weil ich mich selbst berühre, komme ich in Rekordzeit.

Also, ja. Auch wenn ich mittlerweile akzeptiert habe, dass mit einem Typen Sex zu haben und sich sexuell befriedigt zu fühlen zwei völlig verschiedene Dinge sind und sich sogar gegenseitig ausschließen, bekomme ich durch Telefonsex das Beste aus beiden Welten. Einen heißen Typen, der mich anmacht, und meine eigenen erfahrenen Hände, die mich zum Höhepunkt bringen. Eine Win-win-Situation.

Der große Nachteil daran ist: Ich weiß, es wird nicht ewig halten. Kein Mann will auf Dauer eine Beziehung mit einer Frau, die er nicht anfassen darf. Wenn ich meine Probleme nicht bald in den Griff bekomme, ist diese Beziehung genauso zum Scheitern verurteilt wie alle anderen auch, und der Gedanke daran ist so schrecklich, dass ich ihn in den hintersten Winkel meines Gehirns verbanne und versuche, an etwas anderes zu denken.

Ich schnappe mir ein Stück kalte Pizza aus dem Kühlschrank, und während ich abbeiße, werfe ich einen Blick auf mein Handy, um zu sehen, ob der Professor mir schon geschrieben hat.

Nope.

Ich kaue und seufze. Ich könnte meine Buchidee auch einfach ohne seine Zustimmung vorstellen, aber das könnte schwierig werden, falls Serena und Mr Whip anbeißen und ich dann nicht liefern kann. Dann würde ich nicht nur die Beförderung nicht bekommen, ich würde auch als unzuverlässig dastehen.

Als ich in mein Zimmer zurückkomme, bin ich überrascht, dass ich Eden dort antreffe, die eine Strickjacke aus meiner Schublade stibitzt.

»Hey«, sagt sie. »Ist es okay, wenn ich mir die ausleihe? Ich will gleich zu Max, und inzwischen ist es ziemlich frisch draußen.«

»Klar.« Ich setze mich aufs Bett und scrolle auf meinem Smartphone herum. Und schon finde ich mich in der Timeline des Professors wieder. Oh Mann, langsam verstehe ich, wie es einem Junkie gehen muss. Nur ein paar Posts. Mehr brauche ich nicht. Irgendetwas, um den Schauer der Erregung in meinem Blut erneut anzufachen.

Mit dir zusammen zu sein war selbstverständlich.
Doch plötzlich nicht mehr.
Irgendwann sah ich dich an, und die Zeit stand still.
Warum nur haben sich meine Gefühle geändert?
Und deine nicht?

Ich seufze verzückt und scrolle zum nächsten Beitrag.

In meinem Herzen baute ich ein Haus für dich,
doch dann brannte ich es nieder,
denn lieber lege ich es in Schutt und Asche,
als ohne dich darin zu leben.

Gott, wie traurig. Und großartig.

Eden zieht sich die Strickjacke an und setzt sich in den Sessel neben meinem Bett, um sich die Boots zuzuschnüren.

»Hat der Professor schon geantwortet?«

»Nö.«

»Tja, wenn's mit ihm nichts wird, hätte ich noch eine andere hervorragende Buchidee, die du vorstellen könntest.« Ihr Blick wandert zu meinem Schrank.

Ich schüttele den Kopf. »Fang nicht schon wieder damit an. Du weißt, dass das nur ein Hobby ist.«

»Ja«, sagt sie, als sie mit ihren Schnürsenkeln fertig ist und sich aufrichtet. »Aber ein Hobby, in dem du richtig gut bist.« Sie drückt sich aus dem Sessel hoch und macht meinen Schrank auf. Im obersten Fach befindet sich ein Stapel zerfledderter Notizbücher, den sie herausnimmt, bevor sie sich wieder zu mir umdreht.

Eines nach dem anderen wirft sie die Notizbücher aufs Bett. »Das hier ist fantastisch, du musst nur die Figuren ein wenig ausarbeiten. Dieses hier hat ein Riesenpotenzial, wenn du nur den Arsch hochkriegen und ein richtiges Ende schreiben würdest. Und das hier ...« Sie hält ein Notizbuch mit dem Titel *Alles, was ich fühle, aber nicht sagen kann* hoch und presst es sich seufzend an die Brust. »Das gefällt mir am besten, und du weißt, dass ich dir damit in den Ohren liegen werde, bis du stirbst. Oder bis du es fertigschreibst. Je nachdem, was eher eintritt.«

Ich sammle die Notizbücher ein und lege sie auf mein Nachtschränkchen. »Weißt du, was ich mir im Büro anhören muss, wenn ich verrate, dass ich schreibe? Es gibt doch eh schon das Klischee, dass alle Lektoren bloß verhinderte Autoren sind.«

»Tja, in deinem Falle ist das gewissermaßen wahr. Du wolltest doch als Kind immer Schriftstellerin werden, oder nicht?«

»Ja, aber ich wollte auch professionelle Schokoladentestesserin, Indiana Jones oder ein Känguru sein, also ...«

Sie stemmt die Hände in die Hüften. »Willst du mir damit sagen, dass du keine Schriftstellerin mehr sein willst? Dass du hunderte von Stunden in deine Geschichten gesteckt hast, nur um was? Um Schönschrift zu üben?«

Ich nehme die Tube mit Handcreme vom Nachtschränkchen und drücke mir etwas davon in die Handfläche. »Ich will damit sagen, dass meine Chancen, eine erfolgreiche Autorin zu werden, ungefähr so groß sind, wie mich in ein australisches

Beuteltier zu verwandeln. Und jetzt ab mit dir, ein paar Blocks weiter wartet ein heißer Kerl auf dich. Willst du wirklich noch mehr Zeit mit meiner Karriereplanung vergeuden?«

Sie zögert einen Augenblick, dann beugt sie sich hinunter und drückt mir einen Kuss auf den Kopf. »Okay, ich geh ja schon. Aber falls du dich entscheiden solltest, deine eigenen Werke zu veröffentlichen, hast du zumindest schon mal eine Leserin, die alles kaufen wird, was du schreibst.«

Ich winke ihr nach, und während ich die Handcreme einmassiere, wandert mein Blick zu dem Notizbuchstapel. Es gab mal eine Zeit, in der ich jede freie Minute mit Schreiben verbracht habe. Für mich war es wie eine Therapie, meine Angst und meinen Frust an den weißen, unschuldigen Seiten auszulassen. Ich habe sogar ein paar, die Eden nicht gelesen hat. Sie sind meine Version davon, zu schreien, wenn ein Zug vorüberfährt, und sie haben mir durch eine ziemlich schwere Zeit geholfen. Aber inzwischen bin ich viel zu beschäftigt mit meinem Job, um auch nur daran zu denken, wieder mit dem Schreiben anzufangen.

Ich verstaue die Notizbücher wieder ordentlich im obersten Schrankfach. Es fällt mir leichter, meinem kreativen Drang zu widerstehen, wenn sie außer Sichtweite sind.

Ich mache mir nicht die Mühe, mir die noch feuchten Haare zu föhnen, schlüpfe aus dem Bademantel, schnappe mir mein Handy und krieche ins Bett. Im Gegensatz zu meinem Widerwillen, mich vor anderen Leuten auszuziehen, schlafe ich am liebsten nackt, und ich seufze zufrieden, als ich die kühlen Laken auf der Haut spüre. Nachdem ich es mir gemütlich gemacht habe, rufe ich die Timeline des Professors auf, und tatsächlich, es gibt einen neuen Beitrag.

Aufgeregt setze ich mich hin. Es ist ein Bild von ihm in verschwitzten Shorts und Muskelshirt. Seine Haut glänzt auf dem sinnlichen Schwarzweißbild. Mir ist aufgefallen, dass er oft Schwarzweißbilder postet. Dann wirkt alles düster und mysteriös, und das trägt nur zu seiner Faszination bei.

Ich scrolle nach unten, um den Text zu lesen.

Ich renne, um meinen Geist zum Schweigen zu bringen
Ich zwinge einen Fuß vor den anderen, doch meine düsteren
Gedanken kleben an mir
Wie Teer.
Ich renne, um mich zu befreien. Zu bestrafen. Die Gedanken zu
verdrängen.
Ich renne, denn sobald ich stehenbleibe,
werde ich von der erdrückenden, erstickenden
Liebe zu dir eingeholt.

Wieder läuft mir ein Schauer über den Rücken. Verdammt, ich muss die Worte dieses Mannes veröffentlichen. Ich habe das brennende Verlangen, sie zu schleifen und zu polieren und der Welt zum Geschenk zu machen. Es muss einfach passieren.

Auch wenn ich eben erst einen ziemlich anständigen Orgasmus hatte, könnte ich beim Gedanken an den Professor schon gleich mit Runde zwei loslegen.

Rasch tippe ich eine Nachricht. Ich weiß gar nicht, ob er meine erste überhaupt bekommen hat, aber ich möchte zuschlagen, solange ich weiß, er ist online.

Hi, Professor. Hier ist noch mal Asha Tate. Ich habe Ihnen vorhin schon geschrieben. Wenn Sie online sind, würde ich mich über eine Antwort freuen. Tut mir leid, wenn ich Sie stresse, aber ich bin ein wenig unter Zeitdruck.

Ich klicke auf Senden und kaue an meinem Daumennagel herum. *Na los, Junge, antworte. Lies die Nachricht und antworte. Jetzt bitte.*

Ungefähr eine Minute später bekomme ich seine Antwort.

Hör auf damit, J. Ich weiß nicht, wessen Telefon du gekapert hast, aber das ist nicht witzig. Ich werde dieses Spielchen nicht mitspielen.

Ich runzle die Stirn und tippe: *Das ist kein Spiel. Mir ist es sehr ernst mit diesem Projekt.*

Ja, klar. Und du bist ein Arschloch. Hör auf damit. Sofort.

Okay. Unvorhergesehener Rückschlag.

Professor, hier ist definitiv nicht J, wer auch immer das ist. Wie ich schon sagte, ich bin Lektoratsassistentin bei einem Verlag und habe vor, meinen Vorgesetzten morgen Ihre Arbeiten zu zeigen, mit der Aussicht, aus Ihrem Instagram-Feed ein Buch zu machen. Ich würde gerne die genaueren Details mit Ihnen besprechen. Bitte glauben Sie nicht, das wäre irgendein Scherz oder Betrug.

Immer noch nichts.

Okaaaaay.

Ich verstehe ja, dass Sie bei Ihrer Menge an Followern bestimmt ständig seltsame Nachrichten bekommen, aber ich kann Ihnen versichern, ich bin die, die ich bin. Sie können auf die Website von Whiplash Publishing gehen, da finden Sie mich unter »Unser Team«. Ich habe rote Haare und eine Brille. Wenn Sie lieber über E-Mail kommunizieren möchten: Meine Adresse ist atate@whiplash.com.

Ich nage weiter an meinen Fingernägeln, während ich warte. Diesmal dauert es fünf Minuten, bis irgendetwas passiert.

Mich zu einem Foto auf einer Website umzuleiten ist definitiv eine neue Strategie, das muss ich dir lassen. Aber hast du echt nichts Besseres zu tun, als mich zu verarschen? Das ist einfach traurig und erbärmlich.

Ich stoße einen frustrieren Seufzer aus. Verdammt, ich wusste ja, dass er bestimmt ständig Nachrichten von irgendwelchen Spinnern bekommt, aber langsam wird es lächerlich. Wie um alles in der Welt soll ich ihn davon überzeugen, dass ich wirklich ich bin?

Aus einer plötzlichen Eingebung heraus öffne ich seinen früheren Post und mache einen Screenshot von unserer kurzen, aber offensichtlich bedeutungsvollen Unterhaltung. Den poste ich in unseren Chat.

Professor, ich weiß nicht, ob Sie sich erinnern, aber wir haben uns vorhin in Ihrer Timeline unterhalten. Ich bin mir sicher, dass J nichts anderes zu tun hat, als Sie zu verarschen, denn ganz ehrlich, es klingt so, als wäre er oder sie ein Idiot. Aber meine Zeit ist kostbar und läuft mir davon. Bitte rufen Sie mich an, dann verstehen Sie, dass ich die Wahrheit gesagt habe. Von mir aus können wir auch facetimen, wenn Sie möchten. Was auch immer sein muss, um Sie davon zu überzeugen, wie ernst es mir ist.

Wieder drücke ich auf Senden und warte. Minuten vergehen.

Na loooooos.

Als endlich mein Telefon klingelt, ist es so laut, dass ich zusammenzucke. Es dauert einen Augenblick, bis mir klar wird, dass er auf mein Facetime-Angebot eingeht, und noch einen, bis ich realisiere, dass ich immer noch zu hundert Prozent nackt bin.

»Mist!«

Ich springe aus dem Bett und murmele: »Warte einen Moment, leg nicht auf!«, während ich mir meinen Bademantel überwerfe. »Bin gleich da! Bleib dran. Leg bloß nicht auf!«

Kaum habe ich den Bademantel zugeknotet, setze ich mich wieder aufs Bett, streiche mir die feuchten Haare aus dem Gesicht und klicke auf den Annehmen-Button.

»Professor? Sind Sie das? Hier ist Asha Tate.«

Ein kleines Rechteck erscheint in der unteren Ecke des Bildschirms, auf dem ich zu sehen bin, und ich zucke zusammen, weil ich aussehe, als wäre ich bei Regen rückwärts durch die Hecke gezogen worden. Ich habe mir nicht einmal die Haare gekämmt, seit ich sie vorhin gewaschen habe, und sie liegen mir in dicken, schweren Locken ums Gesicht. Nicht der erste Eindruck, den ich mir selbst ausgesucht hätte.

Ich warte darauf, den Professor zu sehen, aber das Display bleibt schwarz.

»Hallo?«

Als nur Stille folgt, schaue ich nach, ob vielleicht die Verbindung unterbrochen wurde. »Professor?«

»Asha Tate.« Seine Stimme ist tief, dunkel und rau, und um ehrlich zu sein, unglaublich sexy. Meine Haut kribbelt zur Antwort.

»Ja! Hallo.« Gott, hört sich meine Stimme seltsam an. Von meinem rekordverdächtigen Bademantel-Anziehen atme ich so schwer, dass es sich anhört, als hätte ich Asthma.

Ich schlucke und versuche zumindest ein wenig Fassung zurückzugewinnen. Ich spreche vielleicht mit dem Mann, der die Inspiration für mehrere ausgedehnte Masturbations-Sessions war, aber das ist für dieses Gespräch irrelevant. Wenn das doch meine galoppierenden Hormone auch so sehen würden.

»So«, sagt er. »Sie sind also Vintage Brooklyn Girl.«

»Jep«, sage ich viel zu fröhlich. »Das bin ich.«

»Wohnen Sie in Brooklyn?«

»Mh-hm. Schon mein ganzes Leben.«

»Sie folgen mir schon eine ganze Weile.« Jedes Mal, wenn er etwas sagt, schwingt eine seltsame Vertrautheit mit. Ich wette, Telefonsex mit ihm wäre umwerfend.

»Ja«, sage ich. »Fast einen Monat.« *Einen Monat, in dem ich dich exzessiv gestalkt habe.*

»Und? Was meinen Sie?«

Ich versuche, ungerührt auszusehen, obwohl seine Stimme eine neuartige und aufregende Wirkung auf mich hat.

»Ich meine, dass Sie ... äh ... das Talent haben, Worte und Bilder zu vereinen. Gefühle zu beschreiben. Sie schaffen es jedes Mal, dass Ihre Leser mehr wollen.«

Das Letzte war eine glatte Untertreibung. Wenn ich mich gerade nicht filmen würde, hätte ich mir vermutlich schon längst mein Hemsworth-Kissen zwischen die Beine gepresst.

»Sie sind feucht«, sagt der Professor ruhig, und ich verschlucke mich beinahe an meiner eigenen Zunge.

»Äh, was? Nein, nein, ich ...«

»Ihre Haare, Brooklyn. Ihre Haare sind feucht.«

»Oh!« *Himmel hilf.* »Ja. Tut mir leid. Dusche. Ich habe vorhin geduscht. Deshalb die ... äh ... Feuchtigkeit.«

»Wie schön für Sie.« Sarkastisch. Aber irgendwie auch attraktiv.

Ich lache nervös, aber am anderen Ende der Leitung herrscht Schweigen. Ich bin dabei, die Sache vor die Wand zu fahren, und habe keine Ahnung, wie ich das Steuer herumreißen kann.

»Ähm, jedenfalls freue ich mich, mit Ihnen zu sprechen. Äh, nur damit Sie's wissen, ich kann Sie nicht sehen.«

»Meine Kamera ist ausgeschaltet. Der Zweck von diesem Gespräch war doch, dass ich Sie sehe, oder nicht?«

»Richtig. Natürlich. Und wie Sie sehen, bin ich nicht J.«

»Nein, das sind Sie nicht.«

»Wer ist das überhaupt?«

Es entsteht eine kurze Pause. »Jemand, über den ich lieber nicht sprechen möchte.«

»Klar, okay.« Ich räuspere mich und schiebe mir eine Locke hinters Ohr. »Also, wegen dieser Buchidee ...«

»Ich bin kein Autor.« Sein Ton ist knapp, beinahe ärgerlich.

»Vielleicht nicht, aber Sie haben ein unglaubliches Talent,

mit Worten umzugehen, und es wäre sicher nicht schwierig, eine Rahmenhandlung zu entwickeln.«

Er schnaubt verächtlich. »Und Sie würden mir dabei helfen, nicht wahr, Asha Tate?«

Irgendetwas an der Art, wie er meinen Namen sagt, kommt mir vage bekannt vor, aber ich komme nicht darauf, was es ist.

»Das würde ich gern, ja. Natürlich liegt die endgültige Entscheidung beim Verlag, aber zuerst einmal müsste ich ihnen die Idee verkaufen. Sagen Sie einfach Ja, dann werde ich gleich am Montag mein Konzept vorstellen. Wenn meine Vorgesetzten ablehnen, haben Sie nichts verloren. Aber wenn sie Ja sagen … nun ja, dann könnte es Ihnen Türen öffnen, die vielleicht Ihr Leben verändern.«

Wieder eine Pause, diesmal länger. »Und wenn ich zufrieden mit meinem Leben bin?«

»Nun, ich lese seit einer Weile Ihre Timeline, und diesen Eindruck habe ich nicht. Mir kommt es eher so vor, als fiele es Ihnen schwer, sich von den Erinnerungen an eine Frau zu befreien, die Sie nicht aus dem Kopf bekommen. Vielleicht hilft Ihnen das Buch, darüber hinwegzukommen. Oder sogar, sie zurückzugewinnen, falls Sie daran interessiert sein sollten.«

Ich halte den Atem an und warte auf seine Antwort. Mein Puls dröhnt mir so laut in den Ohren, dass ich den Eindruck habe, er müsse es hören können.

Als sich die Stille unangenehm ausdehnt, senke ich die Stimme und sage: »Passen Sie auf, Professor, wie ich das sehe, haben Sie in den letzten Jahren einiges durchgemacht, und ich glaube, Ihre Texte könnten anderen mit ähnlichen Problemen wirklich helfen. Sie haben nichts zu verlieren und alles zu gewinnen, oder?«

»Und was haben Sie zu gewinnen?«, fragt er genauso leise

wie ich. »Ich bezweifle, dass Sie das alles nur machen, weil Sie ein so gutes Herz haben.«

Die Bitterkeit in seiner Stimme entgeht mir nicht. Tatsächlich, geläutertes Arschloch. Dieser Typ hat eindeutig ein paar Probleme.

»Wenn meinen Vorgesetzten die Idee gefällt … nun ja, dann werde ich vielleicht befördert. Und wenn das passiert, dann werde ich alles dafür tun, um das Buch auf so viele Bestsellerlisten wie nur möglich zu bringen.«

»Verstehe. Also wenn Sie sagen, ich könnte Menschen helfen, meinen Sie eigentlich, ich könnte *Ihnen* helfen.«

Auf einmal habe ich den Eindruck, ich würde ihn ausnutzen, und ich weiß nicht, wieso.

»Professor, ich würde lügen, wenn ich behauptete, dass dieses Projekt nicht entscheidend für meine Karriere wäre. Aber selbst wenn keine Beförderung damit verbunden wäre, würde ich es trotzdem für ein lohnenswertes Projekt halten. Ihre Worte sind einfach so … *tiefgründig*. Sie sind voller Leidenschaft und Sehnsucht und Schmerz, und wie Sie schreiben …« Ehrfürchtig schüttele ich den Kopf. »Es *berührt* die Menschen. Und das ist es, was gute Kunst tun sollte. Kunst ist nicht dazu da, dass wir uns glücklich und behaglich fühlen. Kunst soll uns dazu herausfordern, eine Weile unsere Komfortzone zu verlassen.« Und während ich das sage, fällt mir auf, dass ich früher noch nie mit einer solchen Leidenschaft von einem Projekt gesprochen habe. Ich meine jedes Wort genauso, wie ich es sage. »Dieses Buch … nun ja, es könnte andere dazu inspirieren, nach mehr zu streben, als sie je für möglich gehalten haben. Beim letzten Mal haben Sie zu mir gesagt, ich solle mutig sein und meiner Leidenschaft folgen. Und meine Leidenschaft gilt Ihnen und Ihren Worten. Bitte, erlauben Sie mir, sie mit der Welt zu teilen.«

Als ich ausgeredet habe, herrscht Schweigen am anderen Ende der Leitung, und durch die Anspannung in dieser Unterhaltung geht mein Atem zu schwer, und mein Gesicht wird zu heiß. Ich will dieses Buch so sehr, und ich bin ein wenig irritiert von dem Eindruck, dass der Professor es nicht will.

Ich bemühe mich, meinen Atem zu beruhigen, und in diesem Augenblick kann ich ihn ausatmen hören. Sein Atem geht unregelmäßig, er klingt ein wenig genervt. Als würde ich ihn zu einer Entscheidung zwingen, die er nicht treffen will. Ich wünschte, seine Kamera wäre eingeschaltet. Ich würde so gern sein Gesicht sehen. Das würde mir helfen, ihn besser zu verstehen. Außerdem interessiert es mich brennend, wie er aussieht. Ich frage mich, ob sein Gesicht genauso umwerfend ist wie sein Körper.

Nach einer gefühlten Ewigkeit sagt er: »Brooklyn, auch wenn ich es zu schätzen weiß, dass Sie facetimen wollten, um zu beweisen, wer Sie sind, muss ich Ihnen leider sagen, dass …«

»Warten Sie, Professor, bitte sagen Sie nicht Nein.« Ich umklammere mein Telefon fester. »Bitte nicht. Ich weiß, dafür müssten Sie aus Ihrer Komfortzone herauskommen, aber es könnte so großartig werden. Auch wenn Sie nicht an sich glauben, sollen Sie wissen, dass ich an Sie glaube.«

Wieder folgt eine kurze Pause, dann sagt er: »Auch wenn mir ganz schwindlig vor Begeisterung wird, weil Sie an mich glauben, wollte ich nicht Nein zu dem Buch sagen. Ich wollte Ihnen sagen, dass Ihr Bademantel aufgeklappt ist und ich Ihre Brüste sehen kann.«

Ich blicke hinunter und keuche auf. Eine glühende Hitze steigt mir ins Gesicht. Offensichtlich hat mein nervöses Herumzappeln dafür gesorgt, dass sich mein Bademantel gelöst hat, und nun klafft er auf und entblößt den Großteil meiner Brüste und sogar einen leichten Nippelansatz.

Ach du Scheiße!

Mein Bild auf dem winzigen Display war so klein, dass ich es gar nicht bemerkt habe. Schnell wie der Blitz ziehe ich die Ränder des seidigen Stoffes enger zusammen und halte die Kamera näher an mein Gesicht.

»Oh Gott. Das war mir nicht klar. Das tut mir so leid.«

»Tatsächlich? Oder sollte das ein zusätzlicher Anreiz sein, mit Ihnen zusammenzuarbeiten? Ein Vorgeschmack auf das, was noch kommt?«

Gerade als ich dachte, peinlicher könnte es nicht mehr werden. »Nein. Oh Gott, nein!«

»Es wäre nicht das erste Mal, dass eine Frau behauptet, mir helfen zu wollen, nur um eine sexuelle Beziehung mit mir einzugehen. Läuft das hier auch gerade? Versuchen Sie, mich zu verführen?«

Vor Scham stehe ich kurz vor einem Schlaganfall. »Nein! Professor, ich kann Ihnen versichern, dass ich für mich die höchsten professionellen Standards setze. So etwas würde ich niemals tun. Es ist mir unglaublich peinlich, dass das passiert ist, aber bitte … Es war ein Unfall. Ich entschuldige mich in aller Form …«

»Entspannen Sie sich, Brooklyn«, sagt er, und ich meine, ihn lächeln zu hören. »Das war ein Witz. Ich bin mir ziemlich sicher, dass Ihr Bekleidungsunfall keine Absicht war.«

»Oh.« Ich lache schwach. »Gut.« Ich hole tief Luft und versuche, meine Röte zu überspielen. »Dieses Projekt ist unglaublich wichtig für mich. Nicht so wichtig, um zur Exhibitionistin zu werden, aber trotzdem …«

Ich hätte erwartet, dass er lacht, aber er lacht nicht. Stattdessen folgt eine weitere Pause.

»Also, angenommen, wir machen das«, sagt er, »dann würden wir zusammenarbeiten?«

»Ja, das ist der Gedanke dahinter. Ich wäre Ihre Lektorin. Ich würde Ihnen helfen, die Richtung für das Buch zu bestimmen, Änderungen vorschlagen und mich auch in Sachen Cover und Marketing mit Ihnen abstimmen. Ich nehme an, dass der ganze Prozess mindestens neun Monate dauern wird, wenn nicht sogar länger.«

»Das ist ziemlich lange. Was, wenn sich herausstellt, dass ich ein unerträgliches Arschloch bin, mit dem Sie es nicht aushalten?«

Ich lächle. »Das bezweifle ich.«

»Aber es könnte sein. Sie kennen mich doch gar nicht. Sie haben nicht einmal gefragt, ob ich überhaupt der Typ auf den Fotos bin. Nach allem, was Sie wissen, könnte ich auch ein fünfundsechzigjähriger Rentner mit Bierbauch und Glatze sein.«

Verdammt, er hat recht. Ich habe mich so sehr darauf konzentriert, zu beweisen, wer ich bin, dass ich überhaupt nicht auf die Idee gekommen bin, ihn um das Gleiche zu bitten.

»Also, sind Sie der Typ auf den Fotos?«, frage ich und warte nervös auf seine Antwort.

»Spielt das eine Rolle? Sie wollten mich doch wegen meiner Texte, richtig?«

Das ist ein Haken, mit dem ich nicht gerechnet habe. Ein Teil meiner Überzeugung, was den möglichen Erfolg des Buches angeht, hat mit der unglaublichen physischen Attraktivität des Professors zu tun. Wenn das auf den Fotos nicht seine heißen Muskeln sind, dann … Na ja, dann muss ich mir eine andere Vermarktungsstrategie ausdenken.

»Passen Sie auf, Professor, ich müsste lügen, wenn ich behaupten würde, Ihr … äh … optisches Erscheinungsbild wäre kein Faktor, der mich anzieht, aber es ist definitiv nicht der Hauptgrund. Dennoch, bevor wir weitere Schritte einleiten, sollte ich wissen, womit ich es zu tun habe. Wenn Sie das auf den Fotos nicht sind, ist das in Ordnung. Aber dann sagen Sie es mir. Ich kann Ihnen versichern, dass das für mich kein Grund sein wird, von diesem Projekt Abstand zu nehmen.«

Wieder folgt eine lange Pause, und das einzige Geräusch ist sein Atem. Dann höre ich es rascheln, und das Display leuchtet auf. Ich sehe muskulöse, tätowierte Arme und breite, harte Brustmuskeln. Ich sehe endlose Bauchmuskeln und ein kantiges, stoppeliges Kinn über einem kräftigen Hals. Aber kein Gesicht. Wie üblich.

»Das bin ich«, sagt er. »Ist Ihnen das Beweis genug?«

Ich schlucke und nicke. »Ah ja. Das ist … schön.« Oh Gott, so schön. Ich mache mir ernsthaft Gedanken, ob ich in der Lage sein werde, Tag für Tag mit ihm zusammenzuarbeiten, ohne mich in ein notgeiles, sabberndes Etwas zu verwandeln. Im Augenblick läuft mir schneller das Wasser im Mund zusammen, als ich schlucken kann. Das ist eine neue und äußerst beunruhigende Stufe seiner Wirkung auf mich.

Ich schlucke noch zweimal, bevor ich meine Stimme wiederfinde. »Tja, äh … Möchten Sie mir nicht Ihr Gesicht zeigen, wenn wir uns hier schon entblößen?« Noch während ich es ausspreche, bemerke ich meine unpassende Wortwahl, aber was soll's? Er wird schon wissen, wie ich es gemeint habe.

»Heute nicht, Brooklyn«, sagt er, und während er spricht, erhasche ich einen Blick auf seine Unterlippe. »Ich lege Wert auf meine Anonymität. Was für eine Ironie, wenn man bedenkt, dass es bald damit vorbei sein könnte.« Er seufzt, und ich muss wieder schlucken, weil sich seine Bizepsmuskeln wölben, als er sich mit der Hand über die Wange streicht.

»Wenn alles gut geht«, sage ich, »kennt Sie im Handumdrehen das ganze Land.«

»Toll.« Wieder Sarkasmus. »Das habe ich mir immer gewünscht.« Im Hintergrund piept irgendetwas, und seine Haltung verändert sich. »Okay, also dann. Sie haben meine Erlaubnis, Ihr Buch vorzustellen, wozu auch immer es gut sein mag. Ich muss Schluss machen.«

Ehe ich mich verabschieden kann, ist die Leitung tot. Eine Sekunde lang starre ich mein Handy an, und trotz meines Entsetzens über meinen Busenblitzer und obwohl seine Begeisterung zu wünschen übrig lässt, lasse ich mich auf mein Bett fallen und zappele herum wie ein aufgeregter Fisch. Es ist mir sogar egal, dass meine Brüste aus dem Bademantel herauspurzeln.

Wie geil ist das denn?

Es wird funktionieren. Ich weiß es einfach.

Mein Handy vibriert. Als ich aufs Display schaue, entdecke ich eine Nachricht von Joanna. *Der Professor hat ja gesagt, stimmt's? Meine Möpse kribbeln.*

Ich antworte ihr, dass ich ihre Verkaufsprognosen in meine Präsentation für Montag einbauen werde, und dann mache ich mich an den großartigsten Buchpitch in der Geschichte des Verlagswesens.

5. KAPITEL

Super gemacht!

Der Besprechungsraum bei Whiplash Publishing wird aus gutem Grund »Das Aquarium« genannt. Er befindet sich mitten im Büro und hat Glaswände. Ich habe dutzende Liebesromane gelesen, in denen Paare auf riesigen Konferenztischen aus Mahagoni übereinander herfallen, aber wer das hier versuchte, könnte mit Eintrittskarten einen ordentlichen Reibach machen. Das gesamte Büro säße in der ersten Reihe.

Während ich mich nun bemühe, meinen rasenden Herzschlag zu ignorieren und eine Knaller-Präsentation zu halten, fällt mir besonders auf, wie oft die Leute gucken, was im Aquarium passiert. Immer wieder lenken mich Gesichter ab, die über den niedrigen grauen Trennwänden der Büroabteile auftauchen, als gehörten sie zu einer Erdmännchenkolonie, die Ausschau nach hungrigen Raubtieren hält.

Ich schlucke und zeige die nächste Folie meiner PowerPoint-Präsentation. »Hier sind nur ein paar Beispiele der Werke von Professor Feelgood. Sie stimmen mir sicherlich zu, dass sein Stil recht … anregend ist.«

Ich rede weiter und beobachte die Gesichter am Tisch. Serena hat mich gefragt, was ich präsentiere, aber ich habe ihr nur gesagt, dass es eine Überraschung werden soll, und nach ihrer Miene zu urteilen, ist sie mir gelungen. Ihr Blick wandert über den Bildschirm, und mir fällt auf, dass sie sich leicht nach vorn beugt. Nachdem sie den zweiten und dritten Screenshot gelesen hat, steht ihr der Mund offen.

Ausgezeichnet.

Mit ihr an Bord habe ich den Kampf schon halb gewonnen, und ich sehe, dass mein Konzept sie auf mehr als nur einer Ebene anspricht.

Mr Whips Reaktion fällt etwas anders aus, aber ich habe auch nichts anderes erwartet. Er ist schließlich ein Mann. Dieses Buch wird von der unglaublichen Kaufkraft der Frauen leben. Ich habe mir die Followerliste des Professors angesehen und weiß, dass im Meer der treu ergebenen Vaginas nur ein paar einsame Pimmel mitschwimmen.

Während ich die Analyse der zu erwartenden Verkäufe vorstelle, sehe ich, dass unser Marketing-Manager Sidney genauso reagiert wie Serena. Seine schokobraune Haut lässt nur schwer erkennen, ob seine Wangen gerötet sind, aber da ich weiß, auf welchen Typ Sid steht, bin ich mir sicher, dass der Professor ganz nach seinem Geschmack ist: düster, kantig und mit Sixpack.

Verstohlen werfe ich Devin einen Blick zu, der an der Wand seines Büroabteils direkt vor dem Konferenzraum lehnt und mich genau beobachtet. Wenn Blicke töten könnten, würde sich mein Körper gerade wie in einer Badewanne voller Säure auflösen.

Nicht mehr ganz so übermütig, was, Sportsfreund?

Trotz der positiven Atmosphäre im Raum bin ich nicht so dumm, zu glauben, ich hätte schon alles im Sack. Bei Devins Präsentation vorhin habe ich spioniert und muss leider zugeben, dass er einen hervorragenden Job gemacht hat. Seine Grafiken waren gekonnt, überzeugend und attraktiv, und seien wir ehrlich, wenn er es schafft, eine Fortsetzung von *Rageheart* zu bekommen, könnte diese auch unleserlich mit Buntstift geschrieben sein und die Leute würden sie trotzdem kaufen. Sein Vorschlag wäre eine sichere Bank. Dafür ist meiner innovativ, und genau da liegt der große Unterschied. Will Mr Whip etwas Traditionelles und Sicheres oder etwas Riskantes und Aufregendes? Ich hoffe auf die zweite Möglichkeit.

Ich drücke wieder auf die Fernbedienung, und die Verkaufsprognose erscheint auf dem Bildschirm. »Wie Sie sehen, sind diese Berechnungen konservativ. Wenn nur zehn Prozent seiner Follower das Buch kaufen, haben wir immer noch einen Riesenhit. Aber um ehrlich zu sein, gehe ich von deutlich höheren Verkaufszahlen aus. Ich glaube, dieses Buch wird ein viraler Hit, und der Stil des Professors spricht zahlreiche unterschiedliche Lesergruppen an.«

Ich höre, wie meine Stimme beim Sprechen zittert, aber ich glaube, das liegt eher an der Vorfreude als an der Nervosität. Ich habe mich noch nicht verhaspelt oder mich aus Versehen entblößt, im Großen und Ganzen kann ich es also als Erfolg verbuchen.

Mit einem flüchtigen Blick auf den Bildschirm präsentiere ich die letzte Folie, auf der ein paar der beeindruckendsten Fotos des Professors zu sehen sind, überlagert von seinen Gedichten.

Okay, und jetzt mach den Sack zu, Mädchen.

»In der Vergangenheit gab es immer wieder Momente, die das Verlagswesen geprägt haben. Wenn ein Buch genau zur richtigen Zeit erscheint und einer ganzen Generation aus dem Herzen spricht. Ich bin mir sicher, das hier ist auch so ein Buch. Und es wäre mir eine Ehre, wenn ich es zum neuen Meilenstein in der Erfolgsgeschichte von Whiplash machen dürfte. Vielen Dank.«

Nachdem ich fertig bin, atme ich zittrig aus, dann stehe ich da und warte auf die Reaktionen. Serena strahlt mich praktisch an, und Sidney zeigt mir verstohlen ein Daumen-Hoch.

Mr Whip nimmt sich Zeit, bevor er etwas sagt. Er blättert noch einmal durch die Papierversion meiner Präsentation, sieht mich ein paar Sekunden lang an und dann nickt er mir kurz zu. »Gut gemacht, Asha. Eine sehr kreative Idee. Wir sehen uns noch ein paar weitere Präsentationen an, bevor wir uns entscheiden, aber wir können jetzt schon sagen, dass Sie uns beeindruckt haben.«

Ich grinse so breit, dass es beinahe wehtut. »Vielen Dank, Mr Whip. Das freut mich.«

»Bitte schicken Sie die nächste Kandidatin rein.«

Rasch sammle ich meine Unterlagen zusammen und gehe zu Kandace, einer unserer dienstältesten Lektoratsassistentinnen, die nervös draußen wartet. »Sie erwarten dich. Mach sie fertig.«

Sie lächelt mich ängstlich an, dann wagt sie sich in die Höhle des Löwen.

Als ich an meinem Schreibtisch ankomme, lasse ich mich auf den Stuhl fallen. Gott, diese Beförderung ist so nah, dass ich sie förmlich riechen kann. Alles fühlt sich so richtig an, als müsste ich nur noch unserer Büroleiterin mailen und ihr sagen, sie solle meine neuen Visitenkarten bestellen.

Mein Handy vibriert mit einer Nachricht von Joanna. *SUPER GEMACHT! Die Beförderung hast du in der Tasche, Süße!*

Ich schicke ihr mehrere glücklich-nervöse Emojis zurück, und als ich aufschaue, steht Devin vor mir.

»Nicht schlecht, Tate«, sagt er und steckt die Hände in die Hosentaschen. »Ein paarmal dachte ich, du würdest gleich auf deine Notizen kotzen, aber du hast die Kurve gekriegt.«

»Ich habe die ganze Zeit daran gedacht, wie sehr ich dich

schlagen will, Devin, und mein Magen hat mich sehr gern dabei unterstützt.«

Er streicht sich seine Krawatte glatt. »Es ist ein großes Risiko, alles auf einen Typen zu setzen, der noch gar kein richtiger Autor ist.«

»Ich glaube, es ist nur ein kleiner Schritt vom Schreiben zum Autor, und schreiben kann er definitiv. Meiner Meinung nach ist es kein großes Risiko, wenn er so gut Gefühle in Worte fassen kann. Die Leute werden seinetwegen ausrasten.«

Er lächelt mich herablassend an. »Hast du meine Präsentation gesehen? Sandra Larson. Sie ist eine ziemlich große Nummer, oder?«

»Auf jeden Fall. Deine Präsentation war super.«

»Aber du glaubst, du hast mich geschlagen?«

Ich zucke mit den Schultern. »Ich denke, Whiplash ist bereit, einen Autor vorzustellen, den *sie* entdeckt haben. Das ist schon lange überfällig. Professor Feelgood könnte der Richtige sein.«

Devins Gesicht zuckt. »Das kannst du dir immer noch einreden, wenn ich dich losschicke, um mir einen Kaffee zu holen.«

Er schleicht sich, und ich staune darüber, dass ich mich nur um den Job bewerben musste, den er haben will, damit er nicht mehr mit mir flirtet. So einfach und doch so wirkungsvoll.

Ich stehe auf, damit ich beobachten kann, was im Aquarium passiert. Die arme Kandace sieht aus, als würde sie gleich in Ohnmacht fallen.

Nachdem ich mich wieder hingesetzt habe, hole ich den Computer aus dem Ruhemodus und versuche, mich eine Weile auf die Arbeit zu konzentrieren, aber als ich höre, dass Leute aus dem Konferenzraum kommen, stehe ich auf und sehe Serena in ihr Büro gehen.

Sie bedeutet mir, ihr zu folgen. »Tu so, als würden wir über das Delaney-Buch sprechen, und mach ein neutrales Gesicht«, sagt sie leise.

Ich nicke, und sie reicht mir einen Ordner. »Alles klar.«

Während sie mit mir spricht, wühlt sie in Papieren auf ihrem Schreibtisch und sieht mich kaum an. »Ich kann noch nichts sagen, aber du hast uns umgehauen, Asha. Deine Präsentation war großartig, und ich glaube, du hast Robert davon überzeugt, dass du die Richtige für den Job bist. Ich spreche mit der Finanzabteilung darüber, was wir dem Professor für ein Angebot machen können, und morgen setze ich mich mit ihm in Verbindung, um den Prozess in Gang zu bringen. Hast du seine Nummer?«

Ich nicke. »Ich schick sie dir. Was ist mit Devin und Sandra Larson?«

»Robert hat keine Lust auf den Ärger, sie aus ihrem aktuellen Vertrag herauszukaufen; das könnte Monate dauern. Außerdem können wir sie uns nicht leisten. Es würde das komplette Budget für das nächste Jahr sprengen. Sie wird sich ohne Zweifel für einen der fünf Großen entscheiden.«

Ich verziehe keine Miene, kann aber nicht verhindern, dass sich ein wenig Aufregung in meine Stimme schleicht. »Mein Gott, Serena, werde ich wirklich zur Lektorin befördert?«

Sie kritzelt etwas auf ihren Planer und schenkt mir ein klitzekleines Lächeln. »Sieht so aus, Süße. Bist du bereit, einen Bestseller zu veröffentlichen?«

»Aber so was von!«

»Gut. Dann geh jetzt und tu so, als hätte ich nichts gesagt. Auch Joanna darf nichts wissen. Wenn ich den Professor am Wickel habe, wird Robert es offiziell verkünden. Oh, und stell dich schon mal darauf ein, jemanden zu finden, der dich ersetzen kann. Das wird nicht einfach werden, meine Liebe.«

Sie sieht mich scharf an, und als ich mich auf den Weg zurück an meinen Schreibtisch mache, ziehe ich die Mundwinkel herunter.

Ich verhalte mich so natürlich wie möglich und schicke dem Professor eine Nachricht.

Meine Chefs fanden die Idee mit dem Buch SUPER. Es ist noch nicht offiziell, aber wenn alles so läuft wie erwartet, wird sich morgen jemand bei Ihnen melden, um die Details zu besprechen. HERZLICHEN GLÜCKWUNSCH! Sie werden als Autor publizieren!

Am anderen Ende des Büros lehnt Devin an der Tür zum Pausenraum und starrt mich an. Ich bin mir sicher, dass ich nichts preisgebe, aber ich bemerke sein leichtes Stirnrunzeln, als er mir mit seiner Kaffeetasse zuprostet, bevor er wieder an seinen Schreibtisch zurückgeht.

Wow, ich werde es nicht vermissen, dass er jeden Tag bei mir vorbeikommt. Bald habe ich ein richtiges Büro mit einer richtigen Tür, und Devin wird sich daran gewöhnen müssen, dass sie vor seiner Nase zuknallt.

6. KAPITEL

Am Ende wird alles gut

Als ich am nächsten Morgen durch die belebten Straßen von Brooklyn schlendere, könnte ich schwören, dass mir die Klänge von *Walking on Sunshine* überallhin folgen. Heute ist einer von *diesen Tagen*, an denen mir die Welt zu Füßen liegt und nichts meinen positiven Schwung bremsen kann.

Heute wird so cool. Das habe ich in den Möpsen, um Joanna zu zitieren.

»Guten Morgen, Asha.«

»Hey, Mrs Eidleman!« Meine achtzigjährige Nachbarin geht mit ihren zwei Shih Tzus walken. Dazu trägt sie eine grellpinke Jogginghose mit dem Wort KNACKARSCH in silbernen Buchstaben quer über dem Hintern. »Sie sehen ja schick aus.«

»Ja, nicht wahr? Sie aber auch, meine Liebe.«

Ich lächle bescheiden, dabei weiß ich ganz genau, dass mein Outfit der Hammer ist. So gehemmt ich mich auch fühle, wenn ich nackt bin, mit den richtigen Klamotten komme ich mir vor wie eine Königin. Das heutige Ensemble besteht aus einer Bluse mit Kirschenmuster, einem engen schwarzen Bleistiftrock und einem breiten schwarzen Gürtel, abgerundet durch einen Vintage-Mantel von Burberry, den ich auf dem Flohmarkt in Brooklyn für gerade mal fünfundzwanzig Dollar erstanden habe. Sogar meine Haare sitzen heute perfekt. Ich habe meine roten Locken glattgeföhnt, und sie schwingen mir beim Laufen ums Gesicht. Selbst wenn ich wollte, könnte ich nicht lektorinnenmäßiger aussehen. Jetzt muss ich nur noch meinen verblüfften Gesichtsausdruck üben, für den Augenblick, wenn sie mir die Beförderung anbieten.

»Hey, Asha! Schöner Tag heute, was?«

»Und wie, Randy!« Mein Lieblingsbarista aus meinem Stammcafé hängt sich aus dem Fenster für die Laufkundschaft und hält mir meine übliche Bestellung hin, pünktlich auf die Minute.

»Ein großer Grüntee und ein glutenfreier Low-Carb-Spinatkuchen.«

Ich reiche ihm einen Zehner und schnappe mir die Tüte und den Becher, ohne anzuhalten. »Du bist echt der Beste, Randy. Danke.«

»Immer gern. Und hab einen schönen Tag.«

Ich seufze zufrieden, als ich zur U-Bahn hinuntersteige. Das Leben ist schön.

In der Vergangenheit gab es Zeiten, da musste ich mit Klauen und Zähnen für alles halbwegs Anständige kämpfen. Wenig Geld zu haben und studieren zu wollen waren zwei Dinge, die sich in der Gegend, wo wir aufgewachsen sind, gegenseitig ausschlossen, aber Eden und ich haben uns in der Highschool den Arsch aufgerissen, um Stipendien zu ergattern. Und heute haben wir immerhin gute Jobs, auch wenn wir keine großen Sprünge machen können. Und mit der Gehaltserhöhung, die ich als Lektorin bekomme, werde ich Nannabeth endlich die unzähligen Kredite zurückzahlen können, die sie mir im Laufe der Jahre gewährt hat. Ich weiß zwar, dass ihr das Geld nicht wichtig ist, aber mir geht es ums Prinzip.

Beschwingt gehe ich den Rest des Weges zur Arbeit, und als ich in den Aufzug steige und dort auf Devin treffe, versuche ich, mir meine Fröhlichkeit nicht anmerken zu lassen.

Er mustert mich misstrauisch. »Du siehst heute Morgen so zufrieden aus, Tate. Was ist los?«

»Nichts. Und bei dir?«

Seine Zuversicht platzt aus ihm heraus. »Oh, ich werde heute befördert. Verlass dich drauf.«

Ich beiße die Zähne zusammen, um nicht laut loszulachen. »Was du nicht sagst! Schön für dich.«

Er dreht sich zu mir um, sein Gesicht ist mir zu nah, sein Aftershave zu intensiv. »Du glaubst wirklich, du hättest das im Sack, was? Glaubst du ernsthaft, die wären so dumm, auf irgendeinen Social-Media-Poser zu setzen, wenn sie stattdessen eine Bestsellerautorin wie Sandra Larson haben könnten?«

Ich zucke die Achseln. »Ich nehme an, sie müssen eine Menge Faktoren einbeziehen. Vielleicht wirst du dich noch wundern.«

Er schnaubt. »Ja, genau. Einer von uns wird sich heute noch wundern, aber das bin nicht ich.«

Auf unserer Etage gleiten die Aufzugtüren auf, und wir gehen getrennter Wege zu unseren jeweiligen Schreibtischen. Ich sehe, dass Serena schon in ihrem Büro ist, und das ist ungewöhnlich, denn normalerweise bin ich mindestens eine halbe Stunde eher da als sie. Sie telefoniert, und ihre Bürotür ist geschlossen, auch das eine Seltenheit. Verwundert ziehe ich meinen Mantel aus und hänge ihn an die nahegelegene Garderobe. Auf dem Weg zurück zu meinem Schreibtisch wirft mir Serena einen genervten Blick zu, bevor sie sich dem Fenster zuwendet und ihr Telefonat weiterführt.

Okay. Das sieht nicht gut aus. Vielleicht hat der Professor es sich anders überlegt.

Gott, bitte nicht.

Ich will mich gerade setzen, da erscheint Joanna hinter mir, ein besorgter Ausdruck verzerrt ihr makelloses Gesicht.

»Ich schwöre, ich kann nichts dafür.«

»Wovon redest du?«

»Ich habe niemandem vom Professor erzählt. Gut, okay, ich habe es meiner Nageldesignerin erzählt, aber das war's auch schon, und da sie fast nur Vietnamesisch spricht, bezweifle ich, dass sie etwas damit zu tun hat.«

»Okaaaay. Was ist hier los?«

Ehe Joanna es mir erzählen kann, höre ich, wie Serenas Bürotür aufgeht, und als ich mich umdrehe, sehe ich, dass sie auf mich zukommt.

»Komm mal mit«, sagt sie und winkt mich zu sich. »Wir müssen reden.«

Ich werfe Joanna einen letzten Blick zu, während ich Serena zum Aufzug folge. Als wir an Devin vorbeikommen, winkt er mir wie üblich lässig zu.

»Wo gehen wir hin?«

Serena drückt mit mehr Verve als üblich den Fahrstuhlknopf. »Nach oben, zu Robert.« Beim Ton ihrer Stimme spitzt meine Panik die Ohren.

»Was ist passiert?«

Der Aufzug kommt, und wir steigen ein. Kaum haben sich die Türen hinter uns geschlossen, wendet sie sich mir zu. »Asha, ich frage dich das wirklich nur ungern, aber wir haben ein Problem, also ist es absolut entscheidend, dass du ehrlich zu mir bist, okay?«

»Ich bin immer ehrlich zu dir.«

»Ich weiß, aber …« Sie seufzt. »Es besteht der Verdacht, dass das Buch von Professor Feelgood nicht deine Idee war.«

Mir bleibt der Mund offen stehen. »*Was*?«

»Offenbar war Robert gestern bei einem Branchenevent, und irgendjemand meinte, das Gerücht gehe um, der Professor sei bereits in Verhandlungen mit einem anderen Verlag. Verständlicherweise war Robert stinksauer. Er war sehr beeindruckt von deiner Präsentation, aber wenn die Möglichkeit besteht, dass du sie dir gar nicht selbst ausgedacht hast … nun ja …«

Ich versuche, ruhig zu bleiben, aber mein Gesicht glüht. Ich bin entsetzt, weil meine Integrität in Frage gestellt wird. »Ich habe den Professor persönlich kontaktiert. Als wir telefoniert haben, klang es so, als hätte er noch nie daran gedacht, ein Buch zu schreiben.« Ich gehe unser Gespräch noch einmal durch, um ganz sicherzugehen, dass ich nichts übersehen habe. Klar, es ist gut möglich, dass auch jemand anders sein Potenzial erkannt hat, aber dann hätte er das doch sicher erwähnt. »Er hat mit keinem Wort davon gesprochen, dass er schon einen anderen Verleger hat.«

»Hast du irgendetwas Schriftliches von ihm?«

»Ich habe ein paar Instagram-Nachrichten, aber unser Hauptgespräch war mündlich.«

»Also kannst du nicht beweisen, dass er *nicht* gesagt hat, dass er schon mit einem anderen Verlag im Gespräch ist.«

»Nein, aber ich würde dich nicht anlügen. Oder Mr Whip.«

Als der Aufzug auf der Etage der Geschäftsführung anhält, blicke ich den kurzen Flur entlang, der zu Mr Whips Büro führt. Im Augenblick wirkt er so gruselig, als stammte er geradewegs aus *The Shining*.

»Asha, Robert ist der Meinung, dass du dich von deinem Ehrgeiz hast hinreißen lassen«, sagt Serena gedämpft. »Dass du eher schummeln würdest, als dir eine Beförderung entgehen zu lassen.«

»Nun, da irrt er sich«, flüstere ich zurück. »Wir rufen einfach den Professor an und lassen ihn seine Version der Geschichte erzählen. Er wird bestätigen, dass es meine Idee war.«

»Ich habe bei der Nummer angerufen, die du mir gegeben hast, aber niemanden erreicht. Roberts Sekretärin ist jetzt an der Sache dran und versucht es im Fünfminutentakt bei ihm.«

»Wie wäre es, mit jemandem aus dem anderen Verlag zu sprechen?«

»Haben wir schon. Sie haben gesagt, sie würden nichts kommentieren, was eventuell laufende Vertragsverhandlungen beeinflussen könnte, also trägt das auch nicht dazu bei, die Geschichte aus der Welt zu schaffen.«

»Das ist Irrsinn. Ich habe nichts falsch gemacht. Ich hatte eine großartige Idee und habe mir den Arsch aufgerissen für diese Präsentation. Was ihr da im Konferenzraum gesehen habt, war allein meine Arbeit, von niemand anderem.«

»Das glaube ich dir. Aber Robert ist stinksauer, und gerade mache ich jede Menge Überstunden, nur um ihn davon zu überzeugen, dich nicht zu feuern.«

Ich schüttele den Kopf und versuche, meine Gedanken zu sortieren. Ich kann nicht glauben, wie schnell sich dieser Tag in einen Scheißtag verwandelt hat.

Devins Worte aus dem Aufzug fallen mir wieder ein. *Einer von uns wird sich heute noch wundern, aber das bin nicht ich.*

»Devin«, sage ich leise. »Er war das.«

Serena zieht eine Augenbraue hoch. »Das ist eine schwerwiegende Anschuldigung.«

»Ja, aber denk mal darüber nach. Wem würde es am meisten nützen, wenn diese Sache den Bach runtergeht? Und wer hat gute Beziehungen in andere Verlagshäuser? Es würde ihm nicht schwerfallen, so etwas zu arrangieren.«

Serena blickt an mir vorbei in Richtung Bürotür. »Vielleicht solltest du deinen Verdacht besser für dich behalten, bis wir mehr wissen. Das Einzige, was Robert noch weniger gefallen wird als eine Mitarbeiterin, die Ideen klaut, sind unbegründete Anschuldigungen gegen seinen Neffen.«

Ich nicke, und wir gehen den Flur entlang zu Mr Whips Büro. Ich bin so schockiert und wütend, dass mir die Hände zittern.

Ich habe immer gewusst, dass Devin ein Arsch ist, aber dass er so tief sinken würde, meine Karriere zu sabotieren, hätte ich nicht für möglich gehalten.

Es muss einen Weg geben, diese Sache wieder in Ordnung zu bringen, und verdammt noch mal, den werde ich finden.

Mr Whip wird nicht oft wütend, aber wenn, dann kann man es bis tief in die Eingeweide spüren. Ich habe keine Ahnung, wie sich die Strahlenkrankheit anfühlt, aber wenn es auch nur eine gewisse Ähnlichkeit damit hat, sich in der Nähe von Mr Whips eisigem Zorn aufzuhalten, muss es fürchterlich sein.

Er sitzt an seinem Schreibtisch, während Serena und ich davor stehen, und ich fühle mich wie eine Schülerin, die dabei erwischt wurde, wie sie Schweinereien auf das Auto des Schuldirektors geschmiert hat.

»Es ist schon peinlich genug, dass ich von diesem Buch erzählt habe, davon, was für eine originelle Idee es ist. Aber dann herauszufinden, dass bereits ein Mitbewerber daran arbeitet und den Autor kontaktiert hat …«

»*Angeblich*«, unterbricht ihn Serena. »Das könnte alles ein Missverständnis sein, Robert. Wir müssen wenigstens die ganze Geschichte herausfinden, bevor wir irgendwelche voreiligen Schlüsse ziehen.«

»Diese Entwicklung zieht Ashas Beförderung in Zweifel«, sagt Mr Whip. »Die Aufgabe war, dass *Sie* einen Bestseller finden sollen. Aber wenn Sie einfach nur die Idee von jemand anderem präsentiert haben …« Er schaut mich an und seufzt. »Asha, bitte sagen Sie mir, dass ich mich irre.«

»Sie irren sich, Sir. Hundertprozentig. Ich würde *niemals* Sie oder Serena so hintergehen und fremdes Material als mein eigenes präsentieren. Ich habe keine Ahnung, wer dieses Gerücht in die Welt gesetzt hat, aber ich kann Ihnen versichern, wenn wir Kontakt mit dem Professor aufnehmen, wird er meine Version der Ereignisse bestätigen.«

Er nickt. »Dann hoffen wir mal, dass wir ihn bald erreichen, denn je länger dieses Gerücht in Umlauf ist, umso größer ist der Schaden für unseren Verlag und für *Ihr* berufliches Ansehen. Um es aus der Welt zu schaffen, müssen wir so schnell wie möglich einen Vertrag unterzeichnen. Ihre Umsatzprognose war beeindruckend, und wenn Sie das herausgefunden haben, dann haben andere das auch. Einen Bieterwettkampf können wir uns nicht leisten.«

Es klopft leise an die Bürotür, und Craig, Mr Whips Assistent, kommt nervös herein.

»Verzeihung, Sir. Aber ich habe gerade einen Anruf von *Publisher's Weekly* erhalten. Sie wollen wissen, ob es wahr ist, dass sich Whiplash mit den fünf großen Verlagshäusern in einem Bieterwettkampf um das Buch von Professor Feelgood befindet.«

Mr Whips Gesicht läuft rot an, und er fährt zu mir herum. »Verdammter Mist!«

»Ich habe keine Ahnung, warum das passiert«, sage ich und fühle mich mit jeder Sekunde hilfloser. »Aber ich verspreche Ihnen, dass ich das klären werde.«

»Das will ich Ihnen auch geraten haben!«, sagt er, bevor er sich wieder seinem Computer zuwendet. »Unsere Zukunft hängt davon ab.«

Und damit entlässt er Serena und mich. In schockiertem Schweigen gehen wir zurück zum Aufzug.

»Das ist schlecht, Asha!«

»Ich weiß.«

»Ich fürchte, du weißt es nicht.« Serena wirft mir einen raschen Blick zu. »Whiplash steht derzeit nicht besonders gut da. Schon eine ganze Weile nicht. Robert hat sich darauf verlassen, dass uns dieses Buch aus den roten Zahlen hilft, und wenn daraus jetzt nichts wird ...« Sie holt tief Luft und beobachtet die Digitalziffern über der Aufzugtür. »Dann ist nicht nur deine Stelle in Gefahr. Dann müssen wir uns bald vielleicht alle einen neuen Job suchen.«

Bei dieser Neuigkeit läuft es mir eiskalt den Rücken hinunter. »Steht es wirklich so schlimm?«

Sie nickt. »Seit fast zwei Jahren schiebt er es auf, sich mit unserer Bilanz zu befassen, weil dieser Verlag sein Leben ist und er die ganze Belegschaft liebt wie seine Familie. Aber die ganze Buchbranche ist in Schwierigkeiten, und wenn wir nicht irgendetwas finden, womit wir die Probleme abwenden, wird Whiplash, wie wir es kennen, bald Geschichte sein.«

Wir steigen in den Aufzug, und als sich die Türen hinter uns schließen, überfällt mich aufgrund des Drucks, diese ganze Angelegenheit zu klären, Klaustrophobie.

Kaum sitze ich wieder an meinem Schreibtisch, schnappe ich mir mein Telefon und rufe die Nummer des Professors an. Ich lande direkt auf der Mailbox.

»Verdammt!«

Ich rufe noch ein paarmal an, aber das Ergebnis ist immer das gleiche.

Entweder hat er meine Nummer blockiert oder er telefoniert gerade mit irgendeinem anderen Verlag. Beide Optionen wären beschissen.

Eilig tippe ich eine Nachricht.

Hi, Professor. Könnten Sie mich bitte so schnell wie möglich anrufen? Wir müssen reden.

Nachdem ich sie abgeschickt habe, werfe ich mein Handy auf den Schreibtisch und reibe mir die Stirn. Langsam habe ich den Eindruck, dass ich, aus welchem Grund auch immer, verarscht worden bin. Ich war mir bei dieser ganzen Geschichte so sicher, aber jetzt fühle ich mich wie ein Taschentuch, das zum Trocknen in einem Hurrikan hängt.

Plötzlich landet ein riesiger Kaffeebecher vor mir auf dem Tisch, und als ich aufblicke, lässt sich Joanna mit ihrem eigenen *Grande* auf meinen Besucherstuhl fallen.

»Falls du Valium brauchst«, sagt sie und schlägt die Beine übereinander, »kann ich dir welches besorgen.«

»Klingt verlockend. Aber vor allem brauche ich Antworten. Niemand kommt zum Professor durch, und jetzt geht alles in die Binsen.«

»Tja, es könnte eine Million Gründe geben, warum er nicht ans Telefon geht.«

»Zum Beispiel?«

Sie zählt sie an den Fingern ab. »Sein Handy ist ihm auf die Gleise gefallen und von einer U-Bahn überrollt worden; er wurde von einem Taxi angefahren und liegt mit Gedächtnisverlust im Krankenhaus; er wurde von armenischen Piraten gekidnappt. Oder vielleicht frönt er auch gerade einer ausgedehnten Masturbationsrunde in der Dusche und nimmt keine Anrufe entgegen. Die Möglichkeiten sind endlos.«

»Oder«, sage ich und lehne mich auf meinem Stuhl zurück, »er steht mit einem anderen Verlag in Verhandlungen und ist zu feige, um es mir zu sagen.«

Joanna nimmt einen Schluck Kaffee und nickt. »Ja, klar, wenn du dir gleich das Schlimmste ausmalen möchtest. Ich persönlich tippe eher auf die Dusche.«

Ich reiße vier Päckchen Zucker auf und lasse sie in meinen Kaffee rieseln. »Wenn das hier schiefgeht und er bei einem anderen Verlag unterschreibt …« Ich schüttele den Kopf. »Ich glaube, dann bringe ich Devin um. Ich meine, normalerweise neige ich nicht zu Gewalt, aber gerade kann ich an nichts anderes denken, als ihm so fest in die Eier zu treten, dass sie explodieren.«

»Danke für das Kopfkino. Vor allem, wenn du dir nicht mal sicher bist, ob er es überhaupt war.«

»Ach, hör doch auf. Wer soll es denn sonst gewesen sein? Er würde für diese Beförderung alles tun. Außerdem kann er mir nicht mehr in die Augen sehen, seit ich aus Mr Whips Büro zurückgekommen bin.«

»Okay, aber könnte das nicht auch damit zusammenhängen, dass du ihn so anschaust, als wolltest du ihm die Eier zertrümmern? Du könntest ihn einfach fragen.«

»Wozu? Er würde es sowieso abstreiten.«

Joannas Handy vibriert, und als sie ihre Nachrichten checkt, macht sie ein langes Gesicht. »Oh Mist.«

»Was ist los?«

Sie betrachtet weiter mit gerunzelter Stirn das Display. »Nachdem die ganze Geschichte heute Morgen herausgekommen ist, habe ich mal meine Fühler ausgestreckt. Das war eine Bekannte bei Macmillan. Sie bestätigt, dass es heute Morgen ein paar eilige Meetings bezüglich des Professors gegeben hat. Wenn sie noch kein Angebot abgegeben haben, steht zumindest eines unmittelbar bevor. Sie schreibt, dass ihn auch mindestens zwei andere Verlage kontaktiert haben. So wie es aussieht, ist ein Bieterwettkampf nicht mehr abzuwenden.«

»Sie haben ihn kontaktiert? Das bedeutet, dass er nur den Anrufen von Whiplash ausweicht.« Mit einem lauten *Klonk* lasse ich den Kopf auf die Tischplatte fallen. »Das war's dann wohl. Game over.«

»Nicht unbedingt.«

Ich hebe den Kopf und schaue sie an. »Hör doch auf, Jo. Du weißt genauso gut wie ich, dass wir keine Chance haben, wenn die großen Kinder mitspielen wollen. Wir haben weder ihre Vertriebsstrukturen noch ihre Kontakte, geschweige denn ihr dickes Konto. Was hätten wir ihm zu bieten, was die anderen nicht haben?«

»Dich.«

»Ach, stimmt ja. Hier bekommt er eine Nachwuchslektorin, die noch nie zuvor ein eigenes Projekt hatte. Das gibt bestimmt den Ausschlag.«

Joanna legt mir eine Hand auf den Arm. »Pass auf. Wenn er nur aus Profitgier ausschlägt, mit dir zusammenzuarbeiten, dann ist er ein Idiot. Wer Geld höher wertschätzt als alles andere, ist der Ärmste unter uns.«

Ich werfe ihr einen Blick zu: »So etwas kann auch nur von einer Reichen kommen.«

»Ash, *du* hast den Typen entdeckt. *Du* warst diejenige, die an sein Talent geglaubt hat. Wenn er jetzt bei einem anderen Verlag unterschreibt, dem es nur um die Umsatzzahlen geht, dann wird er es früher oder später bereuen, glaub mir. Ich habe einmal ein heißgeliebtes Manuskript an den Höchstbietenden verkauft, und die Bastarde haben es völlig massakriert. Ich habe es nur mit Mühe und Not auf die Bestsellerliste der *New York Times* geschafft, aber ganz ehrlich, so hatte ich mir meinen Debütroman bestimmt nicht vorgestellt. Gott sei Dank hatte ich darauf bestanden, die Verfilmung selbst zu produzieren. Wenn sie die auch noch vermasselt hätten, hätte ich wahrscheinlich der ganzen Branche wutentbrannt den Rücken gekehrt. Und dann stünde heute kein Oscar auf meinem Kaminsims.«

Ich würde sie ja fragen, ob sie mich verarschen will, aber ich war schon einmal in ihrer Wohnung. Sie hat tatsächlich einen

Oscar. Ich war bloß immer davon ausgegangen, es wäre eine Replik.

»Okay, ich verstehe, was du meinst, und nur damit das klar ist, auf die Story komme ich noch einmal zurück. Aber fürs Erste interessiert mich nur: Was soll ich machen?«

Sie lächelt. »Kämpf um ihn. Beweise ihm, dass Leidenschaft wertvoller ist als Geld.«

Ich trinke einen Schluck supersüßen Kaffee und nicke. »Weißt du was, du hast recht. Er ist mein Autor, und verdammt noch mal, ich hole ihn mir zurück!«

Ich schnappe mir mein Handy und tippe eine Nachricht.

Lieber Professor, falls Sie mich meiden, weil auch andere Verlage Interesse an Ihrem Buch haben – bitte tun Sie das nicht. Ich habe die Chance verdient, Ihnen zu beweisen, dass Sie bei mir unterschreiben sollten. Ich würde es sehr begrüßen, wenn Sie mich aus diesem Prozess nicht ausschließen würden.

»Super«, sagt Joanna, die mir über die Schulter geschaut hat. »Schnapp ihn dir, Süße.«

Ich lächle sie an, dann mache ich mich auf den Weg in Serenas Büro. »Haben du und Mr Whip schon einen Vorschuss für den Professor festgelegt?«

Sie lehnt sich auf ihrem Schreibtischstuhl zurück. »Nein. Das wollten wir heute Morgen besprechen, aber dann war ja die Hölle los.«

In meiner Hand vibriert mein Handy. Als ich aufs Display schaue, sehe ich eine Nachricht vom Professor.

Ich weiche Ihnen nicht aus. Bin beschäftigt. Rufe in zehn Minuten zurück.

Gott sei Dank.

»Serena, her mit den Zahlen, und zwar schnell. Wir haben noch eine Chance, um den Typen an Land zu ziehen, also gebt mir eine Summe, mit der wir im Spiel bleiben.«

Ich habe Serena noch nie befohlen, was sie tun soll, also ist das eine vollkommen neue Erfahrung, aber jetzt muss es schnell gehen. Offensichtlich ist mein Dringlichkeitsempfinden ansteckend, zumindest nach der Geschwindigkeit zu urteilen, mit der sie Robert anruft und ihn zu einem Notfall-Kriegsrat in den Konferenzraum einbestellt.

Als wir schließlich zusammensitzen, reden die beiden über Geld, während ich darauf warte, dass der Professor zurückruft. Ich nutze die Zeit, um mein Handy mit unserer Telefonkonferenz-Technik in der Mitte des Tisches zu verbinden.

»Asha?«

Als ich aufblicke, steht Mr Whip vor mir.

»Wir gehen aufs Ganze.« Seine Augen glänzen – ob vor Aufregung oder Angst, ist schwer zu erkennen. »Dreihunderttausend Dollar.«

Mir klappt die Kinnlade herunter. »Ist das Ihr Ernst?«

Er nickt. »Das ist mehr als das Doppelte unseres bisherigen Rekords für einen Debütautoren, aber ich denke, mit dieser Summe sind wir immerhin konkurrenzfähig.«

»Okay.« Ich bin platt. Vor einem Jahr haben wir hundertdreißig Riesen für einen Debütroman ausgegeben. Mr Whip war deswegen so aufgeregt, dass wir einen Sanitäter rufen mussten, um ihm den Blutdruck zu messen. Heute scheint ihm diese Summe überhaupt nichts auszumachen. Wenn es dem Verlag wirklich so schlecht geht, wie Serena behauptet, will Mr Whip vermutlich lieber mit einem großen Knall anstatt sang- und klanglos abtreten.

»Würden die anderen so viel bieten?«, frage ich.

Serena schüttelt den Kopf. »Ich glaube nicht. Nicht für die *Idee* eines Buches. Höchstens wenn bereits ein Manuskript vorläge, das alle um den Verstand bringt. Selbst wenn der Professor also von jemand anderem kontaktiert wurde, habe ich keine Zweifel, dass er es sich bei diesem Vorschuss noch mal überlegt.«

Wir alle starren das Telefon an.

Nach einer angespannten Minute sagt Serena: »Es sei denn, er hat schon irgendwo unterschrieben.«

Ich schüttele den Kopf. »Er wirkt auf mich nicht wie jemand, der übereilte Entscheidungen trifft. Ich habe fünfzehn Minuten gebraucht, um ihn überhaupt davon zu überzeugen, ein Buch *vorzuschlagen*. Ich glaube, er wird anrufen.«

Die Worte sind kaum ausgesprochen, da klingelt mein Handy. Ich hole tief Luft und tippe auf den Annehmen-Button.

»Hi, Professor, vielen Dank, dass Sie zurückrufen.«

»Was haben Sie getan?« Er klingt angespannt.

Das überrascht mich. »Wie bitte?«

»Haben Sie mein Buch in ganz New York angeboten? Den ganzen Morgen verfolgen mich Verlagsleute. Was ist hier los?«

»Ganz ehrlich, ich habe keine Ahnung. Ich glaube, hier hat jemand Informationen an unsere Konkurrenten durchgestochen.«

Er schnaubt verächtlich. »Ist das die Art Firma, für die Sie arbeiten?«

»Nein, ganz und gar nicht«, sagt Mr Whip. »Verzeihen Sie, dass ich mich einmische, Professor. Hier spricht Robert Whip, und neben mir sitzt unsere Cheflektorin, Serena White.«

»Hallo Professor«, sagt Serena. »Schön, mit Ihnen zu sprechen.«

»Ja, gleichfalls.«

»Wir sind alle Fans Ihrer Arbeit«, sagt Mr Whip. »Das hier ist mein Verlag, und ich kann Ihnen versichern, dass diese ganze Angelegenheit extrem ungewöhnlich für uns ist. Wir hatten die feste Absicht, Sie heute mit einem offiziellen Vertragsangebot zu kontaktieren, aber was dann geschah, lag nicht in unserer Hand. Ich bitte vielmals um Verzeihung.«

Wir hören ihn ausatmen. »Okay. Also, was passiert jetzt?«

Ich beuge mich näher zum Mikrofon. »Nun, bevor wir weitermachen, würde ich gern etwas klären. Ein anderes Verlagshaus hat mich des Ideenklaus beschuldigt. Mit anderen Worten, sie behaupten, sie hätten schon längst die Idee gehabt, dass Sie ein Buch schreiben, und Ihnen sogar schon einen Vertrag angeboten. Ist das wahr?«

Ich bin mir ganz sicher, dass es meine Idee war, aber in den drei Sekunden, die er braucht, bevor er antwortet, klopft mir das Herz bis zum Hals.

»Was für Leute arbeiten denn in der Buchbranche? Die Erste, die ein Buch vorgeschlagen hat, waren Sie, Brooklyn. Aber heute Morgen haben drei andere Verlage offizielle Angebote gemacht.«

Mr Whip flucht leise. »Haben Sie eines davon angenommen?«

»Nein. Aber ich werde nicht lügen. Die Summen, die mir angeboten wurden, sind verlockend.«

»Nun, dann erlauben Sie uns, offiziell auch unseren Hut in den Ring zu werfen.« Er wirft mir einen Blick zu. »Asha, haben Sie die Ehre?«

Ich nicke.

Okay, jetzt ist es soweit. Meine erste Autorenverhandlung. *Einfach cool bleiben, Ash. Lock ihn mit deiner Begeisterung.*

»Professor … ähm, sorry. Soll ich Sie vielleicht mit Ihrem richtigen Namen anreden?«

Es entsteht eine lange Pause. »Professor ist fürs Erste in Ordnung.«

»Okay.« Ich räuspere mich. »Professor, ich habe kein Geheimnis daraus gemacht, wie sehr ich Sie und Ihre Arbeit bewundere. Ich finde Ihre Poesie bemerkenswert, und wenn Sie sich dazu entschließen würden, einen Roman über Ihre Reisen und den Verlust Ihrer großen Liebe zu schreiben, wäre das ohne Zweifel ganz genauso ergreifend und kraftvoll. Whiplash ist vielleicht nicht der größte Verlag in New York, aber wir lieben unsere Autoren und werden rund um die Uhr daran arbeiten, Sie glücklich zu machen.«

»Gut zu wissen.«

»Falls Sie sich dafür entscheiden, bei uns zu unterschreiben, wäre es mir eine Ehre, Ihre Lektorin zu sein. Ich kenne Ihren Stil, ich verstehe Ihren Rhythmus, und ich bin fest davon überzeugt, dass ich die Beste dafür bin, Ihre Worte zum Strahlen zu bringen.«

»Okay.« Ich meine, einen Hauch Ungeduld zu spüren.

Ich atme tief ein. *Lieber Professor, stell dich darauf ein, aus den Socken gehauen zu werden.*

»Vor diesem Hintergrund möchte Whiplash Ihnen gerne den höchsten Vorschuss anbieten, den wir je an einen Debütautoren gezahlt haben. Was halten Sie von dreihunderttausend Dollar?«

Am anderen Ende der Leitung herrscht Schweigen.

Serena, Mr Whip und ich wechseln einen Blick. Nicht die Reaktion, die wir erwartet hatten. Vielleicht ist er so schockiert, dass ihm die Worte fehlen.

»Professor?«

»Ja, ich bin noch da. Ich … denke nur nach.«

»Okay, natürlich. Ich verstehe, das ist keine leichte Entscheidung. Das ist eine Menge Geld.«

»Mh-hm.«

Im Laufe meines Lebens habe ich schon einige lakonisch veranlagte Männer kennengelernt, aber ich glaube, der Professor toppt sie alle. Die meisten Menschen würden sich zumindest ein kleines bisschen Aufregung anmerken lassen, wenn sie mit einem kleinen Vermögen konfrontiert werden, aber mir wird immer wieder vor Augen geführt, dass dieser Mann nicht wie die meisten Menschen ist.

»Ähm … wenn Sie mehr Zeit brauchen, können Sie uns auch gern später zurückrufen. Oder … morgen?«

Wieder eine Pause, gefolgt von einem geräuschvollen Ausatmen. »Ja, okay.«

»Okay. Schön. Also, rufen Sie einfach an, wenn Sie …«

»Nein, ich meinte okay zu dem Angebot. Ich unterschreibe bei Whiplash.«

Es folgen einige Sekunden entsetzter Stille, in der wir einander überrascht ansehen. Dann schlägt Mr Whip begeistert die Hände zusammen.

»Das sind fantastische Neuigkeiten. Wir freuen uns, Sie an Bord zu haben.«

»Sie werden es nicht bereuen«, sagt Serena. »Asha ist genau die Richtige für dieses Projekt. Daran habe ich keine Zweifel.« Sie strahlt mich an. »Ich werde gleich den Vertrag vorbereiten und Sie dann später noch einmal anrufen, um die Details zu besprechen.«

»Hört sich gut an.«

»Also gut«, sagt Mr Whip und lächelt mich an. »Ich weiß, dass Asha so schnell wie möglich anfangen möchte. Haben Sie morgen Zeit, in den Verlag zu kommen und das Team kennenzulernen? Anschließend können Sie und Asha die Köpfe zusammenstecken und Ideen entwickeln.«

»Klar.«

»Toll. Ich rufe alle für morgen, neun Uhr zu einem runden Tisch zusammen. Ich freue mich darauf, Sie endlich persönlich kennenzulernen.«

»Ja, danke gleichfalls.«

Mr Whip und Serena verlassen den Konferenzraum und überlassen es mir, das Gespräch zu beenden.

Ich bin so aufgeregt und erleichtert, dass diese ganze Scheißsituation doch noch gut ausgegangen ist, dass ich am liebsten jemanden umarmen würde. Vorzugsweise den Professor.

»Also dann«, sage ich und lasse mich auf meinem Stuhl zurücksinken. »Offensichtlich entpuppt sich das heute doch noch als wunderbarer Tag. Professor, ich kann Ihnen gar nicht genug dafür danken, dass Sie Teil der Whiplash-Familie werden. Ich freue mich wirklich schon sehr auf die Arbeit mit Ihnen.«

»Ja, bis Sie herausfinden, wie anstrengend es ist, mit mir zusammenzuarbeiten. Dann werden Sie schreiend wegrennen wollen.«

Ich weiß nicht, ob das ein Witz sein soll oder nicht, aber ich lache trotzdem. »Es braucht schon eine schwerwiegende Straftat, um mich abzuschrecken, das können Sie mir glauben.«

»Wir werden sehen.«

Ich blicke auf, als Joanna in den Konferenzraum geschlichen kommt. Sie grinst und stellt pantomimisch einen Touchdown dar, gefolgt von einem albernen Siegestanz.

Ich unterdrücke ein Lachen. »Also, Professor, bevor Sie auflegen, haben Sie noch irgendwelche Fragen an mich oder Bedenken?«

Wieder entsteht eine lange Pause, in der Joanna herüberkommt und sich neben mich setzt. Beide starren wir das Telefon an. Nach etwa dreißig Sekunden sagt der Professor: »Ja, es gibt tatsächlich etwas, worüber wir reden müssen, aber das würde ich lieber persönlich tun. Können wir uns heute Abend treffen?«

Joanna fällt die Kinnlade herunter und sie haucht: *Oh mein Gott, er will dich!*

Ich mache eine abwehrende Geste, meine Gedanken rasen. Ja, wie er es gesagt hat, war unfassbar sexy, aber es geht hier um einen Geschäftstermin, nicht um eine Liebesbeziehung. Außerdem gibt es schon einen wundervollen Mann in meinem Leben, und wenn ich es jetzt noch hinkriege, fantastischen Sex mit ihm zu haben, dann habe ich vor, ihn auch zu behalten.

»Brooklyn? Sind Sie noch da?«

»Äh … ja, sorry. Natürlich können wir uns treffen. Das wäre eine tolle Gelegenheit, auf unsere Zusammenarbeit anzustoßen. Sagen Sie mir einfach wann und wo. Der Champagner geht auf mich.«

»Ich schicke Ihnen eine Nachricht.«

»Fantastisch. Dann bis später.«

»Mh-hm.«

Kaum habe ich aufgelegt, schnappt Joanna nach Luft. »Ich höre die Engel singen! Du triffst dieses Sahneschnittchen von einem Mann heute Abend persönlich! Ich habe noch ein paar Slipeinlagen übrig, falls du sie brauchst.«

Ich verdrehe die Augen und nehme mein Handy, dann verlassen wir beide den Konferenzraum.

»Das ist ein Geschäftsessen, Jo. Keine Slipeinlagen erforderlich.«

»Wenn du das sagst. Aber was, wenn er versucht, dich zu küssen?«

»Das wird er nicht.«

»Könnte doch sein. Du bist einfach umwerfend. Zieh auf jeden Fall irgendetwas glühend Heißes an. Und wenn er dich dann richtig scharf findet, soll es so sein.«

»Jo, ich bin vergeben, also werde ich etwas anziehen, was sich für ein Geschäftstreffen eignet.«

Sie schnaubt enttäuscht, bedrängt mich aber nicht weiter.

Zurück an meinem Schreibtisch, setzt sie sich auf den Besucherstuhl. Ich werfe einen raschen Blick in mein E-Mail-Postfach und stelle fest, dass Serena schon einen Haufen E-Mails bezüglich des Professors und seines Besuchs im Verlag morgen geschrieben hat. Außerdem bittet sie mich, die anderen zu briefen, bevor er kommt, damit wir alle auf dem gleichen Stand sind. Während ich die Mails durchlese, spüre ich, wie ich grinse.

Ich drehe mich zu Joanna um und stelle fest, dass sie auch grinst. »Dein erster Autor, Ash. Wie cool ist das denn?«

Ich nicke. »Ziemlich verdammt cool.«

»Ich bin so scheißstolz auf dich.«

Ich schnappe mir mein Telefon, um Eden und Nannabeth anzurufen und ihnen die guten Neuigkeiten mitzuteilen, doch in dem Augenblick kommt eine Nachricht vom Professor an.

Clydesdales in der East 9th Street. 20 Uhr.

Ein Schauer der Aufregung durchfährt mich, als ich zurückschreibe. *Also bis dann.*

Joanna fächelt sich Luft zu. »Gehirnvernebelnde Sexyness in drei … zwei … eins … *jetzt!*«

Ich lache immer noch, als Devin auf dem Weg zur Lobby an uns vorbeihuscht.

7. KAPITEL

Das darf nicht wahr sein

Ich sitze in der überfüllten Bar und wippe unter dem Tisch mit dem Bein. Vor lauter Nervosität ist mir schlecht und heiß, und egal wie sehr ich mich bemühe, ruhig zu bleiben, nichts hilft, noch nicht einmal der superstarke Cocktail, den ich schlürfe.

Ich streiche mir die Haare glatt, blicke mich um und versuche, nicht verzweifelt zu wirken. Man kann nicht besonders lange alleine in einer Bar sitzen, bevor die Leute anfangen, einem mitleidige Blicke zuzuwerfen, weil sie wissen, dass man versetzt wurde. Diese Linie überschreite ich gerade. Der Professor ist mehr als fünfzehn Minuten zu spät, und ich wirke wie eine Ausgestoßene.

Ein glattrasierter blonder Typ nähert sich mir, aber ich bremse ihn, bevor er den Mund aufmachen kann.

»Ich warte auf jemanden.«

Ich bin dankbar, als er nickt und an mir vorbei zu ein paar Studentinnen geht.

Unauffällig greife ich unter den Tisch und zupfe am Saum meines Kleides. Vorhin habe ich fast jedes Outfit in meinem Schrank anprobiert, bevor ich mich für ein enges, schwarzes Bleistiftkleid entschieden habe. Wie die meisten Teile in meinem Schrank ist es enganliegend, weil ich gelernt habe, dass ich meine Kurven am besten kaschiere, indem ich nichts anziehe, was noch aufträgt, aber Länge und Ausschnitt sind konservativ genug, um mir ein elegantes und professionelles Flair zu verleihen. Ich hoffe, ich wirke wie eine kurvigere Version von Audrey Hepburn – elegant, stilvoll und selbstbewusst.

Ich gebe zu, dass ich wegen des Treffens heute Abend ungewöhnlich nervös bin. Weil ich die Arbeit des Professors so mag, mag ich ihn als Person auch, und deshalb will ich ihn unbedingt beeindrucken. Ich hoffe wirklich, dass ich es schaffe, seinen Worten gerecht zu werden. Selbst wenn ich durch unsere Gespräche nur einen kleinen Einblick in seine Persönlichkeit bekommen habe, weiß ich ohne Zweifel, dass er eine Offenheit besitzt, der ich noch nicht oft im Leben begegnet bin. Er weiß, wer er ist, und auch wenn er sich selbst nicht besonders zu mögen scheint, versteckt er sich nicht hinter irgendeiner makellosen Fassade. Er gibt seine Fehler offen zu und zeigt sie der ganzen Welt. Wenn das mehr Leute täten, gäbe es weniger Schwachsinn auf diesem Planeten.

Ich frage mich, ob ich jemals mutig genug wäre, um es ihm gleichzutun. Mein echtes, authentisches Ich zu zeigen.

»Oh mein Gott, das hat er nicht wirklich gesagt!«, ruft ein Mädchen am Tisch neben mir, dann brechen sie und ihre zwei Freundinnen in Gekicher aus. »Das ist ja der Wahnsinn. Du kannst so froh sein, dass du ihn hast.«

Ich nippe an meinem Drink und beobachte die Gruppe. Alles an ihnen wirkt übertrieben, und ihre Überdrehtheit nervt mich. Und trotzdem bricht mir bei dem Gedanken, mit einem so ernsten Mann wie dem Professor zu tun zu haben, der kalte Schweiß aus. Was sagt das bloß über mich aus?

Ich schaue auf die Uhr, dann scanne ich wieder die Gesichter der Männer an der Bar. Ich habe mich bewusst an einen Tisch relativ weit vorn gesetzt, damit der Professor mich sofort erkennt. Immerhin wird er mich ansprechen müssen, da ich keinen blassen Schimmer habe, wie er aussieht. Na gut, das stimmt nicht ganz. Ich habe seine Fotos so oft angesehen, dass ich ihn bei einer Gegenüberstellung bestimmt an seinen Bauchmuskeln erkennen würde.

Immerhin weiß ich eins: Ich muss nach dunklen Haaren und einer Wahnsinnskinnpartie mit Stoppeln Ausschau halte. Allerdings weiß ich nicht, wie dunkel seine Haare sind, deshalb mustere ich jeden braunhaarigen Mann im Umkreis so aufmerksam, dass ich bestimmt wie eine verzweifelte Stalkerin wirke.

Ich schaue wieder auf die Uhr. Okay, jetzt ist er fünfundzwanzig Minuten zu spät. Langsam wird es unverschämt. Selbst wenn er eine gute Entschuldigung hat, hätte ich zumindest eine Nachricht erwartet.

Oder vielleicht hat er auch kalte Füße bekommen?

Ich schnappe mir mein Handy und tippe *Hey, ich bin da und warte auf Sie. Ist alles in Ordnung?*.

Ich drücke auf Senden und beobachte das Display, aber er antwortet nicht.

Scheiße.

Ich stürze den Rest meines Drinks hinunter und seufze. Gehen oder Nichtgehen? Das ist hier die Frage.

Ich überlege, ob ich ihm einen Vertrauensvorschuss geben und einen zweiten Cocktail bestellen soll, da sehe ich einen Typen hereinkommen, der blinzelnd im schummrigen Licht nach jemandem Ausschau hält.

Okay, auf geht's. Das wurde auch Zeit.

Als er näherkommt, setze ich mich auf.

Dunkle Haare? Check.

Dreitagebart? Check.

Heißer Körper? Äh. Schwer zu sagen, da er einen knielangen Ledermantel wie aus *Matrix* trägt, also sagen wir mal *viel-*

leicht. Die dicken Brillengläser irritieren mich, aber trotzdem. Da er mich zu erkennen scheint, muss er es wohl sein.

»Wow«, sagt er und wirft mir einen anerkennenden Blick zu. »Sie sehen besser aus als auf dem Foto. In echt sind Sie noch viel heißer.«

Seine Worte verunsichern mich, obwohl sie sich eher überrascht als flirty anhören. Weniger wie ein Anmachspruch, eher wie ungefilterte Gedanken. Natürlich kennt er nur mein schlechtes Profilbild auf der Whiplash-Seite und eine nasse Katze in einem körnigen Facetime-Feed, deshalb glaube ich, dass ich ihm den Spruch durchgehen lassen kann, besonders, weil ich heute Abend anständig aussehe.

»Tut mir leid, dass ich zu spät bin«, sagt er. »Heute ging alles schief.«

Seine Stimme ist höher, als ich sie in Erinnerung habe. Oder vielleicht klingt sie im echten Leben einfach anders als die sexy Düsterkeit, die er am Telefon ausstrahlt. Er lächelt jedenfalls mehr, als ich wegen seiner deprimierten Posts erwartet hätte. Ehrlich gesagt ist mein Bild des guten Professors ganz anders als die Realität.

»Kein Problem«, sage ich und reiche ihm die Hand. »Danke, dass Sie mich treffen.«

Er nimmt meine Hand und presst die Lippen auf meinen Handrücken. Ich zucke zusammen, lasse es aber über mich ergehen. Eine etwas seltsame Aktion, wenn man jemanden zum ersten Mal trifft, besonders in einer Geschäftsbeziehung. Ich rede mir ein, dass es nicht so gruselig gemeint ist, wie es rüberkommt. Trotzdem kann ich nicht verhindern, dass mir ein Schauer über den Arm läuft.

»Oh, es ist mir eine Freude, gnädige Frau. Und ich habe keinen Zweifel daran, dass das nur der Auftakt zu noch größeren Freuden am heutigen Abend sein wird.«

Ich lächele ihn verwirrt an und ziehe meine Hand zurück.

Du lieber Himmel. Gnädige Frau? Freude? Was geht hier vor? Habe ich diesen Mann so falsch eingeschätzt?

Keine Frage, der Typ ist attraktiv, aber auf eine nerdige, irgendwie seltsame Art. Wenn man bedenkt, dass er kein Problem damit hat, seinen durchtrainierten, tätowierten Körper zu zeigen, hätte ich ihn mir herber, selbstbewusster vorgestellt. Vielleicht sogar ein bisschen arrogant.

Stattdessen sieht er nervös aus, als er vorsichtig auf den Stuhl neben mir gleitet. »Also … äh, wie geht es Ihnen?«

»Mir geht's gut. Ihnen?«

»Gut, gut.«

Es entsteht eine kurze Pause, nach der wir beide gleichzeitig anfangen zu sprechen. Dann lachen wir und er bedeutet mir, anzufangen. Ehrlich gesagt bin ich ein bisschen erleichtert, dass die verrückte Begierde, die ich beim Scrollen durch seine Timeline empfand, sich durch das persönliche Treffen aufgelöst hat. Er ist zwar nicht das, was ich erwartet habe, aber dass es zwischen uns im echten Leben nicht knistert, wird mir bei unserer Zusammenarbeit helfen, objektiv zu bleiben. Das ist gut für meinen Blutdruck, ganz zu schweigen von meiner Professionalität. Und trotzdem bin ich ein bisschen enttäuscht. Wie konnten meine Vorstellung und die Realität nur so weit auseinander liegen? Ich glaube, mein Heiße-Typen-Detektor ist kaputt.

»Also«, sage ich und räuspere mich. »Wir sollten über das Geschäftliche reden.«

Er nickt und zieht einen Umschlag aus der Manteltasche. »Natürlich. Sie sind eine Businessfrau. Gehen wir's an.« Er schaut sich um, dann schiebt er mir den Umschlag zu. »Es ist alles da drin. Und nur, um es klarzumachen …« Er beugt sich vor und flüstert: »Ich habe die zweihundert extra beigelegt, über die wir gesprochen haben wegen … äh …« Er zwinkert.

»… den optionalen Extras. Da wir gerade davon reden …« Er schaut auf mein leeres Glas. »Sollten Sie nicht mehr trinken? Ich meine, das ist wichtig, oder? Sie müssen eine volle Blase haben, damit Sie mich, Sie wissen schon, mich duschen können mit Ihrem …«

»Oh mein Gott«, sage ich und lehne mich so weit zurück, dass ich fast vom Stuhl falle. »Was soll das, Kumpel?! Für wen halten Sie mich?«

Er blinzelt verwirrt. »Ist das ein Test? Sie sind doch Mistress Trinity, und ich bin Ihr unwürdiger Sklave.« Seine Miene hellt sich auf. »Oh, warten Sie, ist das Teil Ihres Plans? Wollen Sie mich hier bestrafen? Öffentliche Demütigung habe ich nämlich noch nicht ausprobiert, aber ich bin dafür offen.« Er flüstert. »Ich habe sogar mein eigenes Halsband mit Leine.«

»Heilige Scheiße.« Während Scham und Unglaube darum ringen, wer mich mehr erröten lässt, sehe ich mich um, ob nicht ein paar Verbindungsjungs kichernd in einer Ecke sitzen und sich auf meine Kosten kaputtlachen. Ein schneller Blick durch den Raum lässt vermuten, dass ich allein in dieser Blase der Peinlichkeit sitze. Na ja, nicht ganz alleine. Der devote Neo sieht mich erwartungsvoll an und wartet auf weitere Anweisungen.

»Schauen Sie …« Ich schiebe ihm den Umschlag zurück und frage mich flüchtig, wie viel Bargeld es wohl braucht, damit er sich so dick anfühlt. Offensichtlich bin ich in der falschen Branche gelandet. »Ich glaube, hier liegt ein Missverständnis vor …«

Ihm entgleisen die Gesichtszüge. »Oh Gott. Ich habe jetzt schon alles falsch gemacht, stimmt's? Bin zu krass rübergekommen. Zu seltsam. Bitte sagen Sie mir einfach, was ich falsch gemacht habe. Ich kann das besser.« Er beugt sich wieder vor, und die Aufregung lässt ihn aufleben. »Ich bin so ein böser Junge,

Mistress, aber Sie können mich erziehen. Bestrafen Sie mich so hart Sie wollen. Ich habe das verdient. Bitte nehmen Sie mich mit nach Hause. Machen Sie mich zu Ihrem Sklaven.«

Er kniet sich vor mir auf den Boden und verbeugt sich demütig, und obwohl mir der Kopf schwirrt, während ich mich umsehe, ob noch jemand außer mir diesen Wahnsinn bemerkt, zuckt niemand in der Nähe auch nur mit der Wimper. Ich schätze, in New York sind alle durch die ständigen seltsamen Blödmänner so abgestumpft, dass ein unterwürfiger Keanu-Reeves-Verschnitt schon fast langweilig ist.

»Bitte stehen Sie auf«, sage ich und zupfe ihn am Ärmel. »Ich bin mir sicher, dass Sie ein toller Sklave wären, aber ich bin nicht die, für die Sie mich halten. Stehen Sie bitte auf.« Ich bin erstaunt, als eine Frau neben mir auftaucht. Sie trägt einen Lederbustier, eine knallenge schwarze Jeans und Absatzstiefel, und ihre Haare sind zu einem perfekten Pferdeschwanz zurückgebunden, der schmerzhaft aussieht.

»Äh, hallo«, sagt sie, lächelt mich entschuldigend an und wendet sich dann an Neo. »Ich glaube, der da gehört zu mir.«

Neo hebt den Kopf und mustert mich verwundert, dann strahlt er die andere Frau an.

»Mistress!«

Als sie ihm eine Ohrfeige gibt, zucke ich zusammen.

»Wie kannst du es wagen, dich einer anderen anzudienen!« Sie starrt ihn an, dann nimmt sie unauffällig den Umschlag vom Tisch. »Du wirst dein Vergehen noch bereuen, du lumpiger Lurch.«

Neo stöhnt leise. »Oh ja, Mistress. Bitte lassen Sie es mich bereuen.«

Sie schlägt ihn noch einmal. »Schwing deinen Hintern hier raus und warte auf mich, du Wurm. Um dich kümmere ich mich gleich.«

Neo strahlt wie ein Kind mit Zuckerschock, springt auf und drängt sich durch die Menge.

Tja, ein ganz normaler Dienstag im East Village.

Nachdem er gegangen ist, wendet sich die Frau mit einem freundlichen Lächeln an mich.

»Entschuldigung. Männer halt. Ein Rotschopf sieht für sie aus wie der andere. Ich muss mir wirklich angewöhnen, eine rosa Nelke zu tragen oder so.«

»Passiert das öfter?«

»Oh ja. Ständig. Ich habe ihm gesagt, dass ich *hinten* in der Bar bin, und im Ernst, das Leder hätte ein todsicherer Hinweis sein müssen, oder? Aber nein. Na ja. Immerhin muss ich mir keinen Grund ausdenken, um ihn zu bestrafen. Der arme Kleine wird sich morgen nicht hinsetzen können.«

Sie lächelt und schiebt sich den Umschlag in den Stiefel. Dann zieht sie eine Flasche Wasser aus der Handtasche und trinkt sie mit drei riesigen Schlucken halbleer. Dann sieht sie mich verlegen an.

»Irgendwo muss es ja herkommen, nicht wahr? Egal, ich muss los. Er kann sich ja schlecht selbst bestrafen. Ihre Brille ist übrigens total süß. Schönen Abend noch.«

»Äh, danke. Ihnen auch.«

Sie grinst. »Oh, den werde ich haben.«

Selbstbewusst stolziert sie aus der Bar, und ich bedeute der nächsten Kellnerin, mir noch einen Drink zu bringen. Immerhin war es heute Abend nicht langweilig. Ich kann es kaum erwarten, Eden und Joanna davon zu erzählen. Sie werden sich wahrscheinlich genauso bepissen wie die Mistress.

Ich checke wieder mein Handy und spüre einen Stich der Enttäuschung, denn der Professor hat sich immer noch nicht gemeldet.

Verdammt.

Versetzt zu werden ist immer demütigend, aber es ist besonders schlimm, wenn man sich wirklich auf jemanden gefreut hat. Offensichtlich hatte er heute Abend etwas Wichtigeres vor. Ich hoffe, das ist kein Zeichen für seine Unzuverlässigkeit.

»Na, na, na«, ertönt da eine tiefe Stimme hinter mir. »Täuschen mich meine Augen, oder ist die kleine Asha zu einem unanständigen Fetisch-Luder herangewachsen?«

Die Stimme jagt mir einen Schauer über den Rücken, und als der Mann in meinem Blickfeld erscheint, bin ich verwirrt. Er wirkt vertraut und auch wieder nicht. Als ich ihn mustere, leuchtet im hintersten Winkel meines Gehirns ein Funke des Wiedererkennens auf. Aber dann wandert mein Blick zu seinem kurzen Bart, ich registriere, wie groß und breit er ist, und der Name, der mir im Kopf herumspukt, verblasst vor Unglauben. Dieses Gesicht kenne ich so gut wie mein eigenes, aber nicht in dieser Form, und schon gar nicht mit diesem Körper. Es ist das Gesicht einer Person, die ich geliebt und gehasst habe und die ich niemals wiedersehen wollte.

Zusammen mit der Erkenntnis wallt Ärger in mir auf.

»Jacob.« Meine Stimme ist so angespannt, dass sein Name wie ein Vorwurf klingt.

Er hat die Hände in den Taschen vergraben, die Schultern sind angespannt, die Augen wachsam. Mein Unbehagen scheint ihn zu amüsieren, gleichzeitig wirkt er sauer wegen meiner Anwesenheit, was ziemlich genau der Situation während der Highschool entspricht. So wie der Abend bisher verlaufen ist, sollte ich mich nicht darüber wundern, zufällig den Typen zu treffen, der mir die Schulzeit zur Hölle gemacht hat, und trotzdem …

»Hallo Asha. Oder soll ich dich lieber *Mistress* nennen?«

»Das kommt darauf an. Wenn ich dir körperliche Schmerzen zufügen darf, dann kannst du mich nennen, wie du willst.«

Er legt den Kopf schief. »Sprechen wir über normale Schmerzen? Oder über die sexy Schmerzen mit Reizwäsche und Stilettos? Allein aus Spaß würde ich mich für die zweite Art entscheiden. Wenn es jedoch um den guten alten Arschtritt geht, bin ich mir ziemlich sicher, dass ich es mit dir aufnehmen kann.«

Wie immer starrt er mich mit derart abschreckender Intensität an, dass ich eine bekannte Unruhe in mir aufsteigen spüre. Als ich Jake zum letzten Mal gesehen habe, ist er aus meinem Haus gestürmt und hat mich beschimpft, während ich ihn ein selbstsüchtiges Arschloch genannt habe. Damals war er groß und schlank, hatte lange Haare und eine Mega-Arschloch-Attitüde. Jetzt sieht er total anders aus als der bescheuerte Teenager von damals, aber die Anspannung, die er bei mir hervorruft, hat sich nicht geändert. Wenn ich dadurch nicht schwach wirkte, würde ich auf die Toilette rennen und meinem Magen die wilden Konvulsionen erlauben, nach denen er verlangt.

»Also«, sagt er und mustert mich von Kopf bis Fuß mit seinem üblichen stechenden Blick. »Du siehst … anders aus. Erwachsen.« Er zeigt auf mein Gesicht. »Brauchst du jetzt eine Brille, Oma?«

»Ja. Ich meine Nein.« Ich nehme die Brille ab, lege sie auf den Tisch und wische mir mit der Hand den kalten Schweiß ab, der mir im Nacken kribbelt. »Die ist für meinen Job. Zur Tarnung.«

»Ach so.« Er nickt. »Also fake. Manches ändert sich nie.«

Ich ignoriere die Spitze. Darin habe ich jede Menge Übung. »Du schon. Vom Pfirsichflaum zum kernigen Bart, wie ich sehe.«

»Bloße Faulheit. Rasieren nervt.«

»Aha. Wie interessant.« Ich sehe ihn so gelangweilt an,

wie ich kann. Er kontert mit einem herablassenden Grinsen. Arschloch.

»Tja«, sage ich und lasse mir nicht anmerken, was für eine Wirkung er auf mich hat. »Ich würde ja sagen, ich freue mich, dich zu sehen, aber wir wissen beide, dass das gelogen wäre.«

Er verzieht die Lippen. Es ist noch kein Lächeln, aber es reicht, um mich weiter zu verunsichern. »Genau das wollte ich auch gerade sagen. Wie lange ist es jetzt her? Sechs Jahre?«

»Ungefähr, und trotzdem nicht lange genug. Nur fürs Protokoll, ich bin wirklich nicht in der Stimmung, mir heute Abend von dir sagen zu lassen, ich solle mich zum Teufel scheren, wenn du das also vorhast …«

»Das hatte ich nicht vor, aber die Nacht ist noch jung, und du wirkst, als würdest du Streit suchen. Schauen wir doch einfach, was passiert.«

Ich erinnere mich daran, wie betrogen ich mir nach unserem letzten Streit vorkam. Kurz davor hatte ich noch gehofft, wir könnten unsere jahrelange Feindschaft überwinden und wenigstens höflich miteinander umgehen, aber er hatte deutlich gemacht, dass er daran nicht interessiert war. In diesem Augenblick begrub ich die letzten störrischen Überreste von Zuneigung für ihn und markierte die Erinnerung an ihn mit einem riesigen »Fick dich«.

Jacob ist der lebende Beweis dafür, dass ein Arschloch immer ein Arschloch bleibt.

»Egal«, sage ich. »Es war mir wie immer kein Vergnügen, wenn du mich also entschuldigen würdest, ich warte auf jemanden.«

Ich glaube zwar nicht, dass der Professor jetzt noch auftaucht, dennoch hoffe ich, mein abweisender Tonfall macht Jake deutlich, dass unser Gespräch beendet ist. Es ist beeindruckend: Kaum sehe ich ihn wieder, kommt es mir vor, als hätte es die letzten Jahre gar nicht gegeben. Er muss verdammt noch mal verschwinden, damit ich mich nicht länger wie ein verängstigter Teenager fühle.

»Ach komm schon«, sagt Jake und macht eine Kellnerin auf sich aufmerksam. »Du hast doch sicher ein bisschen Zeit für einen alten Freund. Und weil du mich quasi angefleht hast, würde ich gerne etwas trinken. Danke.«

Er wirft seine Jacke über meine, die auf einem leeren Stuhl liegt, und will sich hinsetzen. Instinktiv hebe ich die Hand, um ihn aufzuhalten. Heute habe ich keine Zeit für Jacob Stones Späßchen.

»Sei kein Arsch, Jake. Ich weiß, das ist dein Naturzustand, aber bitte lass es wenigstens einmal sein. Dieser Stuhl ist reserviert.«

»Ich weiß. Für mich.«

Er lässt sich auf den Stuhl sinken, und schon steht die Kellnerin neben ihm. Ich atme genervt aus. Er bestellt einen Bourbon, und in mir protestiert etwas, weil er noch nicht alt genug für harten Alkohol ist. Aber natürlich stimmt das nicht mehr. Wenn ich darüber nachdenke, hat sich auch der jugendliche Jake wenig für das Mindestalter für Alkoholkonsum interessiert.

Als die Kellnerin gegangen ist, starre ich ihn so böse an wie möglich. »Auch wenn ich sehr gern hören würde, welchen Scheiß du seit der Highschool getrieben hast, muss ich dir eine Abfuhr erteilen, was dieses Treffen angeht. Ich habe einen Geschäftstermin.«

Er sieht mich an, als hätte ich ihm gerade gesagt, dass die Schwerkraft wirklich existiert. »Na, dann reden wir übers Geschäft. Wäre es in Ordnung, wenn ich auch für ›optionale Extras‹ bezahle, Mistress? Ich stehe zwar nicht so auf Natursekt, bin mir aber sicher, dass wir etwas anderes finden. Wie stehst du zu Schlägen? Ja? Oder oh Gott, ja?«

Gott, lass mich stark sein.

»Weißt du was?« Ich stopfe mein Handy zurück in meine Handtasche. »Du willst ein Arsch sein? Kein Ding. Tu dir keinen Zwang an. Aber ich setze mich an einen anderen Tisch.« Ich lächele ihn heuchlerisch an. »Es freut mich so sehr, dass wir uns begegnet sind, Jacob. Lass uns das nicht wiederholen, okay?« Als ich vom Stuhl rutsche und gehen will, schließt sich seine Hand um meinen Arm.

»Verdammt noch mal, Tate, warst du schon immer so schwer von Begriff? Setz dich wieder hin.«

»Wie bitte?«

Er seufzt genervt. »Tut mir leid, das war unhöflich. Setz dich *bitte* wieder hin.«

Ich winde meinen Arm aus seinem Griff und widerstehe dem Wunsch, die Jake-Bazillen abzuwischen. Gott, heute Abend komme ich mir vor wie in einer Zeitschleife.

»Erstens«, sage ich und drohe ihm mit dem Zeigefinger. »Fass mich nicht an. Zweitens, sag mir nicht, was ich tun soll. Deine Einschüchterungsmethoden wirken bei mir nicht mehr. Und drittens, *fass mich nicht an.*«

Ich kann den feuchten Handabdruck nicht länger auf meinem Arm ertragen, deshalb reibe ich das Kribbeln schnell weg. »Ich weiß, das ist vielleicht ein Schock für dich, aber du warst schon auf der Highschool ein Idiot, und das bist du auch jetzt noch, deshalb werde ich auf keinen Fall noch mehr Zeit in deiner Anwesenheit verbringen. Und hier ist noch eine Neuigkeit: Ich habe dreieinhalb Selbstverteidigungskurse beim Taekwondo um die Ecke absolviert, also glaub mir, es wird dir leidtun, wenn du mich noch einmal mit deinen riesigen Gorillahänden anfasst.«

Er starrt mich kurz an und wirkt mehr als schockiert darüber, dass ich mich ausnahmsweise zur Wehr setze. Um ehrlich zu sein, bin ich selbst überrascht. Dieses Verhalten ist das Ergebnis zahlloser Grübeleien darüber, was ich in der Highschool hätte tun oder zu ihm sagen sollen, anstatt still zu leiden.

Trotzdem bin ich es nicht gewohnt, so forsch mit ihm umzugehen, und mein Herz hämmert so heftig, dass ich es bis in die Füße spüre.

Jake starrt mich immer noch in stiller Verwunderung an.

Heilige Scheiße. Schlägt man so Jacob Stone? Habe ich endlich das Geheimnis gelüftet, wie man gegen ihn und seinen nervtötenden Scheiß ankommt?

Drei Sekunden später bricht er in leise grollendes Lachen aus, und die herzerwärmende Befriedigung verpufft in einer Wolke der Demütigung.

»Verdammt, Tate«, sagt er ehrfürchtig. »Das war *furchterregend.* Bitte mach mich nicht kaputt, du winziges Persönchen. Ich bin jung und habe noch so viel vor.«

Ich schnaube angewidert, schnappe mir mein Glas und steuere einen freien Tisch an. Unglücklicherweise komme ich nicht weit, denn Jake steht blitzschnell auf und versperrt mir den Weg.

Okay, ich habe nicht damit gerechnet, dass jemand so Großes sich so schnell bewegt. Ungünstig.

»Komm schon, Tate. Du kannst nicht gehen. Ich habe nicht genug Geld dabei, um heute Abend für *professionelle* Comedy zu bezahlen.« Obwohl Jake schon immer lieber gegrübelt als gelächelt hat, findet er meine Verwirrung offensichtlich zum Totlachen, und das verwirrt mich natürlich noch mehr.

Verdammte Scheiße.

»Weißt du«, sage ich und mache mich so groß wie möglich, was mit den Absätzen ungefähr eins dreiundsiebzig entspricht.

»Vielleicht hast du recht. Du solltest bleiben und den Typen treffen, auf den ich warte.«

»Ach ja? Warum?«

»Weil er so ehrlich, bodenständig und sensibel ist, wie du *niemals* sein wirst. Er muss sich nicht hinter Unsinn und Sarkasmus verstecken. Er ist echt und ernst und schreibt mit einer unverstellten Verletzlichkeit, die du *niemals* verstehen wirst. Also lach ruhig über mich, so viel du willst. Mir ist scheißegal, was du denkst. Für mich bist du nicht mehr als eine Bodenwelle auf einer Straße, die ich schon vor Jahren hinter mir gelassen habe.«

Jakes Miene verdunkelt sich. Habe ich da etwa einen wunden Punkt getroffen?

Er hält inne, und ein Muskel an seinem Kiefer zuckt. »Ach, ist das so?«

»Ja, so ist es.«

Laut einem Sprichwort gibt es Menschen, die andere mit Blicken durchbohren, wenn sie sauer sind. Jakes Blicke sind schlimmer, fast tödlich. Seine Augen waren schon immer vom dunkelsten Braun, das ich jemals gesehen habe, fast schwarz. Aber immer wenn er wütend wird, wirkt es, als lodere ein geheimes Feuer in ihnen. Kleine goldene Flecken funkeln im Licht. Sie machen seinen Blick so hypnotisch.

So wie jetzt hat er mich auf der Highschool viel zu oft angesehen, und jedes Mal hat mir sein Blick den Atem verschlagen, als säße ich in einer Achterbahn, die gerade superschnell nach unten rast.

Früher hätte ich mich so schnell wie möglich verkrümelt, bevor er etwas hätte sagen können, weswegen ich mich dumm oder klein gefühlt hätte, aber nicht heute Abend. Obwohl mein Körper in Alarmbereitschaft ist, hebe ich trotzig das Kinn und durchbohre ihn mit meinem durchdringendsten Todesblick.

»Also … wenn du für heute mit deinem Macho-Scheiß fertig bist, lass mich bitte durch. Wie immer gibt es viel interessantere Leute als *dich*, mit denen ich meine Zeit verbringe.«

Wieder ist da dieses Flackern in seinen Augen, diesmal sogar noch deutlicher. Ich weiß, dass ich unter die Gürtellinie schlage, aber ich weigere mich, wieder seinen Blitzableiter zu spielen. Das habe ich in der Vergangenheit schon oft genug aushalten müssen, und ich bin entschlossen, nie wieder dieses Mädchen zu sein.

Jake starrt mich noch ein paar Sekunden lang an und unterdrückt offenbar den Wunsch zurückzugiften. Doch dann legt er eine überraschende Selbstbeherrschung an den Tag, presst die Lippen zusammen, nickt kurz und tritt zur Seite.

»Kein Problem, Mistress Tate. Es tut mir sehr leid, dass ich Ihren Abend mit meiner Anwesenheit ruiniert habe. Ich hätte es besser wissen müssen. Dann gehen Sie in Gottes Namen.«

Ich hole tief Luft, um mich zu beruhigen, und will an ihm vorbeigehen, bleibe jedoch auf der Stelle stehen, als er hinzufügt: »Obwohl ich mit einem herzlicheren Empfang gerechnet hätte, wenn man bedenkt, dass ich jetzt Ihr Starautor bin.«

Mir stockt der Atem, und die Rädchen in meinem Gehirn kommen quietschend zum Stillstand. Als ich mich wie in Zeitlupe zu ihm umdrehe, frage ich mich flüchtig, ob ihm auffällt, dass ich blass werde.

»Was … hast du gesagt?«

»Oh ja, Brooklyn«, sagt er, und sein Ton wird so durchdringend wie sein Blick. »Normalerweise finde ich Verzweiflung bei einer Frau nicht attraktiv, aber als du mich heute quasi angefleht hast, bei euch zu unterschreiben … tja, das war eine der befriedigendsten Erfahrungen meines Lebens.«

Seine Stimme hat sich verändert. Ist etwas tiefer und dunkler geworden. Es ist nicht länger Jakes Stimme, es ist *seine.*

Lieber Gott, bitte nicht.

Mir prickelt die Kopfhaut, und ich bekomme eine Ganzkörpergänsehaut.

Der Sarkasmus, an den ich mich so gewöhnt habe, ist aus seinem Gesicht verschwunden. Plötzlich ist er todernst. Ich fühle mich wie ein Insekt im Spinnennetz.

»Wow«, sagt er und mustert mein Gesicht. »Kann es sein, dass ich dich schließlich sprachlos gemacht habe? Oder versuchst du nur, einen Weg zu finden, um all die netten Sachen, die du über mich und meine Texte gesagt hast, zurückzunehmen? Übrigens hast du so sehr geschleimt, dass ich hätte schwören können, du wärst über beide Ohren in jemanden verliebt, den du verabscheust. Wäre das nicht die absolute Ironie des Schicksals?«

Ich starre ihn fassungslos an. Mein Auge zuckt. »Nein … das kann nicht sein. Du bist nicht … nein.«

Er sieht mich ungerührt an und wartet darauf, dass ich das Unvermeidliche akzeptiere.

Warum habe ich es nicht schon vorher gesehen? Die Hinweise waren alle da.

Dunkle Haare. Kantiger Kiefer.

Ich werfe einen Blick auf seine Arme. Die langen Ärmel seines engen T-Shirts sind hochgeschoben und enthüllen definierte Muskeln und kunstvolle Tätowierungen. Nicht nur das, unter dem dicken Stoff zeichnen sich deutlich seine Bauchmuskeln ab. Ich habe es nicht bemerkt, weil er Jacob ist, und eher friert die Hölle zu, als dass ich seinen Körper mit irgendetwas anderem als Geringschätzung betrachte. Aber jetzt …

Ich fühle mich, als hätte mir jemand einen Eimer voll Eiswasser über den Rücken geschüttet.

»Nein«, sage ich und wünsche mir, dass die Realität sich in irgendetwas anderes verwandelt.

»Doch.«

Heilige Scheiße, das darf nicht wahr sein.

»Nein«, sage ich noch einmal, mehr zu mir als zu ihm.

»Du kannst das so oft sagen, wie du willst«, sagt er gereizt. »Aber es bleibt trotzdem die Wahrheit.«

Ich starre ihn ein paar weitere Sekunden lang an und versuche, die sich gegenseitig ausschließenden Konzepte, die mir im Kopf herumschwirren, miteinander in Einklang zu bringen.

Jacob Stone ist Professor Feelgood.

Professor Feelgood ist Jacob Stone.

Gottverdammterhurensohn.

8. KAPITEL

Die Kobra und das Erdmännchen

Ich erinnere mich weder daran, dass ich mich wieder hingesetzt habe, noch daran, dass ich bei der Kellnerin eine ganze Flasche Tequila und vier Schnapsgläser bestellt habe, aber nun sitze ich wieder neben Jake und verspüre einen brennenden Durst auf ein ganzes Fass Hochprozentiges. Ich versuche, meine blöden Hände vom Zittern abzuhalten, während ich die Gläser fülle. Als ich damit fertig bin, stürze ich direkt hintereinander zwei Kurze hinunter. Wenn ich jemals Alkohol brauchte, um mich zu beruhigen und meine Sinne zu benebeln, dann jetzt.

Ich verspüre den Drang, einfach meine Tasche zu schnappen und zu gehen, denn das mache ich üblicherweise, wenn ich mit ihm zu tun habe. Ich entferne mich aus seiner Nähe und aus dem Unbehagen, das diese mit sich bringt. Doch dann denke ich an Serena und Mr Whip, an Joanna und Fergus, der auf den Kopierer einschlägt, und an Devin, diesen verdammten Betrüger, der sich für etwas Besseres hält als ich, und auf einmal fühlt es sich an, als wäre mir der Hintern am Stuhl festgeklebt.

Jake beobachtet mich aufmerksam wie ein Erdmännchen, das eine Kobra im Blick hat. Ich verstehe wirklich nicht warum. Er ist doch hier derjenige, der Gift verspritzt. Warum sonst sollte er so eine Show abziehen?

Ich kippe den dritten Kurzen hinunter.

Er greift nach dem vierten Glas, ehe ich das tun kann. »Ich

hätte gedacht, du bietest deinem neuen Autor einen Drink an, um auf eine gute Zusammenarbeit anzustoßen, aber nein. Das geht nicht besonders gut los, Prinzessin. Das wird alles auf dich zurückfallen, wenn ich den Feedbackbogen ausfülle.«

Ich werfe ihm einen finsteren Blick zu und fülle die drei Gläser, die noch vor mir stehen, wieder auf.

»Jacob, wenn du mir nicht gestehen möchtest, dass diese ganze Professor-Feelgood-Nummer ein schlechter Scherz ist und du doch nicht er bist, dann halt bitte die Klappe. Du hast schon genug getan, um mir den Abend zu versauen.«

Er kippt seinen Tequila hinunter und zischt. »Mann, bist du in den letzten sechs Jahren herrisch geworden. Und gemein. Was ist passiert, Asha? Wer hat dir wehgetan? Ist es jemand aus der Stadt? Darf ich ihm gratulieren?«

Ich schieße einen Blick in seine Richtung. »Was hab ich eben übers Klappehalten gesagt?«

Ich versuche, meine Enttäuschung und Wut mit einem weiteren Kurzen hinunterzuspülen, aber ich fürchte, nur eine ausgewachsene Alkoholvergiftung wird sie bezwingen können. Klar, mir schwirrt der Kopf, aber nicht so sehr vom Schnaps als vielmehr von der völlig unerwarteten Wendung, die dieser Abend genommen hat.

Meine Gedanken überschlagen sich. Ich verabscheue Jacob Stone und dass er mich so oft verletzt hat. Aber ich bewundere den Professor und seine ungeschliffene Brillanz.

Sie können unmöglich ein und dieselbe Person sein, und doch, je länger ich Jake anstarre, umso weniger kann ich vor der Wahrheit die Augen verschließen.

Was mache ich denn jetzt bloß? Was soll ich sagen?

So wie gerade mein Magen rebelliert, könnte man meinen, ich wäre seekrank. Tja, das ist gar nicht so weit hergeholt. Die MS Asha hat gerade eine Hundertachtziggrad-Wende hingelegt, bei der sich einem der Magen umdrehen kann, und ich brauche einen Augenblick, bis ich mich wieder gefasst habe.

Jake wartet ungeduldig darauf, dass ich etwas sage. Als ich schweige, nickt er und lächelt bitter. »Das habe ich mir gedacht. Nun, da du weißt, dass ich es bin, bist du gar nicht mehr so wild darauf, mein Buch zu verlegen, hab ich recht?«

Ich versuche immer noch, mein Gehirn zum Funktionieren zu bringen, trotz der riesigen kognitiven Dissonanz, die vor mir sitzt.

»Was soll ich denn jetzt sagen, Jake?«

»Ich weiß nicht. Du könntest mir noch ein bisschen mehr darüber erzählen, was für ein großartiger Schriftsteller ich bin, und dass du glaubst, ich könne Leuten helfen. Aber ich nehme an, diese Einschätzung trifft nur auf jemanden zu, der nicht ich bin.«

»Ich versuche immer noch zu kapieren, dass das deine Worte sein sollen. Hast du das Zeug überhaupt selbst geschrieben? Oder ist das irgendeine kranke Verarschung? Gibst du die Texte von irgendwem anders als deine aus?«

Jetzt verändert sich sein Ausdruck von genervt zu richtiggehend wütend. »Verdammte Scheiße, Asha, wir kennen uns seit unserem dritten Lebensjahr. Glaubst du wirklich, so etwas würde ich tun?«

Ich verkneife mir eine spitzfindige Bemerkung. Trotz all seiner Fehler kann ich nicht leugnen, dass Jake seinen ganz eigenen Ehrenkodex hat. Ich glaube, es würde ihm niemals einfallen, die Arbeiten irgendeines anderen Schriftstellers zu klauen. Und das ist wirklich schade. Wenn er abgeschrieben hätte, hätten meine verstörend detailreichen sexuellen Fantasien jemand anderem gegolten als ihm.

Hmpf. Pech gehabt.

»Also«, sage ich. »Dann willst du mir damit sagen, dass diese ganze Masche mit dem verletzten Ex-Lover echt ist? Jacob Stone war tatsächlich so dumm, sich in eine Frau zu verlieben und sich das Herz brechen zu lassen?«

»Ist das so schwer zu glauben?«

»In Anbetracht deiner eindrucksvollen Liste von Freundinnen auf der Highschool, ja.«

Er zuckt halbherzig die Achseln. »Was soll ich sagen. Wenn man die richtige Person kennenlernt, dann weiß man es einfach.«

»Und wer ist die Unglückliche?«

Er zögert, dann blickt er auf die Tischplatte. »Ich habe sie auf einer meiner Reisen kennengelernt. Sie war Backpacker, genau wie ich.«

»Name?«

»Ingrid.«

»Und warum hat sie dich verlassen? Hat sie dich dabei ertappt, wie du dich am Ende des Tages aus deinem Menschenkostüm geschält hast und als Riesenschlange hervorkamst?«

Er schweigt, sein Blick verdüstert sich. »Du weißt schon, dass deine Schadenfreude über meinen Liebeskummer eine Menge über dich als Person aussagt?«

Ich schenke mir einen weiteren Drink ein. »Ich werde mich nicht dafür entschuldigen, dass ich mich über diese Ohrfeige des Schicksals freue. Du hast sie aus unzähligen Gründen verdient, unter anderem für diese Nummer heute Abend.« Ich kippe mir noch einen Kurzen hinter die Binde.

Er nimmt mir die restlichen Gläser weg, sodass mir nur noch die Flasche bleibt. Ich umklammere sie fester, als er mich durchdringend ansieht.

»Falls du es vergessen hast, Prinzessin, *du* hast *mich* wegen des Buches angesprochen. Wenn hier also irgendwer Grund zu der Annahme hat, verarscht worden zu sein, dann bin ich das.

Im Ernst. Wie hoch ist die Wahrscheinlichkeit, dass von allen Menschen auf der Welt ausgerechnet *du* mich aus heiterem Himmel anrufst und mir einen Buchvertrag anbietest? Das ist einfach lächerlich.«

»Du hättest mich schon am Telefon einweihen können. Mir sagen können, dass du es bist.«

»Dann hättest du einfach aufgelegt.«

Wo er recht hat, hat er recht.

»Also hast du deine Identität geheim gehalten, bis ich dir einen Deal vorgeschlagen habe, den du unmöglich ablehnen konntest? Du musst dir die ganze Zeit den Arsch abgelacht haben.«

»Nicht ganz. Ich habe immer noch ziemlich viel Arsch.«

»Aber die ultimative Pointe wäre es doch gewesen, dich erst morgen vor meinen Vorgesetzten zu erkennen zu geben. Warum hast du dir die Mühe gemacht, mich heute Abend zu treffen?«

Nachdem er mich von oben bis unten gemustert hat, atmet er tief aus und schaut mich herablassend an. »Ich habe echt keine Ahnung. Vermutlich …« Er schüttelt den Kopf. »Vermutlich wollte ich sehen, ob du dich verändert hast. Ob es zwischen uns anders sein könnte.« Für einen winzigen Augenblick flackert etwas in seinem Gesicht auf – eine jüngere, sanftere Ausgabe von ihm. Doch dann verhärten sich seine Gesichtszüge wieder, und sein typisches düsteres Funkeln ist zurück. »Offensichtlich nicht.«

»Ich habe dir schon vor Jahren die Möglichkeit geboten, dass es zwischen uns anders sein könnte, und du hast sie mir um die Ohren gehauen. Wenn wir jetzt in diesem Muster festhängen, ist es deine Schuld, nicht meine.«

»Ach, die Frau, die das Haus abgefackelt hat, wünscht sich jetzt Dankbarkeit fürs Löschen?«

Er trinkt einen Schluck Schnaps, und ich mache es ihm nach. Vielleicht wird diese Situation weniger trostlos, wenn ich mich richtig abschieße. Vielleicht hilft es mir, das Wissen auszublenden, dass dieser tiefgründige, emotionale Mann, zu dem ich mich in letzter Zeit so hingezogen gefühlt habe, in Wirklichkeit das größte Arschloch der Welt ist.

Ohne Vorwarnung platzt ein Lachen aus mir heraus.

Jake sieht mich fragend an. »Findest du das lustig?«

Ich schüttele den Kopf. »Im Gegenteil. Aber im Grunde wundert mich das überhaupt nicht. Endlich bekomme ich die Chance, mit einem Autor zu arbeiten, der mich wirklich begeistert … und dann bist du es.« Wieder lache ich, aber es klingt eher traurig als fröhlich. »Natürlich musste es so kommen. Mir wird nie irgendetwas geschenkt, also warum hätte es diesmal anders sein sollen?«

Das Lachen weicht einem strengeren, weniger oberflächlichen Gefühl, also senke ich den Blick, damit er es nicht merkt. Es gab mal eine Zeit, da habe ich Jacob Stone alle meine jugendlichen Gedanken und Gefühle anvertraut. Ich würde es niemals jemandem erzählen, schon gar nicht ihm, aber er war mein Atombunker, als ich nichts und niemanden sonst hatte, woran ich mich festhalten konnte. Dann schlug die Pubertät zu, und er verwandelte sich in meinen persönlichen Atompilz.

Ich stürze meinen restlichen Drink hinunter. Langsam verabschieden sich meine Gehirnzellen. Doch mein Ärger ist immer noch da, köchelt unter der Oberfläche. Ich spüre, dass ich lächle, bin mir aber ziemlich sicher, dass ich nicht fröhlich aussehe.

»Okay, Asha, vielleicht solltest du mal etwas langsamer machen«, sagt Jake, und als ich gerade nicht aufpasse, entwindet er die Flasche meinem Klammergriff. »Ich habe dich mit dreizehn das letzte Mal kotzen sehen, und ich bin nicht scharf darauf, diese Erfahrung noch einmal zu machen. Es war ein hässlicher Anblick.«

»Und du bist ein hässlicher Mensch, Jacob. Na klar, du hast deine ganzen Fangirls, die bei deinem heißen neuen Body und deinen blumigen Worten von verlorener Liebe in Verzückung geraten, aber sie kennen dich nicht so gut wie ich. Sonst würden sie sofort das Weite suchen.«

»Warum diese Bitterkeit, Prinzessin? Bist du immer noch sauer, weil du mich beim Abschlussball geküsst hast und ich dich nicht? Kommt daher dieser ganze Zorn?«

Ich stoße ein viel zu schrilles Lachen aus. »Ja, genau. Glaubst du wirklich, so war es?«

»Ich war dabei. Ich weiß es.«

Ich starre ihn ungläubig an. »Fick dich, Jake. Du hast mich geküsst, und das weißt du auch.«

Er schüttelt fassungslos den Kopf, und sein durchdringender Blick schaltet noch einmal ungefähr fünfzehn Gänge hoch. »Wow. Die Lügen, die wir uns selbst erzählen, formen tatsächlich unsere Realität, was?«

»Wovon redest du?«

Ein paar Sekunden lang schaut er mich schweigend an. Dann schüttelt er den Kopf. »Nichts. Vergiss es. Die Vergangenheit ist tot. Es hat keinen Sinn, sie wiederbeleben zu wollen. Außerdem kann man mit dir nicht streiten. Du glaubst immer, du hättest recht, auch wenn du dich irrst.«

Ich schüttele den Kopf über seine Verblendung und meine Reaktion darauf. Wie kann es sein, dass wir so übergangslos in die alten Muster verfallen sind? Es ist, als wäre überhaupt keine Zeit vergangen. Wir beide sind genauso wütend aufeinander wie eh und je, was eine ziemliche Leistung ist, wenn man bedenkt, wie lange es her ist.

»Ich kann nicht glauben, dass du dich nicht verändert hast.

Selbst zu deinen schlimmsten Zeiten auf der Highschool dachte ich, deine ganze Arschlochhaltung wäre nur eine Phase. Irgendetwas, woraus du früher oder später herauswachsen würdest.«

»Das Gleiche habe ich über deine Selbstgerechtigkeit gedacht, also haben wir uns wohl beide geirrt. Wirst du es nie leid, dich für etwas Besseres als alle anderen zu halten?«

»Nicht als alle anderen. Nur besser als du.«

»Ach, stimmt ja. Das hätte ich fast vergessen.«

Jake stürzt die beiden restlichen Kurzen vor sich hinunter. Dann fährt er sich genervt mit den Fingern durch die Haare. »Also gut, ich würde liebend gern den ganzen Abend hier sitzen und wie früher Beleidigungen austauschen, aber ich habe morgen einen Termin bei meinem neuen Verlag und brauche meinen Schönheitsschlaf. Ich möchte einen guten Eindruck machen. Ich habe gehört, die Lektorin soll eine richtige Zicke sein.«

Bei diesen Worten breche ich in Gelächter aus.

»Oh nein!«, sage ich. »Wenn du tatsächlich glaubst, ich würde dieses Buch jetzt, da ich weiß, dass du der Professor bist, noch betreuen, dann hast du echt einen an der Klatsche.«

Er steht auf und zieht sich seinen Mantel an. »Zu spät. Wir haben einen Deal, schon vergessen? Serena hat mir heute Nachmittag die Verträge geschickt.«

»Ja, schon, aber darin ist doch kein konkreter Lektor festgeschrieben.«

»Doch.«

Ich starre ihn an, und ein unangenehmer Schauer durchläuft mich. »Was?«

»Oh ja«, sagt er und zieht einige Papiere aus seiner Jackentasche. »Direkt nach unserer kleinen Telefonkonferenz heute Morgen hatte ich ein persönliches Gespräch mit Serena und habe darum gebeten, vertraglich festzuhalten, dass du meine Lektorin bist, ansonsten platzt der Deal. Sie ist meiner Bitte mit Vergnügen nachgekommen.«

Er knallt die Papiere auf den Tisch und deutet auf eine Passage, in der mein Name steht, schwarz auf weiß. »Ich habe unterschrieben und ihnen eine E-Mail geschickt, unmittelbar bevor ich hierhergekommen bin.« Er schlägt den Vertrag auf der letzten Seite auf, und da stehen seine Unterschrift und das Datum von heute.

Er faltet die Papiere wieder zusammen und schiebt sie zurück in seine Tasche. »Wie du siehst, bist du von morgen an vertraglich dazu verpflichtet, nett zu mir zu sein. Das wird lustig, was? Du und ich, wieder vereint, wie in den guten alten, schlechten alten Zeiten.«

Ich bin zu schockiert, um irgendetwas zu sagen, und als er sieht, dass er mich geschlagen hat, lächelt er selbstzufrieden.

»Also dann, Prinzessin. Wir sehen uns morgen.« Er beugt sich zu mir herunter und wispert mir ins Ohr: »Und an deiner Stelle würde ich jetzt mit dem Trinken aufhören. Du willst doch morgen keinen schlechten Eindruck machen, indem du verkatert zum ersten Treffen mit deinem neuen Autor kommst.«

Und damit dreht er sich auf dem Absatz um und schreitet aus der Bar.

Fünf lange Sekunden sitze ich schockiert da, während Wut in mir aufsteigt, dann schnappe ich mir mein Handy und die Handtasche und renne ihm hinterher.

Sich auf einer belebten New Yorker Straße beeilen zu wollen, ist schon schwer genug, vor allem mit einem superengen Bleistiftkleid und zehn Zentimeter hohen Absätzen. Aber wenn man dann auch noch leicht betrunken ist und versucht, einen

Mann einzuholen, dessen Beine ungefähr so lang sind wie der Mississippi, dann wird es wirklich lächerlich.

»Stone!«

Er bleibt nicht stehen, auch wenn ich mir sicher bin, dass er mich gehört hat.

Ich gehe schneller, und die kühle Luft erinnert mich auf einmal daran, dass ich meinen Mantel in der Bar vergessen habe.

Verdammt, Mist, Scheiße! Das war mein Lieblingsmantel.

Wie zur Strafe für meine Vergesslichkeit weht eine eisige Windböe vom East River herüber, pustet mir die Haare durcheinander und lässt mich erschauern. Ich denke kurz daran, Jake entkommen zu lassen und meinen geliebten Burberry-Mantel zu retten, aber morgen werde ich gezwungen sein, zivilisiert mit ihm umzugehen, und vorher habe ich noch ein paar dinosauriergroße Hühnchen mit ihm zu rupfen.

»Jacob Anthony Stone! Tu nicht so, als hättest du mich nicht gehört. Das hat mit fünf nicht funktioniert, und das funktioniert jetzt auch nicht.«

Er bleibt stehen und dreht sich mit genervt hochgezogenen Schultern zu mir um.

»Geh nach Hause, Prinzessin. Ich habe dir nichts weiter zu sagen.«

Ich bleibe vor ihm stehen. Dafür, dass ich eine so kurze Strecke power-walken musste, bin ich total außer Atem – peinlich. Ich bin wirklich erbärmlich unfit.

»Aber ich habe dir einen Arschvoll zu sagen. Erstens: Nenn mich nicht Prinzessin!« Das war damals seine bevorzugte Beleidigung. Es ärgert mich, dass mich das immer noch trifft. »Zweitens: Ich weiß nicht, wie gut du dich an die letzte halbe Stunde erinnerst, aber wir beide ertragen es nicht, uns im selben Raum aufzuhalten, nicht einmal mit Alkohol. Wie glaubst du also, sollen wir es aushalten, *monatelang* gemeinsam an einem Buch zu arbeiten?«

Er zuckt mit den Schultern. »Ständig arbeiten Leute zusammen, die sich hassen.«

»Aber nicht daran, ein Buch zu schreiben. Wenn das funktionieren soll, brauchen wir Vertrauen und … was weiß ich … ein gewisses Level an *Intimität.* Und das haben wir beides nicht.«

»Bietest du dich mir schon wieder an, Prinzessin? Ich habe diese Busenblitzer-Geschichte auf sich beruhen lassen, weil die *winzige* Möglichkeit bestand, dass es doch ein Unfall war …«

»Es *war* ein Unfall!«

»Na sicher. Und jetzt sagst du, du willst mit mir *intim* werden? Tja, das ist ein Level an Unprofessionalität, mit dem ich mich nicht wohlfühle.«

»Keine Sorge, Jake. Du könntest mir eine geladene Waffe an den Kopf halten, und ich würde mich nicht zu dir hingezogen fühlen.«

»Den Eindruck hatte ich beim Abschlussball aber nicht.«

»Zum letzten Mal: Ich habe dich nicht geküsst!«

Wieder trifft mich ein Windschwall, und ich versuche, mein Zittern zu unterdrücken. Ich stelle mich so neben Jacob, dass er den schlimmsten Wind abschirmt. Er trägt natürlich eine mit Schaffell gefütterte Jacke, die sich wahrscheinlich anfühlt wie eine Wiese voller warmer Welpen an einem Sommertag. Es ist schon schlimm genug, dass ich zu ihm aufschauen muss, während ich versuche, meine Stellung zu behaupten. Dass meine Finger und meine Nase gerade vor Kälte blau anlaufen, hilft mir nicht gerade, Autorität auszustrahlen.

»Verdammt«, sagt Jake und berührt meine eisigen Finger. »Du bist eiskalt.«

Ich ziehe meine Hände weg und schiebe sie mir unter die Achseln. »Es geht schon.«

Der Wind pfeift um uns herum und wirbelt wahllos Müll aus der Gosse auf. Inzwischen ist mir so kalt, dass mir die Zähne klappern, wenn ich auch nur atme.

Jake schaut mich fragend an. »Wo hast du deinen Mantel gelassen?«

»In der Bar vergessen. Macht nichts. Jake, bitte, lass jemand anderen – *irgendjemand anderen* – dein Buch betreuen. Ich flehe dich an.«

Ohne darauf einzugehen, schlüpft er aus seiner Jacke und hält sie mir hin. »Zieh das an, bevor die Leute denken, du wärst ein zu klein geratener, rothaariger Eisriese.«

»Nein«, sage ich. »Es geht schon.« Normalerweise würde ich mich freuen, wenn ein Typ auf Thor anspielt, denn das ist einer meiner Lieblingssuperhelden. Aber bei Jake nervt es mich einfach nur.

»Asha, du zitterst.«

»Und du weichst mir aus. Versprich mir, dass du morgen zu Serena gehst und eine andere Lektorin verlangst.«

»Keine Chance. Nimm die Jacke.«

Er starrt mich an, ich starre zurück. Ja, seine Jacke wäre sicher irre warm, aber eher würde ich nackt durch einen arktischen Schneesturm reiten, als einen Gefallen von ihm anzunehmen.

Er kommt näher. »Okay. Dann eben auf die harte Tour.«

Ich hebe eine Hand. »Das ist nah genug. Hast du etwa mein ausgiebiges Taekwondo-Training vergessen?«

Er übergeht meine Drohung und dringt in meine Distanzzone ein. »Und du hast wohl vergessen, dass ich ungefähr fünfzig Kilo schwerer bin als du und dich wie ein Zweiglein zerbrechen könnte.«

Ohne auf meine Antwort zu warten, legt er mir unsanft die Jacke um die Schultern. Als er sie zurechtzupft, murmelt er: »Du warst schon immer störrischer, als gut für dich ist.«

Ich blicke zu ihm auf. »Vielleicht solltest du besser keine Bemerkungen über die Starrsinnigkeit anderer Leute machen, es sei denn, du möchtest, dass ich dich Mr Pot nenne.«

Er tritt einen Schritt zurück und deutet auf die Jacke. »Steck deine Arme da durch.«

Ich versuche zu widerstehen, aber die Wolle ist so wunderbar weich und warm. Ich bleibe ganze zwei Sekunden standhaft, dann schlüpfe ich mit den Händen in die Ärmel. Die Restwärme seines Körpers hüllt mich ein, und ich seufze beinahe vor Erleichterung.

Als mein Zittern nachlässt, sieht er mich erwartungsvoll an. »Besser?«

Ich zucke mit den Schultern. »Ich würde ja Danke sagen, aber wahrscheinlich würdest du mich damit aufziehen.«

»Wahrscheinlich.«

Er setzt sich wieder in Bewegung, und ich versuche Schritt zu halten. »Warte! Wir haben unser Gespräch noch nicht beendet.«

»Doch, haben wir. Ich gehe jetzt nach Hause.«

»Also machst du es?«

»Mache ich was?«

Meine Güte, ist er ätzend. »Sagst du Serena, dass sie dir eine andere Lektorin zuweisen soll?«

Ich denke kurz darüber nach, Devin vorzuschlagen, um Jake ein ähnlich anstrengendes Alphamännchen aufzubürden, doch dann befürchte ich, dass sich die beiden hervorragend verstehen werden, also halte ich den Mund.

»Ach das«, sagt Jake. »Nö. Sorry.«

Das war's. Normalerweise bin ich kein ungeduldiger Mensch, aber dieser Mann bringt mich an meine Grenzen.

Ich packe ihn am Arm und drehe ihn zu mir herum. »Pass mal auf, Jacob. Ich freue mich für dich, dass du den Verlagsvertrag hast, denn so ungern ich es auch zugebe, du hast Talent. Aber *ich* war diejenige, die das überhaupt möglich gemacht hat. Also zeig um Gottes willen ein kleines bisschen Dankbarkeit und lass meinen Namen aus dem Vertrag streichen.«

Sein Gesicht versteinert. »Dankbarkeit? Im Ernst? Jetzt spielst du diese Karte aus?«

»Da es die einzige ist, die ich auf der Hand habe, ja.«

Er lacht, aber es ist ein bitteres Lachen. »Du hast Nerven. *Du* willst *mir* was von Dankbarkeit erzählen? Du hast keinen Schimmer, was das Wort bedeutet.«

»Wie kommst du darauf?«

Die Fassungslosigkeit auf seinem Gesicht wird immer größer, und die goldenen Flecken in seinen Augen tanzen.

»Ich hätte heute *überall* unterschreiben können«, sagt er, und Ärger schwingt in seiner Stimme mit. »Aber ich habe mich für euch entschieden. Ich weiß wirklich nicht, warum. Vermutlich aus irgendeiner falsch verstandenen Loyalität wegen unserer Kindheit.«

»Willst du mich verarschen? Du hast bei uns unterschrieben, weil wir dir einen Haufen Geld angeboten haben. Wenn wir schon darüber diskutieren, wer hier undankbar ist, dann lass uns wenigstens ehrlich sein.« Wenn er jetzt nicht auf die Knie fällt und mir die Füße küsst, weil ich für seinen Debütroman einen sechsstelligen Vorschuss herausgeschlagen habe, dann ist er der undankbarste Arsch auf der ganzen Welt.

»Ach, du willst Ehrlichkeit?« Seine Miene wird noch härter. »Also gut.«

Er tritt vor und beugt sich zu mir herunter, bis sein Gesicht nur noch wenige Zentimeter von meinem entfernt ist. Die Hitze, die sein Körper ausstrahlt, bringt meinen Puls zum Rasen. »Dieser Haufen Geld, den ihr mir angeboten habt, kommt nicht einmal ansatzweise an die anderen Angebote heran. Also wenn ich nur auf Geld aus wäre, hätte ich überall unterschrieben, *außer* bei Whiplash.«

Ich blinzle ungläubig. »Wir haben dir dreihunderttausend Dollar angeboten. Für ein Debüt ist das unglaublich.«

»Die anderen haben mehr geboten. Vor allem ein Verlag hat *deutlich* mehr geboten.«

»Definiere deutlich.«

»Die genaue Summe ist streng vertraulich, aber ich kann dir so viel verraten: Die Zahl reimt sich auf meinen Lieblingsschauspieler.«

Er lässt mich nicht aus den Augen. Das ist ein Test. Erinnere ich mich noch an unnützes Wissen über ihn? Leider ja.

»Dein Lieblingsschauspieler ist Nathan Fillion.«

»Bingo.«

Ich erstarre, und Unglaube breitet sich auf meinem Gesicht aus. »Eine Million Dollar? Das hat dir ein anderer Verlag geboten?«

»Ja.«

Ich habe das Gefühl, als würde mir das Blut in den Adern gefrieren. »Du lügst.«

»Wirklich nicht. Also tu nicht so, als wärst du die großzügige Gönnerin, die mich mit Geld überschüttet. Wenn hier irgendjemand dankbar sein muss, dann seid ihr es.«

»Eine *Million* Dollar.« Ich keuche die Worte wie ein Asthmatiker mit Atemnot. Auf einmal kommen mir unsere mickrigen dreihunderttausend blass und schwächlich vor.

»Warum?«, frage ich. »Warum hast du das ausgeschlagen und bei uns unterschrieben?«

Er lehnt sich ein wenig zurück. »Vielleicht fand ich die Möglichkeit, dich jeden Tag quälen zu können, einfach zu verlockend.«

»Du hast siebenhundert Riesen in den Wind geschlagen, um mich ärgern zu können?«

»Aber Prinzessin, dich zu ärgern ist *unbezahlbar*. Und außerdem hast du gut reden. Du hast eben angeboten, eine Beförderung auszuschlagen, um mir *aus dem Weg zu gehen.*«

Da hat er recht, aber keine Beförderung der Welt wäre die Qualen wert, mit ihm zusammenarbeiten zu müssen.

»Es wird noch andere Beförderungen geben«, sage ich wenig überzeugend.

Er blickt auf, als flehe er den Himmel um Geduld an. Dann schaut er wieder mich an. »Tja, du wirst mit dieser vorliebnehmen müssen, denn ich habe heute mehr Geld geopfert, als ich mir jemals hätte träumen lassen, also kannst *du* mir gefälligst dabei helfen, ein gottverdammtes Buch zu schreiben. Und nicht irgendjemand, den ich noch nie im Leben gesehen habe. Nicht jemand, der nicht jedes abgefuckte Detail meines Lebens kennt. Sondern *du*. Also vergiss endlich den Scheiß aus der Vergangenheit und gib dein Bestes, denn wenn ich mit diesem Buch untergehe, nehme ich dich mit.«

Wir starren einander noch ein paar Sekunden lang an, aber eins steht fest: Egal, was ich tue, er wird seine Meinung nicht ändern. Er ist wirklich der sturste Esel, den ich jemals kennengelernt habe.

Ach, scheiß drauf. Ich gebe ihm eine Woche, dann wird er einsehen, was für ein Riesenfehler es war, mit mir zusammenzuarbeiten, und Serena um eine andere Lektorin anflehen. Und wenn das passiert, dann kann ich meine Beförderung *und* meine geistige Gesundheit behalten.

Das letzte Wort ist noch nicht gesprochen.

Ich löse den Blickkontakt, schlüpfe aus seiner Jacke und halte sie ihm hin. »Also schön. Ich schätze, wir sind hier fertig.«

»Sei nicht albern, Asha. Du erfrierst noch. Du kannst sie mir morgen zurückgeben.«

»Nein, danke. Außerdem macht mir dein grässliches Parfüm Kopfschmerzen.«

Das ist gelogen. Sein männlicher Duft ist umwerfend. Ich wünsche ihn in die Hölle, weil er so gut riecht.

Mit einem resignierten Kopfschütteln greift er nach der Jacke. »Schön. Ich freue mich schon darauf, wie du morgen vor deinen Vorgesetzen von mir schwärmen wirst.«

»Tja, ich war ein Jahr lang in der Schultheatergruppe. Ich kann ganz gut schauspielern.«

Er wirft mir einen letzten Blick zu, bevor er sich umdreht und die Straße hinuntergeht. Er ist nur ein paar Meter weit gekommen, da bleibt er auf einmal stehen, und für einen kurzen Augenblick denke ich schon, er will umkehren und mich noch weiter anschreien. Aber nach ein paar endlos erscheinenden Sekunden ballt er seine Hand zur Faust und löst sie wieder, bevor er sich wieder in Bewegung setzt.

Oh, das ist ja richtig gut gelaufen. Gut gemacht, Asha. Du solltest dich den UN-Friedenstruppen anschließen.

Besorgt, beschämt und mehr als nur ein bisschen genervt von mir selbst, weil ich in die alten Verhaltensmuster zurückgefallen bin, blicke ich ihm nach, bis er außer Sichtweite ist. Dann lasse ich den Kopf sinken und stoße geräuschvoll den Atem aus, der sich in der kalten Luft zu einer weißen Wolke ausdehnt.

Ich schlinge die Arme um mich und schaue in die Richtung, aus der ich gekommen bin. Inzwischen bin ich mehrere Blocks von der Bar entfernt, und ich muss mich entscheiden, ob ich der Kälte trotze, zurückgehe und meinen Mantel hole oder ob ich direkt hier die Treppe zur warmen U-Bahn-Station hinuntersteige.

Ich entscheide mich für Letzteres.

Ich kann immer noch morgen in der Bar anrufen und fragen, ob ich den Mantel abholen kann. Wenn es doch nur genauso einfach wäre, angesichts des heutigen Professorendebakels meine Würde zurückzugewinnen.

9. KAPITEL

Der Arsch von nebenan

Obwohl man zu Fuß nur acht Minuten von der U-Bahn-Haltestelle bis zu meiner Wohnung braucht, bin ich bis auf die Knochen durchgefroren, als ich zu Hause ankomme. Zitternd trete ich ein und bin überrascht, Eden und Joanna im Wohnzimmer anzutreffen, die eine Datingshow gucken und schon eine halbe Flasche Shiraz ausgetrunken haben.

Eden wirft mir einen besorgten Blick zu, als ich in mein Zimmer flitze und mir meine Bettdecke schnappe. Sekunden später steht sie in meiner Tür.

»Hey, was ist denn mit dir passiert? Wie ist der Termin mit dem Professor gelaufen? Ist er so heiß, wie du dachtest? Willst du Wein?«

Ich wickle mir die Decke um die Schultern und schleudere meine Schuhe von mir. »Um deine Schnellfeuer-Fragen nacheinander zu beantworten: Mantel vergessen; schrecklich; scheiße, nein; und unbedingt.«

Ich schlurfe ins Wohnzimmer und breche neben Joanna auf der Couch zusammen, während Eden ein Glas aus der Küche holt.

»Was meinst du mit schrecklich?«, fragt Joanna und zieht die Knie an, damit ich mehr Platz habe. »Habt ihr zwei euch nicht verstanden?«

»Nicht im Entferntesten.« Ich spüre immer noch die Anspannung in meinen Muskeln. Gott, was für eine Katastrophe.

Eden füllt das Weinglas fast bis zum Rand, reicht es mir, und ich nehme es dankbar mit beiden Händen entgegen. Durch die Kälte bin ich wieder vollkommen nüchtern. Das kann ich jetzt nicht gebrauchen.

»Ach, das ist doch völlig verrückt.« Eden setzt sich auf die Kante des nächsten Stuhls und blickt finster drein. »Was ist denn bitte los mit diesem Professor? Du bist verdammt umwerfend, schlau und witzig … wie kann er dich da nicht mögen? Bist du dir sicher, dass du das nicht falsch interpretierst?«

»Oh, sehr sicher sogar.«

Als ich einen weiteren Schluck des wärmenden Weins trinke, rutscht mir die Decke von der Schulter. Joanna beugt sich vor und zieht sie wieder hoch. »Also war er kein glühend heißer Inbegriff von Männlichkeit mit der samtweichen Seele eines Poeten? Wie kann das sein? Seine Fotos wirken wie eine Enzyklopädie der Sexyness. Dieses Kinn. Dieser Körper. Dieses arme, verletzte Herz.«

Langsam kehrt das Gefühl in meine Finger zurück, und ich seufze zittrig. »Dir würde er wahrscheinlich gefallen, Jo. Ich persönlich würde jedes Band-Mitglied von Insane Clown Posse attraktiver finden.«

Eden sieht mich mit zusammengekniffenen Augen an. »Wow. Er muss ja ein hartes Stück Arbeit sein.«

»Oh mein Gott«, sagt Joanna und presst sich die Hände vor die Brust. »Er ist doch hoffentlich kein … *Hipster?* Hat er eine Weste ohne Shirt getragen? Lederschuhe ohne Socken?« Entsetzt schnappt sie nach Luft. »Oh lieber süßer heiliger Apollo, hat er Meggings und ein Männerkleid getragen?«

»Er ist kein Hipster, Jo.«

»Ketten-Vaper?«

»Nein.«

»Metrosexueller Holzfäller?«

»Nein, bitte hör auf.« Ich fahre mir mit den Fingern durch die Haare. Ich kann nicht glauben, dass ich mich dreißig Minuten lang frisiert habe, um den Professor zu beeindrucken. Was für eine Zeitverschwendung.

»Was dann?«, fragt Eden, die jetzt fast so aufgeregt ist wie Joanna. »Bis gerade eben dachte ich, du bist total verknallt in den Typen, körperlich und mental. Was hat er gemacht, um auf deiner Shitlist zu landen?«

Ich trinke noch etwas Wein und schlucke schwer. »Es hat sich herausgestellt, dass er Jacob ist.«

Eden ist einen Moment lang verwirrt. »Äh … ist das ein neues Modewort, das ich nicht kenne? Was ist ein Jacob?«

»Jacob«, wiederhole ich überdeutlich. Die Worte *Mein Jacob* hallen in meinem Kopf wider, aber ich presse die Lippen zusammen, damit ich sie nicht ausspreche. »Wie viele Jacobs kennst du, Edie?«

Eden reißt die Augen auf. »Oh scheiße. *Jacob* Jacob.«

Joanna beugt sich vor und flüstert: »Heißt er wirklich Jacob Jacob? Das ist seltsam, aber faszinierend.«

Eden sieht immer noch verblüfft aus. »Das letzte Mal, als ich von Jake gehört habe, ist er gerade zu einer Rucksack-Reise durch Europa und Asien aufgebrochen.« Sie schlägt die Hand vor den Mund. »Oh mein Gott. All diese Fotos von bekannten Sehenswürdigkeiten im Feed des Professors.«

»Ja.«

Sie zeigt auf mich, als wäre sie Hercule Poirot, der gerade einen Fall gelöst hat. »Er hat diese Fotos auf seinen Reisen gemacht. Jacob ist der Professor!«

»Oh mein Gott, Eden. Du bist ja eine Blitzmerkerin.«

Jetzt wirkt sie noch verwirrter. »Aber Jacob ist total schlaksig. Lange Haare. Sieht aus wie ein Stadtvampir. Nicht groß, muskulös und tätowiert.«

»Tja, offensichtlich ist er auf seinen Reisen ziemlich oft beim Tätowierer und im Fitnessstudio gewesen, denn er war ziemlich beeindruckend.«

Joanna wird langsam ungeduldig. »Wer zur Hölle ist Jacob Jacob? Erklärt es mir.«

»Verdammt«, sagt Eden und schüttelt den Kopf. »Von allen Arschlöchern aus allen Spelunken dieser Welt musstest du ausgerechnet eine literarische Schwärmerei für den Arsch von nebenan entwickeln.« Sie wirft Joanna einen Blick zu. »So hat Ash ihn immer genannt.«

»Bei Heras Möpsen«, sagt Joanna und hebt die Hände. »Würde mir jemand bitte erklären, wer dieser Jacob Jacob ist, bevor ich vor Neugier platze?«

Eden nimmt die Weinflasche und verteilt den Rest auf unsere drei Gläser. »Jacob Stone hat früher neben uns gewohnt. Er und Asha waren als Kinder beste Freunde.«

Ich verschlucke mich fast an meinem Wein. »Leichte Übertreibung.«

»Wirklich?«, sagt Eden und fixiert mich mit sarkastischem Blick. »Von drei bis elf wart ihr quasi an der Hüfte zusammengewachsen. Die Leute haben euch für Geschwister gehalten. Er hat so viel Zeit bei uns verbracht, dass die Nachbarn dachten, Mom hätte drei Kinder. Er gehörte praktisch zur Familie.«

Ich ziehe die Beine an, damit ich mich ganz in die Decke hüllen kann. »Ja, das ist lange her.«

»Ohhh«, sagt Joanna, und ihre Augen leuchten auf. »Erzähl mir den pikanten Klatsch. War er der Schwarm von nebenan, der dir das Herz gebrochen hat?«

»Nein«, sage ich ein bisschen zu abwehrend. »Jake und ich

waren nie ineinander verliebt. Wir waren nur Freunde. Der Schwarm von nebenan war sein Stiefbruder Jeremy.«

Eden steht auf und geht zu einem Bücherregal in der Nähe. »Oh, diese Spannung in der Nachbarschaft zwischen den dreien. Es war wie in einem John-Hughes-Film. Ehemals beste Freunde werden zu erbitterten Feinden, als das Mädchen sich für den verhassten Bruder des Jungen interessiert.«

»Stiefbruder.«

»Egal. Schon vor dem Stress habe ich nicht verstanden, wie irgendjemand mit Jake befreundet sein konnte. Er war zu allen scheiße, bis auf Asha. Aber dann, als er zu einem düsteren Teen-Rebell wurde, war er nicht mal mehr zu ihr nett. Klar, ich weiß, dass sein Familienleben beschissen war und so, aber er hat sich wirklich in das Paradebeispiel für ein Riesenarschloch verwandelt.« Sie schnappt sich ein dickes Fotoalbum aus dem Bücherregal und kommt zur Couch zurück. »Macht Platz, ihr Tussis.«

Sie quetscht ihren schmalen Hintern zwischen mich und Joanna und schlägt das Fotoalbum auf. »Dann schauen wir doch mal nach, ob wir noch ein paar fotografische Beweise von Mister Griesgram im Teenageralter haben.« Sie blättert durch die Seiten, bis sie zu einem Bild von mir und Jeremy kommt. Wir stehen in seinem Vorgarten, umarmen uns und strahlen, wie es verliebte Teenager eben machen.

»Da haben wir's«, sagt Eden und zieht das Foto vorsichtig heraus. Dann klappt sie eine nach hinten gefaltete Ecke auf und enthüllt einen jungen Jake, der schräg hinter seinem Bruder steht, spöttisch grinst und den Stinkefinger zeigt.

Ich kann mich an den Tag erinnern, an dem das Foto gemacht wurde. Jeremy hatte mir gerade zum ersten Mal gesagt, dass er mich liebt. Es war auch der Tag, an dem ich ihm zum ersten Mal erlaubt habe, meine Brüste anzufassen. Ich schätze, diese beiden Ereignisse haben miteinander zu tun.

In diesem Augenblick dachte ich, kein Mädchen auf dieser Erde könnte einen Jungen mehr lieben, als ich Jeremy liebte. Jetzt jagt mir der Gedanke daran einen Schauer über den Rücken. Wenn das das Beste ist, was mein Liebesleben zu bieten hat, dann kann ich es auch ganz sein lassen.

Ich schaue mir Jake an. Damals war es seine Lieblingsbeschäftigung, den Stinkefinger zu zeigen. Ich habe kein einziges Foto von ihm, auf dem er älter als zwölf ist und lächelt. Nicht, dass er davor viel gelächelt hätte, aber in dieser Zeit haben wir uns auseinandergelebt.

Ich betrachte sein Gesicht und erkenne darin die Anlage zu dem Mann, den ich heute Abend gesehen habe, besonders seine dunklen Haare und Augen, die ausgeprägten Augenbrauen und seinen scharf geschnittenen Kiefer. Aber auf dem Foto ist er eindeutig noch ein Junge. Ich glaube nicht, dass der Teenager-Jake sich schon rasiert hat, als das Foto gemacht wurde.

Ich richte meine Aufmerksamkeit auf das andere Gesicht auf dem Foto. Ah, Jeremy – der Junge, der aussah, als wäre er einem Disneyfilm entsprungen. Die blonde, blauäugige Sportskanone. Ein Freund wie aus dem Bilderbuch.

Und wie sich herausgestellt hat, ein totaler Arsch.

»Wow«, sagt Joanna, als sie das Foto nimmt, um es besser betrachten zu können. »Schau dich an, Asha. Natürlich umwerfend wie immer. Und dieser Jeremy-Typ … nicht schlecht. Der war wirklich hübsch.«

Ich nippe an meinem Wein und wende den Blick vom Foto ab. »Ja, aber wie meine Tante Judy immer sagte, sind es die Gutaussehenden, vor denen man sich in Acht nehmen muss.«

»Wie lange wart ihr zusammen?«, fragt Joanna und schaut vom Foto auf.

»Fast die ganze Zeit auf der Highschool.« Es ärgert mich, dass ich immer noch einen Kloß im Hals habe, wenn ich über Jeremy rede. Ich dachte eigentlich immer, dass die erste Liebe etwas Unschuldiges hat, als wäre sie ein bis dahin unberührtes Notizbuch, in das man eine Wahnsinnsliebesgeschichte schreibt. Doch dann merkt man, dass zwischen den Zeilen blasses Gekritzel steht. Versteckte Nachrichten, die man vielleicht entziffern könnte, wenn man es wirklich versuchte, aber man lässt es, weil das nicht die Geschichte ist, die man erzählen will.

So war meine Beziehung zu Jeremy. Sein dünnes Gekritzel war unerwartet und schmerzhaft. Und jetzt, immer wenn ich an das helle, glänzende Buch meiner ersten Liebe denke, stelle ich fest, dass es der Scheiß am Rand ist, der die wahre Geschichte erzählt.

»Ja«, sagt Eden, die mein Unbehagen spürt. »Jeremy war hinreißend, aber wie sich herausstellte auch ein fieser Fremdgänger, deshalb kann er sich verpissen und für den Rest seiner Tage Schwänze lutschen. Jake war vielleicht ein Arsch, aber er hat auch nie etwas anderes behauptet. Jeremy war ein Wolf im Schafspelz. Sollte ich ihn jemals wiedersehen, kann er sich auf einen gehörigen Tritt in die Eier gefasst machen, dafür, wie er Asha behandelt hat.«

Joanna guckt enttäuscht. »Ach, Mist. Also ist dein ehemals bester Freund, dann Frankenteen, heute Abend aufgetaucht und hat zugegeben, dass er Professor Feelgood ist und – was? Ist er immer noch ein Arsch?«

»Aber so was von.«

»Heißt das, du wirst ihn nicht lektorieren?«

»Leider hat er sich das vertraglich zusichern lassen, nur um mich zu ärgern.«

Eden schnaubt entrüstet. »Der kleine Scheißer.«

»Du könntest zu Serena gehen«, sagt Joanna. »Ihr die wahre Geschichte erzählen.«

»Was soll ich ihr denn sagen? Dass ich nicht mit dem Typen zusammenarbeiten will, für den sie *auf mein Drängen hin* gerade ein Vermögen ausgegeben haben, nur weil wir eine schwierige Vergangenheit teilen? Sie würde mich lachend aus ihrem Büro werfen. Ach ja, und die andere Neuigkeit, die ich heute Abend herausgefunden habe, ist, dass Jake nicht bei uns unterschrieben hat, weil unser Angebot das beste war. Nein, offensichtlich hat ein anderer Verleger ihm eine Million geboten.«

Beiden Mädels klappt der Kiefer herunter.

»Was?!« Eden sieht so fassungslos aus, dass es schon fast wieder witzig wirkt.

Joannas Augenbrauen sind in ihrem Haaransatz verschwunden. »Das ist ein Witz, oder?«

»Kein Witz. Ganz offensichtlich bin ich nicht die Einzige, die in seinen Millionen von Followern die möglichen Verkaufszahlen erkannt hat.«

»Heilige Scheiße«, sagt Eden und bekommt glasige Augen. »Eine *Million* Dollar.«

»So habe ich auch reagiert.«

Joanna ist das Erstaunen ins Gesicht geschrieben. »Dann hat er Leidenschaft der Habgier vorgezogen. Dich dem Geld. Bist du dir sicher, dass dieser Mann dich hasst?«

»Sehr«, sagen Eden und ich gleichzeitig.

»Und welches Ereignis hat euch entzweit? Abgesehen davon, dass du mit seinem Bruder ausgegangen bist?«

»Stiefbruder«, sage ich mehr aus Gewohnheit als allem anderen. »Es gab kein großes Ereignis. Nur Jahre der eskalierenden Feindseligkeit. Ein steter Tropfen hat langsam die Freundschaft ausgehöhlt, die uns einmal verbunden hatte.« Ich nippe an meinem Wein. »Und diese ganze Buchsituation ist eine Art kranke Rache. Ich versuche einen Ausweg zu finden, aber in der Zwischenzeit muss ich herausfinden, wie ich mit ihm arbeiten kann, ohne vorher alle scharfen Gegenstände verstecken zu müssen.«

»Du kriegst das schon hin«, sagt Joanna. »Ich habe das Gefühl, dass am Ende alles gut wird. Erinnere dich einfach daran, dass er aus den richtigen Gründen hier ist. Wäre er ein unverbesserliches Arschloch, hätte er deine Buchidee einem anderen Verleger vorgelegt und deinen Ruf ruiniert. Dass er das nicht getan hat, spricht für ihn. Erinnere dich daran, wenn du den Wunsch verspürst, ihn zu verletzen.« Sie drückt uns beide viel zu fest. »Gute Nacht ihr süßen Tate-Schwestern. Bis morgen.«

Wir wünschen ihr eine gute Nacht, und nachdem sie gegangen ist, versinken Eden und ich in Schweigen und starren stumpfsinnig auf den Fernseher.

»Willst du über ihn sprechen?«, fragt sie, ohne mich anzusehen.

»Nein.«

»Okay.«

Über Jake zu sprechen und darüber, wie er mich geärgert/verletzt/gedemütigt hat, war noch nie meine Stärke.

Nachdem ich den Rest meines Weins ausgetrunken habe, springe ich schnell unter die Dusche. Das heiße Wasser vertreibt den letzten Rest Kälte, aber meine brodelnde Anspannung bleibt.

Als ich fertig bin, wickle ich den Bademantel um mich und gehe in Edens Zimmer. Sie tippt etwas am Laptop, aber als sie mich sieht, hört sie auf. »Willst du kuscheln?«

»Hast du Zeit?«

»Klar. Max gibt noch bis spät in die Nacht ein Mitarbeitertraining.« Sie schlägt die Decke zurück. »Hüpf rein.«

Ich klettere ins Bett und lege den Kopf an ihre Schulter, während sie weiterarbeitet.

»Alles okay bei dir?«, fragt sie, während sie ein paar Ideen für Geschichten für die kommende Woche aufschreibt. »Seitdem du nach Hause gekommen bist, bist du ganz schön schweigsam. Bist du enttäuscht wegen der Sache mit Jacob?«

»Ja klar. Ich dachte, der Abend würde mit einem Triumph enden, weil ich schließlich eine neue, mutige literarische Stimme unter Vertrag genommen habe, und stattdessen endet er mit einer Reise in die Vergangenheit und einem Schreiduell mit Jake mitten auf dem Bürgersteig.«

»Puh, ehrlich?«

»Ja. Ich glaube, wir wissen nicht mehr, wie wir sonst miteinander umgehen sollen. Alte Gewohnheiten legt man nicht so schnell ab.«

»Bist du dir sicher, dass du ihn nicht davon überzeugen kannst, sich eine andere Lektorin zu suchen?«

Ich stütze mich auf den Ellenbogen. »Edie, wir reden von Jake. Selbst wenn ich ihm noch eine Million zusätzlich anbieten könnte, würde er immer noch darauf bestehen, dass ich nach seiner Pfeife tanze, nur um mich zu ärgern. Du kennst ihn doch.«

»Ja, es hat ihm schon immer sadistisches Vergnügen bereitet, dich zu provozieren.«

»Am meisten Angst habe ich davor, dass wir in einem giftigen Atompilz explodieren und nicht nur das Buch mitnehmen, sondern dabei auch Whiplash mit in den Abgrund reißen. Das ist jede Menge Druck für eine Anfängerlektorin, die ihren Autor hasst.«

Eden klappt ihren Laptop zu und stellt ihn auf den Nachttisch, dann kuschelt sie sich an mich und legt den Arm um mich.

»Ash, wenn das irgendjemand hinkriegt, dann du. Versuch einfach, dich daran zu erinnern, was du an Jake mochtest, als ihr noch Kinder wart. Vielleicht schafft ihr es sogar, wieder Freunde zu werden.«

Ich drehe mich zu ihr und sehe sie an. »Meinst du das ernst?«

Sie zuckt die Schultern. »Na gut, das ist ungefähr so wahrscheinlich wie dass dein Hemsworth-Kissen für den nächsten Thor-Film gecastet wird. Aber ich versuche, optimistisch zu bleiben.«

»Ich weiß.«

»Wenn es zu schlimm zwischen euch wird, sag mir Bescheid. Ich komme nur zu gern vorbei und schiebe Mr Stone einen gigantischen Kaktus in den Arsch.«

Die Vorstellung bringt mich zum Lachen, und Eden drückt mich, dann seufzen wir beide und schweigen. Ein paar Minuten lang liegen wir nur da und hängen unseren Gedanken nach.

Ich frage mich schon, ob Eden eingeschlafen ist, da sagt sie: »Ash?«

»Ja?«

»Äh … ich weiß, dass das nicht dein Lieblingsthema ist, aber … du hast bald Geburtstag und …«

Sofort verkrampfe ich mich. »Bitte nicht, Edie.«

»Nannabeth findet, du solltest feiern.«

»Nein.«

Ich hätte wissen müssen, dass das irgendwann kommt. Nannabeth macht seit Wochen Andeutungen, und egal wie oft ich das Thema wechseln will, sie ist wie ein Hund mit einem Knochen, den er nicht loslassen will.

»Ach komm schon, Ash. Nur ein paar Leute. Ich, du, Max, Toby und Joanna. Wir wollen alle mit dir feiern. Nan hat Moby sogar einen Partyhut und so besorgt.«

»Das hätte sie nicht tun sollen. Du kennst die Regel. Keine Party. Kein Tamtam. Bitte.«

Verdammt. Mittlerweile sollte Nan es besser wissen. Ich feiere meinen Geburtstag nicht. Das habe ich nicht mehr gemacht, seit ich neun bin. Jedes Jahr versuchen sie wieder, mich umzustimmen, und jedes Jahr bremse ich sie aus. Ich wünschte wirklich, sie würden endlich kapieren, dass Geburtstagsfeierlichkeiten für mich eine Grenze überschreiten.

Weil Eden weiß, wie dickköpfig ich bin, gibt sie mit einem leisen Seufzen nach. Als sie weiterspricht, bemerke ich, dass sie ihre Worte sorgfältig wählt.

»Ash, ich weiß, dass wir alle unser Päckchen zu tragen haben, und Gott weiß, dass meins genauso groß ist wie deins. Aber Max hat mir eine Sache beigebracht: All die Dinge aus unserer Vergangenheit … wir müssen uns damit auseinandersetzen, damit wir loslassen können. Es ist ungesund, so an Dingen festzuhalten. Wir reden uns ein, dass es unser Leben und unsere Beziehungen nicht beeinflusst, aber das stimmt nicht. Wir müssen die Vergangenheit hinter uns lassen, damit wir in der Zukunft ankommen können. Ich lerne langsam, wie das geht, und ich glaube, das solltest du auch.«

Ich antworte ihr nicht, weil ich nichts zu sagen habe. Klar haben wir alle unsere Probleme, aber jemandem zu sagen, er solle sich damit abfinden, bringt nichts. Manche Ereignisse sind für immer in unsere Seele eingraviert und werden nie verschwinden, egal, wie sehr man auch schrubbt.

Ich umarme sie noch einmal und klettere aus dem Bett. »Ich gehe besser. Möchte nicht, dass Max hereinkommt und mich wie Schneewittchen in seinem Bettchen vorfindet. Der Mann kann ziemlich eindrucksvoll starren, wenn er schlechte Laune hat.«

»Bitte, sei nicht sauer.«

Ich drehe mich zu ihr um. »Bin ich nicht. Wirklich. Ich bin nur müde. Deshalb denk bitte daran, wie dünn die Wände sind und dass ich bestimmte Geräusche auch durch meine Ohrstöpsel hören kann.«

Ich sehe, dass Sorge ihre Miene noch immer überschattet, aber sie lächelt mich trotzdem an. »Ich gebe mein Bestes. Gott weiß, dass dieser Mann es mir schwermacht, leise zu sein. Bis morgen.«

»Ja, bis morgen.«

Ich tapse zurück in mein Schlafzimmer und schalte das Licht aus, dann schlüpfe ich aus meinem Bademantel und steige ins Bett.

Als ich das Ladekabel ins Handy stecke, leuchtet das Display mit einer Nachricht auf.

Wie war dein Tag? Ist das Leben als frischgebackene Lektorin so, wie du es dir vorgestellt hast?

Ich schüttele den Kopf und tippe eine Antwort. *Nicht ganz. Mein neuer Autor wird eine Herausforderung, aber ich kriege schon raus, wie ich mit ihm umgehen muss.*

Ja, das kriegst du schon hin. Es gibt nichts, was du nicht hinkriegen würdest. Schön, talentiert und unendlich einfallsreich. Er hat keine Chance. Ich bin nur neidisch, dass er jeden Tag mit dir verbringen kann. Der Glückliche. Ich vermisse dich.

In mir breitet sich eine angenehme Wärme aus, und ich lächle. Nach diesem beschissenen, stressigen Tag habe ich genau das gebraucht. Er ist wirklich der netteste Mann, den ich je getroffen habe.

Warum kannst du dann nicht deinen Scheiß hinter dir lassen und einfach mit ihm ins Bett gehen?

Ich schüttele meine Negativität ab. *Ich vermisse dich auch. So sehr. Heute Abend bin ich völlig fertig, aber wir sprechen morgen, okay?*

Nachdem ich die Nachricht abgeschickt habe, schalte ich mein Handy aus und seufze.

Mein Dad hatte immer diesen Spruch: »Wenn man zu viele Eisen im Feuer hat, verbrennt man sich irgendwann die Finger.« Später fand ich heraus, dass er über den Versuch sprach, mit verschiedenen Frauen zusammen zu sein, ohne dass Mom etwas herausfand, aber mittlerweile glaube ich, dass der Spruch auf das gesamte Leben zutrifft. Ich frage mich, wie lange ich meine sexuelle Dysfunktion vor meinem Freund geheim halten kann, bevor jemand verletzt wird.

Ich drehe mich auf die Seite und starre die Wand an. Nach dem Riesendurcheinander heute will ich nur noch schlafen, aber in meinem Gehirn wirbelt eine Collage aus Kindheitserinnerungen. Der dreijährige Jake, der mich von seinem Garten aus anstarrt, an dem Tag, an dem er ins Haus nebenan eingezogen ist; der fünfjährige Jake, der mich zum Kichern bringt, weil er mit einem Besenstiel herumfuchtelt und dabei Laserschwert-Geräusche macht; der zwölfjährige Jake, der jeden Tag wütender wird und immer seltener herüberkommt; der vierzehnjährige Jake, der nicht mehr mit mir spricht und spöttisch grinst, als er mich zum ersten Mal zum Weinen bringt.

Es ist schwierig, diese Erinnerungen mit dem vierundzwanzigjährigen Mann in Verbindung zu bringen, der er heute ist, und sogar noch schwieriger, zu akzeptieren, dass er der unglaublich heiße Professor Feelgood ist, aber das ist die Realität, der ich mich stellen muss, ob es mir gefällt oder nicht.

Das Einzige, was mich tröstet, als ich schließlich langsam wegdämmere, ist, dass es morgen unmöglich noch schlimmer kommen kann.

Kein Wunder, dass ich von Eisen im Feuer träume.

10. KAPITEL

Es kommt noch schlimmer

»Scheiße!«

Ich wische den verschmierten Lidstrich weg, während ich versuche, in Rekordzeit mein Make-up aufzutragen. »Scheiße, Scheiße, Scheiße!« Natürlich habe ich heute, am wichtigsten Tag meiner Karriere, zum allerersten Mal meinen Wecker nicht gehört und verschlafen. Das ist jetzt ein weiterer Punkt auf meiner ständig wachsenden *Was-Scheiße-ist*-Liste. Ich bin mega-spät dran für die Arbeit, und wie immer, wenn ich total in Eile bin, läuft nichts so, wie es soll.

»Hier.« Eden kommt ins Badezimmer und steckt mir ein Stück Toast in den Mund. »Und Max hat dir Kaffee gekocht. Steht in der Küche.«

»Mdanke«, nuschele ich um einen Bissen Toast herum. Hastig tusche ich mir die Wimpern und trage ein wenig Puder auf, bevor ich barfuß in mein Zimmer renne und mir meine Schuhe und meine Tasche schnappe.

»Ach, Mist. Eden, ich habe gestern meinen Mantel in der Bar vergessen. Kann ich einen von dir haben?«

Sie flitzt an meiner Zimmertür vorbei und taucht ein paar Sekunden später mit ihrem roten Trenchcoat wieder auf. »Hier. Noch irgendwas?«

»Nö. Ich bin weg.«

Sie folgt mir, als ich in die Küche sprinte und den Kaffeebecher schnappe. Ich nehme einen Schluck und stelle ihn wieder ab. »Keine Zeit zum Austrinken. Trotzdem Danke.«

Max sitzt in der Küche und beugt sich über Edens Laptop. »Ash?«

»Ja?«

»Ähm, bevor du gehst, solltest du dir das mal ansehen.« Er dreht den Bildschirm so, dass ich darauf schauen kann. »Du weißt schon, Gefahr erkannt, Gefahr gebannt.«

Ein populärer Buchbranchen-Blog präsentiert die Schlagzeile: *Whiplash schnappt Großverlag Social-Media-Star weg.* Zusätzlich zu der charmanten Überschrift teilt der Artikel auch gegen mich persönlich aus. Dort heißt es, Whiplash setze seine sechsstellige Investition aufs Spiel, indem es das hochriskante Projekt einer jungen, unerfahrenen Lektorin anvertraue.

Das ist nicht ganz falsch, aber trotzdem … Jetzt fühle ich mich richtig schlecht.

»Verdammt noch mal, Devin«, murmele ich, bevor ich wütend auf den Bildschirm zeige. »Und zum letzten Mal: Wir haben niemandem irgendwas weggeschnappt. *Ich habe ihn entdeckt!*«

Entweder hat Devin keine Ahnung, in welch prekärer Lage sich Whiplash befindet, oder er ist fest entschlossen, ein paar Treffer gegen die Frau zu landen, die seine Beförderung bekommen hat. Wie auch immer, er ist ein armseliges Würstchen.

Max sieht mich mitleidig an. »Tut mir leid.«

Ich seufze. »Du kannst ja nichts dafür. Alles gut. Danke, Max.«

Eden umarmt mich eilig. »Hab einen schönen Tag.« Es klingt eher wie eine Frage.

»Unwahrscheinlich, aber die Geste zählt.«

Ich stürme aus der Wohnungstür und drücke auf den Knopf unseres altersschwachen Aufzugs. Sobald ich eingestiegen bin und sich die Türen hinter mir geschlossen haben, werfe ich meine Schuhe auf den Boden und schlüpfe hinein. Ausgerechnet heute Morgen muss ich verschlafen! Es wird sowieso schon seltsam genug, wenn ich Jake meinen Kollegen vorstellen muss, als wäre er ein Fremder, aber ich hatte gehofft, vorher noch ein wenig Zeit mit Serena zu haben, um sie darüber auszufragen, wie wir die Handlung von Jakes Buch gestalten sollen.

Als ich ihn noch für jemand anderen gehalten hatte, fiel mir die Vorstellung nicht schwer, dieses Schiff in die richtige Richtung zu steuern. Aber jetzt …

Ich klammere mich an die unrealistische Hoffnung, dass er es sich nun, da er darüber geschlafen hat, noch einmal anders überlegt hat, was unsere Zusammenarbeit angeht. Mir ist klar, dass das mehr als unwahrscheinlich ist, aber man wird ja wohl noch träumen dürfen.

Ich krame in meiner Handtasche nach meinem Lippenstift, während der prähistorische Aufzug ins Erdgeschoss rumpelt. Ich hätte die Treppe nehmen sollen. Ich bin gerade damit fertig, knallrote Farbe aufzutragen, da klingelt mein Handy.

»Mist!« Ich stöhne, als ich Serenas Namen auf dem Display sehe. »Verdammter Scheißmist.«

Als die Aufzugtür aufgeht, nehme ich den Anruf entgegen, während ich gleichzeitig versuche, in die Ärmel von Edens Mantel zu schlüpfen.

»Hey, Serena. Tut mir leid, dass ich noch nicht da bin. Mein Wecker hat heute Morgen nicht geklingelt, aber ich bin unterwegs.«

Ich trete aus der Haustür auf die Straße und halte abrupt inne. Es regnet. Es schüttet.

»Wollt ihr mich verarschen?«

»Asha, was ist los?«

Ich hole tief Luft und halte mir meine Vintage-Tasche von

Fendi über den Kopf, bevor ich wie eine Irre zur U-Bahn-Station renne. »Na ja, mir war nicht klar, dass es regnet, und jetzt habe ich keinen Schirm dabei.«

»Ich habe nicht vom Wetter gesprochen. Das ganze Team sitzt im Konferenzraum und wartet auf dein Briefing zum Professor.«

»Oh. Richtig. Na ja, also …«

»Hast du heute Morgen *The Pub Hub* gesehen?«

»Ja, habe ich, und ich bin stinksauer.«

»Die Leute kritisieren uns sowieso schon, weil wir dir dieses Projekt anvertraut haben. Bestätige sie nicht auch noch, indem du Mist baust. Du müsstest seit einer halben Stunde hier sein.«

»Ich weiß. Es tut mir leid, ich hatte nur …«

Ich renne gerade die Stufen zur U-Bahn hinunter, da rutsche ich auf den nassen Fliesen aus. Ich kreische, lasse mein Handy und die Handtasche fallen und purzele unelegant die restlichen Stufen hinunter. Ich stöhne, als ich mir im Fallen Knie und Ellenbogen aufschlage, bis ich schließlich in einem unrühmlichen Haufen unten liegenbleibe.

»Verdammte Dreckssscheiße!« Menschen versammeln sich um mich, fragen mich, ob ich mir wehgetan habe, und helfen mir auf. Hastig greife ich nach meiner Tasche, aber von meinem Handy ist weit und breit nichts zu sehen.

»Hat irgendjemand von Ihnen mein Handy aufgehoben?«

Da sie nun das Mindeste erledigt haben, um einer Fremden in Not zu helfen, murmeln die Mitglieder des Rettungstrupps verschiedene Varianten von Nein, ehe sie sich davonmachen, um ihre U-Bahn noch zu bekommen. Während sie sich zerstreuen, suche ich den ganzen Bereich ab, und als ich beinahe wieder hinschlage, fällt mir auf, dass einer meiner Absätze abgebrochen ist. Ich hebe ihn von der Treppenstufe auf, bevor ich mich ein letztes Mal nach meinem Handy umschaue.

»Schätzchen?« In der Nähe steht eine Putzfrau mit einem Mopp. Ironischerweise steht sie genau neben einem Schild, auf dem »Bei Nässe Rutschgefahr« steht.

Zu spät, Schild!

»Suchst du ein Handy mit einer leuchtend gelben Hülle?«, fragt sie.

»Ja«, rufe ich und humple zu ihr. »Haben Sie es gefunden?«

»Nein, aber ich habe gesehen, wie ein junger Kerl mit Hoodie und Rucksack damit weggerannt ist. Ich wollte ihn aufhalten, aber er war zu schnell.«

»Oh mein Gott, echt?«

Sie deutet auf eine Treppe in einiger Entfernung. »Er ist da runter. Soll ich den Sicherheitsdienst rufen?«

»Nein, nein, keine Zeit. Danke.«

So schnell ich mit dem ruinierten Schuh kann, laufe ich los.

»Schätzchen«, ruft sie mir hinterher. »Spar dir die Mühe. Der ist längst weg!«

Ich höre nicht auf sie und renne die Treppe hinunter, aber da das Schicksal heute offenbar fest entschlossen ist, mich zu bescheißen, sehe ich, als ich am Fuß der Treppe angekommen bin, nur noch, wie die U-Bahn im dunklen Tunnel verschwindet.

»Verkackte Pennerwichser! Wollt ihr mich eigentlich alle verarschen?«

Niedergeschlagen sacke ich in mich zusammen. Mein ganzes Leben war auf diesem Handy. Und jetzt bin ich nass, einhackig, handylos und voller blauer Flecken. Und zu allem Überfluss denkt meine Vorgesetzte vermutlich, dass ich eben einfach aufgelegt habe, als sie mich wegen meiner Verspätung zusammengestaucht hat. Na ja, immerhin kann der Tag nicht noch schlimmer werden, oder?

Hast du vergessen, dass du fast den ganzen Tag mit dem König der Arschlöcher verbringen musst?, wispert eine leise Stimme in meinem Hinterkopf.

»Halt die Klappe«, zische ich leise. »Halt einfach deine beschissene Klappe.«

»Serena«, probe ich in Gedanken, während ich mich dem Verlagsgebäude nähere. »Es tut mir leid, dass ich zu spät komme, aber du musst wissen, Professor Feelgood ist tatsächlich mein alter Erzfeind aus der Highschool, und gestern Abend, irgendwann nachdem er mir seine wahre Identität offenbart und bevor er mich eine selbstgerechte Zicke genannt hat, hat mich Jacob Stone mit einem Fluch belegt, und deshalb geht jetzt mein ganzes Leben den Bach runter.«

Mir ist schon klar, dass ich Jake nicht für meine augenblickliche Pechsträhne verantwortlich machen kann, aber seit er zurück in mein Leben getreten ist, kommt es mir so vor, als würde alles, was gut ist, von irgendetwas Beschissenem zunichtegemacht, deshalb zeige ich mit dem Finger auf ihn. Er ist meine ganz persönliche Ein-Mann-Abrissbirne.

Und wie um meine Theorie zu untermauern, rast ein Fahrradkurier an mir vorbei, als ich an der Ampel gegenüber von Whiplash warte. Er brettert durch ein Schlagloch und bespritzt mich von oben bis unten mit dreckigem Pfützenwasser. Ich kreische überrascht auf und rufe ihm mehrere Schimpfwörter hinterher, die etwas mit Unzucht mit der Mutter zu tun haben, während mir die Ekelhaftigkeit über das Gesicht rinnt.

Wie durch ein Wunder hat das Teenagermädchen, das *direkt neben mir* steht, überhaupt nichts abbekommen. Okay, sie hat auch einen Regenschirm. Er ist leuchtend gelb und wird von jeder Menge grinsender Smileys geziert. Ich hasse ihn abgrundtief.

Als ich meine Brille abnehme und das Dreckwasser abschüttele, sieht sie mich mit einem Blick an, der Mitgefühl ausdrücken soll, ihre Erheiterung jedoch nicht verhehlen kann. »Wow. Das war krass, Alter.«

Ich funkele sie an. »Findest du?«

Sie wendet sich eine Sekunde zu spät ab, um ihr Schmunzeln zu verbergen, und die fröhlichen Gesichter auf ihrem Schirm verspotten mich mit ihrem Nylongrinsen.

Ich grummele vor mich hin und hinke über die Straße. Nachdem ich meine Brille in meine Handtasche gestopft habe, mache ich mir auch nicht mehr die Mühe, meinen Kopf zu bedecken, denn mal im Ernst? Wozu denn noch? Regenwasser rinnt mir aus den Haaren und übers Gesicht, als ich die letzten Meter zur Whiplash-Lobby humpele. Als ich schließlich in den warmen, trockenen Aufzug steige, seufze ich und tropfe auf den gemusterten Teppich.

Kurz bevor die Türen zugleiten, gesellt sich Devin dazu.

Ich blicke zur Decke und versuche verzweifelt, nicht genervt zu seufzen. *Lieber Gott, warum quälst du mich so? Warum??????*

Devin muss zweimal hinschauen, als er mich sieht.

»Heilige Scheiße, Tate, alles in Ordnung? Bist du überfallen worden oder so?«

Ich straffe die Schultern und versuche, nicht so niedergeschlagen auszusehen, wie ich mich fühle. »Ich hatte eine kleinere Auseinandersetzung mit einer Treppe. Mir geht's gut.«

»Wirklich? Du blutest.«

»Was?«

Er berührt meine Stirn und zeigt mir danach seinen Finger. »Siehst du?«

»Hm«, sage ich und starre verwirrt das geronnene rote Kügelchen an. »Merkwürdig, dass ich am Kopf blute, wo du mir doch den Dolch in den Rücken gestoßen hast.«

Er übergeht das und greift in seine Tasche, aus der er ein sauberes Taschentuch hervorholt. Es wundert mich nicht, dass es mit seinen Initialen bestickt ist. »Hier.«

Ich will gerade danach greifen, da zieht er es zurück. »Obwohl, weißt du was? Ich würde zwar liebend gern den Gentleman spielen – denn mal im Ernst, du siehst aus, als wärst du gerade aus irgendeiner Mülltonne gekrochen –, aber das hier ist aus ägyptischer Baumwolle, und mit Blutflecken würdest du es ruinieren.« Er steckt es zurück in die Tasche. »Sorry.«

Ich richte meinen Todesblick auf ihn. »Ist das dein Ernst?«

Er zuckt mit den Schultern. »Die Dinger kosten hundert Dollar das Stück, Süße. Die kann ich nicht einfach hergeben.«

»Verstehe. Ganz im Gegensatz zu Betriebsgeheimnissen, stimmt's?«

Wenig überzeugend heuchelt er Verblüffung. »Äh … Was hast du gesagt?«

Glücklicherweise gehen in diesem Augenblick die Aufzugtüren auf, und ich stolziere davon, ehe sich meine Wut in einem Gewaltausbruch entladen kann.

Ich humpele zur Garderobe und hänge den triefenden Trenchcoat zu den anderen Mänteln. Weil meine Haare tropfnass sind, ist mein gesamtes Outfit durchnässt. Ich schätze, heute war nicht der richtige Tag, um einen schwarzen BH zu einer weißen Bluse anzuziehen. Auch wenn das keine bewusste Entscheidung war. Weil ich so spät dran war, habe ich mir einfach die erstbesten sauberen Klamotten geschnappt.

Als ich mich zu meinem Schreibtisch umdrehe, sehe ich Joanna in einiger Entfernung stehen, die mich mit offenem Mund anglotzt.

»Oh mein Gott. Bist du überfallen worden?«

Ich hinke an ihr vorbei zu meinem Schreibtisch. »Ich möchte nicht darüber reden.«

»Du bist klatschnass.«

»Das ist mir bewusst.« Ich sammle Notizbuch und Kugelschreiber zusammen in Vorbereitung auf das Meeting, dessen Vorsitz ich seit vierzig Minuten innehaben sollte. Dass ich so spät dran bin, setzt mich unter Druck.

»Sind die Dossiers, die ich gestern vorbereitet habe, schon da drin?«, frage ich Joanna.

Sie nimmt sich eine Handvoll Taschentücher und versucht, etwas von dem Wasser, das mir vom Gesicht tropft, aufzuwischen. »Jep. Genauso wie die Umsatzprognosen und ein Korb voll Muffins aus dieser kleinen Bäckerei in SoHo. Alles ist bereit.«

»Toll. Außerdem wurde mir mein Handy geklaut.«

»Ich versuche es zu orten.«

»Danke. Lass uns das durchziehen.«

»Ähm, Ash. Möchtest du dich nicht vielleicht erst frischmachen?«

»Keine Zeit, ich habe nur noch fünfzehn Minuten, um alle zu briefen, bevor Jake kommt.« Ich mache mich auf den Weg zum Konferenzraum, und Joanna begleitet mich. »Ich bin mir nicht sicher, ob ich die Großartigkeit des Professors und die gleichzeitige Fürchterlichkeit seines Alter Egos in der kurzen Zeit auf den Punkt bringen kann, aber ich werde es gern versuchen.«

Während wir gehen, tupft Joanna weiterhin an mir herum. »Also willst du ihnen wirklich eure Geschichte erzählen? Hältst du das für eine gute Idee?«

Ich denke eine Sekunde darüber nach. »Nein, eigentlich nicht. Wenn ich zugebe, dass wir uns kennen, dann stehe ich entweder wie ein Volltrottel da, weil ich ihm den Vertrag angeboten habe, ohne zu kapieren, wer er ist, oder es sieht so aus, als hätten wir das zusammen ausgeheckt, um den höchstmöglichen Vorschuss herauszuschlagen. Wie dem auch sei, es sähe schlecht aus. Also behalten wir das am besten für uns.«

»Weiß Jake das auch?«

»Äh, gut, dass du es sagst. Kannst du ihm eine Nachricht schreiben? Ihm sagen, ich hätte darum gebeten, dass wir unsere Vorgeschichte für uns behalten?«

»Alles klar.« Sie tippt etwas und drückt auf Senden. »Erledigt.«

»Wunderbar«, sage ich, obwohl mir flau im Magen ist. »Krise abgewendet.«

»Sicher. Gut gemacht.« Joanna will mir Mut zusprechen, aber ich kaufe es ihr nicht ab. Sie weiß genauso gut wie ich, dass Jake hierzuhaben so ist, wie in einem Haifischbecken zu schwimmen. Die Wahrscheinlichkeit ist groß, dass er an irgendeinem Punkt nach mir schnappen wird.

»Ach, ich habe übrigens schlechte Neuigkeiten«, sagt Joanna.

»Kein Wunder. Das scheint das Motto des heutigen Tages zu sein.«

»Ich habe bei der Bar angerufen, wo du gestern deinen Mantel vergessen hast, und sie meinten, sie hätten nichts gefunden. Wahrscheinlich hat ihn jemand mitgenommen.«

»Wundert mich nicht. Der Mantel war einfach fabelhaft.« Ich verspüre einen Anflug von Traurigkeit, aber ich habe jetzt keine Zeit, mich damit aufzuhalten. Heute steht mehr auf dem Spiel als Trauer um einen Mantel.

Beim Konferenzraum angekommen, stoße ich die Glastür auf und begrüße die kleine versammelte Gruppe. Ein paar von ihnen müssen zweimal hinschauen, aber ich habe keine Zeit für Erklärungen. »Guten Morgen zusammen. Entschuldigt, dass ich zu spät bin. Bitte nehmt euch einen Augenblick Zeit, um die Infostapel vor euch anzusehen, und dann fangen wir an.«

Als ich mich neben Serena ans Kopfende des Tisches setze, schiele ich zu ihr hinüber und sehe, dass ihr der Mund offensteht.

»Meine Güte. Was ist los? Ich wusste, dass irgendwas passiert sein musste, als ich dich schreien gehört habe, und dann war die Leitung tot. Ich habe ein paar Minuten lang versucht, dich anzurufen, aber bin nicht durchgekommen. Bist du überfallen worden? Geht es dir gut?«

Mann, warum denken alle, ich wäre überfallen worden? Wie schlimm sehe ich denn aus?

»Mir geht's gut, Serena. Ich brauche ein neues Handy, aber sonst …«

»Sie haben dir das Telefon geklaut? Unverschämtheit.«

»Nein, ich bin nur …« Ich hole tief Luft. »Mir geht es gut, wirklich.« Ich klinge nicht überzeugend, und das aus gutem Grund. So sehr ich mich auch bemühe, mich normal zu verhalten und mit der vor mir liegenden Aufgabe zu beginnen, verspüre ich doch einen stechenden Schmerz vom Ellenbogen bis hinunter zum Knie, wo ich auf die Stufen aufgeschlagen bin. Ganz zu schweigen von dem dumpfen Pochen, das sich hinter meinem linken Auge eingenistet hat. Die anderen bombardieren mich mit Fragen, aber ich wimmele sie ab.

»Ganz ehrlich Leute, macht euch um mich keine Sorgen. Bitte, lasst uns einfach dieses Meeting hinter uns bringen, bevor der Professor hier ist.«

Das Team besteht aus unserem Marketing-Guru Sidney, seiner Stellvertreterin Shawna und unserer Social-Media-Managerin Dominique. Dann gibt es noch die drei Praktikantinnen, die für ein paar Monate bei uns sind, und ich bemerke, wie sie verstohlene Blicke austauschen, als sie das Dossier aufschlagen und die Bilder von dem halbnackten Professor sehen. Lustig, vor nicht allzu langer Zeit sorgten positive Reaktionen auf ihn dafür, dass ich dem Projekt optimistisch entgegenblickte, aber nun, da ich weiß, dass es Jake ist, möchte ich am liebsten schreien: »Halt! Findet ihn nicht attraktiv. Er ist ein Arschgesicht.«

»Also«, sage ich und schlage das Dossier auf. »Einige von euch sind mit unserem neuesten Autor bereits vertraut, aber denjenigen, die es nicht sind, möchte ich Professor Feelgood noch einmal vorstellen.«

»Er sieht ja schrecklich aus«, sagt Sidney und schnalzt mit der Zunge. »Wie kommt man nur mit einem so hässlichen Körper klar?«

»Und ist so untalentiert«, fügt Shawna hinzu. »Ich habe die letzten vierundzwanzig Stunden seinen Instagram-Feed durchforstet, und … nun ja …« Glühende Röte steigt ihr vom Hals ins Gesicht. »Er muss wirklich noch lernen, einen vernünftigen Satz zu schreiben.«

Serena lächelt. »Es freut mich, dass hier offenbar niemand immun gegen den Charme des Professors ist.«

Ich würde am liebsten einwerfen, dass zumindest eine Person hier ihn abstoßend findet, aber was sollte das bringen?

Serena deutet auf mich. »Asha hat hervorragende Arbeit geleistet und mit dem Professor einen wahren Rohdiamanten aufgetan. Nun müssen wir dafür sorgen, dass wir aus dieser Möglichkeit Kapital schlagen und einen Megaseller für Whiplash landen.«

»Habt ihr ihn schon kennengelernt?«, fragt eine der Praktikantinnen. »Ist er im wahren Leben genauso umwerfend wie online?«

»Nein!«, sage ich ein wenig zu hastig. »Ähm … ich meinte, nein, wir haben ihn noch nicht kennengelernt. Dazu dient dieses Treffen heute. Um ihn allen vorzustellen, Fragen zu klären und ihn allgemein in der Whiplash-Familie willkommen zu heißen.«

»Nun, immerhin hat dieser Bieterwettkampf dem Professor eine Menge unbezahlte Werbung eingebracht«, sagt Sidney. »Ich habe mich gestern mit ein paar Freunden aus der Medienbranche unterhalten, und sie können es alle kaum erwarten, mehr über den Mann zu erfahren, der die Buchbranche aufgewirbelt hat. Es gibt schon jetzt ein Gerangel um frühzeitige Interview- und Fototermine.«

Serena nickt beeindruckt. »Das sind fantastische Neuigkeiten. Je früher die Aufmerksamkeit, umso erfolgreicher das Buch. Je mehr Vorbestellungen wir bekommen, umso besser.« Sie wendet sich an mich. »Asha, was kannst du uns über den Professor erzählen?«

So viel, aber nichts, was in diesem Meeting relevant wäre. »Also, wir wissen, dass er vierundzwanzig ist und aus Brooklyn kommt. Er ist dort zur Highschool gegangen, sein Vater war Polizist auf einer Wache im Bezirk Brooklyn.«

Ich versuche es so darzustellen, als wären das alles keine Fakten, die ich schon mein ganzes Leben lang kenne, aber es fällt mir schwer, so zu tun, als wäre ich mit Jake nicht vertraut. Ich kenne jeden Meilenstein in seinem Leben, sogar seinen ersten Kuss und wann er seine Unschuld verloren hat. Es sind nicht unbedingt Sachen, die ich wissen will, aber ich weiß sie nun einmal.

»Okay, einer von hier. Das ist ein guter Ansatzpunkt«, sagt Sidney. »Hast du ihn gewarnt, dass ich ihn heute ausquetsche?«

Verdammt. Ich hatte vergessen, dass es einer von Sids Lieblingstricks ist, umfassende Interviews mit allen unseren Autoren zu führen, um interessante persönliche Geschichten auszugraben, die er an die Medien verkaufen kann, um Aufmerksamkeit zu generieren. Irgendwie bringt er alle Leute dazu, ihm unglaublich persönliche Anekdoten zu erzählen, aber ich bezweifle, dass Jake seinem Charme erliegen wird.

Wenn es darum geht, Details aus seinem Leben auszuplaudern, ist Jake so zugänglich wie ein Fangeisen in einem gusseisernen Panzerschrank im Keller eines abbruchreifen Gebäudes.

Aber falls Jake sich doch dazu entscheiden sollte zu kooperieren, ist er hoffentlich vernünftig genug, mich da herauszuhalten.

»Nein, habe ich nicht«, sage ich und bemühe mich, nicht verunsichert zu wirken. »Ich schätze, wir schauen einfach mal, wie es läuft.«

»Hervorragend«, sagt Sid in bester Bondschurken-Manier. »Ich liebe es, meine Beute zu überraschen, bevor ich sie knacke wie eine Walnuss. Hoffentlich hat Mr Stone ein paar spannende Geschichten über sein Leben und seine Kindheit auf Lager.«

Serena beginnt ein Gespräch mit Sid darüber, welchen Fotografen sie für Jakes bevorstehendes Fotoshooting buchen sollen, aber ihre Stimmen verschwimmen im Hintergrund, während ich mir den Kopf reibe. Es wird immer schlimmer, und ich glaube, ich muss ein paar Schmerztabletten einwerfen, bevor ich mich mit ihm auseinandersetzen kann. Selbst an guten Tagen könnte mir manchmal vor Wut über ihn der Schädel platzen, also will ich wirklich nicht wissen, was passiert, wenn sich mein Kopf sowieso schon so anfühlt wie ein aufgeschlagenes Ei.

»Okay«, sage ich. »Wenn ihr keine weiteren Fragen habt, gebe ich euch jetzt ein paar Minuten, um die Infos in dem Dossier zu lesen …«

»Asha, du hast doch mit dem Typen telefoniert, oder?«, fragt die kleine dunkelhaarige Praktikantin.

»Ähm … ja.«

Sie beugt sich vor. »Hat er eine sexy Stimme? So wie er aussieht, bestimmt.«

»Also …« Und da haben wir die Zwickmühle, in der ich mich während des gesamten Prozesses befinden werde. Wie kann ich objektive Bemerkungen über einen Mann machen, den ich subjektiv hasse? Egal, wofür ich mich entscheide, es bedeutet, dass ich eine Hälfte der Wahrheit verleugnen muss.

»Er hat … eine Männerstimme.« Perfekt ausgewichen.

»Aber eine *sexy* Männerstimme?«, drängt das Gör.

»Ähm … Manche finden ihn sicher attraktiv, würde ich sagen. Ich zwar nicht, aber manche.«

»Ernsthaft«, sagt das Mädchen und hält ein Foto vom gestählten Körper des Professors hoch. »Willst du mir erzählen, du findest das nicht sexy?«

Noch vor ein paar Tagen hätte ich das Foto genüsslich abgeleckt. Heute zucke ich davor zurück wie Gwyneth Paltrow vor Fast Food.

»Die Sache ist die«, sage ich und reibe mir erneut die Stirn. »Attraktivität liegt im Auge des Betrachters, nicht wahr? Was mir gefällt, findest du möglicherweise nicht sexy und umgekehrt. Für meinen Geschmack braucht ein Mann eine umwerfende Persönlichkeit, um attraktiv zu sein. Er kann den schönsten Körper der Welt haben und Texte schreiben, die die Engel zum Weinen bringen, aber wenn er ein Arschloch ist, dann macht das für mich alles andere zunichte.«

Noch während ich es sage, wispert eine kleine Stimme in mir: *Lügnerin!*

Als ich ausgeredet habe, fällt mir auf, dass niemand mich ansieht. Alle konzentrieren sich auf irgendeinen Punkt hinter meiner linken Schulter.

Ich erstarre. »Er ist da, stimmt's?«

Alle nicken, und als ich mich umdrehe, sehe ich, wie Mr Whip mit Jake im Schlepptau auf den Konferenzraum zukommt.

Na toll! Er ist zu früh dran, und ich habe keine Chance zu verhindern, dass er mich in diesem Aufzug zu sehen bekommt, zumindest ohne irgendwelche David-Copperfield-mäßigen Zaubertricks. Verdammt, warum bin ich eigentlich nie vorausschauend genug, um in eine Rauchbombe zu investieren?

Als Mr Whip die Tür öffnet und ihn hereinbittet, blickt Jake mir direkt in die Augen. Dann nimmt er auch den Rest von mir wahr, und Verwirrung breitet sich auf seinem Gesicht aus.

Mr Whips Reaktion ist unmittelbarer. Kaum hat er mein Erscheinungsbild bemerkt, entgleisen ihm sämtliche Gesichtszüge. »Meine Güte, Asha, was ist denn mit Ihnen passiert?«

»Sie wurde überfallen«, erklärt Serena leise. »Sie haben ihr das Handy geklaut. Bitte machen Sie keine große Sache daraus.«

Er wirkt bestürzt. »Lieber Himmel. Geht es Ihnen gut?«

»Sie wurden überfallen?«, sagt Jake und schafft es sogar, einigermaßen besorgt zu klingen. Erstaunlich, wozu er fähig ist, wenn er Publikum hat.

»Nicht ganz«, sage ich. »Aber mir wurde das Handy geklaut. Aber abgesehen davon geht es mir gut, Mr Whip. Danke der Nachfrage.«

Jake mustert mich zweifelnd. »Sie sehen nicht gut aus.«

»Nein, wirklich nicht«, stimmt Mr Whip zu.

»Machen Sie sich um mich keine Sorgen«, sage ich und versuche, das Pochen hinter meinem linken Auge zu ignorieren. »Ich bin sicher, alle sind schon ganz gespannt darauf, unseren Special Guest kennenzulernen. Vielleicht sollten wir mit einer Vorstellungsrunde anfangen.«

»Natürlich.« Mr Whip blickt sich am Tisch um, als hätte er das Publikum vergessen, das unser Gespräch mitangehört hat. »Bitte begrüßen Sie recht herzlich unseren Professor Feelgood, Jacob Stone.«

Alle applaudieren und winken, und mir entgeht keiner der bewundernden Blicke, die die Gruppe auf ihn richtet, Sidney eingeschlossen. Vor allem Shawna sieht aus, als wäre ihr heiß, und damit meine ich nicht ihr Gesicht. Fast tut sie mir leid. Es gibt nichts Enttäuschenderes, als einen Mann scharf zu finden, nur um dann festzustellen, dass er die Persönlichkeit eines schlechtgelaunten Wolverine hat.

Wie zum Beweis reagiert Jake auf die Welle von Herzlichkeit, die im entgegenschlägt, mit einem unbeholfenen Gesicht, das später vermutlich mal ein Lächeln werden will. Es wird begleitet von einem gemurmelten »Hi!«

Wow. Ganz großes Kino!

Ohne sich von seinem reservierten Verhalten abschrecken zu lassen, geht Serena zu ihm hinüber und gibt ihm die Hand. »Es ist mir ein Vergnügen, Mr Stone.«

Jake nickt ihr zu. »Gleichfalls. Nennen Sie mich doch Jake.«

Mr Whip deutet auf mich. »Und wie Sie zweifellos schon ahnen, ist das hier die junge Dame, der wir es zu verdanken haben, dass wir auf Ihr Talent aufmerksam geworden sind. Asha Tate. Sie freuen sich bestimmt, dass Sie sich endlich persönlich kennenlernen.«

»Ja.« Ich setze ein Lächeln auf und strecke widerwillig die Hand aus. »Herzlich willkommen, Mr Stone.«

Mann, es fühlt sich so falsch an, höflich zu ihm zu sein. Mein jugendliches Ich kauert in einer Ecke, wiegt sich vor und zurück und murmelt ununterbrochen »Igitt«.

»Ach was, Miss Tate, warum so förmlich?« Jake schlingt seine Finger um meine und wendet sich an Mr Whip. »Wussten Sie nicht, dass Asha und ich alte Freunde sind?«

»Tatsächlich?« Mr Whip zieht die Augenbrauen hoch.

Auch Serena bedenkt mich mit einem fragenden Blick. »Asha, ich dachte, ihr zwei kennt euch nicht.«

»Ähm …« Was zum Teufel macht Jake da? Vielleicht hat er Joannas Nachricht nicht bekommen. Oder vielleicht hat er sie bekommen und konnte einfach der Versuchung nicht widerstehen, mich zu ärgern.

Achtung! Gefahr von Haiangriffen.

Jake lässt mich noch etwa drei Sekunden lang zappeln, bevor er wieder sein Möchtegernlächeln aufsetzt.

»Ich wollte damit nur sagen, dass Miss Tate und ich schon so oft miteinander telefoniert haben, dass es sich so anfühlt, als ob wir uns schon seit unserer Kindheit kennen.«

Er hält immer noch meine Hand fest, und es ist mir unangenehm, wie schwitzig sie sich in seiner anfühlt. Ich entziehe sie seinem Griff und lache halbherzig, während Mr Whip und Serena lächeln.

»Haha, ja, genau.« Ich werfe Jake einen verstohlenen Blick zu, während ich mir die Hand am Rock abwische. »Wie dem auch sei, bitte entschuldigt mich für ein paar Minuten. Während ihr euch einander vorstellt, werde ich mich kurz frischmachen.«

»Selbstverständlich«, sagt Mr Whip und tätschelt mir mitfühlend die Schulter. »Wir werden Mr Stone schon bespaßen, bis Sie wieder da sind.«

»Prima.«

Ohne Jake anzusehen, stürme ich an ihm vorbei und zur Tür hinaus.

»Au, au, au.« Bei jedem Schritt durchfährt meine Hüfte und mein Knie ein stechender Schmerz. An meinem Schreibtisch angekommen, durchwühle ich den Inhalt meiner Handtasche auf der verzweifelten Suche nach Schmerztabletten. Als ich einen Blick zurück zum Konferenzraum werfe, sehe ich, dass alle aufgestanden sind und in lebhafter Aufregung um Jake herumwuseln. Er überragt sie alle, und entsprechend seines üblichen Verhaltens in Gesellschaft sieht er so aus, als wäre er überall lieber als hier. Er hat mir irgendwann einmal erzählt, seine persönliche Vorstellung von der Hölle wäre es, bis in alle Ewigkeit mit fremden Menschen Smalltalk betreiben zu müssen.

Tja, wenn das so ist, willkommen in der Hölle, Freundchen.

Ich schnappe mir ein paar Aspirin und mein Notfallschminktäschchen aus meiner Handtasche und humple zur Damentoilette. Als ich eintrete und mich im Spiegel betrachte, wird mir klar, warum alle annehmen, ich wäre angegriffen worden.

»Ach du Schande!« Ich bin nicht nur dreckig und meine Wimperntusche ist überallhin verlaufen, auch mein Lippenstift hat sich in einen unordentlichen scharlachroten Schmierstreifen verwandelt, der mein halbes Gesicht bedeckt. Zusammen mit dem kleinen Flecken getrockneten Blutes am Haaransatz sehe ich wirklich aus wie das Opfer eines Raubüberfalls.

Ich zucke bei meinem eigenen Anblick zusammen. »Du bist so was von am Arsch.«

Während ich mir das Wasser aus den Haaren wringe, versuche ich mir vorzustellen, welche besserwisserischen Kommentare Jake für mich auf Lager haben wird, wenn wir allein sind. Vielleicht wird er mich auch einfach so ungläubig anstarren, dass überhaupt keine Worte mehr nötig sind, damit ich mich wie eine erbärmliche Versagerin fühle. Das ist seine Spezialität.

Nachdem ich mir so viel Wasser wie möglich aus den Haaren gepresst habe, zücke ich meinen Kamm und ziehe ihn durch das feuchte Durcheinander. Dabei treffe ich anscheinend die Stelle, die vorhin geblutet hat, denn ich verspüre einen stechenden Schmerz, gefolgt von dem Gefühl, wie sich eine klebrige Flüssigkeit langsam den Weg über meine Kopfhaut bahnt.

»Oh nein! Ekelhaft!«

Ich tupfe halbherzig auf die blutende Stelle, während ich mit der anderen Hand zwei Aspirin aus dem Blister drücke und sie zusammen mit einer Handvoll Wasser aus dem Wasserhahn hinunterschlucke.

Danach verbringe ich eine gute halbe Minute damit, mir mit den Händen über das Gesicht zu rubbeln, um den Dreck und die damit zusammenhängende schlechte Laune abzuwaschen. Unter all den Möglichkeiten, wie ich mir meinen ersten Tag als Lektorin vorgestellt habe, war diese hier nicht dabei. Ich würde es ja einen Tag aus der Hölle nennen, aber ich glaube, so etwas Bescheuertes würde nicht einmal dem Teufel einfallen.

Nachdem ich den Wasserhahn abgedreht habe, wische ich mir ein letztes Mal übers Gesicht, streiche mir die Haare aus der Stirn und richte mich auf. Ich kreische beinahe auf, als ich eine riesige Gestalt hinter mir im Spiegel entdecke.

»Scheiße! Jake! Was soll das?« Wie ist er hier so unbemerkt hereingekommen? Gibt es so etwas wie Arschloch-Ninjas?

Er zieht eine Handvoll Papiertücher aus dem Spender und reicht sie mir. »Bist du wirklich überfallen worden?«

»Nein, das habe ich doch schon gesagt.«

»Und was ist dir dann passiert?«

Ich verlagere mein Gewicht auf das Bein, das nicht wehtut, und tupfe mir das Gesicht trocken. »Rangelei am Kaffeestand. Jetzt geh bitte.«

Er tritt vor. »Du bist verletzt.«

»Mir geht's gut.«

Er betrachtet skeptisch einen Punkt an meinem Haaransatz. »Sicher nicht, Schlauberger. Du blutest.« Er nimmt sich noch ein Papiertuch und drückt es auf meinen Kopf.

»Jacob, was soll …«

»Kannst du mal fünf Sekunden ruhig sein und stillhalten?«

Er kommt noch näher und legt mir eine Hand in den Nacken, während er mir das zusammengeknüllte Papiertuch fester gegen den Kopf drückt. Die Bewegung ist so unerwartet und seine Nähe so ungewohnt, dass ich instinktiv zurückweichen möchte, aber der Waschtisch verhindert es.

»Nicht bewegen«, befiehlt er mit leiser Stimme. »Wir müssen Druck auf die Wunde ausüben, also benimm dich nicht wie ein Idiot.«

»Selber Idiot«, murmele ich. *Bitte, liebe Schmerzmittel, zeigt endlich Wirkung! Je schneller, desto besser.*

»Ach, kramen wir jetzt die alten ›Selber‹-Beleidigungen wieder hervor? Sind wir hier im Kindergarten?«

»Manche Beleidigungen kommen nie aus der Mode. ›Selber‹ funktioniert immer.«

»Mach dich nicht lächerlich!«

»Selber lächerlich. Siehst du?«

Er nimmt das Papiertuch weg und scheitelt sanft meine Haare auf der Suche nach der Wunde. »Also, wenn du nicht überfallen worden bist, wie ist das passiert? Erzähl mir nicht, du hast dich aus freien Stücken die Treppe hinuntergestürzt.«

Ich versuche, einen undurchdringlichen Gesichtsausdruck beizubehalten. »Kein Kommentar.«

Er lacht leise. »Oh Mann, du bist so ungeschickt. Weißt du noch, wie du mal in der Schulcafeteria über deine eigenen Füße gestolpert bist?«

»Ja, und ich weiß auch noch, dass du so laut gelacht hast, dass es auch alle anderen mitgekriegt und sich über mich lustig gemacht haben.«

Mit einem Grinsen blickt er auf mich herab. »Wenn du glaubst, das sei meine Schuld gewesen und hätte nichts mit dem spektakulär eingesprungenen Spagat zu tun gehabt, an dem du dich versucht hast, dann täuscht dich deine Erinnerung.« Er beendet die Untersuchung meiner Kopfhaut und drückt ein frisches Papiertuch auf die Wunde. »Die gute Nachricht ist, es muss nicht genäht werden. Die schlechte Nachricht ist, die Verletzung ist nicht schlimm genug, um eine ernsthafte Persönlichkeitsveränderung hervorzurufen. Das Schlimmste, was du bekommst, werden Kopfschmerzen sein.«

Da hat er vermutlich recht. Das dumpfe Pochen von vorhin wird mit jeder Minute stechender, trotz der Schmerztabletten.

Ich sende den Aspirin in meinem Magen positive Schwingungen, damit sie sich schneller auflösen. »Du solltest überhaupt nicht hier drin sein. Das hier ist die Damentoilette.«

»Tja, dann bist du hier streng genommen auch falsch.«

Ich ignoriere die Spitze. »Du weißt schon, dass da ein Konferenzraum voller Leute auf dich wartet?«

»Ich habe ihnen gesagt, ich müsste mal zur Toilette, und das war die Wahrheit. Ich wurde bloß abgelenkt, weil du so traurig und erbärmlich aussahst.«

Er nimmt noch ein paar Papiertücher und drückt sie auf die schon vorhandenen. »Und ich weiß, dass du im Augenblick sehr darum bemüht bist, mich zufriedenzustellen, weil ich dein Star-Autor bin und so weiter, aber auf diese Imitation von überfahrenem Tier hätte ich gut verzichten können.«

Als ich ihn fragend ansehe, dreht er mich herum und deutet auf mein Spiegelbild.

»Toter Emo-Waschbär«, sagt er. »Frappierende Ähnlichkeit.«

Mist! Als ich mir übers Gesicht gerieben habe, habe ich nichts erreicht, außer meine angeblich wasserfeste Wimperntusche und den Eyeliner *überallhin* zu verschmieren. Ich sehe aus, als wäre ich irgendeinem japanischen Horrorfilm entsprungen.

Ich senke geknickt den Kopf, bevor ich nach ein paar Papiertüchern greife und mir um die Augen herumwische, bis sie wund und geschwollen sind.

»Dieser Tag soll sich einfach verpissen«, sage ich, und in meiner Stimme schwingt Erschöpfung mit. »Übrigens genau wie du.«

Jake lacht leise, und auf einmal wird mir bewusst, dass sich seine Brust nur wenige Zentimeter von meinem Gesicht befindet. Er ist mittlerweile so durchtrainiert, dass sich der Raum um mich herum zu klein anfühlt, und obwohl sein T-Shirt so dick ist, verhüllt es seine blöden Muskeln nicht einmal ansatzweise.

Du findest ihn nicht sexy, rufe ich mir in Erinnerung. *Nichtsexy, nichtsexy, nichtsexy.*

Doch trotz meines neuen Mantras reagieren einige meiner Körperteile wohlwollend auf seine Nähe. Und mit wohlwollend meine ich eine bösartige und vollkommen unnötige Erregung.

Ich werfe das Papiertuch, das ich umklammere, in den Mülleimer und schließe die Augen. Wenn ich doch nur einen Snapchat-Filter hätte, der diese erwachsene, sexy Version von Jake abstoßend und widerwärtig aussehen ließe.

Kann mal bitte jemand so ein Programm entwickeln? Und zwar schnell!

Selbst bei geschlossen Augen ist seine Nähe schwindelerregend. Der Duft, der gestern Abend in seiner Jacke hing, weht nun zu mir herüber, so zitronig und rein. Mit jeder Sekunde fühle ich mich unwohler mit dieser Situation.

»Hey.« Er schüttelt mich sanft. »Schau mich an.« Er umfasst mein Gesicht und hebt meinen Kopf ein wenig an.

»Was?« Ich schlage die Augen auf, konzentriere mich aber auf die dunklen Bartstoppeln an seinem Kinn.

»Asha.« Er beugt sich hinunter, damit er mir in die Augen sehen kann, und in dem Moment, in dem sich unsere Blicke begegnen, wirbelt eine Riesenwolke von Erinnerungen auf, die darum kämpfen, an die Oberfläche zu gelangen. Eine Erinnerung von ihm als Junge blitzt auf, wie er mir das blutige Knie abtupft, nachdem ich beim Basketballspielen gefallen bin. Er, wie er Kevin Stott eine reinhaut, weil der mich in eine Schlammpfütze geschubst hat. Er, wie er meine Hand hält, jedes Mal, wenn wir eine Straße überqueren, damit mir nichts passiert.

Jake der Beschützer. Es ist lange her, seit er zum letzten Mal aufgetaucht ist. Ein Teil von mir hat ihn wirklich vermisst. Ich hatte ganz vergessen, wie sehr ich mich immer nach seinem Trost gesehnt habe. So sehr, dass ich die Augen wieder schließen muss, um ihn auszublenden.

»Hey, schlaf nicht ein. Vielleicht hast du eine Gehirnerschütterung.«

»Ich schlafe nicht. Ich habe nur …«

Was mich nach allem, was heute Morgen passiert ist, am meisten beunruhigt, ist die Tatsache, dass es mir den Hals zuschnürt und meine Augen brennen lässt, wie Jake sich um mich kümmert und mir seine warme, nach Zitronen duftende Hand auf den Kopf legt. Die Welt ist heute wirklich total verdreht.

»Jake … hör auf damit.«

»Warum?«

»Weil …« Ich hole tief Luft und schiebe ihn weg. »Weil ich mich um mich selbst kümmern kann.«

Er starrt mich eine Sekunde lang an, den Kiefer angespannt. Ich starre zurück und versuche, stärker zu erscheinen, als ich mich fühle.

Ganz ehrlich, in seiner Nähe zu sein ist ermüdend. Und nicht wegen unserer ständigen Feindseligkeit und unseren

Wortgefechten, obwohl die auch anstrengend sind. Sondern weil wir erdrückt werden von dem Gewicht all dessen, was wir nicht sagen. Von all den Gesprächsthemen, die uns auf Straßen führen würden, die längst aufgerissen und neu gepflastert worden sind.

Jake starrt mich noch ein paar Sekunden lang an, dann reicht er mir ein frisches Papiertuch. »Wenn du das sagst.«

Ich presse mir das Tuch an die Stirn, und als ich es wegnehme, ist kaum noch Blut daran. Gott sei Dank.

»Siehst du?«, sage ich und zeige es ihm. »Meine übermenschlichen Selbstheilungskräfte zeigen Wirkung. Du kannst zurück ins Meeting gehen.« *Und diesen winzigen, geschlossenen Raum verlassen, wo ich weder dir noch den widerstreitenden Gefühlen entkommen kann, die du in mir auslöst.*

Ich wende mich wieder dem Spiegel zu und beende meine Rettungsarbeiten im Gesicht. Es überrascht mich nicht, dass er nicht geht.

»Einer der Gründe, warum ich dich gesucht habe«, sagt er, »war die Nachricht, die Joanna mir geschickt hat. Willst du wirklich so tun, als wären wir uns noch nie zuvor begegnet?«

Ich öffne mein Schminktäschchen und verteile Concealer auf meinem geschwollenen Gesicht. »Nein. Aber ich glaube, es wäre besser so. Unsere gemeinsame Vergangenheit ist nicht relevant. Und ganz ehrlich, nachdem ich mich so für dich eingesetzt habe und du dir dann noch in den Vertrag hast schreiben lassen, dass ich deine Lektorin sein soll … das würde nicht gut aussehen.«

»Okay. Das verstehe ich.«

Ich begegne seinem Blick im Spiegel. »Diese ganze Geschichte ist sowieso schon ein einziges Drama. Ich möchte nicht noch mehr davon.« Seine Mundwinkel zucken, als ich das sage, also setze ich erklärend hinzu: »Wenn Serena und

Mr Whip herausfinden, dass ich dir auf den Leim gegangen bin, würde das den ganzen Deal in Frage stellen.«

Er tritt einen Schritt vor. »Auf den Leim gegangen würde bedeuten, dass ich mich als jemand anders ausgegeben hätte. Das habe ich nicht.«

»Das stimmt nicht ganz. Der Professor *schien* jemand zu sein, der einzigartig und großartig ist, und in Wirklichkeit ist er … na ja … du.«

Im Spiegel sehe ich, wie er sich gegen die Toilettenkabine lehnt und die Arme vor der Brust verschränkt. »Ist dir jemals in den Sinn gekommen, dass ich schon immer einzigartig und großartig gewesen bin und du es einfach nie wahrgenommen hast?«

»Nein. Aber andererseits habe ich auch nie an den Weihnachtsmann und den Osterhasen geglaubt, aus Mangel an Beweisen, also …«

Ich bin es gewohnt, dass mich Jake verächtlich oder spöttisch ansieht, aber sein aktueller Gesichtsausdruck ist mir nicht vertraut. Wenn ich raten müsste, würde ich sagen, es ist eine Mischung aus selbstgefällig und nachsichtig.

»In diesem Fall …« Er bückt sich und hebt eine zerknitterte Papiertüte vom Boden auf, die er neben mich auf den Waschtisch stellt. »Frohe Weihnachten vom Grinch!«

Mit gerunzelter Stirn betrachte ich das Päckchen. »Was ist das?«

»Mach es auf.«

Mit einem misstrauischen Blick greife ich nach der Tüte und öffne sie vorsichtig. So wie ich Jake kenne, ist da vermutlich eine tote Ratte drin. Oder eine Klapperschlange.

Als ich sehe, was sich darin befindet, klopft mein Herz auf einmal doppelt so schnell. Verblüfft und mehr als nur ein wenig überrascht schaue ich zu Jake hinüber. »Woher hast du …?« Ich fasse in die Tüte und hole meinen geliebten Burberry-Mantel heraus. Ich hatte schon gedacht, ich würde ihn niemals wiedersehen. »Jake … Ich …«

Er verlagert das Gewicht, offensichtlich ist ihm meine drohende Dankbarkeit unangenehm. Das ist verständlich. Wir sind mehr daran gewöhnt, in einem Zustand ständiger gegenseitiger Anfeindungen zu leben, als normale menschliche Höflichkeiten auszutauschen.

»Werd' nicht rührselig, Prinzessin. Ich bin gestern Abend noch einmal zurück in die Bar gegangen und habe mich mit jemandem getroffen. Da habe ich den Mantel mitgenommen. Das ist alles. Wenn du in den nächsten Wochen erfrieren würdest, weil du keinen Mantel hast, dann hätte ich keine Lektorin mehr, und das wäre ungünstig. Also war es nicht ganz uneigennützig.«

Er sammelt die durchweichten und blutverschmierten Papiertücher vom Waschtisch und knüllt sie zu einem riesigen Ball zusammen. »Und vielleicht solltest du dir den Mantel besser überziehen, bevor du zurück in das Meeting gehst. Deine Bluse ist total durchsichtig.« Er wirft die Papiertücher in den Mülleimer.

Er wendet sich zum Gehen, aber ich lege ihm eine Hand auf den Arm.

»Jake, warte mal.« Er blickt auf meine Hand hinunter, dann wieder zu mir. »Ein Teil des Meetings heute wird aus einem ausführlichen Interview über dein Leben bestehen. Das ist das Standardprozedere unseres Marketingchefs.«

Er verlagert das Gewicht, und es wird deutlich, wie unwohl er sich fühlt. »Ist das verpflichtend?«

»Nichts ist verpflichtend. Ich fand nur, du solltest es wissen.« Er hat mir meinen Mantel zurückgebracht. Das Mindeste, was ich für ihn tun kann, ist, ihn vor Sid zu warnen.

Er nickt knapp, zieht die Tür auf und geht hinaus, ohne mich noch einmal anzusehen.

Kaum ist die Tür hinter ihm zugefallen, sinkt mein Anspannungsgrad um etwa fünfzig Punkte, und ich lasse mich gegen den Waschtisch sinken. Warum um alles in der Welt muss es mit ihm immer so kompliziert sein? Ich weiß, es gab mal eine Zeit, da gingen wir vollkommen entspannt miteinander um, aber das ist ungefähr hundert Jahre her, und ich weiß schon gar nicht mehr, wie sich das anfühlte.

Ich halte meinen Mantel fest, immer noch völlig baff, weil er ihn für mich abgeholt hat. Dann berühre ich die warme Stelle in meinem Nacken, wo seine Hand gelegen hat. Der fürsorgliche Jake hat stets mein Herz zum Schmelzen gebracht, aber dann tauchte irgendwann der grausame Jake auf und hat ihn verdrängt, und ganz ehrlich, im Augenblick weiß ich nur, wie ich mit dem zweiten Typen umgehen soll. Falls der erste wieder auftaucht, habe ich hier ziemlich schnell ein Problem.

Ich verbanne die fehlgeleiteten Erinnerungen wieder dahin, wo sie hingehören, und werfe einen Blick in den Spiegel. Ich hatte gehofft, meine Bluse würde wieder etwas undurchsichtiger, wenn sie getrocknet ist, aber falsch gehofft. Mein BH ist eindeutig der Star in diesem Ensemble.

Ich ziehe den Mantel an und schließe den Gürtel über meinen feuchten Sachen. Dann streiche ich mir die Haare zurück, wische mir einen letzten Streifen verschmierten Eyeliner von der Wange und tue so, als würde es mir deutlich besser gehen, als es tatsächlich der Fall ist, sowohl körperlich als auch emotional.

»Okay«, sage ich zu meinem nur geringfügig weniger derangierten Spiegelbild. »Jetzt geh da raus und zeig es ihnen.«

11. KAPITEL

Nicht sein Ernst

Als ich in den Konferenzraum zurückkomme, präsentiert Sidney gerade seinen Billionen-Punkte-Plan, um den Professor zu promoten. Beim Sprechen hellt sich seine Miene auf, und Jake wirkt beeindruckt. Er merkt bestimmt, dass Sidney, wie viele andere hier, seinen Job wirklich gern macht.

Ich setze mich so unauffällig wie möglich, damit ich Sidneys Redefluss nicht unterbreche.

»Wir wollen der Öffentlichkeit den Buchdeal noch heute ankündigen, und wir werden betonen, dass Asha diejenige war, die Sie entdeckt hat, um alle anderslautenden Gerüchte aus der Welt zu schaffen.« Er lächelt mich an und wendet sich dann an Jake. »Sobald die offizielle Pressemeldung raus ist, können Sie Ihren Fans Bescheid sagen.«

Jake deutet auf sein Handy. »Sieht so aus, als wären sie durch die Berichterstattung über den Bieterkrieg schon informiert. Mein Handy explodiert schon den ganzen Tag vor lauter Nachrichten.«

»Ach, großartig«, sagt Sid. »Je mehr Aufmerksamkeit, desto besser.« Er verteilt Kopien des Entwurfs der Pressemitteilung. »Die geht in ein paar Stunden raus. Und Jake, wir müssen so schnell wie möglich ein Fotoshooting für Werbeaufnahmen mit Ihnen organisieren. Ich spreche mich mit Asha ab, um es in den Terminplan zu integrieren.«

Als alle eine Kopie der Pressemitteilung haben, dreht sich Sid auf seinem Stuhl, um Jake direkt anzusehen, und ich weiß, dass wir beim Teil mit den sehr persönlichen Fragen angekommen sind. »Also, Jacob … erzählen Sie uns doch etwas von sich, damit wir Sie besser kennenlernen können.«

Jake blinzelt ein paarmal, und ich spüre die Anspannung auf der anderen Seite des Tisches. »Gibt nicht viel zu erzählen.«

Wow, fünf Wörter. Das wird ja noch schlimmer, als ich befürchtet habe.

»Was ist mit Ihrer Familie?«, fragt Sid mit der ruhigen, ermutigenden Art eines Therapeuten. »Erzählen Sie uns von Ihren Eltern.«

Jake rutscht auf dem Stuhl hin und her. Ich habe noch nie einen Autor gesehen, der sich einfach weigert, persönliche Fragen zu beantworten, aber heute stehen die Chancen dafür nicht schlecht.

Sid scheint Jakes Unbehagen zu spüren, denn sein Tonfall wird noch besänftigender, und er spricht mit Jake, als wäre dieser ein wildes Tier kurz vor der Flucht. »Es ist okay. Sie müssen uns nichts erzählen, was Sie nicht wollen. Aber sobald die Öffentlichkeit Ihre wahre Identität kennt, werden sich Presse und Fans auf Ihr Privatleben stürzen. Wir halten es für das Beste, den Informationsfluss von Anfang an zu kontrollieren.«

Jake schweigt ein paar weitere unangenehme Sekunden, dann sagt er: »Ich bin in Brooklyn aufgewachsen.«

»Und Ihr Dad hat Sie großgezogen, stimmt's?«

Jake sieht mich anklagend an, denn er vermutet ohne Zweifel, dass ich schon ein paar seiner persönlichen Geheimnisse ausgeplaudert habe.

»Ja. Er war Polizeibeamter, aber nachdem er bei der Arbeit verletzt worden ist, ging er wegen Arbeitsunfähigkeit in Frührente.«

»Und, haben Sie ein gutes Verhältnis?«

Ohne zu zögern, sagt er: »Nein.« Das sagt alles darüber, wie die Dinge zwischen ihm und seinem Dad liegen.

Sie hatten noch nie so etwas wie eine gute Beziehung. Jake hat auch deshalb als Kind so viel Zeit bei uns verbracht, weil er so seinem Dad aus dem Weg gehen konnte, wenn der wieder einmal getrunken hatte. Ich hatte Probleme mit meinem Dad, weil er keine Rolle in meinem Leben spielte, aber das war immer noch besser als Jakes Situation. Sein Dad saß ihm ständig wegen irgendwas im Nacken. Er sprach nie, er schrie nur. Mehr als nur einmal, wenn Mr Stone betrunken war, kletterte Jake mit blauen Flecken, einer aufgeplatzten Lippe oder einem blauen Auge bei mir zum Fenster herein. Meine ersten Erfahrungen mit Make-up sammelte ich, weil ich meiner Mutter den Concealer klaute, damit die Mitschüler Jake nicht zu viele Fragen stellten, was denn passiert sei.

Natürlich hörten die Schläge auf, sobald Jake groß genug war, um sich zu wehren. Zumindest glaube ich, dass es so war. Das war ungefähr die Zeit, in der wir uns langsam auseinanderlebten. Sein Dad lernte eine neue Frau kennen, und plötzlich hatte Jake Stiefmutter und -bruder.

Jake hasste Jeremy so sehr, dass er ausrastete, als wir anfingen, miteinander auszugehen. Vielleicht war das besser so. Wir hatten diesen seltsamen Punkt in unserer Beziehung erreicht, an dem es offensichtlich wurde, dass wir aus biologischen Gründen nicht mehr befreundet sein konnten.

»Und was ist mit Ihrer Mutter?«, fragt Sid immer noch in diesem sanften Tonfall, der zu Offenbarungen einlädt.

»Die habe ich nie richtig kennengelernt«, sagt Jake und tut unbeschwert, aber ich sehe, dass sein rechtes Auge leicht zuckt. »Sie hat uns verlassen, als ich drei war.«

Jake spricht nicht über seine Mom. Hat er noch nie. Und ich

bezweifle, dass er es jemals tun wird. Wir teilen den Schmerz über einen abwesenden Elternteil, aber wir haben selten darüber gesprochen. Obwohl ich es meinem Dad übelgenommen habe, dass er uns verlassen hat, hat er mir immerhin klargemacht, dass er mich liebt und es nicht meine Schuld war, dass er gegangen ist.

Bei Jake war es das Gegenteil. Mehr als einmal habe ich Mr Stone schreien gehört, Jake sei der Grund, dass seine Mutter sie verlassen hat. Nachdem seine Frau gegangen war, begann Mr Stones Kampf mit dem Alkohol, und die Trennung war der Grund, warum er mit Jake zurück in sein Elternhaus nach Brooklyn zog. Ich glaube auch, dass seine Mom der Grund ist, warum Jake schon so lange wütend auf die Welt ist, wie ich denken kann.

»Keine Schwestern oder Brüder?«, fragt Sid.

Jake schüttelt den Kopf. »Nein.«

Okay, jetzt räumen wir noch nicht einmal mehr Jeremys Existenz ein? Verständlich. Um ehrlich zu sein, habe ich keine Ahnung, wo Jeremy und seine Mutter heute sind, und was ihren Aufenthaltsort angeht, liegt mein Interesse im Minusbereich. Sie beide waren Erbsen in einer verfaulten Schote, und ich hoffe, dass das Schicksal ihnen irgendwo das Leben zur Hölle macht.

»Gibt es sonst irgendjemanden, der Ihnen in Ihrer Kindheit wichtig war?«

Jake wirft mir einen superkurzen Blick zu. »Ich hatte einen besten Freund in meiner Kindheit.«

»Ach? Erzählen Sie uns von ihm.«

»Er war eine sie.« *Na gut. Mehr müssen wir nicht wissen. Nächstes Thema.*

»Sie wohnte nebenan.«

Halt die Klappe, Jacob. Halt sofort die Klappe.

Sid beugt sich vor. Er wittert eine pikante Geschichte. »Das ist süß. Haben Sie noch Kontakt?«

Jake hält inne, und in diesem Augenblick stelle ich mir ungefähr siebenundvierzig Arten vor, wie ich ihn mit meinem Stift umbringen könnte, bevor er mich verrät.

Nach einem kleinen Seufzer sagt er glücklicherweise: »Nein.«

Sid legt den Kopf schief. »Das ist ja schade. Was ist passiert?«

»Das Übliche. Wir haben uns voneinander entfernt. Zumindest hat sie sich von mir entfernt.«

»Wie kam das?«

Jake fühlt sich sichtlich unwohl, und ich hoffe, dass er die Frage abwimmelt oder das Thema wechselt. Nach einem Moment, in dem er die Zähne zusammenbeißt, fährt er jedoch fort. »Als wir in die Highschool kamen, fand sie mich nicht mehr cool genug, um mit mir abzuhängen, darüber haben wir uns zerstritten.«

Nicht sein Ernst!

»Wirklich?«, fragt Shawna. »War sie so oberflächlich?«

Jake zuckt mit den Schultern. »Sie bekam die Gelegenheit, Teil der angesagten Clique zu sein, und hat sie genutzt. Ich dachte, sie hätte mehr Rückgrat, aber ich habe mich getäuscht.« Während er das sagt, sieht er mich direkt an, und ich huste, weil mir dutzende empörter Beteuerungen im Hals steckenbleiben.

»Das klingt nach einer ziemlich subjektiven Sichtweise«, bringe ich heraus. »Sicher steckte da noch mehr dahinter.«

Jake legt den Kopf schief. »Und zwar?«

»Vielleicht war sie unsicher und suchte nach Bestätigung. Vielleicht wollte sie einfach nur mehr Leute kennenlernen und ihren Horizont erweitern.«

»Vielleicht«, sagt Jake. »Und vielleicht hat sie versucht, ihre Vergangenheit um jeden Preis hinter sich zu lassen, egal, wen sie dabei zurückließ.«

Ich halte inne. Würden wir Schiffe versenken spielen, wäre das ein Treffer gewesen.

»Wow«, sagt eine der Praktikantinnen. »Manche Leute sind echt das Letzte. Ich kann nicht glauben, dass eine sogenannte Freundin Sie so behandelt hat. So kalt.«

Jake schaut hinunter auf die Tischplatte. Er erwähnt nicht, dass er von mir verlangt hat, dass ich mich zwischen ihm und seinem Bruder entscheide.

Als ich mich weigerte, hat er mir die Entscheidung abgenommen.

Sidney starrt Jake nachdenklich an, und ich kann quasi hören, wie er im Kopf schon die ersten Geschichten über diese mysteriöse »Freundin« formuliert. »Ist zwischen Ihnen etwas gelaufen?«

Jake verzieht die Lippen. »Nein.« Ein Bild vom Abschlussball taucht in meiner Erinnerung auf, aber ich versenke es mit Zementschuhen.

Sid ist nicht überzeugt. »Hätten Sie sich das gewünscht?«

Jake wendet sich ihm zu. »Sie war meine beste Freundin. Fast wie meine Schwester.«

»Tja, dann«, sagt Sid, enttäuscht, dass er nichts Pikanteres zutage gefördert hat. »Wenden wir uns der Gegenwart zu. Wie sind Sie zu Professor Feelgood geworden, der im Internet seine Seele offenbart?«

Jake lehnt sich auf seinem Stuhl zurück. »Als ich nach der Highschool anfing zu reisen, habe ich als eine Art Tagebuch Fotos auf Instagram gepostet. Dann habe ich ein Mädchen kennengelernt, mich in sie verliebt, und als es vorbei war …« Er knetet die Hände. »Ich kam mir vor, als würde ich an meinen

Gefühlen ersticken, deshalb habe ich angefangen, Gedichte zu schreiben. Aber das Schreiben reichte mir nicht. Ich konnte mir nur Linderung verschaffen, indem ich sie online stellte. So was wie in den Abgrund schreien, schätze ich. Ich habe nicht erwartet, dass sie irgendjemand lesen würde.«

»Und wie sie gelesen wurden«, sagt Sid. »Und offensichtlich konnten sich die Leute mit Ihrer Leidenschaft für Ihre Herzdame identifizieren. Wie lange waren Sie denn zusammen?«

Er senkt den Blick. »Ein paar Monate, aber es kam mir länger vor.«

»Erzählen Sie uns von ihr.«

Er schüttelt den Kopf und seine Schultern sind wieder angespannt. »Über sie zu sprechen ist ... schwer. Sie ist nicht leicht zu beschreiben. Sie ist anders als alle anderen, denen ich jemals begegnet bin.«

»Warum haben Sie sich getrennt?«, fragt Joanna behutsam.

Jake blinzelt ein paarmal, bevor er wieder fokussiert. »Äh ... jede Menge Gründe, aber der Hauptgrund war, dass sie mich nicht so sehr geliebt hat wie ich sie.«

Shawna ist schockiert. »Wie kann das sein?«

Er hält kurz inne, als wöge er ab, ob er fortfahren soll. Dann seufzt er und sagt: »Es ist nicht immer leicht, mit mir auszukommen. Das ist mir klar. Als wir uns kennengelernt haben, war meine Erfolgsbilanz in puncto Beziehungen miserabel, und ... das konnte man spüren. Sie hatte sich gerade erst von einem Typen getrennt. Er wollte sie heiraten, und weil ihr das alles zu schnell ging, bekam sie kalte Füße. Dann lernte sie mich kennen. Obwohl wir eine echte Verbindung hatten, war mir klar, dass ich ein Lückenbüßer war. Ich habe mich trotzdem in sie verliebt.«

»Und was ist dann passiert?«

Er schüttelt den Kopf. »Was passiert, wenn zwei Leute es nicht hinkriegen? Wir wollten unterschiedliche Dinge und kamen an einen Punkt, an dem wir das nicht länger ignorieren konnten.« Er hält inne, seine Miene ist angespannt. »Es gibt nichts Schlimmeres, als sich in jemanden zu verlieben und festzustellen, dass die Person nicht mit ganzem Herzen dabei ist. Es ist sogar noch schlimmer, dabei zuzusehen, wie es ihr selbst klar wird. Als sie mir zum ersten Mal sagte, dass sie mich liebt, gab sie außerdem zu, dass sie noch nicht über ihren Ex hinweg ist. Ich versuchte, sie davon zu überzeugen, bei mir zu bleiben, aber sie konnte es nicht. Ihr Leben war woanders, bei einem anderen Mann, und ich musste ihren Wunsch respektieren.«

Für kurze Zeit herrscht Schweigen im Konferenzraum, dann sagt Joanna: »Moment … sie ist zu dem anderen Typen zurückgekehrt?«

Jake sieht sie flüchtig an. »Ich nehme es an. Wir sind übereingekommen, dass es besser für uns ist, den Kontakt abzubrechen, deshalb weiß ich es nicht sicher. Wenn sie sich für ein Leben mit ihm entschieden hat, will ich es ihr nicht kaputtmachen.«

Eine gewisse Beklommenheit liegt in der Luft. Jakes Anspannung überträgt sich auch auf uns.

Serena legt ihren Stift ab. »Haben Sie sich schon mal gefragt, ob sie die falsche Entscheidung getroffen hat?«

Ich erwarte, dass Jake die Antwort verweigert, aber das tut er nicht.

»Natürlich. Es vergeht kein Tag, an dem ich mir nicht wünsche, sie hätte sich anders entschieden.«

»Vielleicht gibt es noch eine Chance für Sie beide«, sagt Jo und spricht damit aus, was ich gedacht habe. Wenn das hier ein Liebesroman wäre, gäbe es eine krasse Wendung, und sie würde eines Tages bei ihm vor der Tür stehen und ihren Fehler beichten. Dann würden sie sich gegenseitig ihre Liebe gestehen und danach glücklich bis an ihr Lebensende zusammenleben.

»Und wenn sie Ihnen sagen würde, dass sie Sie liebt, und Sie um Entschuldigung bittet?«, frage ich, neugierig auf Jakes Reaktion. »Was würden Sie tun?«

Sids Augen leuchten, als er das hört. Ich weiß, er denkt, wenn er dieses Märchenende inszenieren könnte, würde die riesige öffentliche Aufmerksamkeit sein Buch bis in die Stratosphäre katapultieren.

Jake starrt mich unerbittlich an. Vielleicht denkt er, dass ich ihn aufstacheln will, aber das stimmt nicht. Ich will es wirklich wissen.

Nach ein paar Sekunden schluckt er und wendet den Blick ab. »Wenn sie mit mir hätte zusammen sein wollen, hätte sie sich für mich entschieden. So sehr es mich ankotzt, das zu sagen, kriegen einige Leute kein ›und sie lebten glücklich bis an ihr Lebensende‹.«

Joanna sieht ihn mitfühlend an. »Es gibt immer eine Chance, dass es trotzdem noch funktioniert. Sie lieben sie doch, oder?«

Das lässt ihn jäh aufhorchen. »Selbst wenn es so wäre, ist es egal. Ob man jemanden liebt oder nicht, ist irrelevant. Der Unterschied zwischen Himmel und Hölle liegt darin, ob dein Gegenüber dich auch liebt. Wenn es nicht so ist, kannst du nichts machen, außer dir dein Herz zu schnappen und damit abzuschließen.«

»Und ist Ihnen das gelungen?«, fragt Serena. »Damit abzuschließen?«

Jake lächelt sie betrübt an. »Sie haben meinen Instagram-Account gesehen. Offensichtlich nicht. Aber ich gebe mir Mühe.«

Im Zimmer wird es still, und ich bemerke, dass sich alle noch ein bisschen weiter zu Jake vorgebeugt haben als noch vor ein paar Sekunden. Selbst in mir keimt Mitgefühl auf. So sehr mir Jake auch auf die Nerven geht, ich würde niemandem wünschen, ohne seine wahre Liebe leben zu müssen. Ich glaube, jeder Mensch hat es verdient, glücklich zu sein. Sogar er.

»Nun denn«, sagt Mr Whip deutlich beeindruckt von Jakes Offenheit. »Eine letzte Frage: Warum haben Sie sich Professor Feelgood genannt?«

Jake setzt sich auf, und ich sehe, dass er versucht, seine Gefühle abzuschütteln. »Nachdem alles den Bach runtergegangen ist, versuchte ich, die Verbitterung wegen unserer Trennung loszuwerden. Meditation, Yoga … alles, was mir über den Weg lief. Dazu gehörte auch, dass ich mich Professor Feelgood nannte. Wahrscheinlich wollte ich mich selbst neu erfinden.« Ich denke daran, wie wenig entspannt Jake wirkt, wenn er mich anstarrt. »Der Prozess ist noch lange nicht abgeschlossen.«

Untertreibung.

»Tja«, sagt Mr Whip mit einem Glucksen. »Das scheint mir ein gutes Schlusswort zu sein. Sid, ich überlasse es Ihnen und Asha, die anstehenden Werbeveranstaltungen für Mr Stone vorzubereiten. Ich danke Ihnen. Ich freue mich schon darauf, gemeinsam mit Ihnen allen dieses Projekt zu einem Riesenerfolg zu machen.«

Gespräche setzen ein, während wir zusammenpacken, und nachdem sich Mr Whip und Serena von Jacob verabschiedet haben, geleiten sie alle anderen aus dem Raum. Sid, Jake und ich bleiben zurück.

»Okay«, sagt Sidney mit blitzenden Augen. »Wir haben jede Menge Werbeauftritte für Sie arrangiert, Jacob, und der erste ist morgen Abend. Ich habe eine Einladung für eine der begehrtesten Veranstaltungen New Yorks ergattert. Besitzen Sie zufällig einen Smoking?«

Ich schnaube fast vor Lachen. Das einzige Mal, dass ich Jake in einem Anzug gesehen habe, war beim Abschlussball, und der hat seinem Vater gehört. Jake in einen Smoking zu stecken, ist so, als würde man einen Löwen bitten, ein Tutu anzuziehen.

»Nein«, sagt er. »Kein Smoking.«

Sid schreibt etwas auf seinen Notizblock. »Kein Problem. Ich organisiere Ihnen einen.« Er mustert Jake von oben bis unten. »Ich schätze, Sie tragen etwa Größe 48?«

»Ich habe keine Ahnung.« Jake sieht erst mich und dann wieder Sid an. »Was für eine Veranstaltung ist das denn?«

»Ein fantastisches Event, um eine neue Dating-App zu launchen. Es wird jede Menge Presse anwesend sein, und weil es bei der App um Liebe geht, passt das Event perfekt zu Ihrem Buch.«

Sofort verspanne ich mich. »Du meinst aber nicht die Romance-Central-Gala?«

»Doch, genau die meine ich. Deine liebe Schwester war so nett und hat Jacob mit auf die Gästeliste gesetzt.«

Jake sieht verwirrt aus. »Was ist Romance Central?«

Ich sehe ihn an. »Der Freund meiner Schwester leitet ein erfolgreiches Unternehmen für Mietdates. Kurz gesagt kann man bei ihm professionelle Freunde und Freundinnen für besondere Gelegenheiten und als Begleitung mieten.« Jake macht große Augen, und ich weiß, was er denkt. »Nein, ohne Sex. Nur Romantik und Begleitung.« Er sieht mich zweifelnd an, sagt aber nichts, deshalb fahre ich fort. »Teil ihres Geschäftsmodells ist eine neue Dating-App. Unser Freund Toby hat diesen irre guten Algorithmus entwickelt, und die Erfolgsquote ist unglaublich. So wie es Eden und Max geschildert haben, wird der Launch riesig werden.«

»Und deshalb«, sagt Sid, »wäre es sein Gewicht in Gold wert, wenn wir Jacob auf diesen roten Teppich bekommen.«

»Ach, super«, sage ich und finde es etwas komisch, dass Jake jetzt auch dort hingeht. »Ich wünsche euch viel Spaß. Viel Erfolg bei den Presseterminen.« Ich bin mir sicher, dass ich ihm aus dem Weg gehen kann. Der Tanzsaal des Four Seasons ist riesig.

»Aber du gehst doch auch hin, oder?«, fragt Sid.

»Äh … ja.«

»Fantastisch! Dann kannst du Jacob begleiten.«

Ähm … und was jetzt?

»Begleitest du nicht normalerweise die Autoren?«

Er seufzt. »Das würde ich wahnsinnig gern. Aber an dem Abend vertreten Shawna und ich Whiplash bei den Brock Awards.«

»Und aus deiner Abteilung kann sonst niemand?«, frage ich. »Ich meine, ich bin ja nur eine Lektorin. Ich bin mir sicher, dass Mr Stone jemanden mit Erfahrung in der Öffentlichkeitsarbeit bevorzugen würde.«

Er schließt sein Notizbuch. »Du kriegst das schon hin. Ich gebe dir Anweisungen. Du musst ihn nur in die richtige Richtung leiten und so herzlich und unterstützend sein wie immer.«

Jake sieht mich an. »Ich glaube, das wäre eine gute Gelegenheit für uns, uns besser kennenzulernen, Miss Tate. Natürlich nur, wenn Sie damit kein Problem haben.«

Ich lächle mit zusammengebissenen Zähnen. »Nein, ich dachte nur, Sie würden sich mit jemand anderem vielleicht … wohler fühlen.«

»Nein, würde ich nicht. Ich bin Ihr Autor, und als ich bei Whiplash unterschrieben habe, haben Sie versprochen, alles in Ihrer Macht Stehende zu tun, um mir bei diesem Prozess zu helfen. War das etwa nur Gerede?«

»Nein, natürlich nicht«, sagt Sid und sieht mich scharf an. »Wir werden alle unser Bestes geben, das alles so einfach wie möglich zu gestalten, stimmt's, Asha? Abgesehen davon wärst du super für die Optik. Du bist wunderschön. Er ist wunderschön. Ein wunderschönes Paar, das ein Buch zusammen schreibt, ist heiß.«

Ich antworte so schnell, dass ich mich fast verschlucke. »Wir sind kein Paar.«

»Ich meinte einfach zwei Leute. Das bezog sich nicht auf euer Privatleben.«

»Ich habe einen Freund, Sid.«

»Ach, diesen Franzosen? Wirklich?« Er beugt sich zu mir. »Aber das läuft ja schon ein paar Monate. Du müsstest dich also bald von ihm trennen, oder?«

Ich blinzele ein paarmal und hole dann Luft. »Schreib mir eine E-Mail, was du brauchst. Ich werde es erledigen.«

»Toll«, sagt Jake. »Dann haben wir ein Date.«

Ich lächele ihn total unsicher an. »Na ja, es ist ein Geschäftstermin.«

»Wunderbar.« Sid packt seine Sachen zusammen und steht auf. »Ich kümmere mich um alles und gebe dir morgen die letzten Details.« Er geht zu Jake hinüber und schüttelt ihm die Hand. »Es hat mich sehr gefreut, Mr Stone. Wir sprechen sicher bald wieder miteinander.«

Als er gegangen ist, sind Jake und ich allein. Wir sitzen an gegenüberliegenden Enden des Konferenztisches, was gut ist, denn säße er neben mir, wäre ich versucht, ihm eine zu scheuern.

»Wirst du mich jetzt jedes Mal vor meinen Arbeitskollegen blamieren?«

»Nicht jedes Mal«, sagt er fröhlich. »Nach den ersten paar hundert Malen wird es irgendwann langweilig, oder? Dann werde ich dazu übergehen müssen, dich vor Fremden zu blamieren. Und ganz nebenbei wissen deine Kollegen nichts über unsere Vergangenheit.«

»Tja, sie denken alle, dass deine beste Freundin aus Kindertagen ein Arschloch war.«

»Diesen Schluss haben sie selbst gezogen.«

»Als ihnen alternative Fakten vorgelegt wurden. Und jetzt noch das Romance-Central-Event.«

»Das war nicht meine, sondern Sids Idee. Ich habe wirklich nur versucht, dich dazu zu bringen, deinen Job zu erledigen. Wäre ich irgendein anderer Autor, würdest du nicht lange überlegen, mich zu begleiten. Dass du versucht hast, dich vor der Verantwortung zu drücken, hat unprofessionell gewirkt.«

Ich halte inne, denn er hat recht, auch wenn ich das nur ungern zugebe. Bei jedem anderen Autor hätte ich kein Problem damit, ihn bei Interviews zu begleiten. Aber bei dem Gedanken, einen ganzen Abend mit Jake zu verbringen, bekomme ich Bluthochdruck.

»Abgesehen davon«, sagt Jake, »wenn ich schon zu einem steifen Event gehen und dabei einen Frack tragen muss, kannst du ruhig mit mir zusammen leiden.«

»Dir ist schon klar, dass du zu jeder Menge derartiger Veranstaltungen gehen musst, wenn das Buch so erfolgreich wird, wie alle annehmen.«

»Dann hoffe ich mal, dass du eine gute Auswahl hübscher Kleider hast, damit ich dich nicht immer in denselben ollen Lumpen sehen muss.«

Ich seufze und sammle die liegengelassenen Unterlagen ein. Ein Teil von mir ist sauer, aber ein anderer Teil ist dankbar, dass Jake wieder so arschig wie eh und je ist. Immerhin weiß ich dann wenigstens, wie ich mit ihm umgehen muss.

»Ich hätte erwartet, dass du lieber mit einem Date deiner Wahl gehst, als den ganzen Abend mit mir verbringen zu müssen.«

Als ich mich abmühe, einen mitten auf dem Tisch herumliegenden Ablaufplan zu fassen zu kriegen, steht er auf, schnappt ihn sich und legt ihn auf meinen Stapel.

»Mit dir abzuhängen ist einfach. Ich muss dich nicht beeindrucken oder Small Talk mit dir machen, denn deine Meinung von mir kann nicht mehr schlechter werden, ich kann einfach ich selbst sein.«

»Ja, für mich ist das leider nicht so toll. Könntest du versuchen, stattdessen einer der Hemsworths zu sein?«

Er will gerade antworten, da piept sein Handy. Er schaut aufs Display, und innerhalb einer Sekunde ändert sich sein Verhalten.

»Ich muss los.« Er faltet die Pressemitteilung zusammen, die Sid ihm gegeben hat, und steckt sie sich in die Tasche.

»Was? Warum?« Ich habe die Worte kaum ausgesprochen, da stößt er schon die Tür des Konferenzraums auf und geht mit großen Schritten hinaus. Ich will ihm schnell nachlaufen, wegen der Schmerzen in Hüfte und Knie reicht es aber nur für ein Humpeln. »Jake! Was ist los?«

»Das hat dich nicht zu interessieren.«

»Da du einfach unser Meeting platzen lässt, würde ich sagen, doch. Wir haben jede Menge Arbeit vor uns.«

»Die Zeit mache ich morgen wieder gut«. Er hält an der Garderobe und schnappt sich seine Jacke. »Sag mir einfach wo und wann.«

»Äh … bei dir. Um acht.« Als er zum Fahrstuhl geht und auf den Knopf drückt, folge ich ihm weiter. »Jake, was um alles in der Welt ist so wichtig, dass du an deinem ersten Arbeitstag abhauen musst?«

»Etwas Persönliches.« Er drückt noch ein paarmal auf den Knopf. »Ich schick dir meine Adresse.«

»Ich habe kein Handy mehr, schon vergessen?« Die Fahrstuhltüren öffnen sich, als ich ihm gerade mein Notizbuch entgegenstrecke. »Hier, schreib sie auf.«

Mit einem genervten Schnaufen schreibt er seine Adresse auf und steigt dann in den Aufzug.

Ich schüttele den Kopf. »Dann bis morgen, schätze ich.«

Er drückt auf einen Knopf, und als sich die Türen schließen, höre ich ihn murmeln: »Kann es kaum erwarten.«

Als ich mich umdrehe, steht Devin mit selbstgefälliger Miene hinter mir. »Dein neuer Autor hat ja eine tolle Arbeitseinstellung. Und ich bin beeindruckt, dass er nach ein paar Stunden schon den Respekt vor dir verloren hat. Das muss ein Rekord sein.« Er lacht. »Das läuft ja großartig.«

»Halt die Klappe, Devin.«

Ich humpele zu meinem Tisch zurück und lasse mich auf meinen Stuhl fallen, völlig erschöpft und mit dem Bedürfnis nach einem großen Glas Wein und einem Ganztagsschläfchen.

»Er ist gegangen?«, fragt Joanna und setzt sich neben mich.

»Ja. Irgendwas ist ihm dazwischengekommen.«

Joanna greift nach dem Minzspender auf dem Tisch und nimmt sich ein Bonbon. »Ich spüre hier einen versauten Witz, aber vor dem Hintergrund eurer gemeinsamen Vergangenheit erspare ich ihn dir.«

»Na vielen Dank.«

»Also«, sagt Jo, beugt sich vor und senkt die Stimme. »Denkst du, was ich denke?«

»Dass du Jake umbringen willst? Absolut.«

»Nein, ich meine wegen der Frau, in die er verliebt ist. Wie heißt sie noch gleich?«

»Ingrid.«

»Genau! Willst du sie nicht suchen und herausfinden, ob sie wieder mit ihrem Exfreund zusammen ist? Wenn das so ist, müssen wir etwas dagegen unternehmen.«

»Nein, Jo. Wenn Jake wüsste, dass ich mich in sein Liebesleben einmische, würde er an die Decke gehen. Ich brauche nicht noch mehr Spannung in unserer Arbeitsbeziehung.«

»Na gut«, sagt sie etwas gedämpfter. »Aber das heißt nicht, dass ich nicht ein wenig spionieren kann. Natürlich nur in meiner Freizeit. Was kannst du mir sonst noch über sie erzählen?«

»Nichts. Ich habe tatsächlich nicht mehr Infos als ihren Namen.«

»Tja, sag mir Bescheid, falls du mehr herausfindest. Ich bin entschlossen, diesem Jungen ein Happy End zu bescheren.«

Ich lächele. »Jetzt habe ich das Gefühl, da hat sich irgendwo ein versauter Witz eingeschlichen, aber den erspare ich dir.«

Sie steht auf und reicht mir meine Handtasche. »Und jetzt solltest du nach Hause gehen und dich ein wenig ausruhen. Und duschen. Ich habe dich lieb und so, aber du riechst nach Brackwasser. Ich erkläre Serena, wo du bist.«

Ich nehme meine Handtasche und umarme Joanna. »Du bist die Beste.«

Ich humpele zum Aufzug und drücke auf den Knopf.

Nun gut … den ersten Tag in der Hölle habe ich überlebt. Es kommen also nur noch ein paar hundert.

12. KAPITEL

Gebrochene Herzen und unsichtbare Mauern

Nach einer Nacht unruhigen Schlafes voller Träume, die sich nur um Jake drehten, versuche ich, den Morgen mit einer positiven Einstellung zu beginnen. Okay, mein Knie und meine Hüfte tun tierisch weh, und ich muss meine spektakulären Blutergüsse unter Jeans verstecken, aber immerhin hat mein Kopf heute Morgen beim Haarewaschen nicht wieder angefangen zu bluten, also würde ich sagen, das ist schon ein Fortschritt.

Während ich die Straße hinunter zu Jakes Wohnung hinke, atme ich die kühle Oktoberluft ein. Es ist ein herrlicher Tag in Brooklyn, auch wenn das unverwechselbare Dröhnen und Rumpeln der Autos auf der Brooklyn Bridge das denkbar unmelodischste Hintergrundgeräusch liefert. Doch obwohl das Sonnenlicht auf dem Hudson River funkelt, beschleicht mich ein unangenehmes Gefühl.

Es hat zum Teil mit Jake und seiner Unvorhersehbarkeit zu tun, klar. Doch auch ohne seine Nähe hat der Herbst so vieles, das mich unruhig macht.

Herbst war die Lieblingsjahreszeit meiner Mutter. Sie liebte es, wie sich die Bäume von eintönigem Grün in eine unendliche Palette von Rot und Orange verwandelten, und sie hatte die verblüffende Gabe, den ersten Schnee des Winters vorherzusagen, indem sie den riesigen Baum in Jakes Vorgarten studierte. Ich habe keine Ahnung, was für ein Baum es war, aber er war wunderschön, vor allem im Herbst. Mom saß oft auf unserer kleinen Vorderveranda, trank ihren Morgenkaffee und betrachtete die glänzenden Blätter.

»Das ist der Baum der Liebe«, pflegte sie jedes Jahr aufs Neue zu sagen. »Siehst du, wie rot er ist, wie ein Herz? Jeden Tag offenbart er sich uns ein kleines bisschen mehr. Jedes Blatt fällt, als wäre es in den Boden verliebt, und dann eines Tages steht er da, sein bloßes Selbst, nackt und ungeniert.« Sie sah mich mit ihren freundlichen blauen Augen an, ihr Gesicht vorzeitig gealtert wegen ihres gebrochenen Herzens und der Strapazen von zwei Jobs, die sie hatte, um uns Kinder durchzubringen. »So ist es, wenn man sich verliebt.«

Es überraschte mich immer wieder, wie sehnsüchtig sie klang, wenn sie über die Liebe sprach. Selbst als Kleinkind war mir nicht entgangen, wie oft sich meine Eltern stritten. Ich hörte die meistens geflüsterten, manchmal aber auch gebrüllten Auseinandersetzungen der beiden. Ich wusste, dass sie sich stets bemühten, sich vor Eden und mir nichts anmerken zu lassen.

Und doch wirkte Mom, als lebte ein Teil von ihr in einer romantischen Fantasiewelt. Einer Welt, in der Dad nicht ständig wochenlang verschwand. Einer Welt, in der sie nicht nachts ihre Schlafzimmertür schließen musste, damit wir sie nicht weinen hörten.

Trotz all ihrer Probleme mit Dad sprach sie stets über die Liebe, als wäre sie niemals verletzt worden. Sie erzählte mir einmal, ein Seelenverwandter sei jemand, der all das sieht, wofür du dich schämst, und dich trotzdem liebt.

Als ich sie fragte, ob es das sei, was sie für Dad empfinde, trübte sich ihr Blick, und sie sagte: »Nur eines ist schlimmer, als deinen Seelenverwandten niemals zu finden. Ihn zu finden und festzustellen, dass ihr zwei Waggons desselben Zuges seid, die in entgegengesetzte Richtungen rasen.«

Das war das einzige Mal, dass Mom Eden und mir gegenüber etwas Negatives über Dad sagte, und das hat mich immer wütend gemacht. Wir wussten, wie sehr er sie verletzt hatte, aber sie war viel zu stolz, es zuzugeben. Ich vermute, das hat sie ihren Töchtern vererbt: Wir Tate-Schwestern sind nicht besonders gut darin, unsere Verletzlichkeit zu zeigen.

Ich weiß nicht genau, ob die Art, wie Dad Mom behandelt hat, einer der Faktoren ist, die mich davon abhalten, eine erfüllende intime Beziehung mit einem Mann zu führen, oder ob einfach irgendein Teil von mir verkehrt gepolt ist. Als ich meinen derzeitigen Freund kennengelernt habe, glaubte ich, einen Hauch von Seelenverwandtschaft zu spüren, aber dieses Gefühl verpuffte jedes Mal, sobald es ans Ausziehen ging.

Wann immer ich Frauen in meinem Alter sehe, die sich die Kraft ihrer Sexualität zu eigen machen und Spaß haben, wann immer sich ihnen die Gelegenheit bietet, fühle ich mich ein kleines bisschen kaputter, wie eine leibhaftige sexuell Gestörte, deren Körper sofort dichtmacht, sobald ein Mann ihn in seiner Gesamtheit zu sehen bekommt. Ich warte noch immer auf diesen magischen Moment, in dem ich nackt vor einem Mann stehe und nicht das Bedürfnis verspüre, schreiend wegzulaufen, aber bisher ist das noch nie passiert. Ich frage mich, ob ich es jemals erleben werde.

Als ich weitergehe, vorbei an umgebauten Lagerhäusern und viel zu angesagten Cafés, will ich gedankenverloren mein Handy herausholen, um zu checken, ob ich in die richtige Richtung laufe. Dann fällt mir wieder ein, dass es geklaut wurde, und das alte iPhone, das Eden mir gestern Abend geliehen hat, fühlt sich im Vergleich dazu klobig und steinalt an. Ich schätze, ich werde sparen müssen, wenn ich es in nächster Zeit ersetzen möchte.

Ich will es gerade wieder wegstecken, da vibriert es mit einer Nachricht. Sie ist von Eden.

Hey, Schwesterchen. Bleibt es dabei, dass du mich nachher für heute Abend stylst? Ich brauche deine Haar- und Schminkexpertise.

Als eine der Organisatorinnen der Romance-Central-Veranstaltung heute Abend möchte Eden Max stolz machen, indem sie sich herausputzt. Allerdings besteht in ihrer Vorstellung ein Abend-Make-up aus nichts weiter als Mascara und Lipgloss, also habe ich ihr angeboten, sie zu schminken.

Kein Problem. Ich komme gegen 5 zu dir ins Büro.

Ich stecke das Handy weg und seufze. Ich bin froh, dass ich eine Ausrede gefunden habe, um bei ihr in der Redaktion vorbeizuschauen. Das habe ich schon seit einer Woche vor, aber die ganze Jake-Geschichte hat mich abgelenkt.

Als ich schließlich vor dem Gebäude stehe, das ich für Jakes Wohnhaus halte, bin ich definitiv in dem Teil von Brooklyn gelandet, der zu heruntergekommen ist, um cool zu sein, selbst für die eingefleischtesten Shabby-Chic-Brooklyn-Hipster.

Ich atme tief durch, bevor ich die Stufen zur Haustür hinaufsteige und die winzige Lobby betrete. *Nicht abgeschlossen, weit und breit kein Portier zu sehen. Ich bin schockiert.* Das Haus, in dem Eden und ich wohnen, ist vielleicht ein wenig in die Jahre gekommen und nicht im allerbesten Zustand, aber verglichen mit dieser Bruchbude hier ist es Versailles.

Ich steige in den sechsten Stock hinauf und klopfe an die Tür, von der ich hoffe, dass es Jakes ist.

Keine Reaktion.

Ich stehe in einem versifften Hausflur und ziehe den Zettel hervor, auf den Jake mir gestern seine Adresse gekritzelt hat, um sicherzugehen, dass ich im richtigen Haus bin. Leider bin ich es. Ich hämmere ein weiteres Mal gegen die Tür. Das Klopfen hallt im Flur und dem gesamten Treppenhaus wider.

Vielleicht irre ich mich, aber ich meine, irgendwo unter mir das leise Trippeln von Ratten zu hören.

»Liebe Göttin«, flüstere ich. »Wenn ich hier herauskomme, ohne ermordet zu werden oder mir die Beulenpest einzufangen, werde ich dir ewig dankbar sein.«

Ich rücke mir die schwere Laptoptasche auf der Schulter zurecht und schaue mich misstrauisch um. Das ganze Gebäude wirkt, als solle es demnächst abgerissen werden. Mehrere der Türen sind mit Brettern vernagelt, und ich habe keinen Zweifel daran, dass dies hier die ehemalige Wohnstätte einer tapferen Schar von Serienkillern ist. Oder Crackjunkies. Oder cracksüchtigen Serienkillern, die Ratten darauf abrichten, Leute umzubringen und anschließend alle Beweise aufzufressen.

Ja, genau, das ist die richtige Einstellung, Ash. Was du jetzt wirklich gut gebrauchen kannst, ist noch mehr Angst.

Ich klopfe noch einmal, immer noch keine Antwort. Ist das wieder einer von Jakes blöden Scherzen? Asha in ein verlassenes Gebäude locken und sich totlachen, wenn sie ermordet wird? Sehr witzig!

Ich hämmere mit mehr Nachdruck an die Tür. »Stone! Wenn du da drin bist, machst du jetzt besser die Tür auf. Ich bin zu jung und hübsch, um als Rattenfutter zu enden.«

Von der anderen Seite der Tür höre ich ein undeutliches Geräusch, dann nähern sich schlurfende Schritte.

Oh Gott, das ist überhaupt nicht Jake. Das ist bestimmt das uneheliche Kind von Hannibal Lecter und Leatherface. Erst wird er mich mit der Kettensäge zerlegen und dann in Form von Hackfleisch nichtsahnenden Gästen zum Abendessen vorsetzen.

Ich halte die Luft an, während ich lausche, wie mehrere Riegel zurückgeschoben werden, und als die Tür aufschwingt, trete ich vorsichtshalber einen Schritt zurück. Erleichtert stoße ich den Atem aus, als ich in Jakes blinzelndes, verschlafenes Gesicht blicke. Doch dann bleibt mir erst recht die Luft weg, als ich sehe, dass er außer einer schwarzen Boxershorts, die ihm fast von der Hüfte rutscht, nichts anhat.

Himmel hilf!

Ja, ich habe seinen Körper schon auf den Professor-Feelgood-Fotos gesehen, und ja, seine Arme und Schultern befanden sich gestern in unmittelbarer Nähe zu meinem schlammbespritzen Körper. Aber nun bin ich der vollen Kraft seines nackten Oberkörpers nur wenige Zentimeter von mir entfernt ausgesetzt, und es gefällt mir ganz und gar nicht, wie sehr mein Puls als Reaktion darauf zu rasen anfängt.

Gott, gib mir die Kraft, den Blick abzuwenden. Lass mich nicht länger diesen gestählten Körper anstarren. Das führt zu nichts Gutem.

Ich richte mühsam den Blick auf sein Gesicht und rufe mir in Erinnerung, dass es sich um Jake den Ätzenden handelt.

»Sorry, Lady«, sagt er und unterdrückt ein Gähnen. »Sie haben die falsche Tür erwischt. Ich habe keinen kreischenden, unverschämten Weckdienst bestellt.« Er will die Tür wieder schließen, aber ich lege meine Hand darauf und drücke dagegen.

»Komisch, denn ich habe kein schlechtgelauntes Arschloch bestellt, aber trotzdem bist du da. Kannst du keinen Wecker stellen?«

»Kann ich. Hab ich vergessen.«

»Sag mir bitte nicht, dass du 'nen Kater hast.«

»Nö. Genau genommen glaube ich, ich bin immer noch ein bisschen betrunken.«

Angewidert schaue ich ihn an. »Ich freue mich, dass du Prioritäten setzen kannst. Gehe ich recht in der Annahme, dass du mich gestern hast sitzen lassen, um dich mit irgendeiner Frau von zweifelhaftem Geschmack zu vergnügen?«

Er lehnt sich mit einem Arm in den Türrahmen, reibt sich über den Kopf und zerstrubbelt seine dichten dunklen Haare. »Du kennst mich doch, Tate. Ich bin ein absolutes Partytier. Tanzen bis zum Morgengrauen mit meinem beträchtlichen Harem ist mein Lebenszweck.«

Ich widerstehe der Versuchung zu lachen. Ich kenne niemanden, dem es weniger ähnlich sehen würde, Spaß zu haben. Die einzige Schulfeier, an der er jemals teilgenommen hat, war der Abschlussball in der zwölften Klasse, und selbst da hat er allen, mit denen er zu tun hatte, den Abend verdorben.

Ach, die guten alten Zeiten.

»Also, willst du mich nicht hereinbitten?«, frage ich. »Oder soll ich etwa über deinen eindrucksvollen Körper hinüberspringen?«

Halbherzig tritt er einen Schritt zur Seite. »Sorry. Ich hatte vergessen, dass Vampire nur hereinkommen können, wenn man sie einlädt. Tritt ein, Succubus. Mi casa und so weiter.«

Ich betrete die Wohnung, aber schon im nächsten Augenblick bleibe ich wie angewurzelt stehen. Ich weiß nicht genau, was ich nach dem derangierten Zustand des Gebäudes erwartet hatte, aber das hier ganz sicher nicht. Die Wohnung ist riesig, aber komplett entkernt. Es gibt keine Innenwände, nur einige nackte Holzbalken deuten an, wo einmal die Zimmer und die Küche waren. Es ist bizarr. Wie das Gerippe einer Wohnung. Keine Haut oder Muskeln, nur die bloßen Knochen.

Es gibt nur ein einziges separates Zimmer, und das ist ein kleines, in die Jahre gekommenes Bad neben der Wohnungstür. Der Rest wirkt so, als wäre jemandem mitten in der Renovierung das Geld ausgegangen, und dann wäre Jake eingezogen.

»Wow! Toll, was du aus der Wohnung gemacht hast!«

Jake gähnt und schließt die Tür, während ich mich umsehe.

Unter einer breiten Fensterfront befindet sich eine Sitzecke mit zwei durchgesessenen Sofas, einem Liegesessel und einem Couchtisch, der aussieht, als wäre er im wahrsten Sinne des Wortes von einem Lastwagen gefallen. Ein paar Meter entfernt steht ein Queensize-Bett mit einem ramponierten Holzrahmen, das für jemanden von Jakes Größe viel zu klein wirkt. Auf dem Boden daneben steht eine Kollektion von Schachteln und Körben. Der einzige andere bemerkenswerte Bereich ist das, was vermutlich einmal die Küche war. Jetzt ist er leer, abgesehen von einem Tisch, einer einzelnen Kochplatte, einem kleinen Sortiment an Tassen, Tellern und Töpfen und einem kleinen Minibar-Kühlschrank, wie man ihn aus billigen Motelzimmern kennt.

Ich habe schon öfter von spartanischer Einrichtung gehört, aber das hier übertrifft alles.

»Du solltest dringend mit deinen Vermietern reden«, sage ich. »Wissen die, dass dir jemand die Wände geklaut hat?«

Jake marschiert an mir vorbei in die »Küche«. »Spar dir dein Urteil, Prinzessin. Nicht alle von uns wollen in einem Schloss leben.«

»Das bestreite ich nicht, aber muss es denn so eine Bruchbude sein?«

»Die Miete ist bezahlbar und ich habe genug Platz, um Swingtanzen zu üben. Was will man mehr?« Er tritt an den Tisch und füllt Wasser aus einem Fünf-Liter-Kanister in einen kleinen Topf. »Ich würde dir ja Kaffee anbieten, aber ich weiß, dass du keinen trinkst.«

»Doch, tue ich.«

Er dreht sich um und sieht mich fragend an. »Seit wann das denn?«

»Seit der zwölften Klasse. Vier Tassen am Tag.«

»Aber du hasst Kaffee.«

Es nervt mich, dass er annimmt, noch immer alles über mich zu wissen. »Nur weil ich irgendwann mit elf gesagt habe, dass ich Kaffee hasse, heißt das nicht, dass ich ihn immer noch nicht mag. Ich weiß, Jake, das kommt dir wahrscheinlich völlig absurd vor, aber Menschen ändern sich.«

Er wendet sich wieder seinem Topf zu und murmelt: »Ja, manche mehr, manche weniger.« Er nimmt zwei Tassen. »Also, wie trinkst du ihn?«

Ich gehe zur Couch hinüber und stelle meine Laptoptasche auf den Tisch. »Dünn, mit viel Milch und vier Stück Zucker.«

Er schnaubt. »Ja, genau, du *liebst* den Geschmack mittlerweile. Du bist quasi ein völlig neuer Mensch.«

Ich ignoriere seine Stichelei, schlüpfe aus dem Mantel und packe den Laptop und mein Notizbuch aus. Gegen meinen Willen wandert mein Blick gelegentlich zu seinem nackten Rücken. Die Tattoos, die ich ausschnittweise von seinen Fotos kenne, sind in voller Pracht zu sehen, aber ich erkenne nicht genug, um sie zu deuten. Vermutlich hat er sich in mehreren Sprachen und in Form von verschiedenen Piktogrammen »Ich bin ein Arsch« auf die Haut stechen lassen.

Ich neige den Kopf und frage mich, wie viele Stunden Training täglich nötig sind, um seinen Körper in dieser übermenschlichen Form zu halten. Ich bezweifle nämlich, dass er all diese Muskeln von gelegentlichem Prancercise bekommt.

Während ich ihn beobachte, lässt er den Kopf kreisen und streckt die Arme hinter sich aus, als wäre es ihm völlig gleichgültig, dass ich dort sitze.

Es ist so seltsam für mich, dass Männer so viel Vertrauen in ihren Körper haben; sogar die, die nicht so aussehen wie Jake. Sobald die Temperatur in New York die 15-Grad-Marke knackt, laufen die Kerle in allen Formen und Größen einfach ohne Hemd herum, ohne auch nur einen Funken Unsicherheit zu zeigen. Uns Mädchen wird eingetrichtert, dass wir bestimmte Kleidungsstücke nicht tragen dürfen, es sei denn, wir haben eine bestimmte Größe. *»Kein Mädel über Größe 32 sollte Hotpants/Tanktops/Miniröcke tragen.«* Und dann die Männer so: »SEHET MEINE SCHWABBLIGEN MÄNNERTITTEN UND DEN BIERBAUCH IN ALL IHRER NACKTEN SCHWITZIGEN PRACHT! LADYS, REISST EUCH ZUSAMMEN!«

Eines Tages möchte ich auch so selbstbewusst sein.

»Nur aus Interesse«, sage ich nach ein paar besonders beschämenden Sekunden, in denen ich mich auf die beiden Grübchen über seinem Hintern konzentriert habe, »hast du heute Morgen noch vor, dich anzuziehen?«

Er dreht sich um und lehnt sich an den Tisch. Ich versuche, seinen Körperbau zu ignorieren, aber verdammt, er ist nun einmal *direkt hier*.

»Ach, ich dachte, in unserer Geschäftsbeziehung wäre Kleidung optional. Ich meine, du hast mir deine Brust gezeigt, da fand ich es nur fair, wenn ich den Gefallen erwidere.« Er deutet auf seine Brustmuskeln. »Gut, ich habe ein paar mehr Haare als du, aber trotzdem, kann deine das auch?« Er lässt sie tanzen, und ich antworte mit einem perfekt einstudierten Augenrollen. Wenn er jemals gesehen hätte, wie ich vor dem Badezimmerspiegel den Tittikopter mache, wäre es ihm peinlich, überhaupt gegen mich anzutreten.

»Aber wenn«, sagt er in herablassendem Ton, »du dich wegen meiner enormen körperlichen Anziehungskraft nicht konzentrieren kannst, dann …«

Ich stoße ein kurzes Lachen aus. »Weißt du was, vergiss es! Ich habe nichts gesagt. Es spielt für mich keine Rolle, ob du einen Schneeanzug oder einen Stars-and-Stripes-Stringtanga trägst. Dein Körper hat für mich keinen Reiz.«

Als er darauf nicht antwortet, blicke ich auf und stelle fest, dass er mich mit einem amüsierten Gesichtsausdruck ansieht.

»Was?«, frage ich und habe sofort das Bedürfnis, mich zu verteidigen.

»Du glaubst, du könntest mir etwas vormachen, aber das kannst du nicht. Es war mehr als offensichtlich, dass du etwas für den Professor übrighattest, bevor du wusstest, dass ich es bin.«

Ich schaue ihn direkt an und blinzle nicht einmal. »Ich habe nichts und ich hatte auch nie etwas ›für dich übrig‹, Jacob Stone, egal wer du vorgibst zu sein. Darauf kannst du Gift nehmen.«

Ich klinge so überzeugend, dass sogar ich mir glaube.

Aufgepasst, Streep/Pacino/De Niro. So macht man das!

Er schüttelt enttäuscht den Kopf. »Tja, du siehst mittlerweile vielleicht anders aus, aber es gibt eine Sache, die sich nicht geändert hat.«

»Und die wäre?«

Diesmal ist er derjenige, der mich ohne zu blinzeln niederstarrt. »Du bist immer noch eine miserable Lügnerin.«

Ich wende den Blick von seinen selbstgefällig gekräuselten Lippen ab und mache mich wieder daran, meinen Laptop aufzubauen. Ich weiß genau, dass meine Wangen glühen, aber ich kann nichts dagegen tun, außer es einfach zu ignorieren.

»Jetzt verstehe ich, warum er keine Wände hat«, murmle ich vor mich hin. »Er brauchte den Platz, um sein gigantisches Ego unterzubringen.«

»Was hast du gesagt?«, fragt Jake, während er etwas, das aussieht wie der billigste Instantkaffee der Welt, in zwei Tassen löffelt.

»Nichts. Ich führe bloß Selbstgespräche. Lass uns anfangen.«

»Okay. Wie?«

Ich öffne eine neue Datei in meinem Schreibprogramm und nenne sie *Professor Feelgood Buch.* »Nun, zuerst müssen wir eine Story entwickeln, in die wir deine Poesie einbetten können. Also, Geschichten aus deinem Leben, interessante Augenblicke in deiner Entwicklung. Du weißt schon, Dinge, die deine Reise geprägt haben, bis du deiner großen Liebe begegnet bist.«

Er blickt über seine Schulter. »Geschichten aus meiner Kindheit? Meinst du die zensierte oder die Ab-18-Version?«

Ich rutsche auf meinem Platz herum. Für eine detaillierte Untersuchung von Jakes Kindheit braucht man einen großen Dosenöffner und ein extra starkes Pestizid, besonders wenn es um unsere gemeinsame Geschichte geht.

»Äh … Na ja …« Ich räuspere mich. »Das müssen wir ja nicht sofort entscheiden. Wir können später noch einmal darauf zurückkommen.«

Oder nie. Wie auch immer.

Ist es möglich, dass man spürt, wie sich ein Magengeschwür entwickelt? Denn im Moment fühlt es sich so an, als versuche meine Magensäure, sich durch meine Haut zu fressen.

»Hast du noch mehr Gedichte? Wir können einige der Sachen von Instagram verwenden, denn die haben dich bekannt gemacht, aber es wäre toll, auch ein paar neue Zeilen dabei zu haben.«

Er deutet auf eine Aufbewahrungsbox unter dem Couchtisch. »Da drin. Bedien dich.«

Ich öffne die Box und stelle fest, dass sie fast überquillt, gefüllt mit Dutzenden von losen Blättern, Servietten, zerrissenen Cornflakes-Schachteln, U-Bahn-Tickets und Bierdeckeln von Bars, von denen ich noch nie gehört habe. Offensichtlich schreibt Jake auf alles, was er gerade vor sich hat, wenn ihn die Inspiration überfällt.

Als ich mir diese Schatzkiste ansehe, fühle ich mich wie ein Kiffer, der einen riesigen, unerwarteten Vorrat an medizinischem Cannabis gefunden hat.

Oh Gott … so viele Gedichte.

Sobald ich herausgefunden hatte, dass der Professor Jake ist, hatte ich ihn bei Instagram entfolgt. Kalter Entzug. Aber nun, da ich mit diesem Buffet der exquisiten Worte konfrontiert bin … wie kann ich da widerstehen?

Ich habe den starken Drang, einfach hier zu sitzen und in seine Worte einzutauchen. In ihrem literarischen Reichtum zu baden wie Onkel Dagobert in seinem Geld.

Ich ziehe einige der Zettel heraus, um sie genauer zu untersuchen. Alle sind mit Jakes kleiner, ordentlicher Handschrift beschrieben, und alle haben Ziffern in der linken unteren Ecke. »Du hast sie alle datiert?«

»Ja.« Ich blicke auf und sehe, wie er die Stirn runzelt. »Ich bin mir allerdings nicht sicher, wie genau all diese Daten sind. Ich war nicht immer nüchtern.«

»Trotzdem«, sage ich, »wird es für uns nützlich sein, eine Zeitleiste für die Story zu erstellen.« Das ist immerhin etwas.

Ich streiche ein besonders zerknittertes Stück Papier glatt und lese, was er geschrieben hat.

Knochen schmerzen, Haut brennt. Muskeln hart vor Lust nach Berührung.
Blut pocht und pulsiert.
Alles wird hart und eng beim Gedanken an dich.
Ich könnte mich anderen Händen zuwenden, aber das tue ich nicht.
Ich könnte mich anderen Herzen zuwenden, aber das tue ich nicht.

Du könntest andere Gedanken heimsuchen, aber das tust du nicht.
Ich wandele auf Pfaden lustvoller Erinnerung
Und während ich mich aufbäume und meine Liebe zu dir stöhnend verschleudere
Sollte ich andere Namen schreien,
aber das tue ich nicht.

Hilfe!

Ich merke, dass mir der Mund offen steht und kurz davor ist, vor Speichel überzulaufen. Ich klappe ihn zu und schlucke.

Ich lege das Gedicht mit der Vorderseite nach unten, damit ich es nicht versehentlich noch einmal lese. Verdammt, das Zeug ist gefährlich. Ich fand schon die heiß, die er online veröffentlicht hat, aber verglichen mit einigen aus diesem geheimen Vorrat wirken sie wie Kinderreime. Ich schlucke wieder, während ich Sätze über Gleiten und Stoßen überfliege, und darüber, wie er dieser Frau in die Augen schauen will, wenn sie kommt.

Ich schließe die Augen und atme ein paarmal tief durch.

Okay, ich kann dieses Zeug nicht lesen, wenn er dabei ist. Ich kann es einfach nicht.

Ich möchte immun gegen die Gefühle sein, die seine Gedichte in mir auslösen, aber gegen die Tatsache, dass er sich wie ein liebeskranker Narr nach dieser einen Frau sehnt, bin ich vollkommen wehrlos. Und unter den Schichten aus unfreiwilliger Erregung und aufsteigendem Selbsthass schlängelt sich eine weitere Emotion an die Oberfläche. Eine noch viel abscheulichere als die vorangegangenen.

Eifersucht.

Allein sie zu benennen macht mich krank.

Diese Eifersucht hat so viele Facetten, dass es schwer ist, sie alle zu erkennen. Eine Facette ist, dass Jake seine große Liebe gefunden hat, bevor ich meine gefunden habe, und eine andere ist, dass ich neidisch auf diese Ingrid bin. Wie umwerfend muss diese Frau sein, dass ein derart verschlossener Mann wie Jake so besessen von ihr ist? Ich frage mich, ob irgendeiner meiner Exfreunde Kisten voller Sexgedichte über mich hat? Ich bezweifle es stark, es sei denn, sie schreiben darüber, wie sich die scheinbar selbstbewusste Frau beim Sex in ein ängstliches Häufchen Elend verwandelt.

Im Gegensatz zu mir ist Ingrid eine Sexgöttin mit einer hypnotischen Zaubervagina. Warum sonst würde Jake so viel über die Liebe mit ihr schreiben?

Ich hole eine Handvoll Gedichte heraus und lege sie auf den Couchtisch. Ich glaube, es wäre das Beste, sie bei mir zu Hause zu sortieren und zu katalogisieren, allein. Vorzugsweise mit einer vollen Flasche Wein, einer Packung Eiscreme und meinem Vibrator in Reichweite.

Ich atme flach, während ich mich bis zum Boden der Box vorarbeite und meinen Blutdruck dränge, sich zu beruhigen.

Unter all den losen Blättern befindet sich ein Stapel von fünf Notizbüchern, die alle vollgeschrieben sind, von der ersten bis zur letzten Seite. Mir entgeht nicht, dass es sich um dieselbe Notizbuchmarke handelt, die ich all die Jahre für meine Geschichten verwendet habe.

Ich halte eins hoch. »Blanco? Echt jetzt?« Als wir Kinder waren, haben wir sie jedes Jahr für die Schule benutzt. Sie waren von einem hässlichen Senfgelb, und das Papier war so dünn, dass man hindurchschauen konnte, aber sie waren die billigsten Notizbücher, die wir bekommen konnten, und das war alles, worum es uns ging.

Jake wirft mir einen Blick zu, als er dampfendes Wasser

in die Tassen gießt. »Warum nicht? Sie erfüllen den Zweck, oder?«

Ich blättere die Seiten durch. »Ja. Das tun sie.« So viele Worte stehen darin, und mir wird schwindlig, als ich sehe, wie produktiv er ist. »Wann hast du angefangen zu schreiben? Ich wusste gar nicht, dass das etwas für dich ist.«

»War es auch nicht.« Nachdem er Kaffeeweißer und Zucker hineingerührt hat, bringt er die Becher herüber und stellt sie auf den zerkratzten Tisch.

Ich sehe ihn schockiert an. »Was? Kein Untersetzer? Aber dann ruinierst du den Lack.«

Er blinzelt verächtlich, bevor er sich neben mich setzt. »Ehrlich gesagt habe ich immer gedacht, *du* würdest Schriftstellerin. Du warst diejenige, die für uns Theaterstücke geschrieben hat, als wir klein waren. Ich war nur der Trottel, der mitspielte. Ich habe erst nach der Highschool angefangen zu schreiben, aber dann …«, er zuckt mit den Schultern, »konnte ich nicht mehr aufhören.«

»Hast du nie daran gedacht, einen Roman zu schreiben?«

Er nimmt einen Schluck Kaffee. »So funktioniert mein Gehirn nicht. Vor meinem Auge blitzen Szenen auf, keine ganzen Kapitel. Schnappschüsse von Emotionen oder Gedanken.«

»Nun, daran müssen wir arbeiten. Wo ist dein Computer?«

Er starrt mich reglos an. »Oh, mein 27-Zoll-iMac ist gleich da drüben, neben der Vorratskammer meines Butlers und dem Medienraum.«

»Du hast keinen Computer?«

»Schau dich um, Prinzessin. Ich besitze die meisten Dinge nicht.«

»Also versuchst du einfach, alle deine Freunde zu überbrooklynen? Mit deinem Apokalypse-Chic alle zu beeindrucken?«

»Ja. Wie immer bin ich ein absoluter Trendsetter. Fast alles, was ich besitze, habe ich auf der Straße gefunden.«

Mit einem Schauer des Ekels schaue ich die Couch an, auf der wir sitzen. »Oh mein Gott. Das ist eine Sperrmüllcouch?« Ich kann förmlich spüren, wie die Bettwanzen in den Kissen herumkriechen. Jake legt seinen Arm auf die Rückenlehne und schaut belustigt drein. »Nur die Ruhe, das war ein Scherz. Ich habe das ganze Zeug von einem seriösen Gebrauchtwarenhändler gekauft. Minimale Körperflüssigkeiten, das kann ich dir versichern.«

Dieses Wissen sollte mich beruhigen, aber das tut es nicht. Je länger ich in dieser Wohnung bleibe und je näher ich ihm bin, desto unwohler fühle ich mich. In Jakes Nähe bin ich immer angespannt, aber zu sehen, dass er so lebt ... Es gibt ein paar Dinge, die man nicht einmal seinem schlimmsten Feind wünschen würde. Diese »Wohnung« gehört dazu.

Jake mustert mich, und es ist klar, dass sich meine Besorgnis in meinem Blick zeigt. »Fürs Protokoll, ich lebe gern so. Ich brauche dein Mitleid nicht.«

»Ich bemitleide dich nicht.«

»Sicher tust du das«, sagt er, sein Ton wird hart. »Weil du andere danach beurteilst, was *dir* wichtig ist. Das hast du schon immer.« Er umklammert seine Kaffeetasse fester. »Ich raube dir nur ungern deine Illusionen, Prinzessin, aber nicht jeder wünscht sich eine Villa in einem Vorort mit einem weißen Lattenzaun.«

»Wer sagt, dass ich mir so etwas wünsche?«

»Nun, als du fünf Jahre alt warst, hast du eine ganze Serie von Buntstiftzeichnungen mit dem Titel ›Mein riesiges Vorthaus mit einem weißen Lattenzaun‹ gemalt, also ...«

»Zum letzten Mal, ich bin keine fünf mehr, und meine Wünsche und Träume haben sich seit den Buntstiftzeichnungen möglicherweise weiterentwickelt.« Ich deute auf die Wohnung, irritiert von seiner Herablassung. »Also willst du mir sagen, dass das hier deine Traumwohnung ist?«

»Im Moment passt sie zu mir.«

»Jake, es ist Herbst in New York City, und du hast hier nicht einmal eine Dämmung, geschweige denn eine Heizung. Was zum Teufel wirst du tun, wenn der Winter kommt?«

Er starrt mich an. »Nun, da ich dann immer noch mit dir im dritten Kreis der Hölle zusammenarbeiten werde, bin ich sicher, dass mir warm werden wird.«

Ich starre ihn an. Als wir sieben Jahre alt waren, wählte jeder von uns ein Seelentier. Meins war ein Otter. Seins war ein Drache. Im Laufe der Jahre verwandelten sich diese Tiere, und jetzt fühlt es sich an, als wären wir beide Widder, die aus reiner Gewohnheit die Köpfe aneinander krachen lassen, hartnäckige Idioten, die wir sind.

Mit gekräuselten Lippen stellt er seine Kaffeetasse auf den Tisch und beginnt, lose Gedichte aus der Box zu Stapeln zu sortieren. »Ich verstehe nicht, warum du mittlerweile so versnobt bist. Es gab eine Zeit, da hättest du diesen Ort cool gefunden. Er ist so ähnlich wie unser Loft. Oder hast du vergessen, wo wir früher zwischen vier und zehn all unsere Zeit verbracht haben?«

Ein angespanntes Kribbeln kriecht mir den Rücken hinauf. Ich habe seit Jahren nicht mehr an den Dachboden über der Garage seines Vaters gedacht. Früher war es ein magischer Ort, aber das hatte nichts mit der Einrichtung zu tun.

»Das war etwas anderes«, sage ich, ohne ihn anzuschauen.

»Da gab es auch keine Heizung, und unsere größten Schätze stammten aus dem Müll anderer Leute.«

Ich tue so, als würde ich etwas auf meinem Bildschirm lesen. »Wir waren Kinder. Wir wussten es nicht besser.«

Als er nichts sagt, drehe ich mich um und sehe, wie er mich mit einer Mischung aus Unglauben und Sehnsucht ansieht. »Oder vielleicht haben wir damals einfach mehr Wunder im Alltäglichen gesehen. Wenn man nichts hat, lernt man, alles zu schätzen.«

Ich wende mich ab und nehme einen großen Schluck Kaffee. Er ist heißer, als ich ihn normalerweise mag, aber lieber ertrage ich Mundverbrennungen dritten Grades, als dieses Gespräch weiterzuführen. Ich denke nicht gern an meine Kindheit, weil ich es vorziehe, den Großteil davon auszublenden. Jeden Tag mit Jake zu verbringen wird das schwieriger machen. Ich werde mir mehr Mühe geben müssen, diesem Thema auszuweichen.

»Wir sollten uns an die Arbeit machen.«

»Du hasst es wirklich, nicht wahr?«

Ich schnappe mir mein Notizbuch und schreibe das heutige Datum oben auf eine neue Seite. »Was hasse ich?«

»Daran zu denken, wie es früher war. Du. Ich. Die alte Nachbarschaft.«

Ich höre mitten im Wort auf zu schreiben. Für dieses Gespräch ist es noch zu früh. Und einige Jahre zu spät.

»Wir sind zum Arbeiten hier, Jake, nicht um in Erinnerungen zu schwelgen. Außerdem lebe ich lieber in der Gegenwart, anstatt die Vergangenheit wiederaufleben zu lassen.« Ich streiche mir die Haare aus dem Gesicht und wende mich ihm zu. »Also, erzähl mir mehr über diese Frau. Wie habt ihr zwei euch kennengelernt? Wie sieht sie aus? War es Liebe auf den ersten Blick? Oder musste sie erst eine natürliche Abneigung gegen deine Persönlichkeit überwinden?«

Jake beugt sich vor, und obwohl sein Ausdruck neutral ist, kann ich spüren, wie Wut in ihm brodelt. Er ist vielleicht besser darin geworden, sie zu verbergen, aber sie ist immer noch da.

»Asha«, sagt er, sein angespannter Kiefer steht im Kontrast zu seiner ruhigen Stimme. »Eines Tages werden wir über unseren Scheiß reden müssen. Das weißt du genauso gut wie ich. Für heute lasse ich dir das durchgehen, aber irgendwann müssen wir reinen Tisch machen.«

Ich verhalte mich so ahnungslos wie möglich. »Worüber denn?«

Wut flackert hell in seinen Augen auf, und ich weiß, dass ich ihn reize, aber ich kann es einfach nicht lassen.

»Verdammt, hör auf, so zu tun, als hättest du eine chronische Amnesie, was unsere ganze Freundschaft angeht. So sehr kannst du dich nicht selbst belügen.«

»Jake, wenn du reinen Tisch machen willst, indem du dich für all den Mist entschuldigst, den du in der Schule gemacht hast, nur zu. Tob dich aus.«

Sein Blick wird intensiver, und die Art und Weise, wie sich sein Gesichtsausdruck verhärtet, gibt mir das Gefühl, dass er unsere Vergangenheit im Schnelldurchlauf vor seinem inneren Auge vorbeirasen sieht. »Wir wissen beide, dass das mein Satz ist, nicht deiner.«

Die Worte hängen im Raum wie die abgestandene Luft aus einer Krypta. Wir haben beide so viele Leichen im Keller. Und er versucht, sie wieder zum Leben zu erwecken. Versucht es an der Tür. Rüttelt ein wenig daran, um zu sehen, wie stark das Schloss ist.

»Wie oft hast du dir eingeredet, dass unsere Freundschaft meinetwegen zerbrochen ist«, fragt er, seine Geduld so dünn wie die Haut einer Zwiebel.

»Jake …«

»Nein, im Ernst, ich will es wissen. Denn wenn man eine Lüge nur oft genug wiederholt, dann wird sie zur Wahrheit. Wie oft, Ash?«

Eine eisige Hand umklammert mein Herz, bringt meinen Puls zum Rasen. »Es war deine Schuld, dass wir uns zerstritten haben.«

»Ach, und du warst unschuldig?«

Zusammen mit meinem Blutdruck steigt auch meine Lautstärke. »*Du* hast dich in ein Arschloch verwandelt.«

»Und mit dir hatte das nichts zu tun?«

Ich weiche vor ihm zurück, genau wie damals.

Er bemerkt es und schüttelt den Kopf. »Du hast mir mal erzählt, dass wir bei der Geschichte unseres Lebens alle ein unzuverlässiger Erzähler sind. Du hältst mich für den Bösen, und ich halte dich für die Böse. Unsere Erinnerungen sind subjektiv, und wir erinnern uns selten daran, dass wir die Bösen waren, selbst wenn es so war.«

Ich drücke mich gegen die Armlehne der Couch, so weit weg von ihm wie nur möglich. »Wag es ja nicht, mir das jetzt in die Schuhe zu schieben. Du *warst* der Böse. Wenn du in der Rolle noch mehr aufgegangen wärst, hättest du einen schwarzen Cowboyhut zur Schule angezogen anstatt einer Mütze.«

Meine Stimme hallt schrill in dem leeren Raum, und mein Herz klopft so heftig, dass es mir in den Ohren dröhnt.

Ich kann das nicht, flüstert eine leise Stimme in meinem Kopf. *Hör auf. Hör auf zu reden. Hör einfach auf.*

Ich weiß nicht, was er in meinem Blick sieht, aber nachdem er mein Gesicht einige weitere Sekunden lang gemustert hat, lässt er die Box auf den Couchtisch fallen und geht zum Bett.

»Okay, Prinzessin.« Er nimmt ein paar Klamotten aus den Körben auf dem Boden. »Wenn dich diese Version unserer Vergangenheit nachts ruhig schlafen lässt, dann nur zu. Bleib ruhig in deinem Irrglauben.« Er geht zum Badezimmer hinüber und hält inne, als er die Tür erreicht hat. »Aber solltest du jemals darüber reden wollen, wie es wirklich war, ruf mich an.«

Dann verschwindet er im Badezimmer und schlägt die Tür hinter sich zu.

Ich atme immer noch schwer, als ich höre, wie das Wasser zu rauschen beginnt.

13. KAPITEL

Schreib weiter

Als Jake fünfzehn Minuten später aus dem Badezimmer kommt, ist er vollständig angezogen. Der Dampf, der aus der Tür herüberweht, riecht zwar köstlich, aber ganz offensichtlich ist er immer noch angespannt. Damit sind wir schon zu zweit.

Ich tue so, als wäre ich beschäftigt und unbeeindruckt, aber je länger ich mich in seiner Gegenwart aufhalte, desto schwieriger wird es.

»Dein Handy hat geklingelt, während du unter der Dusche warst«, sage ich, ohne ihn anzusehen. »Mehrfach. Da will dich jemand sprechen. Als du nicht drangegangen bist, kam eine Nachricht.«

Er geht zur umgedrehten Apfelkiste, die er als Nachttisch benutzt, und nimmt sein Handy auf. Ich beobachte ihn unauffällig. Er schaut aufs Display, tippt darauf ein und hält es sich ans Ohr.

Er sieht mich flüchtig an. »Gehört es zu deinen Aufgaben, mein Handy zu checken? Muss ich dir ein Sekretärinnengehalt zahlen?«

Ich konzentriere mich auf meinen Computerbildschirm und korrigiere etwas im skizzenhaften Ablaufplan für unsere Schreibsessions. »Nein. Ich habe dein Handy nicht angefasst. Das hartnäckige Piepsen hat es mir verraten.«

»Hi, Jacob Stone hier«, sagt er ruhig und geht zur anderen Seite der Wohnung. Er spricht leise, aber dummerweise sorgen die nicht vorhandenen Wände für eine Wahnsinnsakustik. Selbst auf mehrere Meter Entfernung kann ich ihn deutlich verstehen.

»Mh-hm.« Er wirft mir einen flüchtigen Blick zu. Ich gebe vor, nicht zuzuschauen und zuzuhören. »Ich kann heute Morgen nicht vorbeikommen; ich schaue heute Nachmittag mal rein.« Er schweigt kurz und hört zu, dann sagt er: »Ja, gut. Bis dann.«

Wow. Was für ein Kommunikationsgenie.

Er legt auf, dann geht er zum Bett zurück.

»Alles in Ordnung?«, frage ich munter. »Kommt deine Affäre ohne dich klar?«

»Wie kommst du darauf, dass es eine Affäre ist?«

»Es gibt nur einen Grund, warum ein Handy so oft klingelt: Wenn jemand etwas ganz dringend braucht. Ein Kumpel würde nie so oft anrufen.«

Er schiebt sich das Handy in die Tasche und schnappt sich dann ein paar Notizbücher neben dem Bett. »Nur fürs Protokoll: Ich habe keine Affäre.«

»Oh, du lebst heutzutage also wie ein Mönch?«

»Nein. Hab nur wirklich keine Lust auf unbedeutenden Sex.«

»Das ist mir neu. Früher bist du von einer Frau zur nächsten gehüpft, ohne ins Schwitzen zu kommen.«

»Ja, und dann bin ich erwachsen geworden.« Er kommt herüber und stellt sich neben mich. »Was ist mit dir? Ich sehe keinen Verlobungsring, aber ich habe keinen Zweifel, dass du in deiner Freizeit irgendeinen armen Tropf unglücklich machst. Bist du im Bett genauso herrisch wie im Büro?«

»Ich spreche mit dir nicht über mein Sexleben.«

»Weil du keins hast, oder …?«

Das ist zu nah an der Wahrheit. Ich erröte und mein Gesicht wird heiß.

»Oh, ich verstehe«, sagt er. »Du hast schlechten Sex. Verstanden. Also nehme ich an, dass dein Männergeschmack nicht besser geworden ist, seitdem du mit meinem Stiefbruder ausgegangen bist.«

Als hätte dieses Gespräch es herbeigeführt, piept mein Handy mit einer Nachricht. Sie ist von meinem Freund.

Hey, Schönheit. Wie läuft dein erster Tag? Hast du dich schon mit deinem eigensinnigen Autor gestritten? Ich bin mir sicher, du landest einen Volltreffer. Ruf mich an, wenn du Zeit hast. Ich bleibe heute in Manhattan. Spätes Abendessen? Ich muss dich sehen, mon Cherie.

Ich glaube, ich halte das Handy schräg genug, damit Jake die Nachricht nicht lesen kann, aber als er mit tiefer, spöttischer Stimme flüstert: *»Ich bin also eigensinnig? Wie kann er es wagen? Und er heißt Phillipe? Mon Cherie? Mon dieu!«*, ist klar, dass es mir misslungen ist.

Ich drehe das Handy mit dem Display nach unten und zeige auf den Lehnsessel. »Setz dich und halt die Klappe. Wir müssen arbeiten.«

Er quetscht seinen riesigen Körper in den schäbigen Sessel mir gegenüber und stützt die Arme auf die Lehnen. »*Wo'är* kennst du *diesön* Phillipe?« Sein französischer Akzent ist lächerlich. Er klingt wie Lumiere aus *Die Schöne und das Biest.*

Ich tue so, als hätte ich ihn nicht gehört. »Ich finde, wir sollten versuchen, zehntausend Wörter pro Woche zu schreiben. Für den ersten Entwurf habe ich eine grobe Deadline von drei Monaten festgelegt, aber ich bin sicher, dass Serena schon vorher sehen will, wie wir vorankommen.« Gott, allein der Gedanke daran, drei Monate mit ihm zu verbringen, bringt meine Achselhöhlen zum Weinen. »Während wir schreiben, kann ich natürlich schon ein bisschen lektorieren, deshalb wird die zweite Version hoffentlich nicht zu lange dauern.«

Weil ich keine Antwort bekomme, sehe ich zu ihm hinüber, um sicherzugehen, dass er auch zuhört.

Er legt den Kopf schief. »Wie ich höre, ist Phillipe ein totaler Langweiler. Kapiert.«

Ich atme aus. »Hast du das mit unserem Zeitplan mitbekommen? Oder reicht deine Konzentration nur, um dich über meinen Freund lustig zu machen?«

Er guckt beleidigt. »Es verletzt mich, dass du mir nicht beides zutraust.« Als ich ihn anstarre, holt er sein Handy hervor und fängt an, auf dem Display herumzutippen. »Zehntausend Wörter in der Woche, drei Monate, leichtes Lektorat, hab ich verstanden.«

»Wir arbeiten. Kannst du das Handy weglegen?«

»Kann ich? Ja. Werde ich? Nein.«

»Musst du dich unbedingt der nächsten heißen Braut auf Tinder aufdrängen? Oder lenken dich schlüpfrige Nachrichten ergebener Anhängerinnen ab?«

Er konzentriert sich weiter aufs Display. »Weder noch. Ich habe eine neue App, die Heulsuse heißt. Sie lokalisiert die unerträglichste Nervensäge innerhalb der nächsten vier Blocks.« Er schaut mich mit gespielter Überraschung an. »Heilige Scheiße, guck dir das an! Sie zeigt direkt auf dich.«

Ich bin kurz davor zu explodieren, da klingelt mein Handy. Es ist Serena. Ich stelle meinen Laptop auf den Tisch und nehme den Anruf erst entgegen, nachdem ich ins Treppenhaus gegangen bin. Zur Sicherheit schließe ich auch noch die Tür hinter mir.

»Hi, Serena.«

»Guten Morgen! Ich dachte, ich rufe mal an, um zu hören, wie euer erster Tag so läuft.«

»Oh, super«, sage ich und bemühe mich um einen sorglosen Tonfall. »Vor der ersten Schreibsession klären wir noch ein paar Details. Du weißt schon, Rahmen abstecken und so weiter.« *Wir bauen die Grundmauern, auf denen unsere gegenseitige Foltermaschine errichtet wird.*

»Schön, das zu hören. Wie schlägt sich Jacob?«

Ich will antworten, dass er klarkommt, indem er mich zur Weißglut treibt, beiße mir aber auf die Zunge. »Ich glaube, ganz gut.«

»Kommt ihr miteinander aus? Über die Jahre habe ich festgestellt, dass die besten Beziehungen zwischen Lektor und Autor eine gewisse Chemie benötigen. Spürst du irgendwas?«

»Ähhhh, ich spüre definitiv etwas, ja.« *Massive Verärgerung. Leichten Ekel.*

»Großartig. Tja, der beste Rat, den ich dir geben kann, ist, erst einmal herauszufinden, wer er ist. Es ist schwierig, Wörter aus einem vollkommen Fremden herauszubekommen.«

Vielleicht, denke ich, *aber es ist noch schwieriger, wenn man die Person schon fast sein ganzes Leben lang kennt.*

»Jacob ist neu im Romanbusiness«, fährt Serena fort. »Versuche, geduldig mit ihm zu sein.«

Fast muss ich lachen. Geduldig mit Jake zu sein war noch nie meine Stärke. Scheint so, als würde mich in meiner neuen Rolle jede Menge Training-on-the-Job erwarten.

»Mach ich, Serena. Danke.«

»Du kriegst das hin, Asha. Mach mich stolz.«

Ich atme tief durch und versuche, ihre Zuversicht aufzusaugen. Wenn ich eine Woche überstehe, ohne Jake umzubringen, dann bin ich stolz wie Bolle.

Nachdem wir aufgelegt haben, gehe ich wieder hinein, wo

mich Jake mit Stift und Notizbuch in der Hand erwartungsvoll anschaut.

»Wenn du mit deinen Privatgesprächen fertig bist, sollten wir anfangen. Mann, deine Unprofessionalität ist unfassbar. Reiß dich zusammen, Tate.«

Gott, gib mir Kraft. Zähneknirschend setze ich mich und lege mein Handy auf den Tisch. Während ich meinen lauwarmen Kaffee austrinke, versuche ich, meine Gedanken zu ordnen.

Ich habe mit Serena in genug Autorenmeetings gesessen und selbst genug Manuskripte lektoriert, um zu wissen, dass man oft durch eine Mischung aus Schmeichelei und Disziplin das meiste aus einem Autor herausbekommt. Wenn ich das mit Jake versuchen würde, würde er mich auslachen. Am besten bin ich geradeheraus und hoffe das Beste.

»Okay«, sage ich. »Zuerst brauchen wir eine Einleitung, die uns in die Atmosphäre des Buches versetzt. So was wie eine Erklärung dazu, warum du schreibst. Versuchst du damit deine Probleme zu verarbeiten? Vielleicht beschreibst du dein Gefühlschaos nach der Trennung.«

Er nickt zustimmend, dann runzelt er die Stirn. »Ich habe keine Ahnung, wovon du sprichst.«

Ich greife in meine Tasche und ziehe meine heißgeliebte Version von *Eat, Pray, Love* hervor. Es ist eins meiner Lieblingsbücher, und wenn ich nicht ziemlich pleite gewesen wäre, wäre ich in ein Flugzeug gestiegen und hätte ein Weltreise-Sabbatical gemacht, nachdem ich es ausgelesen hatte.

Ich halte es hoch, um es Jake zu zeigen. »Hast du das gelesen?«

Er sieht mich ungläubig an. »Natürlich. Welcher anständige Mann hat nicht das tiefenpsychologische Traktat über die romantische Odyssee einer neurotischen weißen Frau mit

Bindungsängsten und einem Verlangen nach leicht verdaulicher, kulturell aneignender Spiritualität gelesen?«

Ich blinzele ein paarmal. »Ich weiß gerade noch nicht mal, ob das ein Witz sein soll.«

Er streckt die Beine aus und überschlägt die Knöchel. »Soll es nicht. Es war eins der wenigen Bücher in dem Kibbuz, in dem ich ein paar Monate verbracht habe. Ich hatte die Wahl zwischen diesem und einer Abscheulichkeit, die Sean Penn geschrieben hat, also …«

»Großartig. Ich denke, deine Reise ist so wie die von Elizabeth, nur andersherum. Sie wollte nach einer schlimmen Trennung reisen, um sich selbst zu finden, während du gereist bist, um dich selbst zu finden, deine Seelenverwandte getroffen hast und *dann* eine schlimme Trennung erlebt hast.«

»Ein bisschen einfach ausgedrückt, aber okay.«

»Zu Beginn müssen wir uns mit dir als Person identifizieren, damit wir mit deinem Liebeskummer mitfühlen können.«

»Wir?«

»Die Leser.«

Sein Gesicht bleibt gelassen, aber mir fällt auf, dass sich seine Finger um die Armlehne krampfen. »Also bist du Teil dieser Gruppe? Denn ich bin mir ziemlich sicher, dass du nicht in der Lage bist, mit mir wegen irgendwas mitzufühlen.«

»Wenn du dir jemanden wünschst, der über deine Persönlichkeitsstörungen hinwegsieht und dein Ego mit Samthandschuhen anfasst, dann kannst du jederzeit einen anderen Lektor anfordern.« Ich schenke ihm ein strahlendes Lächeln.

»Das könnte ich. Mir wird langsam klar, dass Mussolini mich schonender behandelt hätte, aber wenn ich jemand anderen verlangen würde, würde das nicht deinem Ruf schaden? Ich meine, wenn du von deinem ersten Soloprojekt abgezogen würdest, wärst du dann nicht … wie sagen die Kids heutzutage? Ach ja – ein *Loser*?« Er beugt sich vor und stützt die Ellenbogen auf die Knie. »Willst du ein *Loser* sein, Asha?«

Die stille Ernsthaftigkeit in seiner Miene treibt mir die Röte in die Wangen. Er ist für mich wie Biff für Marty McFly, er verspottet mich und nennt mich eine feige Sau. Und genau wie bei Marty ist auch meine Reaktion unvermeidlich und vorhersehbar.

»Ich bin *kein Loser*, Jacob. Nie.«

»Tja, das ist Ansichtssache, aber gut.« Er lehnt sich zurück und schlägt die Beine übereinander.

Ich schwöre bei Gott, wäre mein Gehirn ein Koffer voll Dynamit, dann wäre diese gesamte Wohnung jetzt ein verkohltes Trümmerfeld. Mir schwirrt der Kopf, weil wir zusammen in dieser bizarren gegenseitigen Abhängigkeit gefangen sind.

Ich atme durch zusammengebissene Zähne aus. »Nimm deinen Notizblock und deinen Stift, bevor ich dich mit meinem Laptop erschlage.«

Er schnappt sich beides vom Tisch und sieht mich erwartungsvoll an.

»Wie gesagt müssen wir die Leser abholen, damit sie sich mit dir und deiner … seelischen Verwüstung identifizieren können.« Ich muss zugeben, dass es sich gut anfühlt, ihn so zu beschreiben.

»Deshalb musst du dich nicht so diebisch freuen. Ich verstehe, dass es für dich wie ein Tag in Disneyland ist, wenn du mich leiden siehst, aber versuch wenigstens, deine Schadenfreude zu verbergen.«

»Es ist ja nicht so, als würde ich dich gerne leiden sehen. Es ist nur erfrischend, zu beobachten, dass dein Ego einen Kratzer bekommen hat.« Ich ziehe mir den Laptop auf den Schoß. »So, machen wir eine kurze Übung. Schreibe das Erste auf, was dir einfällt, wenn ich dir sage, du sollst deine Geschichte aufschreiben. Der Form halber fang bitte mit ›Es war einmal vor langer, langer Zeit‹ an. Es sollen nur ein bis zwei Abschnitte werden. Los geht's.«

Jake stellt seine Kaffeetasse ab und rutscht mit dem Hintern auf die Sofakante, damit er das Notizbuch auf dem Tisch ablegen kann. Mit gerunzelter Stirn schaut er ein paar Sekunden auf die leere Seite, sein Stift schwebt über dem Papier.

In diesem Moment würde ich gern ein Foto von ihm machen, um ihn bei seinem kreativen Prozess festzuhalten. Ich bin mir sicher, dass Sidney über ein bisschen Backstage-Material, das er für die sozialen Medien und Werbemaßnahmen verwenden könnte, begeistert wäre. Natürlich bräuchte ich dafür ein Handy mit vernünftiger Kamera.

»Hör auf.«

Ich blinzele überrascht. »Was?«

»Guck mich nicht so an, während ich versuche, etwas zu schreiben.« Er bleibt über den Notizblock gebeugt. »Ich kann spüren, wie du mich anstarrst, und das ist komisch. Normalerweise schreibe ich allein. Es fühlt sich an, als würdest du mich beim Masturbieren beobachten.«

Ich erschaudere. »Igitt, ekelhaft. Und hast du damit gerade deine Poesie mit Selbstbefriedigung gleichgesetzt? Ist vermutlich nicht das erste Mal, dass diese Verbindung gezogen wird.«

Seine Miene verdüstert sich.

Ich halte die Hände hoch. »Schon gut. Wichse in Frieden.« Ich stehe auf, laufe herum und bemühe mich, leise aufzutreten, damit meine Schritte nicht zu laut widerhallen. Es ist seltsam, durch eine Wohnung voll unsichtbarer Wände zu gehen. Fühlt es sich so an, Superman zu sein?

Neben seinem Bett bleibe ich stehen und sehe mich um. Ich würde seinen Stil nicht als pingelig beschreiben, aber er ist sicherlich organisiert. Alle seine Sachen befinden sich in ordentlichen, wenn nicht sogar strukturierten Stapeln. Er hat mehrere Milchkisten zu einem asymmetrischen DIY-Regal aufgestapelt. Als ich näherkomme, sehe ich eine der ersten Nikon-Digitalkameras in einer Box mit einer Sammlung von Objektiven, zusammen mit einem Packen Schwarz-Weiß-Fotografien. Ich ziehe sie hervor und blättere sie durch. Die meisten sind Reisebilder, und ich muss zugeben, genau wie die Professor-Feelgood-Fotos sind sie so gekonnt belichtet und komponiert, dass sie sich deutlich von Amateurschnappschüssen unterscheiden. Sie sind künstlerisch. Sie fangen einen Moment ein, zusammen mit einem starken Gefühl: ein Straßenmarkt, vielleicht in Indien; eine uralte, zahnlose Asiatin, die lachend den Kopf zurückwirft; ein kleines Kind, das einen mageren Hund auf einer Türschwelle umarmt, einer hungriger aussehend als der andere.

Ich staune, wie beeindruckt ich von Jakes Fotos bin, als mir etwas sehr Seltenes in die Hände fällt, das nur wenige bisher gesehen haben. Ein Bild, auf dem Jake lächelt. Nicht nur das, ich würde sogar sagen, dass er … fröhlich aussieht. Er liegt im Bett, und der Winkel, aus dem das Bild aufgenommen ist, verrät, dass es ein Selfie ist. Neben ihm vergräbt eine Frau mit zerzausten blonden Haaren den Kopf an seiner Schulter, anscheinend kamerascheu. Ihr Gesicht kann ich nicht sehen, aber so wie sie ihren winzigen schwarzen Bikini ausfüllt, muss sie einen Wahnsinnskörper haben.

Hallo, Ingrid. Schön, dich endlich mal zu sehen.

Ich mustere wieder Jakes Gesicht. Es ist so lange her, dass ich ihn habe so breit lächeln sehen, dass ich das Grübchen in seiner linken Wange völlig vergessen hatte. Es wurde nur sichtbar, wenn er richtig gelacht hat, und das ist fast nie vorgekommen.

Unter dem Foto sind noch mehr davon; Jake lacht, während Ingrid sich vor der Kamera versteckt. Ich frage mich, was in diesem Moment passiert ist. War er immer so frei mit ihr? Hat er sich deshalb in sie verliebt?

Ich höre ein Geräusch, drehe mich um und sehe Jake, der direkt hinter mir steht.

»Was machst du da?«

Ich erstarre und zucke zusammen. Ich könnte mich nicht mehr schämen, wenn er mich dabei erwischt hätte, wie ich mein Gesicht in seiner Unterwäsche vergrabe. »Äh ... herumschnüffeln?«

Er nimmt mir die Fotos ab. »Immerhin hast du nicht gelogen, schätze ich.« Seine Anspannung springt auf mich über. »Wenn du schon dabei bist, möchtest du auch meinen Browserverlauf sehen?«

Mit einem tiefen Seufzer blättert er die Fotos durch und hört beim letzten auf. Auf diesem wirft er den Kopf zurück, während Ingrid ihr Gesicht an seinen Hals schmiegt. Küsst sie ihn? Beißt sie ihn? Schwer zu sagen.

»Ich nehme an, das ist Ingrid?«

Sie sehen aus wie jedes andere junge verliebte Paar, abgesehen davon, dass ich Jake kenne und es ihm sicher nicht leichtgefallen ist, so entspannt mit jemandem zu sein. Er muss Zeit gehabt haben, sie kennenzulernen, sich bei ihr wohlzufühlen. Sie muss unendliche Geduld gehabt haben, um all die atmosphärischen Störungen in seinem Gehirn zu durchbrechen.

»Ja«, sagt er und mustert das Foto. »Das ist sie.«

Er steht einen Augenblick still, und weil sich sein Blick auf diese Art verschleiert, frage ich mich, was ihm durch den Kopf geht. Bringt einen Liebeskummer immer dazu, auf der Stelle zu treten? Verbiegt er die Zeit und bringt dich genau zu dem

Moment zurück, in dem dir jemand ein menschenförmiges Loch in die Brust geboxt hat?

»Wo wurden die aufgenommen?«, frage ich und komme etwas näher.

»Bali. Das war in der Woche, in der wir uns kennengelernt haben. Alles war noch neu und … rein.«

»Sie sieht wunderschön aus. Zumindest das, was ich von ihr sehen kann.«

Er bewegt den Daumen über die Seite des Fotos. »Tatsächlich hatte sie eine riesige Narbe im Gesicht, von einem Autounfall. Deshalb versteckt sie ihr Gesicht. Sie hat es gehasst, fotografiert zu werden.«

Ich schaue sie wieder an, wie sie vor der Kamera zurückschreckt. »Oh mein Gott, die Arme.«

»Ja«, sagt Jake mit einem Seufzer. »Ihr Gesicht mag nur eine Vier gewesen sein, aber das hat sie mit einem Körper wettgemacht, der eine klare Zehn war.«

Ich werde an ihrer Stelle wütend und boxe ihm auf den Arm. »Geht's noch, Jake?«

Er weicht vor mir zurück. »Scheiße, Asha, das war ein Witz. Wie alles andere war auch ihr Gesicht verdammt perfekt. Darf ich noch nicht einmal einen Witz über die Frau machen, die mich zerstört hat?«

Ich muss lernen, alles was er sagt, mit Vorsicht zu genießen. Mittlerweile sollte ich wissen, dass er aus allem einen Witz macht, selbst aus der Frau, die er liebt.

»Also, diese Ingrid muss ja eine ziemlich spektakuläre Frau gewesen sein, um deine Fassade aus Stein zu knacken.«

»Das war sie«, sagt er und blättert die Fotos noch einmal durch. »Ist sie.«

»Hast du das gestern ernst gemeint, als du gesagt hast, dass du sie nicht kontaktieren willst? Und wenn sie auftaucht und um Verzeihung bittet? Könntest du den Schmerz überwinden, den sie dir zugefügt hat, und sie zurücknehmen?«

Er sieht mich mit hochgezogenen Augenbrauen an. »Pass auf, Prinzessin. Für einen Moment klangst du wirklich interessiert.«

»Ich bin interessiert.«

»Aber nur wegen des Buchs, stimmt's? Nicht weil dir mein Wohlbefinden wichtig ist.« Er wendet mir den Rücken zu, geht zum Bett und setzt sich auf die Kante. »Ich weiß nicht, ob ich bereit wäre, noch einmal alles zu riskieren. Nicht wenn es sich so anfühlt wie beim ersten Mal.«

Er schaut mich an und erwartet vielleicht, dass ich ihn für seine Offenheit verspotte. Es ist verlockend, aber im Ernst, sein Gesichtsausdruck ist so verletzlich, dass er mir leidtut.

Er zuckt die Achseln. »Jemanden zu lieben ist das Einfachste auf der Welt. Die Person dazu zu bringen, dich zurückzulieben, ist der schwierige Teil.«

Ich nicke, und er wendet den Blick ab. Für ein paar Sekunden scheint er in Gedanken versunken, starrt mit zusammengezogenen Augenbrauen seitwärts ins Zimmer.

»Hast du jemals jemanden verloren, den du wirklich geliebt hast?«, fragt er leise.

»Ja«, sage ich und schaue zu Boden. »Einmal.«

Er nickt. »Stimmt. Jeremy. Dumme Frage.«

Noch dümmere Vermutung.

Die nächsten Worte verlassen meinen Mund, bevor ich darüber nachdenken kann. »Wie geht's ihm denn so?«

Er sieht mich mit zusammengepressten Lippen an. »Willst du das wirklich wissen?«

Will ich nicht, aber ein kranker Teil von mir genießt es, zu sehen, wie Jake sich wegen seines Bruders verkrampft. Die Rivalität zwischen ihnen war immer riesig, und als Jeremy und ich anfingen, miteinander auszugehen, wurde sie nur schlimmer.

»Ich bin flüchtig interessiert.«

Innerhalb einer Sekunde ist Jakes gesamte Verletzlichkeit verschwunden. Er steht auf und geht mit eckigen Bewegungen zum Milchkasten-Regal hinüber. »Willst du ernsthaft mit mir über meinen Stiefbruder sprechen? Wir hatten einen Pakt, nie wieder über ihn zu sprechen.«

»Wir sprechen nicht über ihn. Ich frage mich nur, ob ihr zwei eure Beziehung jemals gekittet habt.«

»Nein, aber das liegt daran, dass er ein Scheißtyp ist, was sich beim Abschlussball nur bekräftigt hat. Oder hast du etwa verdrängt, dass wir ihn dabei erwischt haben, wie er meine Freundin gefickt hat? Deine beste Freundin.«

Mir zieht sich der Magen zusammen. Nur eine der vielen Erinnerungen, die ich verdrängt habe.

Ich habe nie herausgefunden, wie lange Jeremy mich schon mit Shelley betrogen hat, aber wahrscheinlich wollte ich es auch gar nicht wissen. Ich kam mir dumm genug vor, dass ich nicht bemerkt hatte, wie sie es direkt vor meiner Nase trieben. Und auch vor Jakes Nase.

Jake war sogar noch wütender als ich. Er und Shelley waren seit ein paar Monaten zusammen, und selbst wenn ich nicht den Eindruck hatte, dass sie die Liebe seines Lebens war, weiß ich, dass er Gefühle für sie hatte. Ich war nicht überrascht, als Jeremy am nächsten Tag mit zwei blauen Augen und einer gebrochenen Nase zur Schule kam. Tatsächlich bereitete es mir eine Art kranker Befriedigung. Jake hatte auch ordentlich Schnitte und blaue Flecke abbekommen, aber im Vergleich mit seinem Bruder war klar, dass Jake gewonnen hatte.

»Ist er noch in New York?«, frage ich. »Oder sind er und seine Mutter nach Michigan zurückgegangen?«

Er steckt die Fotosammlung zurück in den Karton. »Ich spreche mit dir nicht über Jeremy.« Er hält inne und starrt mich herausfordernd an. »Sind wir hier fertig?« Wegen der Anspannung in seinem Kiefer wende ich mich ab und wechsele das Thema.

»Ich schätze schon. Bist du fertig mit der Schreibübung?«

Er geht ins Wohnzimmer zurück und lässt sich in den Sessel plumpsen. »Ja. Wenn fertig sein heißt, dass ich einen Haufen Scheiße fabriziert habe.«

Ich gehe zum Sofa hinüber. »Ich bin mir sicher, dass es nicht so schlecht ist, wie du denkst.« Danach zu urteilen, was ich bisher gesehen habe, ist er nicht in der Lage, Müll zu schreiben.

Ich nehme den Notizblock und lese seinen Abschnitt laut vor. »Es war einmal vor langer, langer Zeit, da quälte eine herrische Königin einen süßen, unschuldigen Prinzen, indem sie ihn zwang, schmerzhafte Erinnerungen aus seiner Vergangenheit auszugraben. Der Prinz versuchte zu tun, wie ihm befohlen ward, aber jedes Wort fühlte sich an, als wäre der Stift aus Rasierklingen gemacht und er würde die bittere Wahrheit direkt in sein Herz einritzen. Am Ende gab der Prinz die qualvolle Selbstreflektion auf und ging hin und bereitete sich ein Sandwich zu. Ende.«

Ich lasse das Notizbuch sinken. »Im Ernst?«

Er zuckt mit den Schultern. »Ich habe Hunger. Sollte ein Wink mit dem Zaunpfahl sein, aber das war wohl nichts.«

Ich reibe mir die Schläfen. Ich spüre, wie sich Kopfschmerzen ankündigen, und diesmal haben sie nichts mit meinem Unfall zu tun.

14. KAPITEL

Hochmut und Klugscheißerei

Ich streiche mit dem Rotstift die zehnte Seite in Folge von Jakes halbherzigem Gekritzel durch und schleudere das Notizbuch auf den Couchtisch. »Verdammt, Jake, hör auf mit dem Scheiß. Ich kann Hochmut und Klugscheißerei nicht gebrauchen. Ich möchte, dass du dich konzentrierst und deine Quelle der Kreativität anzapfst, wie sonst immer, wenn du schreibst.«

»Normalerweise habe ich dabei kein Publikum, und ich schreibe auch nur, wenn ich in der Stimmung bin. Im Moment verlangst du von mir, einen poetischen Ständer zu bekommen, während direkt vor mir ein penisfressender Rottweiler lauert.«

Ich stehe auf und stemme die Hände in die Hüften. »Vergleich mich nicht mit einem Hund!«

Er steht auch auf. »Dann kläff mich nicht so an.«

Unsere Stimmen hallen laut in dem leeren Raum wider, und ich atme tief durch, um mich zu beruhigen. Auf uns beiden lastet der Druck dieses unerforschten Gewässers, aber ich bin diejenige, die dieses Schiff steuern soll. Doch im Augenblick rasen wir direkt auf einen gigantischen Eisberg zu.

»Okay«, sage ich, während ich mich wieder setze und versuche, die Anspannung abzuschütteln. »Lass uns einfach eine Pause machen.« Ich schlage eine leere Seite auf und lege das

Notizbuch zurück auf den Tisch. »Würdest du dich besser konzentrieren können, wenn ich die Wohnung verlasse?«

Jake reibt sich die Augen und setzt sich auf die Sesselkante. »Ich weiß nicht. Vielleicht.« Frustriert schaut er zu mir herüber. »Dieses Auf-Knopfdruck-Schreiben ist nicht so einfach für mich. Hast du das schon mal versucht?«

»Nein«, sage ich. »Aber ich bin auch keine Schriftstellerin.«

»Blödsinn. Du hast in deinem Leben viel mehr geschrieben als ich.«

Ein Bild von den Notizbüchern in meinem Schrank schießt mir durch den Kopf. »Wie kommst du darauf?«

»Glaubst du, ich hätte dich nie in der Freistunde oder im Unterricht kritzeln sehen, wenn du schon alle Aufgaben fertig und noch Zeit hattest? Ich habe mich immer gefragt, worüber du wohl schreibst.«

Mich beschleicht ein unangenehmes Gefühl, als mir klar wird, dass meine geheime Schreibleidenschaft gar nicht so geheim war, wie ich dachte. »Nichts Besonderes. Teenagerkram.« Damals war es mir wichtig und bedeutsam vorgekommen. Es kam mir vor, als müsste ich platzen, wenn ich meine Gedanken nicht diesen Seiten anvertraute. Ich schätze, es ist vergleichbar mit dem, was Jake gestern sagte, dass seine Gefühle ihn ersticken. Sie aufzuschreiben half mir. Ich bin bloß nie auf die Idee gekommen, sie online zu stellen, so wie er.

»Das Problem ist, dass ich mich beobachtet fühle«, sagt Jake. »Wie wäre es, wenn wir beide etwas schreiben. Wir könnten ein Zeitlimit setzen, so viele Wörter schreiben, wie wir können, und uns dann gegenseitig beurteilen, quid pro quo.«

Mich durchlaufen gleichzeitig Schauer der Aufregung und der Angst. Das ist eine wunderbar schreckliche Idee. »Und wieder einmal muss ich dich daran erinnern, dass ich hier nicht die Schriftstellerin bin.«

»Dann hast du auch nichts zu verlieren. Sieh es einfach als Motivationstechnik für deinen Autor an. Bring ein paar Worte zu Papier, einfach um mir zu zeigen, wie es gemacht wird.«

Ich muss gestehen, die Idee, mich mit Jake zu messen, ist reizvoll. Im Augenblick habe ich das Gefühl, dass der Respekt in unserer Beziehung ziemlich ungleich verteilt ist. Vielleicht wird es einfacher, ihn zu peitschen, wenn er die Hand, die die Peitsche hält, respektiert.

»Okay«, sage ich, während mir der Gedanke, meine kreativen Muskeln zu lockern, zunehmend besser gefällt. »Dann gib ein Thema vor.«

»Wie wäre es mit dem Tag, an dem wir uns kennengelernt haben?« Er wirkt aufrichtig, aber ich weiß, dass irgendetwas dahinterstecken muss. Nichts ist jemals einfach mit Jake.

»Wäre das nicht langweilig? Du warst schließlich dabei.«

»Stimmt. Aber es interessiert mich, wie du dich daran erinnerst. Ob deine Wahrheit meiner gleicht.«

Und da haben wir es. Er will mich testen.

»Du bist dir so sicher, dass deine Version der Geschichte die wahre ist«, sagt er und macht die Herausforderung deutlicher. »Beweise es. Fass es in Worte.«

Ich weiß ganz genau, dass es eine Falle ist, aber ich kann mich nicht weigern, ohne dass er mir das ewig vorhalten wird. Also strecke ich wider besseres Wissen die Hand aus.

»Deal.« Er betrachtet meine Hand eine Sekunde lang, ehe er einschlägt. Wir wirken beide schockiert von der Berührung. Gestern im Meeting haben wir uns die Hand gegeben, weil es von uns erwartet wurde, diesmal ist es freiwillig, und es fühlt sich fremd und herausfordernd an. Als wir loslassen, wenden wir den Blick ab.

»Zeitrahmen?« Ich schlucke und öffne ein neues Dokument.

»Zehn Minuten.« Er nimmt das Notizbuch vom Tisch und legt es sich auf den Oberschenkel. »Stell dich darauf ein, den Arsch versohlt zu kriegen.«

»Name deines Sexvideos«, sage ich in Anspielung auf meine Lieblings-Sitcom *Brooklyn Nine-Nine*. Ich sehe ihm zu, wie er auf seinem Smartphone den Timer öffnet. »Und los!«

Er tippt auf den Button, dann beugt er sich über sein Notizbuch und legt los.

Okay, wow. Das funktioniert.

Ich spüre den Druck, während ich mein leeres Dokument anstarre und versuche, Worte heraufzubeschwören.

Okay, der Tag an dem ich Jake kennenlernte. Ich brauche bloß die Augen zu schließen und mich zu erinnern. Alle meine Erinnerungen waren so lange im Dunkel verstaut – sie wieder ans Tageslicht zu holen ist nicht leicht. Ich erinnere mich noch grob an das, was passiert ist, aber für einen erzählenden Text genügt das nicht. Ich muss mich an Details erinnern, Gerüche, Farben, Gefühle.

Zögerlich stoße ich die Tür zu meinem Erinnerungskeller auf und schleiche die Treppe hinunter.

»Zeit ist um.«

Meine Finger fliegen über die Tastatur, als Jakes Stimme mich aus meiner Konzentration reißt, und wegen der plötzlichen Ablenkung treffe ich lauter falsche Tasten. Wenn mein Schreibfluss der Straßenverkehr wäre, dann hätte Jake gerade eine Massenkarambolage verursacht.

»Eine Sekunde«, sage ich und lese die letzten Zeilen noch einmal durch, um die Tippfehler zu korrigieren. Auf keinen Fall will ich ihm eine Steilvorlage bieten, meine Rechtschreibung zu kritisieren.

Ich verbessere den Absatz und atme tief aus. »Okay. Fertig.«

Ich blicke zu ihm auf und strecke die Hand aus. »Zeig mir, was du hast.«

Er schüttelt den Kopf. »Oh nein. Ladies first. Ich bestehe darauf.«

Er kommt zu mir herüber und setzt sich neben mich, zieht meinen Laptop zu sich auf den Schoß und scrollt zum Anfang der Seite. Er fängt an, laut vorzulesen, aber ich hebe eine Hand.

»Gott, nein. Das ist zu schräg. Bitte lies leise.«

Er nickt und wendet sich wieder dem Bildschirm zu. Es ist mir zu unangenehm, seine Reaktion zu beobachten, also überfliege auch ich noch einmal die Seite, um sicherzustellen, dass ich alle Tippfehler gefunden habe.

Als ich Jacob Stone zum ersten Mal sah, pinkelte er gerade an den Lieblingsrosenbusch meiner Mutter. Ein Maschendrahtzaun trennte die Grundstücke unserer heruntergekommenen Reihenhäuser, und als ich auf unsere windschiefe Veranda hinaustrat, stand er da, packte zu und blinzelte, während er Moms Polarstern ordentlich wässerte. Er war drei Jahre alt, mit dunklen, widerspenstigen Haaren und noch dunkleren Augen. Er starrte den Rosenbusch an, während er sich erleichterte, und die Intensität seines Blicks ließ es so aussehen, als wäre er wütend auf die ganze Welt.

Als er fertig war, zog er seinen Reißverschluss hoch und blickte dann zu mir herüber, um mich mit einer Mischung aus Neugierde und Misstrauen zu mustern. Es war die gleiche Art und Weise, wie ich Käfer in meiner Insektenfalle untersuchte, wenn ich herausfinden wollte, ob sie harmlos waren oder verborgene Stacheln hatten. In der Natur wie im Leben ist der Grat zwischen Freunden und Feinden schmal.

Ich war fasziniert von der Tiefe seiner dunklen Augen, aber seine Intensität machte mich nervös. Ich erinnere mich, dass ich ein stilles Gebet sprach, dass er mich mögen solle.

Nach ein paar Momenten stirnrunzelnder Prüfung schien Jacob eine Entscheidung getroffen zu haben. Er trat vor, streckte mir sein Kinn entgegen und sagte mit klarer, kräftiger Stimme: »Hey«.

Das war alles. Keine Vorstellung. Kein Lächeln. Nur »Hey«. Mehr brauchte es nicht, damit wir Freunde wurden.

Offensichtlich lesen Jake und ich in der gleichen Geschwindigkeit, denn als ich fertig bin, blickt auch er auf. Er schiebt den Computer wieder zu mir rüber, eine seltsame Anspannung in den Schultern.

»So hast du es also in Erinnerung?«

»Ja, weil es so war.«

Er nickt, aber an der Art, wie er die Faust ballt, erkenne ich, dass er anderer Meinung ist.

»Nicht schlecht. Eine anständige Wortzahl. Eine solide Sieben von zehn.«

Es fühlt sich so seltsam an, dass er hier derjenige ist, der Schreibfeedback gibt, und nicht andersherum.

»Also gut, Dostojewski«, sage ich. »Dann zeig mir mal dein Wahnsinnswerk.«

»Klar.« Er reicht mir sein Notizbuch. Ich blicke hinunter auf das, was er geschrieben hat.

Wow. Er hat eine ganze Seite gefüllt.

Sehr verehrte böswillige Aufseherin,

im Moment schreibe ich stumpfsinnig vor mich hin, weil ich mich von dir beobachtet fühle und keine verdammte Möglichkeit sehe, hier zu sitzen und zuzugeben, dass nicht einmal die direkte Konkurrenz mit dir meine wortreichen Schleusentore öffnet. Du wirst mir wahrscheinlich die Ohren abreißen, weil du dich auf dieses Schmierentheater eingelassen hast, aber scheiß drauf. Ich kann dir keine Seide geben, wenn ich nur Sägemehl habe.

Was dich betrifft, so scheint dir dieser Wettbewerb Feuer unterm Arsch gemacht zu haben. Du tippst eine Meile pro Minute, und du machst das, was du immer schon gemacht hast, wenn du dich auf etwas Superschweres konzentrierst. Ich nenne es deine »Denkzunge«. Du schiebst die Zunge in einen Mundwinkel, sodass sie ein wenig herausschaut, und wenn du dich wirklich konzentrierst, kaust du ein wenig darauf herum. Es sieht übrigens lächerlich aus. Das hat es schon immer. Dennoch bringst du offensichtlich eine anständige Anzahl von Wörtern zustande, also muss es für dich funktionieren. Vielleicht sollte ich es auch mal versuchen.

Ehrlich gesagt ist es qualvoll, hier zu sitzen und zu versuchen, meiner Geschichte einen zusammenhängenden Anfang zu verpassen. Fing es damit an, dass die Frau, die ich liebte, mich verließ? Oder war das das Ende? Sind alle Worte, die ich seitdem geschrieben habe, nichts als eine Grabrede für eine tote Beziehung? Und an welchem Punkt ermöglichen die Bitterkeit und der Verlust, die ich in diese Seiten blute, mir endlich, einfach loszulassen?

Wenn du eine oder alle diese Fragen beantworten könntest, dann hättest du dir so etwas wie Dankbarkeit verdient. Bis dahin musst du herausfinden, wie zur Hölle du dieses Riesendurcheinander, das mein Leben ist, in etwas verwandeln kannst, was die Leute lesen wollen, denn ich kann es ganz sicher nicht.

Wie auch immer, die Zeit ist fast abgelaufen, und wieder einmal habe ich nichts Brauchbares zu Papier gebracht. Ich gebe dir die Schuld. Wahrscheinlich kannst du überhaupt nichts

dafür, aber ich gebe dir trotzdem die Schuld. Das hat man davon, wenn man Chef ist.
Ich denke, im Augenblick wäre es das Vernünftigste, wenn wir etwas essen gehen. Ich habe noch nicht gefrühstückt und bin schon halb verhungert. Du willst Worte? Dann gib meinem Hirn Nahrung. Ich dachte da an den Imbiss in der 10th Street und daran, dass du bezahlst.
Auf geht's.

Ich schließe die Augen und seufze. »Jake …«

Er nimmt meinen Laptop und steckt ihn in meine Tasche, dann reicht er mir meinen Mantel und geht zur Tür.

»Du kannst mich unterwegs anschreien. Ich nehme ein großes Sandwich und eine Cola Light. Ich muss auf meine Kohlenhydrate achten.«

Ich würde mir die Mühe machen, ihm zu widersprechen, wenn ich der Meinung wäre, dass es etwas nützen würde, aber mir ist nur allzu klar, dass die Schreibsession heute Morgen ein Reinfall war. Außerdem habe ich nach seinem ganzen Gerede von Essen einen wahnsinnigen Heißhunger auf einen Roastbeef-Bagel.

»Na schön, ich lasse dir das durchgehen, aber nach dem Mittagessen fangen wir noch einmal von vorn an.«

Er zieht die Wohnungstür hinter uns zu und führt mich die Treppe hinunter. »Ja, ja. Was immer du sagst, Chefin.«

15. KAPITEL

Liebe ist ein Glücksspiel

Jake schiebt seinen Teller weg und wischt sich den Mund mit einer Serviette ab. Er hat ein Riesensandwich *und* einen Cheeseburger gegessen und das alles mit einem Stück Apfelkuchen mit Eiscreme gekrönt. Würde ich so viel essen, sähe dieses Restaurant aus wie die Szene aus *Alien*, in der der Bauch explodiert. Tatsächlich habe ich nur die Hälfte meines Bagels geschafft, ehe ich die weiße Fahne hissen musste.

Jake deutet auf die Reste auf meinem Teller. »Isst du das noch?«

Ich verdrehe die Augen, schiebe ihm den Teller rüber und verdrehe sie noch einmal, weil er sich darüber hermacht, als hätte er gerade einen monatelangen Hungerstreik beendet.

»Wohin verschwinden bloß all diese Kalorien?«, frage ich ungläubig. »Wie kann ein verfressenes Schwein wie du nur drei Prozent Körperfett haben?«

Er lächelt mit vollem Mund. »Selbsthass verbrennt jede Menge Energie.«

Ich verschränke die Arme und murmele: »Erzähl das mal meinen Oberschenkeln. Ich hasse sie seit Jahren.«

Er schluckt und wischt sich den Mund ab. »Tu das nicht.«

»Was?«

»Sei nicht das Mädchen mit dem perfekten Körper, das sich selbst schlecht macht, damit andere ihm widersprechen.«

Ich lache fast los. »Ich hatte noch nie den perfekten Körper. Diese Ehre ist Eden zugefallen.«

Er starrt mich an. »Das war ein Witz, oder? Es ist schwer zu sagen, aber das kannst du nicht ernst meinen.« Er nimmt noch einen Bissen. »Das ist ja lächerlich.«

Unsere Handys auf dem Tisch vibrieren fast gleichzeitig. Wir schauen auf die Displays, dann sehen wir uns an.

»Sidney hat die Pressemitteilung für das Buch rausgeschickt«, sage ich. Plötzlich liegt mir das Mittagessen wie ein Holzklotz im Magen. »In ein paar Stunden wird die Neuigkeit überall sein.«

So wie es aussieht, ist Jake deswegen noch mulmiger zumute als mir, falls das überhaupt möglich ist. »Na toll. Genau rechtzeitig für diese Veranstaltung heute Abend. Ist es okay für dich, wenn ich mich bis zur Besinnungslosigkeit betrinke?«

Fast sofort fängt sein Handy an zu vibrieren, denn dutzende von Benachrichtigungen gehen in schneller Folge ein.

»Sieht so aus, als würden die Feelgood-Fans feiern«, sage ich. »Das ist ein gutes Zeichen für die Verkäufe.«

»Mh-hm.« Er macht sein Handy aus und legt es verkehrt herum auf den Tisch, dann trinkt er einen Schluck Wasser. Er sieht ein bisschen grün aus.

»Alles okay bei dir?«

»Ja.«

Er wischt sich die Hände an der Serviette ab und starrt auf den Tisch. Der Rest meines Bagels liegt vergessen auf dem Teller.

»Jake?«

Er wischt sich noch einmal die Hände ab, dann umklammert er sein Wasserglas so fest, dass ich um dessen Bruchfestigkeit fürchte. »Ich weiß, für dich ist das wahrscheinlich ein ganz normaler Donnerstag, aber findest du es nicht total furchterregend, dass sie ein Buch ankündigen, das noch nicht einmal geschrieben wurde?«

»Das passiert nicht oft im Verlagswesen, nein.« Ich klinge selbstsicherer, als ich mich fühle. »Aber Bücher von Promis? Die sind ziemlich angesagt. Mit ihnen kann man die Fans so heiß und neugierig machen, dass sie ihr Geld lockermachen.«

»Promis. Genau.« Er fährt sich mit den Fingern durch die Haare, und bei all seinem Händeabwischen ist ihm ein Bagelkrümel entgangen, der jetzt in seinen Haaren hängt. »Und wenn sich herausstellt, dass ich gar kein Buch schreiben kann? Dass ich nicht mehr als ein paar Gedichte hinbekomme?«

Ich kann meine Augen nicht von dem Haarkrümel abwenden. Er ist groß. Wie kann er ihn nicht spüren? »Das wird nicht passieren. Lass dich von diesem Morgen nicht entmutigen. Es ist der erste Tag. Niemand erwartet von dir, dass du sofort alles im Griff hast.«

Das stimmt nicht ganz. Serena, Mr Whip und ich erwarten Großes von ihm, und beim Gedanken daran, dass er vielleicht nicht liefern kann, bricht mir an uneleganten Stellen der Schweiß aus. Klar, wenn ich erfahrener wäre, wäre ich erfolgreicher darin, ihm Wörter zu entlocken.

Er schüttelt den Kopf, leert sein Wasserglas und füllt es wieder auf. »Ich weiß nicht, was ich mir dabei gedacht habe, als ich den Vertrag unterschrieben habe.«

»Vielleicht hast du gedacht, dass deine Worte die Menschen berühren. Über drei Millionen Menschen, um genau zu sein.«

Unfähig, ihn länger zu ignorieren, strecke ich die Hand aus, um ihm den Krümel aus den Haaren zu bürsten. Superschnell greift er nach meinem Handgelenk und sieht mich ärgerlich an.

»Was soll das? Schon mal was von Privatsphäre gehört?«

Ich entwinde ihm meinen Arm. »Sagt der Mann, der sich ungefragt an meinen verletzten Kopf herangemacht hat. Entspann dich.« Ich schnappe mir den Krümel und zeige ihn ihm. »Siehst du?«

»Wie geht's übrigens deinem Kopf?«, fragt er und fährt sich mit den Fingern durch die Haare, ich nehme an, um weitere rebellische Krümel abzuschütteln.

»Wieder ganz okay.«

Wir verfallen in Schweigen, und ich signalisiere der Kellnerin, uns die Rechnung zu bringen. Als ich Jake wieder ansehe, starrt er mit dieser sorgenvollen Miene, die ich nur allzu gut kenne, aus dem Fenster. In dieser Situation würde jeder Selbstzweifel bekommen, aber Jake hat die Angewohnheit, seinen allseits präsenten Selbstsaboteur mental auf eine Bahre zu schnallen und ihn mit Gammastrahlung zu beschießen.

»Hör mal, Jake ...« Vor dem nächsten Satz hole ich Luft, denn ich habe ihm schon lange kein Kompliment mehr gemacht, weshalb sich die Worte in meinem Mund fremd anfühlen. »Ich weiß, dass dieser Prozess anstrengend wird, aber Selbstzweifel bringen uns nicht weiter. Egal wie ich zu dir als Person stehe, ich liebe deine Gedichte und weiß, dass wir dieses Buch so hinkriegen, dass es ein Riesenerfolg wird. Und ich bin nicht die Einzige, die so denkt. Das ist der Grund für diesen Bieterstreit. Du schreibst aus dem Herzen, und die Leute respektieren das. Zur Hölle, selbst ich respektiere das.«

Er dreht sich zu mir um. »Ach, du liebst meine Gedichte? Das klang ja fast ehrlich.«

»Das war es auch. Du bist vielleicht ein Trottel, aber ein talentierter Trottel. Und jetzt hör bitte auf, an dir selbst zu zweifeln, denn es fühlt sich komisch und unangenehm an, dir so viel positives Feedback zu geben.«

»Aber das ist doch jetzt dein Job, oder?«, sagt er und entspannt sich ein bisschen. »Du musst mich anfeuern wie ein Trainer vor einem wichtigen Spiel.«

»Ja«, sage ich mit einer halbherzigen Siegerfaust. »Also, du schlägst dieses Home-Run-Ding durch die Torpfosten und landest einen Volltreffer für die Heimmannschaft … Cowboy.«

Er blinzelt ein paarmal. »Du hast echt keine Ahnung von Sport, stimmt's?«

»Stimmt. Kein bisschen.« Unsere Kellnerin legt die Rechnung auf den Tisch, und ich schnappe sie mir. »Also, lass uns abhauen. Wir müssen deine Kreativität entfesseln, damit wir mit ein paar Worten einen Touchdown schießen können.«

»Schrecklich.« Er steht auf und wartet, während ich das Geld auf den Tisch lege. »Zum Totlachen falsch und unglaublich schlecht.«

»Name deines zweiten Sexvideos«, sage ich, als wir das Restaurant verlassen.

Wir gehen in Richtung Flussufer und landen im Bridge Park. Ohne darüber zu sprechen, steuern wir gleichzeitig eine Bank nah am Wasser an.

»Also«, sagt Jake und wendet sein Gesicht der Sonne zu. »Wie sieht dein großartiger Plan aus, um mich zu entfesseln?«

Ich stelle meine Tasche neben uns. »Ich schätze, wir sollten zuallererst über deine Herzdame sprechen.«

Er sieht mich misstrauisch an. »Willst du das wirklich? Dir meine Probleme anzuhören war noch nie deine Stärke.«

»Das ist eine fiese Beleidigung, aber ich lasse sie dir durchgehen. Fang bitte am Anfang deiner romantischen Reise an. Lass nichts aus.«

Er starrt mich noch ein paar Sekunden länger an, dann atmet er lautstark aus und schaut aufs Wasser. »Ich habe Ingrid auf Bali kennengelernt. Wir haben beide auf der Zen Farm gearbeitet, weil sie Ausländer dort bar bezahlt haben. Danach sind wir gemeinsam nach Thailand gereist und dann …«

»Warte kurz, geh noch mal zurück.« Er sieht mich verwirrt an. »Du kannst nicht einfach sagen, dass du sie kennengelernt hast. Ich brauche Details. Wann hast du sie zum ersten Mal gesehen? Was hast du in diesem Augenblick gedacht? Gab es sofort eine Anziehung? Wann hast du deshalb etwas unternommen? Du musst es schaffen, dass wir uns genauso in sie verlieben wie du.«

Er stützt die Ellenbogen auf die Knie und reibt sich die Augen. »Über diese Dinge zu sprechen macht keinen Spaß, schon gar nicht mit dir.«

»Tja, das hier ist jetzt unsere Realität, also gewöhn dich besser dran. Schließ die Augen, wenn du dich dann besser fühlst. Tu so, als wäre ich nicht hier.«

Er wirft mir noch einen zweifelnden Blick zu, dann verschränkt er die Arme vor der Brust und schließt die Augen.

»Gehe in der Erinnerung zurück. Versuche, diese vergangenen Momente noch einmal zu erleben, und beschreibe sie so ehrlich wie du kannst.«

Die Muskeln in seinem Kiefer verspannen sich, er atmet ein paarmal ein, dann fängt er an.

»Nach der Highschool musste ich raus aus New York. Alles hat mich fertig gemacht, also habe ich das ganze Geld genommen, das ich in den vier Jahren Arbeit im Minimarkt verdient habe, und mir das erstbeste transatlantische Ticket gekauft, das ich mir leisten konnte. Ich bin eine Weile in Asien herumgereist, habe seltsame Jobs angenommen, die schwarz bezahlt wurden, bis ich genug Geld zusammenhatte, um das nächste Reiseziel anzusteuern. Als ich nach Bali kam, fand ich diesen Ort, der Zen Farm genannt wurde. Sie beschäftigten gern Ausländer, und wenn wir nicht im Garten gearbeitet haben, gaben die Besitzer Achtsamkeits- und Meditationskurse.«

Ich unterdrücke das Verlangen, mich darüber lustig zu machen, dass Jake an einem so spirituellen Ort gelebt hat. Aber ich muss ein Geräusch gemacht haben, denn er öffnet die Augen. »Was?«

»Nichts. Ich kann mir nur nicht … äh … du hast meditiert?« Ich versuche, ihn mir dort vorzustellen, im Schneidersitz und ganz gelassen, aber es geht nicht. »Gibt es so etwas wie eine Wut- und Grübelmeditation, von der ich noch nichts gehört habe?«

»Sie haben geführte Meditationen angeboten, um uns von unserem Ärger zu befreien.«

»Aha. Dann warst du bestimmt wie der Mount Everest für die Lehrer, oder? Haben sie irgendwann den Versuch aufgegeben, deine Wut zu besiegen? Hast du sie gebrochen?«

Er lehnt sich zurück und wirft mir einen verächtlichen Blick zu. »Willst du die Geschichte hören oder dich über mich lustig machen?«

Ich halte die Hände hoch. »Wie jemand einmal gesagt hat: Es verletzt mich, dass du mir nicht beides zutraust.« Sein Antwortblick ist teuflisch. »Schon gut. Ich mache mich nicht lustig. Bitte erzähl weiter.«

Er atmet lautstark aus und schaut über meine Schulter. »Ich kam gerade vom Mittagessen zurück, als ich Ingrid zum ersten Mal sah. Sie stand auf den Stufen vor der Schlafbaracke und schaute zum Blumengarten hinüber. Und …« Er blickt zu Boden. »Ich war hin und weg. Ich weiß nicht, sie hatte so etwas an sich …« Er starrt den blühenden Busch vor uns an. Die Bienen müssen die Nachricht bekommen haben, dass der Winter kommt, denn sie wirken hektisch, wie sie summend von Blüte zu Blüte fliegen.

»Dann war es also Liebe auf den ersten Blick?«

»Wenn du dem Ganzen unbedingt einen kitschigen Namen geben musst, dann schätze ich schon, ja.«

Bittere Eifersucht steigt in mir auf, weil Jake, einer der unromantischsten Menschen, die ich je getroffen habe, diese Erfahrung gemacht hat und ich nicht. Das Leben ist wirklich ungerecht.

»Wie hat sich das angefühlt?«, frage ich.

Er schweigt eine Weile gedankenverloren. »Hast du jemals einen Song gehört, und obwohl du wusstest, dass du ihn noch nie gehört hast, klang er bekannt?«

Ich nicke.

»So hat es sich angefühlt, sie anzusehen. Seit ich denken kann, war ich immer zornig. Aber an diesem Tag, als ich sie sah ...« Er schüttelt ehrfürchtig den Kopf. »Irgendetwas hat sich verändert; hat all die roten, wütenden Teile in mir verwandelt. Die schwarzen Teile. Die grauen Teile. Es hat sie alle ...«

»Gelb gemacht?« Er sieht mich überrascht an. Ich ziehe den Kopf ein und schäme mich, weil ich fast verraten hätte, wie oft ich seine Sachen gelesen habe. »Eins meiner Lieblingsgedichte von dir handelt davon, dass du aus Gewitterwolken gemacht bist und sie der Sonnenschein ist. Du hast sie gelb genannt. Du warst gerne mit ihr gelb.«

Er sieht auf seine Hände hinab. »Ja. Sie war gelb. Sie leuchtete. Zumindest wirkte es so, auch wenn ich vielleicht der Einzige war, der es sehen konnte.« Er lehnt sich etwas nach hinten und beobachtet die Bienen. »Der Moment, in dem ich mich vorgestellt habe ... das war's. Ich wusste, dass sie meine Seelenverwandte ist.«

»Wie?«, frage ich. Es muss doch einen Blitz gegeben haben oder eine schwindelerregende Welle der Offenbarung. Irgendeine große Erleuchtung.

Er zuckt die Achseln. »Das ist so, als würde ich dich fragen, woher du weißt, dass etwas wirklich richtig oder falsch ist. Irgendetwas in uns weiß es einfach.«

»Und hat sie genauso empfunden?«

»Das habe ich zumindest geglaubt.«

Er schweigt, als ein junges Paar händchenhaltend an uns vorübergeht. »Verspottest du mich jetzt, weil ich so erbärmlich bin?«

Wenn er nur wüsste, wie erbärmlich ich bin, wenn es um Männer geht. Aus Angst, er könnte sich so kranklachen, dass ich ihn für eine Not-OP ins Krankenhaus fahren muss, erzähle ich ihm lieber nicht die ganze Tragödie meiner sexuellen Schwierigkeiten.

»Ich würde nie jemanden für erbärmlich halten, weil er sich verliebt. Tatsächlich habe ich jetzt ein bisschen mehr Respekt vor dir. Vor ein paar Jahren hätte ich nicht geglaubt, dass du in der Lage wärst, eine echte, liebevolle Beziehung zu führen.«

»Ja, natürlich nicht. Du warst zu sehr damit beschäftigt, mich für den Antichrist zu halten.«

»Das stimmt nicht. Ich hab dich höchstens für Satans Handlanger gehalten. Du hattest nie genug Ehrgeiz, Chefteufel zu werden.«

Die Sonne brennt jetzt direkt auf uns herab, deshalb schnappe ich mir meinen Mantel und meine Tasche und stehe auf.

»Gehst du in den Schatten?«, fragt Jake und versteht den Wink.

»Das weißt du doch.« Wie jeder echte Rotschopf kann ich direktes Sonnenlicht nur für kurze Zeit ertragen, bevor ich in Flammen aufgehe.

»Eine Sache kommt mir komisch vor«, sage ich, als wir die Promenade entlang auf eine Reihe von Bänken zulaufen, die von Bäumen überschattet werden. »Warum hast du sie einfach gehen lassen? Hast du überhaupt nicht um sie gekämpft?«

»Man sollte nicht für die Liebe kämpfen müssen, Asha. Das ist der eigentliche Sinn. Wenn zwei Menschen sich lieben, sollte nichts sie voneinander trennen können. Aber das funktioniert nur, wenn beide zur gleichen Zeit das Gleiche empfinden. Und ganz egal, wie romantisch du auch bist, musst du zugeben, dass die Chancen dafür ziemlich schlecht stehen.«

Ich lege meine Sachen auf die neue Bank und setze mich. »Das glaubst du nur, weil du verletzt wurdest.«

Jake setzt sich neben mich, seine Körperhaltung verrät seine Anspannung. »Nein, ich *weiß* es, weil das einzige Fach, in dem ich gut in der Schule war, Mathe war.« Er wendet sich mir zu. »Viele Leute behaupten, dass sie nicht zocken, aber natürlich tun sie das. Wir alle zocken jeden Tag. Es mag nicht Blackjack oder ein einarmiger Bandit sein, aber man setzt darauf, ob dieser Geschäftsabschluss sich auszahlt oder nicht, oder ob diese teure Fitnessstudiomitgliedschaft dich tatsächlich dazu motiviert, gesünder zu leben. Und wenn man sich verliebt, dann geht man das ultimative Risiko ein. Man verzockt sein Herz, und das ist tödlich. Man könnte genauso gut Russisch-Roulette spielen, denn mal im Ernst, das Herz ist meistens verloren. Zertrümmert in tausend Stücke.«

»Das ist ganz schön pessimistisch.«

»Vielleicht, aber es ist die Wahrheit. Leute, die sich immer wieder verlieben, sind extrem spielsüchtig. Sie suchen nach dem Kick. Dem *Riesengewinn*, der ihnen das Gefühl gibt, kein bedeutungsloser Fleischhaufen auf einem riesigen Stein zu sein, der durch das Weltall saust. Und selbst wenn sie dieses Gefühl nur für einen kurzen Augenblick haben, bevor alles auseinanderfällt, machen sie es immer wieder, denn sie glauben an den Mythos, dass sie eines Tages jemanden treffen, mit dem dieses Gefühl für immer bleibt. Sie sind blind für die Tatsache, dass sie eher im Lotto gewinnen, als echte Liebe zu finden.«

Während ich ihm zuhöre, schnürt sich mir die Kehle zu. Tue ich vielleicht genau das? Verliere ich mich im Taumel neuer Beziehungen und haue ab, wenn das Hochgefühl nachlässt? Ist mein sexuelles Problem nur ein Frühwarnsystem dafür, dass ich mit der falschen Person zusammen bin und weiterziehen sollte?

»Also«, sage ich und versuche, sowohl meine als auch seine Gedanken zu ordnen. »Du glaubst also, die Leute sollten die Liebe aufgeben und lieber Lotto spielen?«

Er lehnt sich zurück und legt die Arme über die Lehne der Bank. »Warum nicht? Beim Lottospielen geht es vor allem um die Hoffnung, genauso wie in der Liebe. Bevor man auf ›jemand Besonderes‹ setzt, muss man sich durch die Datingmüllhalde buddeln und versuchen, unter all dem Abfall einen Diamanten zu finden; und glaub mir, der Gestank geht nie ganz ab. Teile davon sind giftig. Lange nachdem du aus der Jauchegrube einer schlechten Beziehung herausgekrabbelt bist, klebt der Geruch der Scheiße, die du erlebt hast, immer noch an dir.«

Er starrt aufs Wasser, und seine Stimme wird sanfter. »Er klebt in deinem Gehirn, deiner Brust und erinnert dich immer wieder daran, dass du ein Verlierer bist. Und manchmal ist der Gestank so überwältigend, dass man, selbst wenn man Glück in der Liebe hat, taub für die freundliche Seele ist, die einem mitteilt, dass man endlich den Jackpot geknackt hat.«

Er schweigt, und sein Gesichtsausdruck lässt mich vermuten, dass er wieder an Ingrid denkt. Sie ist sicher der Schlüssel für seine Kreativität.

Gerade als ich glaube, dass er fertig ist, stützt er die Ellenbogen auf die Knie und legt die Handflächen aneinander. »Also, ja … für mich ist das der Unterschied zwischen dem Spielen mit Geld und dem Spielen mit dem eigenen Herzen. Wenn du an einem Blackjack-Tisch sitzt, legst du weiter Chips hin, selbst wenn du kein gutes Blatt bekommst, weil du glaubst, dass die nächste Hand anders wird. Du wartest immer auf den Gewinn.«

Er schüttelt den Kopf. »In der Liebe verwetten die meisten von uns kopflos alles, was sie haben, immer wieder, im sicheren unerschütterlichen Glauben, dass wir dazu bestimmt sind, alles zu verlieren.«

Als er fertig ist, glühen seine Wangen. Bevor ich etwas sagen kann, schaut er zu Boden, als wäre es ihm peinlich, dass er so viel von sich selbst offenbart hat.

Ich bin froh, dass er den Blick abwendet. Ich bin nicht nur taumelig von seinem unerwarteten, aber absolut brillanten Ausbruch, sondern auch angetörnt und verwirrt, zusammen mit ungefähr vierzehn weiteren Emotionen, die in mir herumschwirren. Ich ziehe meinen Mantel aus, um etwas von meinen plötzlichen Hitzewallungen loszuwerden.

Als er zu mir herübersieht, gebe ich mein Bestes, um meine unerwünschte Reaktion zu verbergen.

Jake kneift die Augen zusammen. »Was ist los mit dir?«

»Was? Nichts. Warum?«

»Weil ich gerade die absolut antiromantischste Argumentation in der Geschichte der Sprache vorgebracht habe und du nicht widersprichst.«

Ich schlage die Beine übereinander. »Warum sollte ich widersprechen?«

»Weil du die Präsidentin, Sekretärin und Chef-Spendensammlerin des Clubs der hoffnungslosen Romantikerinnen bist.«

»So was von gelogen.«

»Also bitte, Asha. Dein Lieblingssong ist *My Heart Will Go On*.«

Ich will es abstreiten, aber die Wahrheit ist, wenn Celine Dion die Tonart wechselt, gerate ich unwillkürlich in Verzückung. Jedes … verdammte … Mal.

Ich räuspere mich und wühle in meiner Tasche, bis ich ein Notizbuch und einen Stift finde. »Vielleicht widerspreche ich nicht, weil dein Buch genau diese Art leidenschaftlicher Meinungsäußerung braucht, auch wenn es ein Haufen zynischer Pferdescheiße ist.«

Er lehnt sich zurück. »Ernsthaft?«

»Ja. Es ist echt und unvollkommen und voller fehlerhafter, aber leidenschaftlicher Logik.« Ich reiche ihm Notizbuch und Stift. »Schnell, schreib es auf.«

Immer noch verwirrt nimmt er mir die Sachen ab. Dann öffnet er das Notizbuch, legt es auf seinen Oberschenkel und starrt auf die leere Seite.

»Schreib, Jacob!«

»Gib mir eine Sekunde, Weib. Ich kann mich nicht mehr an alles erinnern.«

»Das macht nichts. Schreib einfach das auf, was dir noch einfällt.«

Er fängt an zu schreiben, und ich sitze neben ihm, schaue zu und passe auf, dass er nicht wieder nur Unsinn zu Papier bringt. Zu meiner großen Erleichterung schreibt er tatsächlich vernünftigen Inhalt, anstatt Füllwörter und Ausreden.

»Du starrst schon wieder«, sagt Jake mit einem verärgerten Seitenblick. »Was habe ich dir darüber gesagt, mir beim Schreiben zuzusehen?«

Mit einem Seufzer stehe ich auf und gehe zum Geländer am Fluss.

Okay, die erste Hürde ist genommen. Jetzt müssen wir nur den Schwung beibehalten.

Ich hole ein paarmal tief Luft und versuche, mit der frischen Flussluft etwas von der Anspannung zu vertreiben, die mich gefangen hält, seitdem Jake mir eröffnet hat, dass er der Professor ist. Es funktioniert, aber nur ein bisschen.

Während ich auf den ruhigen Fluss starre, kann ich mir fast vorstellen, dass die Zusammenarbeit mit ihm irgendwann etwas erträglicher wird.

Fast.

16. KAPITEL

Superboss

Ich warte gerade an einer Fußgängerampel, als auf meinem Handydisplay Joannas lachendes Gesicht aufleuchtet.

»Hey!«

»Hey! Fertig für heute?«

»Ja. Bin auf dem Weg zu Edens Arbeit. Sie fährt heute Abend direkt zu der Romance-Central-Gala, und ich habe versprochen, ihr mit dem Make-up zu helfen. Wo bist du?«

»Stehe im Stau. Ignorier das Geschrei im Hintergrund einfach. So wie es aussieht, sind heute wieder nur Idioten unterwegs, und Gerald ist nicht erfreut.« Gerald ist Joannas Chauffeur. Er ist sehr blond und sehr englisch, und es ist urkomisch, wenn er seiner Ungeduld über den Verkehr in New York Luft macht.

»*Unhöflich*!«, höre ich ihn im Hintergrund schimpfen. »*Das war ein äußerst unhöfliches Manöver, Mr Mazda! Ausgesprochen unkultiviert.*«

Ich muss lachen. Ich glaube, er braucht ein wenig Nachhilfe in amerikanischer Fahrweise oder zumindest ein paar anständige Schimpfwörter.

»Also«, sagt Joanna. »Wie war euer erster Tag? Habt ihr ihn beide unversehrt überstanden oder gab es ein Blutbad?«

Ich unterdrücke ein Stöhnen. »Kein Blutbad, aber die Zusammenarbeit mit ihm war genauso anstrengend, wie ich befürchtet hatte. Nach einer ganzen Menge Streitereien haben wir heute insgesamt sechshundert Wörter zu Papier gebracht. Wenn wir so weitermachen, wird mein Magen ein Schlaraffenland für Geschwüre, und wir lassen jede unserer Produktionsdeadlines platzen.«

»Bestimmt wird es mit der Zeit besser. Ihr werdet euch irgendwann gegenseitig die scharfen Kanten abschleifen.«

»Das haben wir all die Jahre nicht geschafft, als wir noch Teenager waren.«

»Schon, aber damals wart ihr nicht gezwungen, jeden Tag zusammenzuarbeiten.«

»Aber im Moment können wir nicht einmal fünf Minuten im selben Raum verbringen, ohne uns gegenseitig anzukläffen wie ein paar launische Pekinesen. Ich meine, ich möchte ja vernünftig sein und nicht zurückbeißen, aber ... Oh Gott, Jo ... er macht es mir unmöglich.« Es ist einfacher, auf jemanden wütend zu werden, als zuzugeben, dass er dich verletzt hat.

»Mh-mh. Und wie läuft es mit der Schwärmerei? Ich wette, das macht die Situation nicht besser.«

»Was?« Ich drücke noch ein paarmal auf den Ampelknopf, viel härter als vorher. »Ich habe dir doch schon gesagt, dass ich Jake nie auf diese Weise gemocht habe ...«

»Das sagst du mir ständig. Und selbst wenn ich es dir geglaubt haben sollte, dann war das, bevor er sich als der heiße, leidenschaftliche Professor entpuppte, der dein Höschen regelmäßig in ein Feuchtgebiet verwandelt. Nervig oder nicht, dein mürrischer Teenager-Nachbar ist zu einem verdammt sexy Mann herangewachsen.«

»Jo ...« Ich möchte ihr sagen, dass das albern ist und jeglicher Grundlage entbehrt, aber ich kann nicht leugnen, dass Jakes unerwünschte Anziehungskraft auf mich ein Problem darstellt. Gestern Abend habe ich darüber nachgedacht, Eden mein Herz auszuschütten, aber als Kind musste ich mich ihr gegenüber so oft für meine Freundschaft zu Jake rechtfertigen – wenn ich jetzt zugeben würde, dass ich mich nach all unserer Feindseligkeit zu ihm hingezogen fühle, könnte ich es ihr nicht verübeln, wenn sie *IDIOT* in alle meine Kleidungsstücke sticken würde.

»Hör zu, du musst mir nichts gestehen«, sagt Joanna und lässt mich vom Haken. »Aber ich denke, ihr müsst einen Weg finden, das Kriegsbeil zu begraben.«

»Tja, das ist leichter gesagt als getan.«

»Ich weiß, dass ihr beide Sturköpfe seid, aber es gibt bestimmt eine Möglichkeit, das böse Blut zwischen euch aus der Welt zu schaffen.«

»Das gilt vielleicht für normale Fehden, wie zwischen den Hatfields und den McCoys, den Montagues und Capulets, Veganern und Speck-Liebhabern … aber zwischen mir und Jake? Da habe ich so meine Zweifel.«

»Glaub mir. Ich habe einmal Taylor Swift und Kanye dazu gebracht, eine Partner-Darmspülung zu machen. Es ist nicht unmöglich. Vielleicht hast du bei dieser Gala heute Abend die Chance, ein paar böse Geister auszutreiben.«

»Es ist ein Arbeitstreffen, Jo.«

»Ja, aber es wird von Romance Central ausgerichtet, und da geht es um nichts anderes, als Menschen zusammenzubringen und dafür zu sorgen, dass sie sich wohlfühlen. Vielleicht können Jake und du etwas davon mitnehmen?«

»Hmmm.« Klingt unwahrscheinlich, vor allem, wenn man bedenkt, dass mein Abend mehr als einen Stressfaktor beinhalten wird, aber ich kann trotzdem versuchen, einen offenen Geist zu bewahren. »Nichts ist unmöglich, schätze ich.«

»Okay, also, wenn ich dir irgendwie helfen kann, sag Bescheid. Ich bin gegen neun Uhr da.«

»Du kommst auch? Ich wusste gar nicht, dass Whiplash noch mehr Mitarbeiter hinschickt.«

»Tun sie auch nicht. Ich habe Sarah Jessica versprochen, sie zu begleiten.«

»Sarah Jessica? Du meinst Parker?«

»Oh ja, sie ist meine Patentante, wusstest du das nicht? Sie hat jede Menge Single-Freundinnen und hofft, dass diese neue Dating-App ihr trauriges Liebesleben verändern kann. Was ich noch fragen wollte: Hast du heute noch mehr über Jakes große Liebe erfahren?«

»Ein bisschen. Sie haben sich auf Bali kennengelernt, in einem Ort namens Zen Farm.«

»Heilige Scheiße! Da war ich auch schon mal. Fantastisch dort. Irgendwann nehme ich dich mal mit.«

Eine Reise dorthin könnte ich jetzt gut gebrauchen, wenn es mir hilft, auch nur ein wenig inneren Frieden zu finden.

Ich höre Gerald sagen: »Wir sind da, Miss.«

»Sorry«, sagt Jo. »Ich muss jetzt zu meiner Zeichenstunde.«

»Was? Ich wusste nicht, dass du zeichnen kannst.«

»Das kann ich auch nicht. Ich bin das Aktmodell. Zeit, mich nackig zu machen. Bis später!«

Ich schüttele den Kopf und lasse mein Handy wieder in meine Handtasche fallen. Wenn ich nur mal einen Tag lang mit ihr tauschen könnte!

Sie hat natürlich recht. Ich muss einen Weg finden, mit Jake zurechtzukommen, damit unsere Arbeitsbeziehung produktiver wird. Aber abgesehen von einer vollständigen Persönlichkeitstransplantation sehe ich einfach nicht, wie das funktionieren soll.

Als ich zehn Minuten später die Tür zur *Pulse*-Redaktion öffne, bin ich nicht überrascht, vor mir das übliche geschäftige

Treiben zu sehen. Die News- und Unterhaltungsseite beschäftigt ein paar Dutzend Mitarbeiter, und seit meine Schwester von der Clickbait-Abteilung zur Leiterin des Reportageressorts befördert wurde, haben sie ihre Leserschaft um mehr als zwanzig Prozent gesteigert.

Man sollte meinen, das sei Grund genug für ihren nie zufriedenen Chef, ihr dankbar zu sein und sie mit Nachsicht zu behandeln, aber schon während ich der Rezeptionistin zunicke und die Redaktion betrete, wird mir klar, dass das nicht der Fall ist.

Ich entdecke Eden in Derek Fifes Büro, die Hände in die Hüften gestemmt, was ich als ihre Trotzhaltung erkenne. Derek wirkt ähnlich streitlustig: Er hat beide Hände flach auf den Schreibtisch gepresst, während er sie wegen irgendetwas zusammenstaucht.

Als ich näherkomme, sind ihre Stimmen zu hören.

Derek zielt mit dem Finger auf meine Schwester. »Ich habe dir gesagt, du sollst die verdammte Story fallen lassen, Eden, weil es uns Anzeigenkunden kosten würde, und genau das ist passiert.«

»Und ich habe dir gesagt, das mache ich nicht. Manche Storys sind eben wichtiger als Profit.«

»Und manche auch nicht. Viel Glück damit, deine Herzensgeschichten zu veröffentlichen, wenn wir erst pleite sind.«

Derek bemerkt mich und richtet sich auf. Offensichtlich ist es ihm egal, wenn seine Mitarbeiter ihre regelmäßigen Auseinandersetzungen mitbekommen, aber eine Außenstehende ist etwas anderes.

»Deine Schwester ist da. Wir besprechen das ein andermal.«

Edens Miene hellt sich auf, als sie mich verlegen vor Dereks Bürotür herumlungern sieht. »Ash! Hey!« Sie winkt mich herein und umarmt mich rasch. »Ich bin ein bisschen spät dran.«

Wow, sie kann innerhalb weniger Sekunden von mega-angepisst auf freundlich lächelnd umschalten. Ich muss sie unbedingt fragen, wie sie das macht. »Ich muss noch ein paar Kleinigkeiten erledigen, aber dann bin ich für dich da.«

»Kein Problem.« Ich bemerke, dass Derek uns beobachtet. Er sieht immer noch genervt aus. Ich winke ihm entschuldigend zu. »Tut mir leid, dass ich hier so hereingeplatzt bin.«

Eden lacht. »Zum Glück hast du uns unterbrochen. Ich habe keine Zeit, heute noch wegen Mordes an meinem Chef verhaftet zu werden.« Derek wirft ihr einen giftigen Blick zu und setzt sich hinter seinen Schreibtisch. Ich schätze, der verbale Schlagabtausch ist für heute beendet.

Eden nimmt einen Ordner von seinem Schreibtisch und dreht sich zu mir um. »Also, willst du im Pausenraum auf mich warten oder …«

»Sie kann hier warten«, sagt Derek, greift nach seinem Tablet und tippt auf das Display. »Ich glaube kaum, dass sie noch nerviger sein kann als du.«

Eden schnaubt verächtlich. »Da kennst du sie aber schlecht.«

Ich gebe ihr einen Klaps auf den Arm. »Hey! Und um Derek zu beweisen, dass ich nicht so schlimm bin wie du, werde ich jetzt hier warten und ihn nicht anschreien.«

Eden schaut mich zweifelnd an. »Bist du sicher? Gibt es nicht vielleicht irgendwelche Bären mit Aggressionsproblemen, mit denen du deine Zeit verbringen könntest? Tollwütige Hunde? Soziopathische Berglöwen?«

Derek wirft ihr einen finsteren Blick zu. »Raus jetzt!«

Sie schaut ihn warnend an. »Okay. Aber sei nett zu ihr und tu so, als hättest du Manieren. Bin in zehn Minuten wieder da.«

Sie eilt über den Flur zu ihrem Büro. Ich schaue zu Derek hinüber. Er blickt von seinem Bildschirm auf und sieht mich fragend an. »Willst du dich nicht setzen?«

Ich betrachte den Ledersessel vor seinem Schreibtisch. »Nein, danke, schon okay.«

»Mach es dir bequem.« Er drückt auf irgendeinen Knopf an seinem Schreibtisch, woraufhin die Glaswände seines Büros augenblicklich undurchsichtig werden.

»Netter Trick.«

»Mach die Tür zu. Wir wollen doch nicht, dass dich die ganzen Tiere, die hier arbeiten, anglotzen.«

Ich gehorche. Als ich mich umdrehe, schaut er mich an.

»Wie war dein Tag?«

»Die Hölle. Und deiner?«

»Genauso.«

Er legt sein Tablet auf dem Tisch ab und stellt sich vor mich. Er ist mir so nah, dass die Härchen auf meinen Armen zu Berge stehen. Trotz Edens endloser Streitereien mit Derek fand ich ihn schon immer attraktiv. Gut, er ist älter als die meisten Männer, mit denen ich bisher zusammen war, aber ihn umgibt eine machtvolle Aura, die unbestreitbar sexy ist.

»Ich habe das Gefühl, dass ich dich seit Jahren nicht gesehen habe.« Er kommt noch näher, und ich weiche instinktiv zurück gegen die Tür. Er platziert eine Hand neben meinem Gesicht und mustert mich von oben bis unten.

»Ich habe dich schon so lange nicht mehr gesehen, dass ich fast vergessen hätte, wie schön du bist«, sagt er mit leiser Stimme. »Ich denke schon den ganzen Tag daran, dich zu küssen.«

Er beugt sich zu mir herab, und seine Lippen streifen meine. Ein Hitzeschauer durchfährt mich, als ich ihm eine Hand auf die Brust lege. »Das geht nicht. Sie kommt gleich wieder.«

»Das ist mir egal.« Er vergräbt das Gesicht an meinem Hals, und sein warmer Atem kitzelt mich auf der Haut. »Wir müssen Eden die Wahrheit über uns sagen. Sie wird es verstehen.«

Er fährt mir mit einer Hand in die Haare und packt sie fest, ich keuche auf und ziehe ihn zu mir herunter, um ihn zu küssen. Es ist ein vorsichtiger Wir-könnten-jeden-Moment-erwischt-werden-Kuss, trotzdem raubt er mir den Atem.

»Du kennst meine Schwester. Ich bin sicher, sie hat kein Problem damit, dass ich sie monatelang über meinen angeblichen französischen Freund belogen habe. Und wer soll *Pulse* führen, wenn sie dich mit ihrem Fake-Pulitzer erschlägt?«

»Sie wird schon drüber hinwegkommen. Ich bin es leid, Phillipe zu spielen.« Er drückt sich an mich, und ich genieße sein Gewicht. Wieso kann ich ihm nicht einfach die Klamotten vom Leib reißen und Spaß mit ihm haben wie eine ganz normale Frau? Wieso spannt sich mein Körper jetzt schon an, beim bloßen Gedanken an Sex?

Als ich Derek zufällig auf der Pariser Buchmesse traf, wusste ich, wie sehr Eden ihn als Vorgesetzten verabscheute, aber in der fremden Umgebung fand ich ihn charmant, aufmerksam und deutlich attraktiver, als ich ihn in Erinnerung hatte. Unser gemeinsames Abendessen am ersten Messetag führte zu einer Verbundenheit, wie ich sie schon lange nicht mehr gespürt hatte, und er empfand offensichtlich das Gleiche. Schließlich verbrachten wir jede freie Minute miteinander. Als mir klar wurde, dass ich dabei war, mich in ihn zu verlieben, betete ich zu jeder erdenklichen Gottheit, dass ich in der Lage sein würde, mit ihm intim zu werden, ohne dass mein Kopf mir einen Strich durch die Rechnung machen würde.

Schön wär's.

Obwohl er ein wunderbarer, geduldiger Liebhaber war, weigerte mein Körper sich mitzuspielen. Doch zu beschämt, um ihm mein Problem zu gestehen, tat ich so, als hätte ich Spaß. Und nun stehe ich hier und klammere mich verzweifelt an die Hoffnung, dass meine Gefühle für ihn sich über meine blöden, spielverderberischen Komplexe hinwegsetzen können.

»Ich will dich«, flüstert er. »Du fehlst mir.«

»Ich weiß.« Ich streichle ihm über sein hübsches Gesicht. »Es tut mir leid. Die Arbeit ist der Wahnsinn.«

»Wie ist dein neuer Autor?«

»Talentiert, aber unerträglich.« Die ganze Geschichte über mich und Jake habe ich ihm nicht erzählt. Es ist zu anstrengend, zu sehr ins Detail zu gehen. »Der Tag heute kam mir vor wie hundert Jahre, und es ist noch lange nicht vorbei.«

»Kann ich dir irgendwie helfen?«

»Du könntest mir reichlich Schnaps und Valium besorgen.«

»So gut wie erledigt.« Er gibt mir einen zärtlichen Kuss, und für einen Moment vergesse ich, wie sehr ich ihm etwas vorgaukle.

Er löst sich von mir und lehnt die Stirn an meine. »Du bist eine der intelligentesten, ehrgeizigsten Frauen, die ich kenne, und ich weiß, dass du deine Arbeit liebst. Ich habe vollstes Vertrauen, dass du selbst die unhaltbarsten Situationen meistern kannst.«

Ja, jede Situation, die keinen Sex beinhaltet, ist ein Sonntagsspaziergang. Aber mit jemandem intim zu werden …

Es klopft an der Tür, und Derek und ich fahren hastig auseinander, ehe er »Herein« knurrt.

Die Tür geht auf, und Toby, Edens Lieblingskollege, kommt herein. Er sieht mich überrascht an. »Hey, Ash. Ich wusste gar nicht, dass du hier bist. Wie geht's dir?«

»Super, Tobes, und dir?«

»Super.« Er lächelt mich viel zu interessiert an, wie ein riesiger, Strickjacke tragender Golden Retriever. Ich weiß schon länger, dass Toby in mich verknallt ist, aber ich habe ihm nie Hoffnungen gemacht, aus dem gleichen Grund, weshalb ich mich auch nie auf Derek hätte einlassen sollen. Er arbeitet mit meiner Schwester zusammen, und das Letzte, was ich gebrauchen könnte, wäre, der Grund für irgendeine Art von Befangenheit zwischen Eden und ihren Kollegen zu sein.

»Wartest du auf Eden?«, fragt Toby.

Ich nicke. »Jep.«

Er wirft Derek einen verstohlenen Blick zu. »Hier?«

Derek zielt mit einem Blick auf ihn. »Hattest du einen Grund, hier reinzukommen, Jenner?«

»Oh, ja.« Toby hält ihm einen Ordner hin. »Das sind meine Storys für nächste Woche.«

Derek führt sein Onlinemagazin auf ziemlich altmodische Weise. Er besteht noch immer darauf, dass alle Mitarbeiter ihre Entwürfe in Papierform einreichen. Eden vermutet, er liebt das Machtgefühl, das damit einhergeht, seinen Rotstift zu schwingen wie eine Waffe. Sie erklärt seinen herrischen Führungsstil häufig mit der Theorie, er müsse offenbar einen sehr kleinen Schwanz kompensieren. Ich kann bezeugen, dass sie sich irrt.

Derek nimmt den Ordner und blättert die Texte darin durch. »Was? Willst du jetzt noch einen Orden dafür, dass du deine Arbeit machst? Raus hier.«

Toby nickt und schaut mich an. »Sehen wir uns heute Abend?«

Ich lächle. »Auf jeden Fall. Ich kann es kaum erwarten.«

Neben seinem Hauptjob arbeitet Toby als technischer Leiter für Romance Central und ist das Programmiergenie hinter der Dating-App, die heute vorgestellt wird. Eden hat schon immer gesagt, dass Toby der schlauste Mensch ist, den sie je kennengelernt hat, und nun hat er es bewiesen. Schon bevor die App an den Start geht, wird er als der nächste große Programmierstar gefeiert.

Toby winkt mir ein letztes Mal zu und geht hinaus. Ich schließe die Tür hinter ihm und drehe mich zu Derek um.

»Wie kommt es, dass du zu mir so süß bist und zu deinen Mitarbeitern so gemein?«

Er nimmt meine Hand und küsst sie. »Ich habe schon vor langer Zeit gelernt, dass mich niemand respektiert, wenn ich nett bin. Das ist verkorkst, aber die Wahrheit.«

»Aber sie halten dich die ganze Zeit für ein Arschloch. Eden hat die Theorie aufgestellt, dass du dich jeden Morgen in schlechte Laune versetzt, indem du schon vor dem Frühstück arme Hundewelpen trittst.«

Er zuckt die Achseln. »Es ist mir egal, ob mich meine Mitarbeiter für ein Arschloch halten. Meine Familie und Freunde wissen, dass es nicht stimmt. Und du weißt es auch.«

In Frankreich haben wir uns lange darüber unterhalten, warum seine Ehe gescheitert ist, und ich war überrascht, dass er zu seiner Exfrau immer noch ein gutes Verhältnis hat. Sie waren seit der Highschool zusammen und haben sich einfach irgendwann entliebt. Kein Fremdgehen. Keine Feindseligkeiten. Ein weiterer Beweis, dass er eine seltene Ausnahme in einer Welt voller charakterloser Männer ist.

Er küsst mich noch einmal, dann lässt er Tobys Ordner mit Artikeln auf den Schreibtisch fallen. »Glaubst du, wir haben irgendeine Möglichkeit, die Veranstaltung heute Abend zu schwänzen und ein bisschen Zeit für uns haben?«

Ich schüttele den Kopf. »Selbst wenn ich nicht den Babysitter für meinen Autor spielen müsste, würde Eden mich umbringen, wenn ich nicht hinginge. Und du bist einer der Hauptsponsoren dieses Abends, also kannst du dich auf keinen Fall davor drücken.«

Er nickt, sieht aber nicht glücklich aus. »Ich würde mir lieber die Ohren abschneiden, als hinzugehen, aber wenn ich nicht auftauche, wird deine Schwester mich wohl an meine Bürotür nageln.« Er schlingt die Arme um mich. »Allerdings, wenn wir unsere Beziehung öffentlich machen würden, könnte ich offiziell als deine Begleitung gehen. Ich könnte dich abholen, dir Blumen mitbringen … mit dir tanzen. Allein das wäre es wert.«

Die Romantikerin in mir seufzt verzückt. Ich kann mir genau vorstellen, wie schick Derek in seinem Smoking aussehen würde. Vor meinem inneren Auge sehe ich uns in Zeitlupe tanzen, aller Augen wären auf uns gerichtet, während wir nur Augen füreinander hätten.

Ich streiche ihm über den Hinterkopf. »Du hast mir vorhin geschrieben, dass du heute Nacht in Manhattan bleibst?«

Er lächelt. »Ich habe eine Suite in dem Hotel gebucht.«

»Also wenn du deine Pflichten als Sponsor erfüllt hast und ich mit meinem Autor fertig bin, könnten wir vielleicht die Party früh verlassen. Eden schläft heute bei Max, sie wird es also gar nicht merken, wenn ich nicht nach Hause komme.«

»Deine Denkweise gefällt mir.« Er küsst mich, langsam und zärtlich. Mit ihm rumzuknutschen ist himmlisch. Erst wenn wir weitergehen, gerate ich in Panik. Deshalb bin ich zu dem Schluss gekommen, dass ich die Sache frontal angehen muss, wenn es besser werden soll. Und so bin ich wild entschlossen, heute Nacht mit diesem Mann zu schlafen, so lange, bis meine Intimitätsprobleme ihre Sachen packen und nach Hause gehen. Es ist mir egal, wie lange es dauert. Die Beziehung soll unbedingt funktionieren, denn wenn nicht einmal ein so fantastischer Mann wie Derek alle meine Kriterien erfüllt, welche Hoffnung habe ich dann noch?

Es klopft an der Tür, und wir fahren gerade noch rechtzeitig auseinander, bevor Eden eintritt.

Sie schaut uns skeptisch an. »Warum ist die Tür zu?«

Derek wirft mir einen Blick zu, und eine Sekunde lang fürchte ich, er wird uns verraten. Doch dann setzt er einen verächtlichen Gesichtsausdruck auf.

»Ich habe versucht, die Leute, die mich nerven, draußen zu halten, aber offensichtlich hast du den Hinweis nicht verstanden.«

Eden grinst sarkastisch. »Hör auf, sonst verliebe ich mich noch in dich.« Sie hält ihr Schminktäschchen hoch. »Komm, Schwesterchen. Ab in die Toilette, damit du zaubern kannst.« Sie winkt Derek zu. »Bis heute Abend, Boss.«

»Ja, bis später dann.« Er schaut mich an. »War schön, dich zu sehen, Asha.«

Die Zuneigung in seinem Blick verursacht mir Gänsehaut. »Finde ich auch, Derek. Wir sehen uns.«

Auf dem Weg von seinem Büro zur Damentoilette gibt Eden mir einen Stups mit dem Ellenbogen.

»Also dann, erzähl mir von deinem Tag. Wie schlimm war es? Ging es so weit, dass du Jake ermorden musstest? Und wenn ja, brauchst du Hilfe, die Leiche verschwinden zu lassen?«

Ich muss lachen und erzähle ihr die Details unseres schrecklichen ersten Tages. Eden hört aufmerksam zu und macht an den richtigen Stellen bissige, mitfühlende Bemerkungen.

17. KAPITEL

Das verhängnisvolle Buch

Ich grunze und versuche verzweifelt, den Reißverschluss meines Vintage-Valentino-Kleids zu schließen. Das verdammte Ding ist auf halbem Weg steckengeblieben, und egal wie sehr ich mich verrenke, um es zu bewegen, es klappt nicht.

»Komm schon«, sage ich. »Ich habe dich für eine besondere Gelegenheit aufbewahrt. Tu mir das nicht ausgerechnet heute Abend an.«

Es ist ein wunderschönes saphirblaues, bodenlanges Kleid, das ich zu einem Wahnsinnsschnäppchenpreis in einem meiner Lieblings-Retro-Läden entdeckt habe, aber ach, Reißverschlüsse an Secondhand-Mode sind bekanntermaßen unzuverlässig. Normalerweise würde Eden mir helfen, aber sie ist schon bei der Veranstaltung und hilft Max beim Aufbau. Dummerweise ist das hier mein einziges feierliches Abendkleid, wenn ich es also nicht zukriege, muss ich vielleicht in Unterwäsche gehen.

»Komm schon … du … Scheißding!« Ich ziehe so heftig, dass ich einen Krampf im Arm bekomme. »Ahhh. Verdammt!«

Ich lasse mich aufs Bett fallen und massiere den zwickenden Muskel. Dieser Abend hätte mir dabei helfen sollen, die Anspannung der vergangenen Tage loszuwerden. Jetzt kommt zu dem stressigen Tag mit Jake noch ein ebenso stressiger Abend hinzu.

Ich stehe auf und dehne den Arm zur Vorbereitung auf den Reißverschluss-Angriff 2.0. Als ich mich umdrehe, sehe ich mein Spiegelbild. Meine Haare sind hochgesteckt und sehen fantastisch aus, mein Make-up ist perfekt. Ich muss nur noch dieses wunderschöne Kleid zukriegen, dann kann ich mich fröhlich auf den Weg machen.

Ich hoffe, dass Sid Jake einen Smoking organisiert hat. Wenn er in Jeans und T-Shirt auftaucht, flippt Eden aus.

Ich greife nach hinten, schnappe mir den Reißverschluss und ziehe so fest ich kann, aber er rührt sich immer noch nicht.

Okay du Mistvieh. Jetzt wird es persönlich.

Ich nehme mir einen Kleiderbügel und schiebe den Haken durch das Loch im Reißverschluss. »Schauen wir mal, ob du immer noch nicht willst.« Obwohl ich jetzt eine bessere Hebelwirkung habe, bleibt der Reißverschluss stecken. Ich bin gerade mitten in einer beeindruckend langen Schimpftirade, da klingelt mein Handy.

Es ist Jake. Ich verdrehe die Augen und stelle ihn auf Lautsprecher.

»Was?«

»Wow. So begrüßt du also dein Date?«

»Du bist nicht mein Date. Du bist meine Verantwortung.«

»Und außerdem dein Lieblingsautor.«

Ich verändere meine Position und ziehe aus einem anderen Winkel am Reißverschluss. Immer noch nichts. »Jake, was ich dir gleich sage, gilt für jeden Moment, den wir miteinander verbringen, aber ganz besonders heute Abend: Ich kann sehr gut auf deinen Scheiß verzichten.«

»Und trotzdem ist es deine professionelle Pflicht, damit klarzukommen. Wann soll ich dich abholen?«

Ich lache. »Gar nicht. Wir treffen uns dort.«

»Sidney möchte, dass wir zusammen ankommen. Werbeaufnahmen, du erinnerst dich? Ich trage diesen Smoking nicht aus Gesundheitsgründen.«

Ich schüttele den Kopf und presse die Lippen zusammen, als ich noch einmal am Reißverschluss ziehe. »Dann treffen wir uns in einer halben Stunde am Starbucks neben dem Veranstaltungsort.« *Vorausgesetzt, ich bin dann vollständig angezogen.*

»Tja, das passt mir nicht so gut. Ich hole dich zu Hause ab. Sid hat uns einen Wagen organisiert.«

Der Reißverschluss bewegt sich ein winziges Bisschen, dann bleibt er wieder stecken. »Jacob, es ist mir egal, ob Sid uns einen Überschallflug mit den britischen Royal Marines organisiert hat. Wir gehen nicht zusammen hin. Das ist kein Date. Komm nicht hier vorbei.«

Schlimm genug, dass er in meinen Arbeitsplatz eingedrungen ist. Er darf auf keinen Fall auch in mein Zuhause eindringen.

Er schweigt kurz, dann sagt er: »Zu spät.«

Es klopft laut an der Tür.

Nein. Bitte nicht.

»Jacob.«

»Sorry. Muss Schluss machen. Mein Date abholen.«

Er legt auf, und ein weiteres lautes Klopfen hallt durch die Wohnung.

»Verdammt«, murmele ich. »Jetzt weiß ich, wie sich die drei kleinen Schweinchen gefühlt haben.«

Ich gehe den Flur hinunter und spähe durch den Spion an der Tür. Es ist dunkel.

»Hast du deine Hand auf dem Spion?«

»Nein.«

»Woher weißt du, wo ich wohne?«

»Ich habe Mittel und Wege.« Ich höre ein Rascheln und

dann ist Jakes Stimme leiser. »Außerdem steht hier draußen eine ältere Frau ohne Zähne, die mich böse ansieht. Sie hat einen Besen. Mach auf.«

Ich habe zwei ältere Nachbarinnen: Mrs Eidleman, die fast so cool ist wie meine Nan, und Mrs Levine, die gerne unseren Flur kontrolliert, als wäre er eine entmilitarisierte Zone im Kalten Krieg.

Durch die Tür kann ich Mrs Levines kratzige Stimme hören.

»Was machen Sie hier? Wie sind Sie hier hereingekommen? Sind Sie George Clooney?«

»Nein, Ma'am.«

Sie ist außerdem ein bisschen senil.

»Rock Hudson?«

»Nein, Ma'am.«

»Sind Sie sicher? Sie sehen aus wie Rock Hudson. Mit Bart.«

»Ma'am, ich bin mir sicher, dass ich nicht Rock Hudson bin. Er ist tot. Schon lange.«

»Was? Sie kleiner Fiesling. Ich rufe die Polizei.«

Außerdem ist sie paranoid.

Es klopft wieder, diesmal verzweifelter. »Asha, mach die verdammte Tür auf. Ich weiß nicht, wie hoch die Strafe dafür ist, nicht Rock Hudson zu sein, aber das will ich auch gar nicht herausfinden.«

Ich verdrehe die Augen und löse die Kette. Als ich die Tür öffne, bleibt mir die Luft weg.

Jake steht da, groß und schlank. Er hat seine Haare nach hinten gekämmt und sogar seinen Bart gestutzt. Aber es ist der Smoking, der mich fertigmacht. Er sitzt wie angegossen, und das frische weiße Hemd und die gepflegte schwarze Krawatte lassen ihn wie all die James-Bond-Fantasien aussehen, die ich bis jetzt nicht hatte.

»Äh …« Er mustert mich ausgiebig und unverhohlen. Schließlich landet sein Blick auf dem Ausschnitt meines Kleides, der wegen des offenen Reißverschlusses den Blick auf meine Brüste freigibt.

»Äh«, sagt er noch einmal und sieht mich weiter an. Es wirkt, als wolle er den Blick abwenden, würde es aber nicht schaffen. Das gibt mir einen Kick. Ich bin an Jakes innere Anspannung gewöhnt, aber die Hitze in seinem Blick ist neu.

»Ich … äh …«

Ich glaube nicht, dass ich ihn schon einmal sprachlos erlebt habe.

Ich warte ein paar Sekunden, und als er immer noch nichts sagt, seufze ich genervt. »Willst du den ganzen Abend da stehen und glotzen?«

Er tritt vor und lehnt sich an den Türrahmen. »Ich hätte nichts dagegen. Warum? Wäre dir das unangenehm?«

»Blinzle wenigstens.«

»Ich gebe mir Mühe, aber das ist ein Wahnsinnskleid, das du da fast anhast.«

Ich packe ihn am Arm, ziehe ihn herein und schließe die Tür hinter ihm.

»Da du dich mir schon aufgedrängt hast, kannst du dich wenigstens nützlich machen und mir mit dem Reißverschluss helfen.« Ich drehe ihm den Rücken zu.

Nach einer kurzen Pause spüre ich ihn hinter mir. »Asha, es schmeichelt mir, dass du für mich strippen willst, aber wir haben gerade keine Zeit. Vielleicht später.«

Ich knuffe ihn rückwärts mit dem Ellbogen. »Mach den Reißverschluss *zu,* Jake.«

»Das macht nicht halb so viel Spaß, aber gut.« Er schnappt sich den Kleiderbügel und reicht ihn mir. »Hier ist dein erstes Problem. Die muss man rausnehmen, bevor man sich anzieht.«

Anstatt sich dem Reißverschluss zu widmen, geht er an mir vorbei und steuert aufs Wohnzimmer zu. »Das ist also dein Zuhause.« Er geht durchs Zimmer und guckt sich alles an. »Nicht, was ich erwartet hätte.«

»Tja, ich habe Wände, also …«

»Im Ernst«, sagt er und untersucht den Krimskrams auf dem Sideboard. »Ich hätte gedacht, du wärst mittlerweile mit einem schmierigen Hedgefonds-Manager verheiratet und würdest in der Park Avenue wohnen. Als Krönung des sozialen Aufstiegs, mit dem du in der Highschool begonnen hast. Ist das hier nicht ein wenig ordinär für dich?«

»Es ist das, was ich mir leisten kann.«

Er schaut sich kurz die Küche und das Badezimmer an, dann will er in mein Zimmer gehen.

»Oh nein.« Schnell stelle ich mich in die Tür und strecke die Brust raus, um so einschüchternd wie möglich zu wirken. »Auf keinen Fall. Das ist meine Privatsphäre.«

Er tritt vor und ragt über mir auf. »Meinst du dein Schlafzimmer? Oder den breiten Streifen Dekolleté, den du mir entgegenstreckst?«

Ich presse mir das Kleid an die Brust. »Das mit dem Ausschnitt ließe sich regeln, wenn du mir das Kleid zumachen würdest.«

»Ich werde es in Erwägung ziehen.«

Es gibt viele Gründe, warum ich Jake nicht in meinem Schlafzimmer haben möchte, aber größer als die Angst, er könnte die ausufernde Sammlung von Sexspielzeug in meinem Nachtschränkchen finden, ist die Panik, er könnte den Stapel Notizbücher auf dem Stuhl in der Ecke entdecken. Unser morgendlicher Schreibspaß hat mich dazu inspiriert, meine alten Geschichten noch einmal zu lesen, deshalb habe ich sie alle heruntergeholt, als ich nach Hause gekommen bin. Zu meiner

Überraschung habe ich festgestellt, dass sie besser sind, als ich dachte.

Unten im Stapel befinden sich jedoch noch ein paar Notizbücher, die ich noch nicht gelesen habe, und das sind die, die ich noch nie jemandem gezeigt habe. In meinen dunklen Tagen habe ich ihren Seiten meine intimsten Gedanken anvertraut. Eine Menge meiner verbitterten und heiklen Gefühle drehten sich um Jake.

»Gib es zu«, sagt Jake. »Du lässt mich nicht in dein Schlafzimmer, damit ich nicht die Skelette all der Männer finde, die du ausgesaugt hast, nachdem sie dir zu Willen waren, stimmt's?«

Er könnte nicht falscher liegen. Ich hatte noch nie einen Mann in meinem Bett. All meine misslungenen sexuellen Abenteuer haben woanders stattgefunden.

»Tatsächlich möchte ich dich nur nicht reinlassen, weil es sein könnte, dass du plötzlich den Wunsch verspürst, meine Kleider anzuprobieren.«

Er macht ein langes Gesicht. »Das war *ein Mal,* als ich sechs war, und für den Fall, dass du es vergessen hast, in diesem kleinen weißen Ding sah ich verdammt gut aus.« Er reißt die Augen auf. »Himmel, ist das dein altes Bett?«

Bevor ich ihn aufhalten kann, drängt er sich an mir vorbei ins Zimmer. In einem Anflug von Panik schnappe ich mir schnell meinen Bademantel und drapiere ihn über dem Stapel Notizbücher, während er sich auf mein geliebtes Doppelbett setzt.

»Ich kann nicht glauben, dass du das noch hast.«

Ihn dort zu sehen verursacht mir Kopfschmerzen. Ich blinzle, und vor meinem inneren Auge taucht ein Bild eines viel jüngeren Jake in derselben Position auf.

»Hm.« Mit einem perplexen Gesichtsausdruck sitzt er ein paar Sekunden einfach nur da. »Es kam mir größer vor.«

»Das kommt daher, dass du kleiner warst.« *Viel* kleiner.

Damals konnten wie beide im Bett liegen und hatten noch Platz. Jetzt wäre es kaum groß genug für ihn allein.

Als eine Erinnerung in mir aufblitzt, wie wir uns in diesem Bett umarmen, schlucke ich. Das war an meinem neunten Geburtstag, und ich hatte meinen Kopf an seiner dünnen Brust vergraben und so sehr geweint, dass ich dachte, ich würde nie wieder aufhören können. Er hat nicht versucht, mich zu beruhigen oder mich dazu zu ermuntern, »alles rauszulassen«. Er hat mich einfach gehalten. Wenn er mich nicht auf diese Art in den Armen gehalten hätte, wäre ich an diesem Abend zerbrochen.

»Viele gute Erinnerungen an dieses Bett«, sagt er leise. »Okay, das hat sich schleimig angehört, aber du weißt, was ich meine.«

Das stimmt. Mit Jake ist hier nie etwas Sexuelles passiert. Jedenfalls nicht mit ihm persönlich.

»Es hat sich gut gehalten.« Er fährt mit der Hand über die Regale, aus denen das Kopfteil besteht. Nan hat mir dieses Bett geschenkt, als ich noch ein Kleinkind war. Anstatt eines normalen Kopfteils hat dieses Regalfächer. Seit Jahren beherbergt es meine liebsten Besitztümer. Vor langer Zeit standen Bilder von Jake und unsere Sammlung geretteter Schätze darin. Jetzt ist es voller Lieblingsbücher, die meisten davon Liebesromane.

Ich schäme mich, als Jake die Titel begutachtet, und wappne mich für das Trommelfeuer aus Spott, das mich unzweifelhaft erwartet. Wenn Devin mich schon wegen meines Lieblingsgenres verspottet hat, wird Jake mich vernichten.

»Du bist ein echter Lainey-Bergerac-Fan, was?« Er berührt die Rücken meiner Lieblingsserie. »Die ersten zwei Bände habe ich geliebt, aber der dritte hat mich so geärgert, dass ich ihn quer durchs Zimmer schmeißen wollte.« Er zieht eins heraus und blättert darin. »Das letzte Buch einer Trilogie sollte alles aufklären und nicht jede Menge neue Handlungsstränge und Charaktere einführen. Es kam mir vor, als würde sie eine völlig neue Trilogie entwickeln, anstatt die alte abzuschließen.«

Er dreht sich um, und ich bin mir sicher, dass er mir ansieht, wie schockiert ich bin. »Findest du nicht? Siehst du das anders?«

»Doch, es ist nur … äh … Du hast Lainey Bergerac gelesen?«

Er stellt das Buch zurück. »Hab sie gelesen und geliebt. Vielleicht sogar die eine oder andere Seite Fanfiction geschrieben.« Das sagt er ganz ohne Ironie oder Schamgefühl.

Ich bin total baff. In diesem Moment könnte Zeus leibhaftig vom Olymp heruntersteigen und nackt vor mir tanzen, es wäre nur die zweitgrößte Überraschung an diesem Tag. Laineys Bücher sind wahnsinnig beliebt, aber wegen der weiblichen Protagonistin und der ausführlichen Liebesgeschichte besteht ihre Leserschaft hauptsächlich aus Frauen. Dass Jake die Bücher nicht nur gelesen, sondern sogar geliebt hat, ist für mich vollkommen verblüffend.

Jake runzelt die Stirn. »Hast du einen Schlaganfall? Warum atmest du nicht?«

Ich schüttele die Überraschung ab. »Ich bin nur völlig platt, dass wir denselben Buchgeschmack haben.«

»Warum? Ist schließlich nicht das erste Mal. Mit zehn haben wir beide Harry Potter verschlungen. Außerdem Terry Pratchett und Douglas Adams. Es hätte mich eher gewundert, wenn wir nicht ähnliche Bücher lesen würden.«

»Ja, aber im Gegensatz zu den anderen sind Laineys Bücher Liebesgeschichten.«

»Na und? Ein Großteil der klassischen Literatur handelt von der großen Liebe. *Große Erwartungen*, *Vom Winde verweht*,

Der große Gatsby, Stolz und Vorurteil, Sturmhöhe.« Er kneift die Augen zusammen. »Moment, bist du etwa sexistisch und willst damit sagen, Männer sollten keine Liebesromane lesen?«

»Ganz und gar nicht. Ich finde es toll, wenn Männer Liebesromane lesen, aber die meisten tun es eben nicht.«

Er legt sich aufs Bett und schiebt sich eine Hand hinter den Kopf. Seine Füße ragen über die Kante hinaus. »Vielleicht sollten wir. Es gibt einen Grund, warum Frauen sich von diesen Geschichten so angezogen fühlen, und wenn wir herausfinden, woran das liegt, könnten wir sie vielleicht besser verstehen.« Er wirft mir einen Blick zu. »Warum magst du sie so gern?«

Ich ringe kurz mit mir, völlig unvorbereitet auf dieses Gespräch. »Ich … tja …« Ich hole Luft. »Es liegt daran, dass sie die wahre Liebe als unausweichlich darstellen. Als wären manche Leute dazu bestimmt, zusammen zu sein, und egal, welche Hindernisse ihnen in den Weg gelegt werden, finden sie eine Möglichkeit, diese zu überwinden.«

Er starrt mich ohne zu blinzeln an. »Ist das so?« In seinem Ton schwingt Provokation mit, aber ich schlucke den Köder nicht. »Liegen die Dinge so zwischen dir und deinem Franzosen?«

Schön wär's. Mein Leben wäre gerade so viel einfacher, wenn es so wäre.

»Deine Schimpftirade von vorhin über die Hoffnungslosigkeit der Liebe lässt mich vermuten, dass du nicht an das Schicksal glaubst.«

Er starrt an die Decke. »Das habe ich mal. Aber nach allem, was mit Ingrid passiert ist … Ich glaube, dass Menschen, die dazu bestimmt sind, zusammen zu sein, trotzdem allein enden können.«

Wenn das Leben ein Liebesroman wäre, würde Ingrid erkennen, dass sie ohne Jake nicht leben kann, und Himmel und

Erde in Bewegung setzen, um mit ihm zusammen zu sein. Und die Gefühle, die ich für Derek hege, würden sich in ein derartig spektakuläres Sexleben umwandeln, dass es die Engel zum Weinen brächte. Aber das Leben ist kein Liebesroman, egal wie sehr wir uns das auch wünschen.

Jake schwingt sich vom Bett und steht auf. »Hast du ein Lieblingsgenre? Dark? Romantische Komödien? Highlander? Vampire?«

Ich suche in seinem Gesicht nach Spott, aber ich finde nur Neugier. »Äh …«

Er fährt mit dem Finger über einige andere Buchrücken. »Mal schauen, was wir hier sonst noch haben. *Masterful, Only His, Blissful Submission, Train Me.*« Mein Gesicht wird mit jeder Sekunde röter. »Du magst also BDSM?«

Wieder warte ich auf den Spott.

Er bemerkt meine Skepsis. »Ich verurteile dich nicht, Ash. Du musst dich nicht für deine Fetische schämen. Außer natürlich, wenn du es magst, gedemütigt zu werden, dann solltest du dich schämen, du kleines perverses Stück.«

Er sagt das mit so einer Ernsthaftigkeit, dass ich einen Augenblick brauche, um den Witz zu kapieren. Er ist so unerwartet, dass ich fast lospruste. »Wie lange hast du dir den aufgehoben und auf eine Chance gewartet, ihn anzubringen?«

Er unterdrückt ein Lächeln. »Ist mir gerade eingefallen. Hand aufs Herz.« Er steht auf und stellt die Bücher an ihren Platz zurück, dann kommt er mir so nah, dass sich die Luft zwischen uns aufgeladen anfühlt. »Aber im Ernst, wenn dir mal nach einer ordentlichen Tracht Prügel ist, bin ich für dich da. Die hast du weiß Gott verdient.«

Aus dem Nichts wird mein gesamter Körper warm. Ich versuche, meinen Gesichtsausdruck neutral zu halten, um es zu verbergen, aber ich kann spüren, wie jeder einzelne Zentimeter meiner Haut, von meinem Ausschnitt bis zu meiner Stirn, dunkelrot wird.

Jake bemerkt es und wirkt sowohl überrascht als auch erfreut. »Interessant.«

Mehr als peinlich berührt, schaue ich auf den Boden. Ja, ich lese gerne BDSM-Literatur, unter anderem, und ja, der Gedanke, von einem Mann dominiert zu werden, macht mich an, aber bis gerade eben hatte ich nicht vor, das im echten Leben auszuprobieren. Doch jetzt, wo Jake mit diesen dunklen, durchdringenden Augen vor mir aufragt, schießen mir ziemlich viele Bilder durch den Kopf.

Jake, der mich herumwirbelt und mein Kleid hochschiebt. Jake, der die Finger in meinen Haaren vergräbt und mir mit der flachen Hand einen Klaps auf den Po gibt. Jake, der mir befiehlt, stillzuliegen, während er mir das Höschen die Beine hinunterzieht.

Bitte hör auf, Gehirn. Nicht hier und nicht jetzt. Und ganz sicher nicht in seiner Gegenwart.

Ich reiße mich zusammen und werfe Jake einen Blick zu. Keine gute Idee. Er starrt mich so durchdringend an, dass ich mich nackt fühle.

»Ich weiß, was du willst, Asha. Dreh dich um.« Seine Stimme ist leise, aber sie durchdringt jeden Muskel und jeden Knochen.

Was geht hier vor? Will er mir wirklich den Hintern versohlen? Und wenn ja, werde ich das zulassen?

Er starrt mich nieder. »Gesicht zum Spiegel. Jetzt.«

Ich schlucke schwer, drehe mich langsam um und richte den Blick auf meine Kommode. Er kommt näher, und ich kneife die Augen zu, als sich eine Gänsehaut über meinen gesamten Rücken ausbreitet.

»Steh still.« Ich spüre, wie Hände nach meinem Kleid greifen.

Oh Gott. Er macht es tatsächlich. Er wird mir den Hintern versohlen, und die Chancen stehen gut, dass es mir gefällt.

Mit immer noch schwirrendem Kopf öffne ich die Augen und sehe, wie sein Blick auf meinen Rücken fällt. Dann bewegt sich mein Kleid, als er am Reißverschluss zieht.

Er versucht es noch einmal, aber es tut sich immer noch nichts. »Ja, dieses Ding lässt sich tatsächlich nicht hochziehen.« Ich halte den Atem an, als er ihn ganz herunterzieht und meinen gesamten Rücken entblößt.

»Entspann dich«, sagt er leise. »Das mit dem Hintern versohlen war ein Witz. Vielleicht. Vorerst. Aber bleib ruhig, während ich diesen Reißverschluss dominiere.« Er beugt sich vor, greift um mich herum und schnappt sich eine der Vanillekerzen von der Kommode. »Das könnte funktionieren.« Ich spüre etwas Seltsames, und aus seinen Bewegungen schließe ich, dass er mit der Kerze über die Metallzähne reibt. Als er fertig ist, versucht er es noch einmal. Es gibt einen heftigen Ruck und dann ein befriedigendes Geräusch, als der Reißverschluss den ganzen Weg nach oben gleitet.

Ich bin erleichtert, endlich vollständig angezogen zu sein, auch wenn der Gedanke, er könnte mich anfassen, mein Herz immer noch heftig klopfen lässt.

Verdammt sei diese dämliche Schwärmerei.

Das ist der wahre Grund, warum ihr zwei keine Freunde mehr seid, flüstert meine innere Stimme. *Alles andere sind nur Ausreden.*

Ich versuche, den Gedanken beiseitezuschieben, aber er ist hartnäckig. So ist das mit der Wahrheit. Man kann sie nie ganz begraben, so sehr man es auch versucht.

In der Grundschule stieß sich niemand daran, dass mein bester Freund ein Junge war. Dass wir unterschiedliche Genitalien hatten, war kein Hindernis. Aber in der Pubertät änderte sich alles. Auf die eine oder andere Art werden Genitalien immer irgendwann zum Hindernis.

Worte fürs Leben.

Heftig atme ich aus und bedanke mich murmelnd bei Jake.

»Immer wieder gern.« Als ich hochschaue, starrt er mich im Spiegel an. »Versteh mich nicht falsch, du bist immer noch eine der nervigsten Personen, die ich kenne, aber …« Unsere Blicke treffen sich. »Du siehst … gut aus.« Er schneidet eine Grimasse und seufzt angestrengt. »Fantastisch, um ehrlich zu sein. Wunderschön.«

Mich durchläuft ein Schauer. Ich glaube nicht, dass Jake mir jemals gesagt hat, dass ich schön aussehe. Daran könnte ich mich gewöhnen.

»Tja«, sage ich. »Ich sage das nur ungern, denn wenn dein Ego noch weiter anschwillt, müssen wir uns einen größeren Planeten suchen, aber … du siehst auch gut aus.«

Plötzlich liegt ein Knistern in der Luft, und mir drängt sich ein Bild auf, wie es hätte sein können, wenn sich die Dinge in der Vergangenheit anders entwickelt hätten. So viele Jahre habe ich ihm die Schuld für das gegeben, was zwischen uns falsch gelaufen ist, weil es einfacher war, als meinen eigenen Fehlern ins Auge zu sehen. Aber wenn er mich so anschaut wie in diesem Moment und ich den Schmerz in seinen Augen sehen kann, verfluche ich mich selbst dafür, dass ich mich nicht anders entschieden habe.

Ich weiß, dass wir uns alle manchmal selbst belügen, weil uns die Wahrheit ängstigt, aber während manche Lügen unbedeutend sind, können andere so gravierend sein, dass sie die Grundfesten dessen, was wir sind, verändern. Die Lügen, die ich mir selbst über Jake erzählt habe, sind dermaßen erschütternd, dass ich weiß, dass sie bald ein Erdbeben auslösen werden.

»Was ist aus uns geworden, Ash?«, fragt er leise. »Wir dachten, wir würden für immer Freunde sein. Wir hatten so große Träume, dass es wehtat. Und jetzt … Das Einzige, was wir heutzutage noch gemeinsam haben, ist unsere Wut, und ich habe keinen verdammten Schimmer, wie ich das ändern soll.«

Mir wird schwindelig. Ich fühle mich, als würde ich an einem Abhang stehen, und obwohl ich nicht fallen will, weiß ich doch, dass ich es nicht verhindern kann. Wie ist es möglich, für einen einzigen Mann so viele widerstreitende Gefühle zu hegen? Wie kann ich ihn gleichzeitig lieben und hassen? Wie kann es sein, dass ich ihn nie wiedersehen will und ihn gleichzeitig bitten will, nie wieder von meiner Seite zu weichen?

Wenn es nur einen Weg gäbe, unsere Beziehung neu zu starten. Alle verletzenden Dinge auszuradieren, die wir gesagt und getan haben, und von vorne anzufangen. Alle unsere Vorwürfe zu vergessen.

Jake schaut kurz nach unten und reibt sich mit der Hand über den Kiefer. »Hör mal, Asha, ich …«

Er wird von einem lauten Klopfen unterbrochen.

»Polizei. Machen Sie auf!«

Ich lasse den Kopf in den Nacken sinken. *Zur Hölle mit Ihnen, Mrs Levine.*

»Merk dir, wo wir stehengeblieben sind«, sage ich und wende mich zur Tür. »Ich bin sofort wieder da. Fass nichts an.«

Ich gehe den Flur hinunter und öffne die Tür, vor der eine schwarze Polizistin steht. Neugierig spähe ich hinaus und sehe ihren Partner an den Türen am anderen Ende des Flurs klingeln.

»Guten Abend, Ma'am«, sagt sie mit einem Nicken. »Uns wurde gemeldet, dass ein seltsamer Mann durch das Gebäude stromert und die Bewohner belästigt. Wollte nur fragen, ob Sie ihn gesehen haben. Der Verdächtige wurde so beschrieben …«

Sie greift nach ihrem Notizblock. »Über eins neunzig, dunkle Haare, muskulös gebaut, trägt einen Smoking.« Sie sieht mich an. »Haben Sie jemanden gesehen, der dieser Beschreibung entspricht? Und wenn ja, könnten Sie ihn zu mir schicken?« Sie lacht herzlich, und das bringt mich zum Lächeln.

»Es tut mir leid, dass Sie wegen eines falschen Alarms gerufen wurden, Officer. Die alte Mrs Levine hat meinen Freund Jake im Flur gesehen und ... na ja, sie bekommt schnell Angst und hat die örtliche Polizeiwache auf der Kurzwahltaste.«

Sie wirft einen Blick auf Mrs Levines Tür und dann zurück zu mir. »Verstehe. Also ist dieser Jake in Ihrer Wohnung?«

»Ja.«

Sie senkt die Stimme. »Ma'am, wenn Sie in Bedrängnis sind oder gegen Ihren Willen festgehalten werden, blinzeln Sie zweimal.«

Ich runzele die Stirn. Ich bin ein bisschen in Bedrängnis, aber nicht auf die Art, die sie meint.

»Mir geht's gut, wirklich. Das ist ein Missverständnis. Ich beweise es Ihnen.« Ich rufe: »Jake? Kannst du bitte mal herkommen?«

Nach ein paar Sekunden tritt Jake in den Flur und kommt zu uns. Ich höre die Polizistin leise murmeln: »Lieber Gott im Himmel.«

Er bleibt neben mir stehen und nickt ihr zu. »Officer. Alles in Ordnung?«

Die Polizistin starrt ihn an. »Oh ja. Alles suuuuper. Sind Sie beide verheiratet?«

Ich verschlucke mich fast an meiner Zunge. »Gott, nein.«

»Zusammen?«

»Nein.«

»Also Freunde?«

»Nein«, sagt Jake nachdrücklich.

»Hmm«, sagt die Polizistin. »Dann sind Sie also Single?«

Jake runzelt die Stirn. »Gewissermaßen.«

»Ich verstehe.« Sie starrt ihn ehrfürchtig an.

Ja, ich bin ganz Ihrer Meinung, Lady.

»Okay«, sagt sie lächelnd. »Dann gehe ich wohl besser. Tut mir leid, dass ich Sie gestört habe. Haben Sie noch einen schönen Abend, ja?«

Nachdem sie gegangen ist, schließe ich die Tür und drehe mich zu Jake um.

Er hat die Hände in den Taschen und lässt die Schultern hängen. »Wir müssen los. Schnapp dir deine Sachen.«

Ich bemerke seinen veränderten Tonfall. »Was? Bist du sauer, dass Mrs Levine deinetwegen die Polizei gerufen hat? Das könnte nämlich noch mal passieren. Nächstes Mal sagst du einfach, dass du Rock Hudson bist, und das war's.«

Er sieht mich nicht an. »Asha, wir kommen zu spät. Lass uns gehen.«

»Okay.« Ich gehe in mein Zimmer und schlüpfe in meine Schuhe, aber als ich nach meiner Handtasche greifen will, stutze ich. Der Stapel Notizbücher liegt offen da, und eins liegt auf dem Bett.

Oh Gott, nein.

Ich erinnere mich an den Tag, als ich den Titel mit fettem, schwarzem Filzstift auf die Vorderseite geschrieben habe. »100 DINGE, DIE ICH AN JACOB STONE HASSE.« Es war der Tag, an dem ich schließlich akzeptiert hatte, dass mein ehemals bester Freund für immer verschwunden war. Ich hatte mir die Augen ausgeheult. Ich hatte nicht nur geweint, weil ich ihn so sehr vermisste, dass mir alles wehtat, sondern weil ich wusste … ich wusste einfach, ich hätte es verhindern können, wenn ich es versucht hätte. Wenn ich die Dinge anders angegangen wäre. Wenn ich nicht mehr so ängstlich gewesen wäre.

»Es wundert mich, dass dir nur hundert eingefallen sind.« Ich drehe mich um und sehe Jake im Türrahmen stehen, das Gesicht halb im Schatten verborgen. »Oder gibt es da irgendwo in dem Stapel eine Fortsetzung?«

Angst pulsiert in meinen Adern. Dieses Buch war nur für mich bestimmt. Eine Privatbeichte. Selbsthypnose.

»Wie viel hast du gelesen?«

Er kommt herüber und hebt es hoch. »Ich habe es nur durchgeblättert, aber das hat gereicht.« Er hält es so fest, dass sich der Umschlag verbiegt. Ich will es ihm wegreißen und verbrennen, aber der Schaden ist bereits angerichtet.

»Jake, ich kann es erklären.« *Kannst du das?*, flüstert eine verbitterte Stimme. *Du kannst dir selbst ja kaum die Wahrheit eingestehen, geschweige denn ihm.*

Er schlägt das Buch auf. »Eins: Ich hasse sein Gesicht. Wie jeder Gesichtsausdruck bei ihm zu einer Art spöttischem Grinsen wird. Zwei: Seine Augen. Nicht mal mehr braun. Einfach tiefschwarz, genau wie seine Seele. Drei: Sein dummer, frecher Mund. Der nichts als Herabsetzungen und Sarkasmus auskotzt. Ich würde ihn am liebsten schlagen. Die Worte wieder zurück hinter seine Lippen prügeln. Ihn zum Bluten bringen.« Er schaut zu mir auf. »Das geht eine Weile so weiter. Du sagst nichts über meine Fingernägel, aber abgesehen davon sind alle Körperteile abgedeckt.«

»Jake …«

»Unterbrich mich nicht. Danach kommst du erst richtig in Fahrt.« Er blättert ein paar Seiten vor. »Nummer siebenundzwanzig: Ich hasse es, wie er mich anstarrt, wie ein Serienmörder, der davon träumt, seinem Opfer die Haut abzuziehen. Weiß er nicht, dass er mich schon bis auf die Knochen gehäutet hat? Warum versteht er nicht, dass ich wegen ihm nur noch eine riesige wandelnde Wunde bin?«

»Hör auf, Jake.«

»Warte, jetzt kommt meine Lieblingsnummer.« Seine Stimme verrät seinen Ärger, und seine Bewegungen sind fahrig und steif. »Nummer dreiunddreißig: Ich hasse sein Herz. Sein schwarzes, verkümmertes, vergiftetes Herz, das weder lieben noch mitfühlen kann.« Er macht eine Pause und presst die Zähne zusammen, die Augen fest auf die Seite gerichtet. »Kein Wunder, dass er keine Freunde hat. Wer würde mit diesem unwürdigen, hartherzigen Monster abhängen wollen?« Mir schnürt sich die Kehle zu, als er zu mir aufsieht. Ich habe ihn schon verletzt gesehen, aber noch nie so wie jetzt. Sein Gesichtsausdruck spiegelt Schmerz und Verrat wider.

»Unwürdiges, hartherziges Monster.« Er sagt es leise, mit einem Hauch von Ehrfurcht. »Wow. Ich glaube, bis gerade eben war mir nicht klar, wie sehr du mich hasst.«

Ich trete einen Schritt vor in dem verzweifelten Versuch, es zu erklären. »Jake, das ist nicht … Das Ganze ist nicht mal real. Als ich das geschrieben habe, war ich jung und verbittert und … dumm. Es hat sich gut angefühlt, Müll auf die Seiten zu rotzen. Es hat mir geholfen zu atmen. Hast du in dieser Zeit nie fiese Sachen über mich geschrieben?«

»Nein.« Er lässt das Buch aufs Bett fallen. »Ich war sauer auf dich. Aber ich habe dich nie gehasst.« Er starrt mich ein paar Sekunden an, als wollte er noch etwas sagen. Dann löst er den Blickkontakt und dreht sich zur Tür. »Lass uns gehen. Wir kommen zu spät. Der Wagen wartet draußen.« Er geht ins Wohnzimmer.

»Jake … warte …«

Als ich mir die Handtasche geschnappt und in den Flur gelaufen bin, steht die Wohnungstür offen: Er ist weg.

18. KAPITEL

Ereignisreich

Als wir das Hotel betreten, habe ich Mühe, mit Jakes Riesenschritten mitzuhalten. Die ganze Fahrt über war er still und angespannt. Ich habe mehrmals versucht, mich zu entschuldigen und ein Gespräch anzufangen, aber er starrte bloß aus dem Fenster und gab einsilbige Antworten.

Ich fühle mich elend, weil er das Tagebuch gelesen hat, aber im Moment haben wir eine Aufgabe zu erfüllen, und ich will sie gut erfüllen.

Ich werfe noch einmal einen Blick auf Sids E-Mail und bewege mich so rasch, wie es meine Absätze zulassen. »Sids Ratschlag für Fotos: Beweg dich nicht zu viel. Du brauchst nicht zu lächeln, aber wenn, dann sollte es ehrlich sein. Wenn du etwas gefragt wirst, antworte nur auf die Fragen, mit denen du dich wohlfühlst. Wenn du eine Frage nicht beantworten möchtest, dann sag dies höflich.«

»Verstanden.«

»Wenn es irgendein Problem gibt, schau einfach zu mir herüber, dann schreite ich ein.«

Plötzlich bleibt er stehen und hält mir seinen Arm hin. Überrascht sehe ich ihn an.

»Nimm ihn einfach«, sagt er. »Es ist nervig, wenn du hinter mir herstolperst wie eine Babygiraffe.«

Ich hake mich bei ihm unter und versuche, das Prickeln zu

ignorieren, das sich in mir ausbreitet, während wir in einem etwas gemäßigteren Tempo weitergehen.

»Eden und Max haben auch ein paar lustige Spiele vorbereitet, und Sid hätte gern, dass du daran teilnimmst. Den ganzen Abend über werden Fotografen unterwegs sein, und er möchte, dass du dich unters Volk mischst.«

»Super. Muss ich dabei so aussehen, als hätte ich Spaß?«

»Das wäre gut.«

»Dann solltest du mir besser Alkohol besorgen.«

Als wir beim roten Teppich vor dem Veranstaltungsort ankommen, bin ich verblüfft über die Menschenmasse. Vor uns wogt ein Meer von Kleidern und Anzügen, und die Aufregung und Energie ist mit Händen zu greifen.

»Mist«, flucht Jake leise. »Da soll ich reingehen? Kann ich mich nicht lieber einem netten Waterboarding unterziehen?«

Ich drücke ihm den Arm. »Das wird schon. Bleib einfach ruhig.«

»Dann darf ich sie also nicht anstarren wie ein Serienkiller, der davon träumt, ihnen allen die Haut abzuziehen? Verdammt.«

Sein Sarkasmus ist auf einem historischen Höchststand, und ich kann es ihm wirklich nicht verübeln. Wenn ich etwas so Gehässiges über mich gelesen hätte, wäre ich auch sauer. Es ist nur noch eine weitere Schicht Scheiße, über die wir noch nie gesprochen haben, und es fühlt sich an, als würde sich unsere ohnehin schon turbulente emotionale Wetterlage in einen Hurrikan verwandeln.

Als uns eine der Hostessen am roten Teppich sieht, dirigiert sie Jake vor ein Banner mit dem Romance-Central-Schriftzug. Kaum steht er dort, laufen die Blitzlichter Amok. Überall sind Fotografen, und Sid muss die Leute auf Professor Feelgood vorbereitet haben, denn augenblicklich beginnen sie, seinen Namen zu rufen.

»Jacob! Hier links! Hierher, Junge. Na los, Jacob!«

»Professor Feelgood! Mehr nach rechts, zu mir. Großartig! Genau so bleiben!«

Nach anfänglichem Blinzeln im Blitzlichtgewitter geht Jake erstaunlich gut mit der Aufmerksamkeit um. Er sammelt sich und lässt wie ein Profi die Hände in die Taschen gleiten. Dafür, dass er sich zum ersten Mal in einer derartigen Umgebung befindet, ist es erstaunlich, wie geduldig er posiert und Anweisungen befolgt.

»Und jetzt hierher! Jacob, hierher.«

Ich halte mich hinter ihm und versuche, professionell und selbstbewusst zu wirken. Innerlich raste ich aus. Überall sehe ich Stars. Gerade teilt sich Jake den roten Teppich mit drei Oscar-Preisträgerinnen, zwei Grammy-Gewinnerinnen und einer ehemaligen First Lady. Ich weiß ja, dass Max eine Menge prominenter Kundinnen hat, aber das hier ist absurd.

»Jacob! Dürfen wir ein Foto von dir und deiner Freundin machen? Bring sie mit.«

Ich will ihnen gerade sagen, dass ich nicht seine Freundin bin, da sagt Jake: »Komm her.« Er nimmt meine Hand und zieht mich an seine Seite. »Sid hat ausdrücklich gesagt, dass er Fotos von uns beiden haben möchte, also stell dir vor, ich wäre einer der Typen aus deinen Liebesromanen und kein Monster, und lächle.« Er legt mir einen Arm um die Taille, und seine warme Hand verursacht mir eine Gänsehaut.

Im Gegensatz zu seinem früheren Versprechen starrt Jake jeden Fotografen so an, als würde er ihn am liebsten umbringen. Zum Glück steht ihm durchdringend und genervt – und die bewundernden Blicke der vorbeikommenden Damen entgehen mir nicht.

Irgendwann, als meine Wangen vom Dauerlächeln schmerzen, führt uns eine Mitarbeiterin zu den riesigen Flügeltüren des Ballsaals.

Als wir eintreten, bleibt uns der Mund offenstehen.

»Verdammt«, sagt Jake, während er sich umschaut.

Im Raum ist jede Menge los, und überall, wo ich hinschaue, gibt es etwas Neues und Fabelhaftes zu entdecken. Von der Decke baumeln ein Dutzend Akrobaten an langen Seidensträngen; an die Wände sind digitale Zielscheiben mit neonfarbenen Cupidos projiziert, und vorne befindet sich eine riesige Bühne mit einem Orchester und einer Tanzfläche. Alles in allem ist es wie eine Mischung aus High-Tech-Karneval, einem Dinnerclub, der Bathöhle und dem Cirque du Soleil.

»Unglaublich«, sagt Jake.

Ich blicke zu ihm hinüber, und ausnahmsweise fällt es mir leicht, in dem Mann, der er jetzt ist, den Jungen von früher wiederzuerkennen. Einmal gab es ein Feuerwerk in einem Park in der Nähe unseres Viertels, und Jake und ich kletterten auf das Dach unserer Veranda, um es uns anzusehen. Wir sahen beide zum ersten Mal ein Feuerwerk, und der Ausdruck, den er jetzt auf dem Gesicht hat, erinnert mich an damals.

Als er bemerkt, dass ich ihn anstarre, schaut er mich fragend an. »Was?«

»Nichts. Ich habe nur …«

Er dreht sich zu mir um. »Nur was?«

Hin und wieder blitzt mein bester Freund aus meiner Kindheit wieder auf, und das erfüllt mich jedes Mal mit einer so starken Sehnsucht, dass es mir den Atem raubt.

»Ach nichts. Vergiss es.«

Er blickt mich einen weiteren Moment lang an, dann schüttelt er den Kopf und wendet sich ab. »Also, wer zum Teufel sind diese ganzen Leute hier?«

»Kundinnen von Romance Central. Ein Haufen New Yorker Singles auf der Suche nach Liebe.«

»Und sie glauben, eine App hilft ihnen dabei?«

»Wahrscheinlich haben sie alles andere schon versucht. Was haben sie zu verlieren?«

»Alles.«

Ein großer Mann vor uns, der mir bekannt vorkommt, zieht meine Aufmerksamkeit auf sich. Er dreht sich um, und ich bin schockiert, als ich Toby erkenne. Normalerweise ist sein Gesicht unter langen, strubbeligen Haaren und einem Dreitagebart verborgen, und ich habe ihn noch nie etwas anderes tragen sehen als Skinny Jeans und Strickjacken. Aber irgendwann, seitdem ich ihn heute Nachmittag gesehen habe, hat er sich die Haare schneiden lassen, und er ist frisch rasiert. Und nicht nur das: Er zupft am Kragen eines richtig schicken Anzugs.

Objektiv gesehen ist er ein echter Schnuckel.

»Toby! Hey!«

Er sieht mich und lächelt. »Hey, Ash! Du siehst unglaublich aus, wie immer.«

»Du aber auch. Hattest du ein Umstyling?«

Er blickt an sich hinab. »Ähm, ja. Eine Freundin hat gesagt, heute Abend müsste ich kultiviert aussehen.« Er deutet auf den Anzug. »Deswegen diese Ungeheuerlichkeit. Ich habe den Verdacht, dass dieser Kragen mich zu erwürgen versucht, aber was weiß ich schon?«

Er wirft Jake einen Blick zu. »Hi, ich bin Toby Jenner. Und du musst Phillipe sein. Ich habe schon viel von dir gehört.«

Jake schüttelt ihm die Hand. »Freut mich, dich kennenzulernen, aber ich bin nicht ihr Freund.« Er sagt nicht »Gott sei Dank«, aber es schwingt in seinem Ton mit.

»Tobes, das ist Jacob Stone«, erkläre ich. »Wir arbeiten zusammen an einem Buch.«

Einen Augenblick sieht Toby erleichtert aus, dann trifft ihn die Erkenntnis. »Moment, du bist dieser Professor-Feelgood-Typ, richtig? Ein paar Mädels auf der Arbeit sind ganz besessen von dir.«

Jake lächelt, aber es wirkt gezwungen. »Ähm ... schöne Grüße.«

»Die Happily-Ever-After-App ist Tobys Erfindung«, erzähle ich Jake. »Er ist ein Genie.«

Toby schüttelt den Kopf. »Eigentlich nicht, aber danke. Ich hoffe bloß, sie hilft dabei, Menschen zusammenzubringen. Denn darum geht es doch im Leben, oder? Bedeutungsvolle Verbindungen herzustellen.« Er signalisiert uns, ihm zu folgen. »Kommt hier rüber, dann richten wir euch die App ein.« Er führt uns zu einer Reihe von Bildschirmen, und nachdem er uns erklärt hat, wie wir die App auf unseren Smartphones installieren, deutet er auf eine Grafik.

»Also, die ganze Geschichte basiert auf einem neuartigen Algorithmus, den ich entwickelt habe, mit dem ihr eure Kompatibilität in verschiedenen Bereichen überprüfen könnt.« Er wischt über das Bild. »Der erste Schritt ist, den Fragebogen auszufüllen, aber die wahre Innovation ist das hier.« Er hält etwas hoch, das aussieht wie durchsichtige Plastikaufkleber mit Silberstreifen darin. Er löst die Sticker und klebt sie auf die Rückseite unserer Geräte. »Jede App kann ein mögliches Match basierend auf verschiedenen Variablen anzeigen. Das ist einfach. Aber was sie nicht bewerten können, ist, ob die Chemie stimmt. Niemand weiß genau, warum man sich zu gewissen Personen hingezogen fühlt. Aber mit diesem Biofilm in eurer Handfläche kann die App eure biologische und elektrochemische Reaktion auf jemanden messen und in die Kompatibilitätsberechnung einfließen lassen.«

Er gibt uns unsere Handys zurück und holt sein eigenes

hervor. »Also, um es mal zu demonstrieren, Asha, öffne deine App.« Als ich sie geöffnet habe, gibt er auf beiden Telefonen etwas ein. »Und jetzt stehen wir einfach nahe beieinander.« Er bewegt sich auf mich zu, bis wir einander beinahe berühren. »Atme einfach weiter, es dauert ungefähr dreißig Sekunden.«

Ich starre auf Tobys Brustkorb und warte darauf, dass der Biofilm seine Arbeit macht. Es fühlt sich seltsam an, ihm so nah zu sein. Nicht unangenehm, aber auch nicht entspannt.

»Die App interpretiert die Veränderung deines Herzschlags, deines Atemrhythmus, den Blutdruck, den Pheromonausstoß und so weiter, und dann …« Beide Telefone geben im selben Augenblick ein Pling von sich.

Toby blickt auf sein Display. »Okay, das wird dich nicht überraschen, aber ich fühle mich extrem zu dir hingezogen, und du …« Er blickt auf mein Telefon. »Du fühlst dich nicht extrem zu mir hingezogen.«

Ich betrachte den blauen Kreis, auf dem »62/100« zu lesen ist.

Toby zuckt die Achseln. »Um ehrlich zu sein, ist das besser, als ich erwartet hatte.«

Ich lächle ihn an. »Na ja, du siehst ja heute Abend auch besonders schick aus.«

Ich meine, ihn erröten zu sehen, als er auf eine weitere Funktion auf dem Display hinweist. »Wenn ihr euren Anziehungsfaktor zu den Ergebnissen des Fragebogens hinzufügt, erhaltet ihr die Gesamtkompatibilität, und – *ta-da!* – schon seid ihr auf dem besten Weg, euren Seelenverwandten zu finden.«

Tobys Telefon piept, er wirft einen Blick aufs Display und seufzt. »Tja, ich muss dann mal wieder los. Der Chef braucht mich. Wir sehen uns später noch. Viel Spaß!«

Ich winke ihm nach, als er sich durch die Menge davonschlängelt. »Bis später, Tobes.«

Als ich aufblicke, betrachtet Jake stirnrunzelnd sein Handy.

»Was ist los?«

»Nichts. Ich fülle bloß brav meinen Fragenbogen aus wie ein folgsames Schaf.« Seine Stimmung ist immer noch düster. Ich wünschte, ich könnte ihn aufheitern.

Du könntest in der Zeit zurückreisen und ein paar andere Entscheidungen treffen.

Ich rufe den Fragebogen auf meinem Telefon auf und arbeite ihn durch. »Was wäre, wenn du hier heute Abend deine perfekte Partnerin kennenlernen würdest? Würdest du mit ihr ausgehen?«

»Nein.«

»Warum nicht?«

»Weil ich immer noch versuche, über die letzte Person hinwegzukommen, die ich für die perfekte Partnerin gehalten habe.«

Ich lehne mich gegen den Tresen zurück, und schweigend beantworten wir die Fragen. Sie decken eine riesige Spannweite an Themen und hypothetischen Situationen ab. Ich verstehe nicht ganz, wie die alle zusammen ein Persönlichkeitsprofil ergeben sollen, aber Eden zufolge ist Max ein Experte in so etwas. Zweifellos hat er mit Toby bei der Entwicklung des Fragebogens zusammengearbeitet.

Ein paar Minuten später seufzt Jake tief. »Fertig. Warum nur fühlt es sich so an, als hätte ich gerade eine Prostatauntersuchung hinter mir?«

Ich beantworte die letzte Frage und klicke auf Speichern. »Ich schätze, sie brauchen so viele Informationen wie möglich, um eine möglichst exakte Vorhersage treffen zu können.« Ich bin versucht, mein Handy an seins zu halten, um zu sehen, wie gut wir zueinander passen, aber ich fürchte, es zu wissen wäre noch schlimmer als selige Unwissenheit.

Jake winkt einen vorbeikommenden Kellner heran, greift nach zwei Gläsern Champagner und reicht mir eins. Wir trinken beide einen großen Schluck, dann stehen wir schweigend da und beobachten das Treiben im Saal. Ich hasse diese Anspannung zwischen uns. Warum musste ich nur die Notizbücher herumliegen lassen? Und warum musste er sie lesen?

»Wie lange müssen wir das hier ertragen?«, fragt Jake. »Und wie betrunken darf ich werden?«

Ich beobachte, wie Gäste miteinander ins Gespräch kommen und ihre Telefone aneinanderhalten. Offensichtlich haben hier alle Spaß außer uns. »Sid möchte, dass wir ein paar Stunden bleiben.«

»Ich meinte nicht die Party«, sagt Jake und dreht sich zu mir um. »Ich meinte uns. Wie wir sind, wenn wir zusammen sind. Es ist anstrengend.«

Ich bin verblüfft. Ich habe mich so sehr über unser Hickhack beklagt, dass mir überhaupt nicht aufgefallen ist, dass es ihm genauso geht.

»Vielleicht hattest du recht und ich brauche wirklich eine andere Lektorin«, sagt er. »Ich hatte gehofft, es wäre genug Zeit vergangen, damit wir beide den ganzen Mist, den wir einander angetan haben, hinter uns lassen können, aber offensichtlich habe ich mich geirrt.«

Mit jedem seiner Worte wird meine Anspannung größer. Gestern hätte ich mich gefreut, dieses Projekt abzugeben und von ihm wegzukommen, aber nun, da er es vorschlägt, fühlt es sich schrecklich falsch an.

»Liegt es an dem Tagebuch? Wenn du möchtest, dass ich mich noch einmal entschuldige, dann werde ich es tun.«

Er blickt in sein leeres Glas. »Das Tagebuch ist nur ein Symptom, nicht die Ursache. Ich dachte, wenn wir zusammenarbeiten, könnte ich unsere Schwierigkeiten aus der Vergangenheit wie ein Hintergrundrauschen ausblenden, aber … das kann ich nicht. Es ist ohrenbetäubend. Wenn ich in deiner Nähe bin, höre ich nichts anderes. Deshalb kann ich nicht schreiben.«

»Jake, wir haben gerade erst einen Tag hinter uns. Wir müssen erst einmal eine Basis finden. Morgen wird es besser.«

Er sieht mich an. »Wird es das? Oder lassen wir uns von unseren Problemen beherrschen?«

»Wenn wir beide versuchen, besser miteinander umzugehen, dann bestimmt nicht. Ich weiß nicht, wie es dir geht, aber ich hasse es, die ganze Zeit auf dich sauer zu sein.«

Er lächelt bitter. »Ich bin schon so lange sauer auf dich, ich weiß gar nicht, wie ich damit aufhören soll.«

»Hast du es denn mal versucht?«

»Ja. Und du?«

Ich möchte sagen, ja, das habe ich, aber ich weiß, das stimmt nicht. Ein Teil von mir hat sich immer geweigert, meinen Ärger loszulassen, denn wenn er weg ist, werde ich mich einer ganzen Welt von Gefühlen stellen müssen, für die ich noch nicht bereit bin. Ist mein Ärger überhaupt echt? Oder ist das nur ein anderer Name für das Gefühl von Schmerz und Verlust, das mein Herz nicht wahrhaben will?

Ich packe Jake am Arm und ziehe ihn zur Bar am anderen Ende des Saals. »Na, komm.«

»Wo willst du hin?«

»Wir werden über alles reden, was wir einander angetan haben, und schauen, ob wir endlich einen Schlussstrich ziehen können. Aber bevor das passiert, brauche ich unbedingt etwas Richtiges zu trinken.«

Jeder erinnert sich anders an seine Kindheit. In meiner Erinnerung gibt es ein paar Schnappschüsse von Lachen und schmelzendem Eis im Sommer, vom Spielen im Park und vom Klettern auf Bäume, die es wahrscheinlich längst nicht mehr gibt. In diesen schnellen, filmartigen Flashbacks bin ich glücklich. Aber sie erzählen nicht die ganze Geschichte.

An den Großteil meiner Kindheit zu denken, fällt mir schwerer und macht nicht annähernd so viel Spaß. Diese Bilder sind dunkel und körnig; ein Film noir über ein Mädchen, das damit kämpft, seinen Platz in einer Welt zu finden, die ihm immer wieder Dinge und Menschen wegnimmt, ohne jemals etwas zurückzugeben.

Es gibt nur sehr wenige Menschen, die in beiden Versionen meiner Erinnerung vorkommen, aber Jake ist einer davon. Mein bester Freund Jake war derjenige, der mich zum Lachen brachte und an höheren Ästen baumelte, als ich es mich jemals getraut hätte. Und Jake der Fürsorgliche war für mich da, als mein Vater ging, als meine Mutter starb, wenn ich manchmal so schwermütig war, dass ich nichts anderes tun konnte, als mich zu einer Kugel zusammenzurollen und für eine Weile zu verschwinden.

Und wenn ich nun an diese Zeit zurückdenke, überfällt mich eine unfassbare Traurigkeit, denn unsere Freundschaft war so einfach, dass ich dachte, alle Freundschaften wären so: unmittelbar und kraftvoll. Und wenn ich es heute Nacht versaue, werde ich nie wieder einen Freund wie ihn haben. Und das wäre tragisch.

In der Hoffnung, die uns selbst auferlegte Intervention zu vereinfachen, haben wir Tequila bestellt.

»Und los!«

Wir knallen unsere Gläser auf den Tresen, ehe wir uns Zitronenspalten in den Mund stopfen und sie aussaugen.

»Gibt es eine Faustregel, wie viel Alkohol wir konsumieren müssen, bevor wir unser emotionales Trauma angehen können?«, fragt er und lässt die Zitrone in sein Glas fallen. »Denn ich verspüre noch nicht das Bedürfnis, darüber zu reden.«

Ich bedeute dem Barkeeper, dass er uns eine weitere Runde bringen soll. »Vielleicht gibt es eine Formel. Einen Kurzen für jedes Jahr, in dem wir keinen Kontakt hatten.«

»Was? Sechs Kurze für jeden? Nach so viel Tequila wäre ich nicht einmal mehr in der Lage, mit beiden Händen meinen eigenen Arsch zu finden, geschweige denn ein zusammenhängendes Gespräch zu führen.«

Ich möchte mit dem Prozess anfangen, aber ich habe das Gefühl, durch ein Minenfeld zu rennen. Wenn ich nur ein falsches Wort sage, besteht die Möglichkeit, dass Jake mich noch mehr verachtet als ohnehin schon, und das wäre richtig scheiße.

Jake sieht aus, als fühle er sich genauso unwohl. »Warum zum Teufel ist das so schwer?«

Weil so viel auf dem Spiel steht.

»Professor Feelgood?« Eine Gruppe junger Frauen kommt auf Jake zu. »Entschuldige die Störung, aber wir sind große Fans von dir. Können wir ein Foto mit dir machen?«

Jake schaut mich überrascht an, dann wendet er sich wieder ihnen zu. »Äh … Okay. Warum nicht?« Es muss seltsam für ihn sein, nach Jahren der Anonymität so im Rampenlicht zu stehen. Und die Zahl der Leute, die ihn erkennt, wird sich nur noch erhöhen.

Die Wortführerin der Mädchen dreht sich zu mir um und streckt mir ihr Handy entgegen. »Entschuldigung, könntest du …?« Auf einmal werden mir weitere fünf Handys in die Hand gedrückt.

»Klar.«

Die Mädchen scharen sich um ihn, reden darüber, welche ihre Lieblingsgedichte sind, und posieren jedes Mal, wenn ich eine der Kameras hebe. Ich weiß, warum sie sich zu ihm hingezogen fühlen, aber keine von ihnen hat eine Ahnung davon, wer er wirklich ist. Keine kennt sein innerstes Wesen.

Ich kannte es mal.

»Und das Letzte.« Ich halte das Telefon hoch und ignoriere das Engegefühl, das alle meine Gliedmaßen zu infizieren beginnt. Nostalgie erreicht nichts anderes, als dass du jede Entscheidung, die du jemals getroffen hast, in Zweifel ziehst.

»Ash!« Ich drehe mich um und sehe Eden auf mich zukommen. Jake bemerkt es und scheint erleichtert, eine Ausrede zu haben, um die Damen loszuwerden.

»Hey!«, sagt Eden, als ich sie umarme. »Du siehst umwerfend aus.« Sie löst sich von mir und mustert Jake alles andere als subtil von oben bis unten. »Na sieh mal einer an. Der kleine Jakey Stone ist erwachsen geworden.« Irgendwie schafft sie es, gleichzeitig freundlich und einschüchternd zu wirken.

Jake reckt das Kinn vor. »Eden. Schön, dich wiederzusehen.«

Als wir klein waren, behandelte Eden Jake wie einen kleinen Bruder, das heißt, sie machte ihm das Leben zur Hölle. Um fair zu bleiben, er setzte sich zur Wehr, aber es war immer klar, dass sie echte Zuneigung füreinander empfanden. Leider war ihre Beziehung ein Kollateralschaden, als er und ich uns zerstritten. Es ist bizarr, die beiden wieder zusammen zu sehen.

»Wenn du vorhast, dich meiner Schwester gegenüber wieder wie ein Arschloch zu benehmen, lass es mich so schnell wie möglich wissen. Auftragskiller sind teuer, und ich muss anfangen zu sparen.«

Jake schenkt ihr ein müdes Lächeln. »Manche Leute werden schon als Arschloch geboren, anderen wird die Rolle aufgedrückt. Ich bemühe mich zumindest, kein Arschloch zu sein.«

»Gut.« Sie schaut mich an. »Das Universum hat hart daran gearbeitet, die Wonder Twins wieder zusammenzubringen. Vermasselt es nicht.«

Jake seufzt. »Leichter gesagt als getan.«

Ein Kellner hält uns ein Tablett mit Cocktails hin, und wir nehmen uns jeder einen. Ich nähere mich meinem Limit, also sollte ich etwas langsamer trinken.

»Jungs! Hier drüben!« Eden winkt jemandem hinter uns zu, und als ich mich umdrehe, sehe ich Max und Derek auf uns zukommen.

Oh Gott.

Sobald Derek mich sieht, leuchten seine Augen, aber dann wirft er Eden einen Blick zu, um sicherzugehen, dass sie nichts bemerkt hat. Es wird kein Spaß werden, heute Abend den Schein zu wahren. Der Umgang mit Jake nimmt all meine Energie in Anspruch. Fast hätte ich meine andere Mission vergessen.

Nachdem Eden und ich die Männer begrüßt haben, deute ich auf Jake. »Äh, Max … Das ist Jacob Stone, unser neuester Whiplash-Autor. Jake, das ist Edens Freund und Gründer von Romance Central, Max Riley. Er hat dieses unglaubliche Event organisiert.«

»Nun ja, ich hatte eine Menge Hilfe.« Max streckt die Hand aus und Jake schüttelt sie. »Hey, Jake. Schön, dich endlich kennenzulernen.«

»Und das ist Edens Chef und … ähm … der Hauptsponsor des heutigen Abends, Derek Fife.« Ich weiß nicht, warum es mich so nervös macht, Jake Derek vorzustellen. Aus irgendeinem Grund fühlt es sich an wie eine Katastrophe, die nur darauf wartet, losbrechen zu können.

Die beiden Männer geben einander die Hand, und Derek nickt Jake feierlich zu. »Herzlichen Glückwunsch zum Buchvertrag, Jake. Asha hat mir erzählt, dass du wirklich talentiert bist.«

Jake scheint überrascht zu sein, dass ich von ihm gesprochen habe. »Äh … danke. Das ist schön zu hören.«

Während Max und Eden Jake in ein Gespräch über seinen Instagram-Ruhm verwickeln, nutzt Derek die Gelegenheit, sich zu mir zu beugen, und flüstert: »Mein Gott, du bist umwerfend. Atemberaubend.«

Ich lächle und flüstere zurück: »Du siehst auch nicht schlecht aus.« Der Smoking steht ihm wirklich gut.

Er hält mir heimlich sein Telefon entgegen, damit ich meines daranhalten kann. »Nur zum Spaß.«

Ich schaue kurz zu den anderen, um sicherzustellen, dass sie nicht gucken, dann ziehe ich mein Handy heraus und halte es an seins. Es gibt ein leises Ping, und ich überprüfe die Ergebnisse.

»Einundneunzig Prozent.« Ich bin enttäuscht. Insgeheim hatte ich wohl gehofft, ich würde mir nur einbilden, wie gut wir zueinander passen, denn dann hätte ich eine Erklärung für die Reaktion meines Körpers gehabt. Aber nein. Wir sind exakt so kompatibel, wie ich es vermutet habe. Verdammt.

»Hm«, macht Derek. »Ich hätte gedacht, es wäre höher.« Er lässt sein Telefon wieder in seine Tasche gleiten. »Nur noch eine Stunde, bis wir uns wegschleichen können. Endlich! Ich habe keine Lust mehr, so zu tun, als ob ich dich nicht kenne.«

Ich trinke einen Schluck Champagner. »Geht mir genauso.« Nun, da wir hier sind, setzt langsam meine Panik ein, aber ich kann jetzt nicht einfach kneifen. Eine Konfrontationstherapie ist vielleicht meine einzige Chance, meine blöde Macke zu überwinden. Manche Arachnophobiker lassen sich Vogelspinnen über den ganzen Körper krabbeln, oder Leute mit Höhenangst seilen sich von einem Hochhaus ab. Ich muss mich bloß vor einem attraktiven Mann ausziehen, ohne den Verstand zu verlieren. Kein Problem.

Ich werfe Jake einen Blick zu und sehe, wie er Derek stirnrunzelnd mustert. Dann schaut er mich an und zieht eine Augenbraue hoch.

Oh, Mist.

Ich stürze den Rest meines Drinks hinunter und seufze. In den unsterblichen Worten aus *Per Anhalter durch die Galaxis*: Keine Panik! Vielleicht hält er ja den Mund und macht keinen Ärger. Und vielleicht wächst mir auch der dritte Arm, den ich mir immer gewünscht habe.

»Wir treffen uns später wieder«, sagt Eden. »Es ist fast Zeit für Max' Rede. Und du, Derek, musst deine verkümmerten Lachmuskeln trainieren, bevor er dir dankt.«

Derek funkelt sie zornig an. »Bezahle ich dich dafür, dass du eine unerträgliche Besserwisserin bist?«

»Nein«, antwortet sie grinsend. »Für dich mache ich das gerne gratis.«

»Habe ich ein Glück.«

Nachdem sich die anderen verabschiedet haben, bleibt Derek für einen Augenblick bei uns zurück. »Sehen wir uns später noch?«

Ich nicke, mir ist nur zu bewusst, dass Jake uns beobachtet. »Mh-hm. Ich bin noch eine Weile hier.«

Als sie weg sind, kann ich förmlich sehen, wie sich in Jakes Hirn die Rädchen drehen. Ich deute in Richtung Bühne. »Wir sollten uns Max' Rede anhören, und danach können wir reden.« Ohne seine Antwort abzuwarten, bahne ich mir einen Weg durch die Menge.

Er holt zu mir auf. »Ich nehme an, deine Schwester hat keine Ahnung, dass du was mit ihrem Chef hast?«

»Und woher weißt du das?«

»Ich habe Augen im Kopf – und du hast absolut kein Pokerface.«

»Jake …«

»Wie lange machst du Eden schon was vor? Ist dir klar, wie sauer sie sein wird, wenn sie es herausfindet?«

»Ja. Deshalb würde ich es begrüßen, wenn du es ihr nicht verrätst. Ich erzähle es ihr, wenn der richtige Zeitpunkt gekommen ist.«

»Und wann soll das sein? Bei eurer Hochzeit? Oder wenn ihr euer erstes Kind bekommt?«

»Mach dich nicht lächerlich.«

Die Lichter werden gedimmt, und ein einzelnes Spotlight fällt auf Max, der an einem Rednerpult mitten auf der Bühne steht. Alle applaudieren.

»Guten Abend zusammen«, sagt Max lächelnd. »Ich möchte Ihnen allen dafür danken, dass Sie hier sind, um den Launch von Romance Centrals neuer Dating-App, *Happily Ever After*, kurz HEA, zu feiern. Wir von Romance Central glauben, dass alle es verdient haben, geliebt zu werden, und mit HEA helfen wir Ihnen, den perfekten Partner zu finden.«

Jake und ich stehen am Rande der Tanzfläche und fallen in den erneut einsetzenden Beifall mit ein. Während Max redet, entdecke ich Eden, die an der Seite der Bühne steht und ihn anstrahlt.

»Wenn Sie die App noch nicht ausprobiert haben, laden wir sie herzlich ein, zum Tech-Point neben der Tanzfläche zu kommen, damit unsere Assistenten Ihnen bei der Anmeldung helfen können. Man weiß ja nie. Vielleicht ist Ihr Seelenverwandter ja heute hier.«

Wieder Applaus, diesmal noch lauter als vorher.

Derek steht neben Eden, und als von Seelenverwandten die Rede ist, schaut er mich an und lächelt.

Ich lächele zurück, aber es fühlt sich gezwungen an.

»Ein großes Dankeschön an unser Tech-Genie vom Dienst, Toby Jenner, der die App entwickelt hat, und Applaus für unseren Hauptsponsor, Derek Fife vom *Pulse Magazine*.« Derek winkt der Menge zu.

Max fährt fort, die Funktionen der App zu erläutern, aber ich kann nur daran denken, was heute Abend alles schiefgehen kann. Ich fühle mich wie eine Kandidatin in irgendeiner Gameshow.

ENTWEDER Eden weiterhin über meinen Freund belügen ODER reinen Tisch machen und mitten in einer Promi-Veranstaltung in einen Riesenstreit mit ihr geraten.

ENTWEDER hinkriegen, mit Derek einen umwerfenden Orgasmus zu erleben, ODER schreiend aus dem Zimmer rennen und in ein Nonnenkloster eintreten.

ENTWEDER meine Probleme mit Jake aus der Welt schaffen ODER ihn endgültig aus meinem Leben verbannen.

Ich reibe mir die Schläfen. Ich habe gerade zu viele Eisen im Feuer.

»Es gibt viele Gründe, die uns daran hindern, die große Liebe zu finden«, erklärt Max. »Und viele davon liegen in uns selbst. Wenn Sie Schwierigkeiten haben, eine langfristige Beziehung zu führen, liegt es möglicherweise an einem Ereignis in Ihrer Vergangenheit. Und das muss nicht einmal etwas mit Liebe zu tun haben. Es könnte auch ein ungelöstes Problem mit einem Freund oder einem Familienmitglied sein.«

Ohne darüber nachzudenken, blicke ich zu Jake hinüber und stelle fest, dass er mich ebenfalls ansieht.

Ja. Das klingt logisch.

»Deshalb ist HEA mit einer Hotline ausgestattet, die Sie

mit einem unserer qualifizierten Therapeuten verbindet. Einige von ihnen sind heute Abend hier, also wenn Sie glauben, dass Sie ein Problem haben, sprechen Sie sie an.«

Eine Dating-App, die professionelle Hilfe anbietet? Das ist verdammt genial.

Max tritt hinter seinem Rednerpult hervor und stellt sich an die Bühnenkante. »Um nun einige der Funktionen der HEA-App zu demonstrieren, bitte ich einen unserer Ehrengäste zu mir auf die Bühne. Er ist ein Mann, der mutig genug war, seine Beziehungsprobleme mit seinen drei Millionen Instagram-Followern zu teilen, und bald veröffentlicht er sein erstes Buch. Bitte begrüßen Sie Professor Feelgood, Jacob Stone!«

Jake dreht sich zu mir um, während die Menge ausrastet. »War das deine Idee?«

»Nein«, beteuere ich, ebenso entsetzt wie er. »Ich glaube, das ist eine der Aktionen, von denen ich vorhin gesprochen habe. Oder Max versucht, kostenlose Werbung für dich zu machen.«

»Er hat mich doch gerade erst kennengelernt. Warum hasst er mich jetzt schon?«

Die Menge skandiert »Feelgood, Feelgood«, und Jake fährt sich mit der Hand durch die Haare. »Ach du Scheiße.« Er holt tief Luft und betritt die Bühne, und sobald die Frauen im Publikum ihn gut erkennen können, fangen sie an zu kreischen.

Meine Güte, man könnte meinen, sie hätten noch nie einen hübschen, unglücklich verliebten Dichter gesehen. Reißt euch zusammen, Ladys!

Jake winkt verlegen und überquert die Bühne, um Max die Hand zu schütteln.

»Danke, dass du mitspielst, Jake.«

»Klar, kein Problem.« Er klingt entspannt, aber sein Gesichtsausdruck spricht Bände.

»Also, hast du schon die App heruntergeladen und deinen Fragebogen ausgefüllt?«

»Habe ich.«

»Super. Gibt es hier Singlefrauen, die gerne ausprobieren würden, wie gut sie zu Professor Feelgood passen?«

Das darauf folgende Kreischen ist ohrenbetäubend. Alle Frauen um mich herum reißen die Hände hoch, sodass es mich wundert, dass keine Schockwelle durch den Raum geht.

Max wählt zehn Damen aus, die er auf die Bühne bittet, und als sie sich um Jake scharen, wirft dieser mir einen Blick zu wie ein Verurteilter, der verzweifelt auf den Anruf mit der Begnadigung wartet. Leider kann ich ihm nicht helfen. Ich hoffe bloß, dass er mitspielt und ruhig bleibt.

19. KAPITEL

Die ganze Wahrheit

»Zwei Ladys noch«, verkündet Max, und die Menge jubelt, als würde sie einem Gladiatorenkampf zusehen. Bisher hatte keine der Damen mehr als fünfzig Prozent Übereinstimmung mit Jake, und ihre Reaktionen waren komödiantisches Gold. Was Jake angeht, war er so charmant, wie ich ihn noch nie gesehen habe. Er begrüßt jede Frau herzlich, und wenn die Punkte angezeigt werden, schafft er es jedes Mal, enttäuscht dreinzuschauen. Vermutlich geht er durch die Hölle, aber er überspielt es gut. Überrascht stelle ich fest, dass ich stolz auf ihn bin. Wenn Sid hier wäre, würde er vor Freude in die Luft springen. Die HEA-App wird vielleicht ein weltweiter Erfolg, aber heute Abend ist definitiv Jake der Star.

»Hey, du.« Ich drehe mich um und sehe Joanna, die mich anlächelt. »Wie läuft's?«

»Jo!« Ich umarme sie fest. Es ist verdammt gut, sie zu sehen. Ich habe mich den ganzen Abend mühsam über Wasser gehalten, und endlich ist mein Rettungsfloß angekommen.

»Oh, Scheiße, aua.« Sie macht sich von mir los. »Immer mit der Ruhe, Hulkine. Menschenknochen brechen schnell.« Sie schaut zur Bühne hoch. »Also, dein Typ rockt es da oben. War das so geplant?«

»Nicht von mir. Aber egal, wer das organisiert hat, ich bin ihm dankbar. Es ist eine geniale Präsentation.«

Jo checkt die Menge. »Wenn ein paar dieser Ladys ein bisschen mehr Alkohol getrunken hätten, würde Jake jetzt unter einer Lawine fliegender Höschen begraben. Im besten Fall hat er jetzt ein paar neue Follower. Selbst Sarah Jessica ist begeistert. Sie will wissen, ob er für einen wohltätigen Zweck an einer Junggesellen-Versteigerung teilnehmen würde, die sie organisiert. Ich habe ihr gesagt, dass du ihn für absehbare Zeit in seiner Schreibhöhle anketten wirst.«

Mein Gesicht muss verraten, worüber Jake und ich vorhin gesprochen haben, denn Jo schaut verwirrt.

»Habe ich etwas verpasst?«

»Jake hat erkannt, dass ich nicht seine Lektorin sein sollte. Ich dachte, es würde ihn eine Woche kosten, seinen Fehler einzusehen, aber offensichtlich brauchte es nur einen Tag in meiner entzückenden Gegenwart.« Ich versuche zu verstecken, wie schlecht ich mich deswegen fühle, aber Joanna kann man nichts vormachen.

»Autsch. Anstatt ihn zu bitten zu gehen, musst du ihn jetzt also bitten zu bleiben?«

»Ja, und ich komme mir wie eine Idiotin vor. Ich weiß nicht mehr, was ich will, verdammt.«

Ihr Mund wird zu einer dünnen Linie, während wir Max dabei beobachten, wie er seine Präsentation beendet. »Asha, ich möchte dir eine kleine Geschichte erzählen.« Sie hakt sich bei mir unter. »Als ich noch ein Kind war, hatte ich diesen Teddybären, den mir meine Grandma geschenkt hatte. Er hieß Vlad der Pfähler, und ich habe ihn von ganzem Herzen geliebt.«

Ich runzele die Stirn. »Du hast deinen Teddy Vlad den Pfähler genannt?«

»Na, du weißt schon … Mein Urgroßvater hat mit Bram Stoker Bridge gespielt, bla, bla, bla. Jedenfalls, als ich meinen

Onkel besucht habe, der Chefgutachter bei Christie's ist, fiel ihm auf, dass Vlad ein Steiff war.«

»Ein Steiff?«

»Steiff-Bären sind die wertvollsten der Welt, und Vlad war ein besonders seltenes Exemplar. Mein Onkel sagte, er könnte ein paar hunderttausend Dollar erzielen, wenn ich ihn versteigern würde.«

Ich lehne mich zurück. »Echt? Für einen Teddybären?«

Sie nickt. »Ich konnte es auch nicht glauben. Ich meine, ich hatte Vlad seit Jahren und hielt ihn für selbstverständlich, und dann plötzlich: BÄM. Weil mich jemand daran erinnert hat, wie einzigartig und wertvoll er war, sah ich ihn mit anderen Augen. Der Wahnsinn, was?«

»Ja«, sage ich und weiß, was sie mir damit sagen will. »Das ist der Wahnsinn.«

Mit einem selbstzufriedenen Lächeln sieht sie für ein paar Sekunden zu Jake hinüber, dann dreht sie sich wieder zu mir. »Ich will bloß sichergehen, dass du verstehst, dass die Geschichte eine Metapher für dich und Jake ist. Als ihr Kinder wart, hast du ihn für selbstverständlich gehalten, aber jetzt, selbst mit all dem Drama, das ihr hinter euch habt, erkennst du langsam seinen wahren Wert.«

»Ja, Jo. Ich hab's kapiert. Danke.«

»Gut, denn meine Möpse haben jede Menge Gefühle, was euch angeht, deshalb müsst ihr euern Scheiß klären. Entweder das, oder du spendierst mir eine erotische Brustmassage, denn mir sind all diese Empfindungen total unangenehm.«

Ich lache. »Also war die Teddygeschichte nur Quatsch?«

»Nein, Vlad gab es wirklich. Er war nur nicht dreihunderttausend wert.«

»Ich dachte mir schon, dass das verrückt ist.«

»Ja, am Ende ging er für eins Komma drei Millionen weg.«

Ich lache, während Max seine Präsentation beendet. Nachdem die Menge Jake ordentlich applaudiert hat, verlässt er die Bühne, aber bevor er es zu uns schafft, wird er von Leuten bestürmt, die Fotos mit ihm machen wollen.

»Ich gehe ihn besser retten, damit wir reden können«, sage ich. »Vielleicht ist es zu spät, um noch etwas zu ändern, aber ich muss es wenigstens versuchen.«

Jo nickt. »Für euch beide gibt es keine einfache Lösung. Steht es durch und haltet euch lange genug mit fiesen Bemerkungen zurück, sodass ihr wirklich hören könnt, was der andere zu sagen hat. Hoffentlich könnt ihr das Gift aus ein paar alten Wunden rauslassen.«

So viele alte Wunden. So wenig Zeit.

»Worauf wartest du?«, fragt Jo und schubst mich sanft in Jakes Richtung. »Schnapp ihn dir. Sag die Wahrheit. Steh zu deinen Fehlern. Steh deine Frau.«

Ich reiche ihr meine Clutch. »Halt mal. Ich steige in den Ring.«

Ich hole tief Luft und straffe die Schultern, dann gehe ich mit großen Schritten zu Jake, der versucht, sich von seinen Fans zu befreien.

»Entschuldigt, Leute«, sage ich und nehme seine Hand. »Ich muss den Professor für eine Weile ausborgen. Haltet nach seinem Buch Ausschau, das bald bei Whiplash erscheint. Das wird großartig.«

Ich ziehe Jake zur Tanzfläche und versuche zu ignorieren, wie heiß sich seine Hand in meiner anfühlt.

»Danke, dass du mich gerettet hast.«

»Du hast es verdient. Du hast die gesamte Präsentation durchgestanden, ohne jemanden zu beschimpfen. Das hat mich beeindruckt.«

»Gut zu wissen, dass ich dich noch beeindrucken kann. Warum gehen wir auf die Tanzfläche?«

»Was glaubst du denn?«

Als wir in der Mitte der Tanzfläche angekommen sind, drehe ich mich zu ihm um. Er wirft einen Blick zum Orchester, das *The Way You Look Tonight* spielt.

»Das meinst du doch nicht ernst.«

»Doch natürlich meine ich das. Und bitte nennen Sie mich nicht Ernst.« Der Witz ist schon uralt, aber er hat uns immer zum Lachen gebracht. Ich habe keine Ahnung, was passiert, wenn wir die Schleusen zu unserer steinigen Vergangenheit öffnen, deshalb halte ich einen leichten Einstieg für die beste Taktik.

Ich gehe einen Schritt auf ihn zu. »Tanz mit mir.«

Seine Miene wirkt, als hätte ich ihn gerade gebeten, nackt die Fifth Avenue herunterzurennen.

»Du weißt, dass ich nicht gut tanzen kann.«

»Ich auch nicht. Aber zusammen schaffen wir es bestimmt. Lassen wir die Hosen runter.«

Er zieht die Augenbrauen hoch. »Vorsicht, Prinzessin. Willst du mich anmachen?«

»Entspann dich.«

Vorsichtig lege ich ihm die Hand auf die Schulter. Er schaut sie flüchtig an, tritt dann einen Schritt auf mich zu und legt mir den Arm um die Taille. »Okay, aber du musst wissen, dass ich keinerlei Verantwortung übernehmen kann, wenn du irgendeinem Drehbedürfnis nachgibst.«

Ich lege meine Hand in seine, und er zieht mich an sich. Als sich unsere Körper berühren, spüre ich seine Wärme in jeder Zelle. Das Gefühl ist so überwältigend, dass ich einen Schritt zurückweiche. Ein bisschen Luft zwischen uns wird mir helfen, mich zu konzentrieren.

Als ich zu Jake aufsehe, presst er die Zähne aufeinander. »So nah sind wir uns schon lange nicht mehr gekommen.«

»Das war der Plan.«

Ihn zu berühren löst so viele Gefühle in mir aus, dass ich die guten nicht von den schlechten unterscheiden kann.

»Jake …« Gott, ist das schwer. Etwas zu zerbrechen ist einfach. Es wieder zusammenzusetzen ist definitiv schwieriger. »Ich weiß nicht …« Ich stoße den Atem aus. *Komm schon, Mut. Steh mir bei.* »Ich will dich nicht verlieren.«

Er runzelt die Stirn. »Als Autor?«

»Ja, aber auch …« Verdammt, mir bleibt jedes Wort im Hals stecken. Es ist so, als hätte ich sie so oft zurückgehalten, dass sie Angst vor der Außenwelt haben. »Ich vermisse … was mal zwischen uns war. Ich weiß, du denkst, wir könnten nicht zusammenarbeiten, aber … wir waren mal ein richtig gutes Team. Ich habe keine Ahnung, ob irgendetwas von dem, was mal zwischen uns war, gerettet werden kann, aber wenn … dann möchte ich es versuchen.«

Durch das, was ich gerade gesagt habe, fühle ich mich so entblößt, dass mein Instinkt mir rät, das alles abzublasen. Aber ich kann diesem Gespräch nicht länger aus dem Weg gehen. Es ist an der Zeit.

Wir bewegen uns auf die simpelste Weise zur Musik, aber die anderen Paare um uns herum machen auch nicht viel mehr. Jakes Schulter unter meiner Handfläche ist angespannt und seine Hand drückt meine in einem vagen und unregelmäßigen Rhythmus.

»Bist du dir sicher, dass du das tun willst?«, fragt er.

»Was haben wir zu verlieren?«

Seine besorgte Miene deutet an, dass er glaubt, wir könnten noch tiefer fallen, aber das erscheint mir unmöglich.

»Okay.« Er starrt für eine Weile in die Ferne, als hätte er

schon hundertmal geprobt, was er in dieser Situation sagen wird, und als überlegte er, welchen Faden er zuerst aufnehmen soll.

»Hast du dich jemals gefragt, warum ich dich Prinzessin nenne?«, fragt er schließlich.

»Weil du wusstest, dass mich das ärgert?«

Er sieht schuldbewusst aus, was mir verrät, dass ich teilweise recht habe.

»Es liegt daran, dass du als Kind von Prinzessinnen besessen warst. Kannst du dich nicht mehr daran erinnern, dass du ständig so getan hast, als wärst du Aschenputtel oder Rapunzel oder Schneewittchen? Einen unserer wenigen Streits hatten wir, als du Dornröschen gespielt hast. Du hast dagelegen, und ich sollte dich wachküssen, aber ich habe mich geweigert. Mann, deswegen hättest du mir fast den Kopf abgerissen.«

Ich erinnere mich noch genau an diesen Tag. »Tja, du hast dich aufgeführt, als hätte ich dich gebeten, Wasser direkt aus der Kloake zu trinken. Kein Mädchen möchte das Gefühl haben, einen Jungen anzuekeln.«

»Wir waren sieben. Wie die meisten Jungs in dem Alter war ich allergisch auf alles, was mit Küssen zu tun hatte. Außerdem hat uns deine Schwester beobachtet, und jede Wette hätte sie uns ewig damit aufgezogen, wenn ich es getan hätte.«

»Was willst du damit sagen?«

Seine Hand wandert hoch zur Mitte meines Rückens. »Als du älter wurdest, hast du am liebsten Comics gelesen und wolltest Wonder Woman sein. Und trotzdem hast du noch jahrelang an den Prinzessinnenträumen festgehalten, und auf gewisse Weise habe ich das verstanden.«

»Und was soll das heißen?«

»Es ging nicht darum, die wahre Liebe zu finden. Es ging

darum, dass jemand kommt und dich aus deinem Leben rettet. Und ich habe das verstanden, denn jemanden zu haben, der mich aus meinem rettet, klang für mich auch ziemlich verlockend.« Er senkt den Blick. »An manchen Abenden, wenn Dad betrunken wütete, wollte ich nur noch aus der Haustür rennen und mich nie mehr umdrehen. Aber das habe ich nie gemacht, denn dann hätte ich meine beste Freundin zurücklassen müssen.«

In seinen Worten klingt ein Vorwurf mit. »Glaubst du, das habe ich gemacht? Dich zurückgelassen?«

»Sobald du angefangen hast, mit Jeremy und seinen Freunden abzuhängen, wurdest du zu jemand anderem.«

»Das war der Sinn und Zweck.« Ich starre auf die Knöpfe an seinem Hemd. Die Wahrheiten, die man immer gewusst, sich selbst aber nie eingestanden hat, sind am schwierigsten auszusprechen. »Die Highschool war eine Chance für einen Neustart, und ich wollte wenigstens einmal nicht das arme Mädchen sein, das alle bemitleideten. Die mit der toten Mutter und dem abwesenden Vater. Die ihr ganzes Leben nur die abgelegten Kleider ihrer Schwester auftragen und sich selbst die Haare schneiden musste. Ich wollte wissen, wie es sich anfühlt, einmal einfach nur ein normaler Teenager zu sein. Meine Probleme verdrängen.«

Er zieht die Augenbrauen zusammen. »Und ich war eins dieser Probleme?«

»Natürlich nicht. Du warst das Einzige, was ich behalten wollte. Ich wollte, dass du mit mir kommst, aber egal wie oft ich versucht habe, dich zu integrieren … dich zu Partys eingeladen, dich gefragt habe, ob du mit uns abhängen willst … du wolltest es noch nicht einmal versuchen. Und als ich mit Jeremy zusammen war, hast du die tödliche Option gewählt und uns beiden den Krieg erklärt.«

»Kannst du mir einen Vorwurf machen? Verdammt, Asha, du hättest mit jedem Jungen aus der Nachbarschaft ausgehen können, der in dich verliebt war.«

»Und das wäre für dich in Ordnung gewesen?«

»Natürlich nicht, denn sie alle waren ungehobelte Assis, aber immerhin waren sie nicht mein verdammter Stiefbruder. Was hast du denn von mir erwartet? Jahrelang, seit Jeremy und ich uns kennengelernt haben, hat das Arschloch mich *ununterbrochen* gequält. Und du wusstest es … du hast es miterlebt. Du hättest auf meiner Seite sein sollen.«

»Ich war auf deiner Seite. Ich habe dich die ganze Zeit verteidigt.«

Er sieht sich im Raum um, weicht meinem Blick aus. »Aber dann hat er angefangen, mit dir zu flirten, und es war so, als hättest du vergessen, was er mir alles angetan hat. Du hast jemanden gefunden, auf den du deine Prinzessinnenträume projizieren konntest, und ich verschwand im Hintergrund. Und dann musste ich dabei zusehen, wie du von ihm geschwärmt hast, als wäre er dein Traumtyp …« Er schüttelt den Kopf. »Ich konnte das nicht mitansehen. Und ich war sauer, weil du das von mir erwartet hast. Ist dir jemals in den Sinn gekommen, dass Jeremy nur mit dir ausgegangen ist, weil er wusste, dass es unsere Freundschaft zerstören würde? Das Arschloch hatte eine Million Freunde. Ich hatte einen. Natürlich musste er dich mir wegnehmen.«

Ich verspüre einen heftigen Anflug von Schuld. War ich wirklich so von meiner dummen, jugendlichen Fantasie verblendet, dass ich nicht erkannt habe, was Jeremy vorhatte? Wenn sein eigentliches Ziel war, Jake zu verletzen, war ich natürlich die effektivste Waffe. Als er beim Abschlussball mit Shelley geschlafen hat, dachte ich, er wäre ein selbstsüchtiges Arschloch und nicht Manns genug, mir treu zu sein. Aber was, wenn es gar nicht um mich ging? Wenn sein einziges Ziel war, Jake zu verletzen?

»Das … war mir nicht klar.«

Er sieht mich verächtlich an. »Du hättest es merken müssen. Jeremy hat nie versteckt, wer er war, aber du warst blind für diese Seite an ihm. Es war, als würdest du uns durch völlig unterschiedliche Brillen sehen. Wenn du mich angesehen hast, hast du nur meine Fehler gesehen, und bei ihm hast du das gesehen, was du dir von ihm gewünscht hast.«

Ich senke den Blick. Als wir angefangen haben zu tanzen, waren wir uns sehr nah, aber jetzt ist ein Riesenabstand zwischen uns. Jake starrt über meinen Kopf hinweg, und nach seiner Miene zu urteilen, muss er noch einiges an Dampf ablassen.

»Ich dachte, ich würde diese Wut auf dich mit ins Grab nehmen, aber dann, aus dem Nichts, kam eine Nachricht von dir, ob ich ein Buch schreiben will, und …« Er holt Luft und sieht zu mir herab. »Als ich die erste Nachricht bekommen und deinen Namen gesehen habe, hätte ich fast mein Handy quer durchs Zimmer geschleudert.« Ich sehe ihn fragend an. »Ich dachte, Jeremy würde mich verarschen. Das hat er schon mal gemacht. Hat ein Facebook-Profil angelegt und so getan, als wäre er du. Hat mir tausend Nachrichten geschrieben, wie sehr du dich mit mir vertragen willst, nur um meine Reaktion zu sehen, als er zugab, dass er mich reingelegt hat.«

Ich schüttele ungläubig den Kopf. Beim Gedanken daran, dass Jeremys Grausamkeit nicht mit der Highschool aufgehört hat, wird mir schlecht. Ich hoffe, der Arsch bekommt eines Tages, was er verdient. Und vor allem hoffe ich, er bekommt es von Jake.

»Deshalb warst du so vorsichtig.«

Er nickt. »Ich hatte mich damit abgefunden, dass du für immer aus meinem Leben verschwunden warst, aber dann …«

Er schaut gequält. »Ich rief an, und du erschienst auf dem Display und … Scheiße, Asha. Ich dachte, ich bekäme einen Herzinfarkt. Ich wollte mich freuen, dich zu sehen, aber das konnte ich nicht, denn du hast dich nicht bei mir gemeldet, weil du mich vermisst hast oder dich mit mir versöhnen wolltest. Du hast dich beim Professor gemeldet. Wenn du nicht über sein Profil gestolpert wärst, hättest du einfach dein Leben weitergelebt und dich einen Scheiß dafür interessiert, ob ich überhaupt noch lebe.«

»Das stimmt nicht.«

»Ach nein? Als du mich wegen des Buchpitchs gefragt hast, wollte ich eigentlich ablehnen, denn etwas in mir wollte nichts mit dir zu tun haben. Aber …« Er seufzt. »Im Gegensatz zu dir habe ich keinen Hochschulabschluss, Ash. Ich habe keine Kompetenzen, keinen Job. Alles, was ich habe, ist die unerwiderte Leidenschaft für eine Frau, die mich ruiniert hat, und einen Kopf voller Worte. Also, als du mir den Buchdeal angeboten hast … habe ich festgestellt, dass das der einzige Cinderella-Moment ist, den ich je bekommen werde, und ich wäre dumm gewesen, ihn nicht zu ergreifen. Mit diesem Vorschuss habe ich ausgesorgt.«

»Aber du hast andere Angebote bekommen. Bessere. Wenn du nichts mit mir hättest zu tun haben wollen, hättest du bei einem anderen Verlag unterschreiben können.«

»Glaub mir, ich habe die naheliegende Option in Erwägung gezogen, aber … ich konnte nicht. Mit Geld kann man nicht alles kaufen.« Sein Griff um meine Hand verstärkt sich. »In der Nacht in der Bar hast du mich gefragt, warum ich Siebenhunderttausend habe sausen lassen, um mit dir zu arbeiten, und die Wahrheit ist …« Er lächelt, als wäre sein Gedankengang lächerlich. »Ich dachte, wenn es nur irgendeine winzige Chance gäbe, unsere beschissene Vergangenheit hinter uns zu lassen und wieder Freunde zu werden, wäre es das wert.« Er beißt die Zähne zusammen, und ich kann sehen, wie schwer es ihm fällt, seine Gefühle zu kontrollieren. Er atmet mehrmals tief ein, und ich drücke ihm die Schulter, während er sich mühsam zusammenreißt.

»Und hier ist der wirklich beschissene Teil. In den letzten Jahren lief es wirklich mies für mich. Ich habe versucht, mich mit meiner Mom zu versöhnen, aber sie wollte nichts mit mir zu tun haben. Dann passierte die Sache mit Ingrid, und Dad ist an seiner Alkoholsucht gestorben.« Er sieht mich an, und als ich seine feuchten Augen sehe, schnürt sich mir die Brust zusammen. »Es gab Tage, an denen ich wirklich eine Freundin gebraucht hätte, Asha. Meine *beste* Freundin. Und scheiß auf dich, dass du nicht da warst. Und scheiß auf mich, dass ich dich nach all der Zeit immer noch brauche.«

Als er fertig ist, tut mir das Herz weh, und meine Kehle ist wie zugeschnürt. Ich versuche, die Tränen zurückzuhalten, aber ich schaffe es nicht. Ihm geht es genauso, deshalb nehme ich ihn bei der Hand und führe ihn hinter die Bühne. Dort hinten ist es dunkel und verlassen, wenn also einer von uns die Fassung verliert, sind wir wenigstens vor neugierigen Blicken geschützt.

Jake lehnt sich an die Wand und wischt sich die Tränen von den Wangen. Ihn so zu sehen … zu wissen, dass es meine Schuld ist … Alles, was ich jemals für ihn empfunden habe, steigt in mir auf und erfüllt meine Brust und meinen Hals. Ich kann mich nicht daran erinnern, wann ich mich das letzte Mal so verletzlich gefühlt habe. Ich habe schon immer sehr viel für ihn empfunden, aber das hier ist eine ganz neue Ebene.

»Sag was«, sagt er leise. »Sag mir, dass ich falschliege. Sag mir, dass du nichts bereust und mich abgrundtief hasst. Aber … sag irgendetwas.«

In Liebesromanen gibt es einen Punkt, an dem die Hauptpersonen endlich aussprechen müssen, was wirklich in ihren Herzen vorgeht, und nicht länger um den heißen Brei herumreden können. Das ist der aufregende Teil. Es ist so befriedigend, weil es im wirklichen Leben so selten passiert. Menschen öffnen nicht einfach ihr Herz und warten ab, ob die andere Person es durchbohren oder annehmen will. Aber genau das hat Jake gerade getan. Er hatte den Mut, die Karten offen auf den Tisch zu legen, und jetzt muss ich dasselbe tun.

Ich hole tief Luft. »Du liegst nicht falsch. Ich bereue alles und hasse dich nicht abgrundtief.« Meine Stimme zittert, aber ich bin entschlossen weiterzumachen. »Es tut mir leid, dass ich nicht für dich dagewesen bin, Jake. Ich wünschte, es wäre anders. An manchen Tagen hätte ich alles dafür gegeben, dich wieder an meiner Seite zu haben, und es ist lächerlich, dass wir so lange gebraucht haben, um zuzugeben, dass wir uns vermisst haben. Ich habe dich so sehr vermisst.« Der Schmerz in meiner Brust macht mir das Reden schwer. »Nichts davon war dein Fehler. Es lag alles an mir. Meine Entscheidungen haben alles kaputtgemacht.«

Er schüttelt den Kopf. »Das stimmt nicht. Ich habe auch meinen Anteil daran. Ich wollte dir genauso wehtun, wie du mir wehgetan hast, und ich dachte, ich hätte es nicht geschafft, bis ich heute Abend in deinem Tagebuch gelesen habe. Deine Worte zu lesen … das war … brutal. Ich weiß, wie es ist, sich aus seinem Schmerz herauszuschreiben, denn das mache ich die ganze Zeit. Und es tut mir leid, dass ich der Grund für deinen Schmerz war.«

Ich kann ihm nicht in die Augen sehen. Es ist schwierig genug, diese Wahrheiten ans Licht zu holen, ohne den Schmerz noch einmal zu durchleben, den sie hervorgerufen haben. Aber er hat recht: Wir schreiben beide aus demselben Grund. Wir beide betrauern den Verlust eines Seelenverwandten, mir war es damals nur nicht bewusst.

Unsere gesamte Freundschaft hindurch behandelte Jake mich wie eine Schwester, und anfangs habe ich ihn wie einen Bruder behandelt. Aber als wir älter wurden, wusste ich in meinem Innersten, dass ich mehr empfand. Damals hatte ich nur noch kein Wort dafür.

Niemand rechnet damit, seinen Seelenverwandten mit drei Jahren zu treffen, aber bei mir war es so. Doch dann hat das Leben mir beigebracht, dass die Menschen, die mir wichtig waren, mich verlassen würden, und die, die ich von ganzem Herzen liebte, sterben würden. Das Leben schenkte mir Jake und flüsterte mir dann zu, dass ihn zu lieben ihn töten würde. Oder mich. Oder uns beide. Und die Ironie des Schicksals daran war, dass genau das eintrat, weil ich mich davor schützen wollte.

Aus der Beziehung meiner Eltern lernte ich, dass es nicht genug ist, seinen Seelenverwandten zu finden. Zu wissen, dass jemand zu dir gehört, bringt euch nicht zusammen, und Mom hat mir klargemacht, dass es viel schlimmer ist, denjenigen zu treffen und wieder zu verlieren, als ihn gar nicht erst kennenzulernen. Und deshalb habe ich Jake nie gesagt, was ich für ihn empfand. Ich wusste, er liebte mich, aber nicht auf die gleiche Weise wie ich ihn, und ich konnte den Gedanken nicht ertragen, dass er mich so fertig machen würde wie Dad Mom fertiggemacht hat.

Aber wie soll man sich selbst vor der Person schützen, die mit einem Generalschlüssel zu deinem Herzen geboren wurde? Wie hält man sie auf sicherer Distanz, damit sie nicht zum Ein und Alles wird? In meinem Fall geht man mit seinem verhassten Stiefbruder aus, und wenn er sich deshalb verraten vorkommt und eure Freundschaft zerstört, redet man sich ein, dass es seine Schuld war.

Ich versuche, nicht die Fassung zu verlieren, und gebe mein Bestes, um ihn anzusehen. Diese Dinge habe ich noch nie jemandem anvertraut, und ich schäme mich so sehr, dass ich kaum atmen kann.

»Ich bin diejenige, die Scheiße gebaut hat, Jake. Es tut mir leid, dass ich dich verletzt habe. Dass ich mich für Jeremy entschieden habe. Dass ich dich zurückgelassen habe. Dass ich dir die Schuld für alles gegeben habe.« Ich wische mir die Nase ab. »Fuck, ich bin ein schrecklicher Mensch. Kein Wunder, dass ich Panik davor hatte, du könntest mich verlassen. Warum hättest du auch bleiben sollen?«

»Asha …« Er streichelt mir den Rücken, und ich habe es so sehr vermisst, von ihm getröstet zu werden, dass es mich all meine Energie kostet, nicht zusammenzubrechen. »Du bist eine Idiotin. Ich hätte dich nie verlassen. Du warst meine Familie.«

»Und du warst meine ganze Welt. Aber weil ich alles kaputtgemacht habe, habe ich viele Jahre damit verbracht, mir eine Welt ohne dich aufzubauen. Das ist scheiße.«

Ich kann die Tränen nicht länger unterdrücken. Es tut zu weh. Und als er die Arme um mich schlingt und mich drückt, so wie er es immer getan hat, fließen die Tränen umso heftiger.

Das ist die größte Wahrheit, die ich mir die ganze Zeit über selbst nicht eingestehen wollte. Meine endlose Suche nach Liebe hatte nichts mit Romantik oder Sex oder einer dämlichen Checkliste zu tun. Das Einzige, wonach ich bei allen Männern gesucht habe, mit denen ich zusammen war, war das Gefühl der absoluten Geborgenheit, das ich bei Jake habe. Das Glück, in seinen Armen zu liegen, ist gleichzeitig hypnotisierend und beängstigend, denn obwohl ich mir wünsche, dass es nie endet, weiß ich doch, dass es irgendwann enden muss, und ich habe noch nicht gelernt, die innere Stimme zum

Schweigen zu bringen, die mir rät, abzuhauen, bevor es soweit kommt.

Ich schlinge ihm die Arme um den Hals, und dann liegt sein Kopf auf meiner Schulter, und ich spüre seinen Atem heiß auf meiner Haut. »Es tut mir leid«, sage ich und ziehe ihn so fest an mich, wie ich kann. Ich wiederhole es immer wieder, nur für den Fall, dass er mich nicht versteht. Denn dass er mir nicht verzeiht, darf einfach nicht sein. Mein Herz schlägt so schnell, dass ich fürchte, es könnte explodieren. Ich spüre, dass die Dunkelheit, die mich schon so lange begleitet hat, sich lichtet und mir die Traurigkeit und der Verlust nicht mehr in den Ohren dröhnen. Stattdessen bin ich wie elektrisiert von Jakes Körper, der sich an meinen drückt.

»Verdammt, ich habe dich so vermisst«, flüstert er mit gepresster Stimme. Er zieht sich ein kleines bisschen zurück, nur soweit, dass seine Wange immer noch an meiner liegt. »Ich habe dich all die Jahre vermisst.«

Ich weiß nicht, wann ich meine Hände in seine Haare habe gleiten lassen, aber ich muss es getan haben, denn plötzlich ist sein Mund nur noch einen Atemzug von meinem entfernt, und ich bekomme die Frage nicht aus dem Kopf, wie er wohl schmecken würde.

Er starrt mich mit schmerzerfüllter Miene an.

Das ist neu für uns. So etwas machen wir nicht. Ein einziges Mal haben sich unsere Lippen berührt, damals beim Abschlussball, und es war so kurz, dass ich es kaum gespürt habe. Jetzt wünsche ich mir sehnlich, er würde mich küssen, aber wir sind gerade erst aus dem Zimmer mit dem Türschild »Feinde« in das mit dem Schild »Freunde« gegangen, alle Türen sind verschlossen und die Fenster vernagelt. Zum Zimmer »Liebende« gibt es keinen Weg. Und selbst wenn es einen gäbe, wäre es dumm von uns, diesen zu beschreiten.

»Ash … ich …«

Seine Nase streift meine, und ich schließe die Augen und atme ein. Gott, ich möchte ihn küssen, aber ich kann nicht. Das hier ist nicht echt. Er will mich nicht. Er ist nur erleichtert, dass unsere Fehde vorbei ist, und das drückt sich darin aus, wie seine Hände gerade über meinen Körper wandern.

»Asha …« Er klingt, als hätte er Schmerzen. Als er mich an sich zieht, weiß ich warum. Die Reaktion seines Körpers kann man nicht missverstehen. Ich spüre ihn an meinem Bauch, lang und hart, und mein Verstand explodiert. Die intensive Anziehung, die ich bis jetzt empfunden habe, wird plötzlich noch tausendfach verstärkt. Ich muss hier raus. Mir zu erlauben, ihn zu spüren, ist völliger Wahnsinn. Das hier weiterzutreiben wird nur dazu führen, dass ich mir Dinge von ihm wünsche, die er mir nicht geben kann.

Entgegen aller Ratschläge meines Körpers löse ich mich aus Jakes Armen und trete zurück. Er steht da, nur wenige Zentimeter entfernt, atmet schwer und schaut verwirrt.

»Asha …« Ich weiß nicht, was er in meinem Gesicht liest, aber es führt dazu, dass er mich so sehnsüchtig ansieht, wie ich es noch nie erlebt habe. »Das war …«

Ein Fehler.

»Wir haben uns von dem Moment hinreißen lassen.« Ich spüre seine Wärme immer noch auf meiner Haut. »Wir haben uns gerade gegenseitig unser Herz geöffnet und … die … andere Sache war nur eine Nebenwirkung. Stimmt's?«

Er streicht sich mit den Fingern über die Lippen, als würde er eine Empfindung wegwischen. »So willst du es nennen? Eine Nebenwirkung?«

»Jake …« Ich seufze. »So muss es sein. Wir haben uns gerade von jahrelangem Herzschmerz befreit. Willst du wirklich einen Weg einschlagen, der uns genau dort wieder hinführen könnte? Ganz zu schweigen davon, dass der einzige Grund dafür, dass wir uns wiederbegegnet sind, deine herzzerreißende Poesie über eine Frau war, an der du offensichtlich immer noch hängst. Ich möchte keine Lückenbüßerin sein.«

Zutiefst erschüttert fährt er sich mit den Fingern durch seine Haare. »Und selbst wenn wir Ingrid aus der Gleichung herausrechnen, sollten wir nicht vergessen, dass du einen Freund hast.«

Sein Tonfall ist scharf, als wüsste er, dass Derek in den Minuten, die wir uns umarmt haben, aufhörte zu existieren.

»Alles gute Gründe für uns, etwas Abstand zu halten«, sage ich und trete einen Schritt zurück, obwohl ich nichts lieber möchte, als ihm nah zu sein. »Die Hauptsache ist, dass wir wieder Freunde sind, und das ist ... großartig. Es ist das, was wir beide wollen. Alles andere könnte uns wieder zerstören.«

Keine Freundschaft der Welt übersteht eine gescheiterte Affäre. Und ganz sicher keine Freundschaft, die so zerbrechlich ist wie unsere.

Jake seufzt tief und lässt die Schultern hängen. »Du hast recht. Das Ziel war, wieder Freunde zu sein, also ...« Er atmet aus. »Machen wir das. Enge, platonische ... *Freunde.*« Er sieht mich an. »Habe ich erwähnt, wie sehr ich dich vermisst habe?«

Ich lächele. »Hast du. Und das beruht ganz und gar auf Gegenseitigkeit.« Ich schaue flüchtig zum Vorhang, durch den hindurch wir nach hier hinten gekommen sind. »Also ...« Ich deute mit dem Kopf in Richtung Saal. »Wollen wir?«

Er schiebt sich die Hände in die Taschen. »Ja, geh schon mal. Was deinen Freundeplan angeht, bin ich ganz bei dir, aber Teile meines Körpers nicht, deshalb ... brauche ich noch eine Minute.«

Ich will eigentlich nicht auf seinen Schritt gucken, es passiert einfach. Und auch wenn ich schnell wieder weggucke, brennt sich doch der Anblick seiner langen Latte, die sich unter dem Stoff seiner Hose abzeichnet, fest in mein Gehirn ein.

»Okay«, sage ich und streiche mir das Kleid glatt. »Dann sehen wir uns da draußen, mein Freund.«

»Mh-hm.«

Selbst als ich mich umdrehe, spüre ich die Hitze seines Blicks, als er meinen Abgang beobachtet.

Ich gehe nicht nur auf die Toilette, weil ich nach der Begegnung mit Jake durcheinander bin. Nachdem ich so heftig geweint habe, will ich auch sichergehen, dass ich nichts Ekelhaftes ins Gesicht geschmiert habe, was die anderen Partygäste schockieren könnte.

Immerhin habe ich durch den Höllentag am Anfang der Woche gelernt, in wasserfestes Augen-Make-up zu investieren. Mein Gesicht ist verquollen und meine Augen sind rot, aber immerhin sehe ich nicht aus wie ein Grufti.

Ich höre, wie die Tür aufgeht, und als ich vom Händewaschen aufschaue, sehe ich Eden hinter mir stehen.

»Was läuft da zwischen dir und Jake?«

Mein Herz setzt für mehrere Tausend Schläge aus. »Was? Nichts. Warum?«

Hat sie uns gesehen? Oder vielleicht jemand anderes, der gepetzt hat?

»Verdammt, entspann dich«, sagt sie und reicht mir ein paar Papierhandtücher. »Als ich euch vorhin auf der Tanzfläche gesehen habe, sah es aus, als würdet ihr euch streiten. Ist alles in Ordnung? Hat er dich geärgert? Muss ich ihn mit meinem Schuh verhauen?«

Ich trockne mir die Hände ab und meine Panik verflüchtigt sich. »Er hat mich geärgert, aber ich habe es verdient. Tatsächlich haben wir ein paar Dinge aus der Welt geschafft.«

Sie verschränkt die Arme und sieht mich überrascht an. »Wirklich?«

»Ja.« Ich werfe die Handtücher in den Müll. »Wir werden versuchen … äh … wieder Freunde zu sein.« Selbst das auszusprechen, fühlt sich seltsam an.

»Ach. Im Wetterbericht heute Abend haben sie gar nichts davon gesagt, dass die Hölle zufriert. Komisch.«

Ich stupse sie mit dem Ellenbogen an, als wir durch die Tür gehen. »Ich behaupte nicht, dass wir sofort wieder beste Freunde sind, aber … wir haben tatsächlich zum ersten Mal ehrlich über ein paar Sachen gesprochen und …« Ich halte an und drehe mich zu ihr. »Weißt du noch, wie du neulich gesagt hast, dass wir uns alle mit Dingen aus der Vergangenheit auseinandersetzen müssen, die uns bremsen?«

»Natürlich erinnere ich mich daran.«

»Ja, also, ich glaube, das haben Jake und ich heute Abend gemacht. Ich wusste nicht, wie viel Raum all meine Probleme mit Jake eingenommen haben. Ich fühle mich wegen ein paar meiner Entscheidungen zwar immer noch schuldig, aber … wir haben tatsächlich zugegeben, dass wir einander vermisst haben.«

Außerdem sind wir einem Kuss gefährlich nahe gekommen, aber das ist jetzt nicht wichtig.

»Heißt das, dass ihr euch wieder verbündet und die Wände meines Zimmers mit Monstern bemalt? Denn das war nicht witzig.«

Ich überlege kurz. »Hmmmm. Abgesehen davon, das Buch zu schreiben und uns zur Abwechslung mal wie Erwachsene zu benehmen, haben wir keine konkreten Pläne, aber wir schauen mal, wie es so läuft.«

Sie zieht mich an sich und umarmt mich. »Das freut mich für dich. Ich muss zugeben, dass es einfacher war, mit deinen

Neurosen umzugehen, als Jake noch da war. Das ist wirklich ein Job für zwei Leute.«

Ich lache und schiebe sie weg. »Ich erzähle dir mal eine kleine Geschichte über einen Mann mit dem Namen ›Klappe halten‹.«

Sie lächelt und reicht mir meine Handtasche. »Die soll ich dir von Joanna geben.«

»Ist sie schon gegangen?«

»Weiß nicht. Ich hab sie vorhin mit Toby sprechen sehen. Sie ist wahrscheinlich noch irgendwo.«

Wir gehen zurück zur Bar, und als wir näherkommen, sehe ich Derek dort mit Jake reden.

Oh Gott. Das ist nicht gut. Ich hatte fast vergessen, dass ich heute Abend zwar ein Feuer gelöscht habe, der Wald aber immer noch brennt.

»Ich hätte gedacht, Derek wäre schon längst gegangen«, flüstert Eden. »Normalerweise hasst er solche Veranstaltungen. Irgendwie hoffe ich, dass er nach einer Frau sucht. Gott weiß, wenn jemand ganz dringend flachgelegt werden muss, dann er.«

Ich verschlucke mich fast an meiner Zunge.

»Hey Jungs«, sagt Eden, schnappt sich zwei Gläser Champagner von der Bar und reicht mir eins davon. »Was gibt's Neues?«

Jake sieht kurz mich an, dann seine Schuhe. Okay, jetzt haben wir also offiziell die unbehagliche Phase unserer Freundschaft erreicht. Ich frage mich, wie lange es dauern wird, bis dieses Aufflackern der Lust hinter der Bühne vergehen wird.

»Jake hat mir gerade von seinen Reisen erzählt«, sagt Derek. »Faszinierende Sache. Ich hoffe, ihr habt schon ein Interview mit ihm für *Pulse* organisiert.«

Eden verdreht die Augen. »Natürlich. Sid hat uns die erste fette Homestory über den Goldjungen versprochen, bereite dich also schon mal auf einen Streit nächste Woche um die mir von dir eingeräumte Wortzahl vor.«

Derek lächelt und schiebt die Hände in die Taschen. »Unsere Auseinandersetzungen sind das Highlight meines Tages.« Er zieht einen Zimmerschlüssel aus seiner Tasche. »Tja, so viel Spaß das hier auch gemacht hat, ich verschwinde.« Er sieht mich an. »Ich habe die Ambassador Suite gebucht und will sie so gut wie möglich ausnutzen.«

Eden legt den Kopf schief. »Ist das ein Geheimcode für Pornos gucken im Bademantel?«

Derek lächelt sie müde an. »Gute Nacht, Tate. Sag Max, er hat einen großartigen Job gemacht.« Er schüttelt Jake die Hand. »Hat mich gefreut, dich kennenzulernen, Jake.«

Jake nickt. »Mich auch.«

Schließlich wendet Derek sich an mich. »Asha, immer wieder eine Freude.«

Ich lächele und versuche zu verstecken, dass mein Körper immer noch wegen der Hände eines anderen Mannes vibriert. »Ebenso.«

Oh, wie mies kann man sein. Ich verabscheue mich selbst.

Als Derek geht, macht Eden ein schnaubendes Geräusch. »Ash, der hat dich gerade sowas von abgecheckt. Als ob du jemals etwas mit diesem Miesepeter anfangen würdest!«

Jake sieht mich scharf an, und ich weiß, dass er mich drängt, ihr die Wahrheit über Derek zu sagen, aber ich schüttele den Kopf. Heute Abend habe ich schon einen Marathon der emotionalen Turbulenzen hinter mir. Einen weiteren verkrafte ich nicht. Nicht jetzt.

»Also, das war großartig«, sage ich. »Aber ich glaube, ich werde jetzt schlafen gehen.«

Jake trinkt den Rest seines Biers aus. »Ich auch. Danke, dass du mich eingeladen hast, Eden. Und nur fürs Protokoll, es war deine Idee, mich auf die Bühne zu holen, stimmt's? Eine kleine Rache für die alten Vergehen an deiner Schwester?«

Eden tut so, als wäre sie schockiert. »Was? Wie kannst du es wagen? So tief würde ich nie sinken. Und dein extremes Unbehagen habe ich kein bisschen genossen.«

Jake knöpft sein Jackett zu. »Freut mich, dass ich dir von Nutzen sein konnte.«

Wir sagen Eden Gute Nacht, und nachdem ich sie umarmt habe, brechen Jake und ich auf und verlassen den Tanzsaal. Unsere Aussprache hinter der Bühne hat eine Riesenportion Angst zwischen uns gelindert. Aber das, was danach passiert ist, hat die Tür zu einer ganz neuen Welt der Anspannung geöffnet: In dieser versetzt die kleinste Berührung seines Ellbogens an meinem Arm meinen gesamten Körper in Alarmbereitschaft.

»Also«, sagt Jake, als wir am Aufzug stehenbleiben. »Ich nehme an, du kommst nicht mit mir?«

Ich weiß, dass er damit das Nachhausekommen meint, aber ich finde die Frage trotzdem heiß.

»Ich bin mit Derek verabredet.« Jake runzelt die Stirn. »Hast du was dagegen?«

Er zuckt mit den Schultern. »Er scheint ja ganz nett zu sein, aber ich habe den Eindruck, dass du in seiner Gegenwart nervös bist. Warum ist das so?«

Ich streiche mir ein paar Haare hinters Ohr. Ich habe mich noch nie wohl dabei gefühlt, jemandem meine sexuellen Blockaden anzuvertrauen, also warum überlege ich jetzt ernsthaft, Jake davon zu erzählen? Wenn ich ehrlich bin, würde ich im Rekordtempo zu Dereks Zimmer rasen, wenn ich nur ein Stück der Anziehung, die ich für Jake empfinde, auf ihn übertragen könnte. So wie die Dinge liegen, bin ich mir nicht sicher, ob ich überhaupt gehen sollte.

Jake kommt näher und berührt mich am Ellenbogen. »Ash, ich weiß, dass wir dieses Freundschaftsding langsam angehen lassen sollten, aber wenn es irgendetwas gibt, was du mir sagen willst …«

Ich atme flach ein, und sofort geht er einen Schritt zurück und nimmt seine Hand weg. »Scheiße. Tut mir leid. Abstand.« Er lässt die Arme hängen und ballt die Hände zu Fäusten. »Versichere mir nur, dass er gut zu dir ist, denn wenn er dich so behandelt wie deine Schwester, dann muss ich ihn mir mal vorknöpfen.«

»Das ist nicht nötig«, sage ich und erröte immer noch wegen seiner Berührung. »Derek behandelt mich wie eine Königin.« Und genau das macht diese ganze Sache so verdammt kompliziert. »Wir sehen uns morgen.«

Er zögert kurz. »Bist du sicher?«

»Ja.« Ich schenke ihm mein überzeugendstes Lächeln und trete von seiner süchtig machenden Wärme zurück. »Ganz sicher.«

Ich drücke auf den Aufzugknopf, und als er ankommt, steige ich ein und wähle die Etage mit den Suiten. Jake steht mit den Händen in den Taschen vor den Türen. Ihm ist anzumerken, dass er immer noch Bedenken hat, aber er sagt nichts. Er beobachtet mich einfach, bis die Türen sich schließen.

Als der Aufzug nach oben rast, seufze ich tief und sinke gegen die Wand.

»Ich krieg das hin«, spreche ich mir selbst Mut zu. »Es muss einfach sein.«

20. KAPITEL

Nur Freunde

Am nächsten Morgen steige ich mit schwerem Herzen und pochendem Schädel die Treppen zu Jakes Wohnung hinauf. Auf keinen Fall will ich meine persönlichen Probleme in unsere Schreibsessions einbringen, also hoffe ich einfach, dass meine dunkle Brille mich sowohl von der Sonne als auch von Jakes prüfendem Blick abschirmt.

Ich klopfe so zaghaft ich kann, um zu verhindern, dass mir der Schädel platzt, und ein paar Sekunden später öffnet er die Tür. Immerhin ist er heute so rücksichtsvoll, ein Hemd zu tragen. Im Augenblick sind meine Abwehrkräfte auf einem Tiefpunkt. Seinem halbnackten Sex-Appeal zu widerstehen würde mich überfordern.

Er mustert mich eine Sekunde, dann sagt er »Morgen«. Es klingt ruhig und freundlich und irgendwie beunruhigend. Ich werde mich wohl noch daran gewöhnen müssen, dass er mich nicht die ganze Zeit abfällig behandelt. Wir haben so lange im selben Muster festgesteckt, da fühlt es sich seltsam an.

»Hey!« Meine Stimme klingt genauso kläglich, wie ich mich fühle.

»Sexy Reibeisenstimme hast du.«

»Freut mich, dass sie dir gefällt. Wenn du mich bitte nicht anschreien würdest.« Ich reiche ihm einen der beiden Kaffeebecher, die ich in der Hand habe, und gehe an ihm vorbei.

Er schließt die Tür und folgt mir. »Ich habe nicht geschrien. Ich habe in normaler Lautstärke mit dir geredet.«

»Dann ist deine normale Lautstärke zu laut. Wenn es dir ernst ist und du mein Freund bist, dann würdest du flüstern. Oder mir Zettel schreiben. Das ist auch in Ordnung.« Ich gehe zur Couch hinüber und lasse meine Tasche fallen, bevor ich meinen Kaffeebecher abstelle und mich in den hässlichen braunen Stoff sinken lasse.

»Hast du einen Kater?«

»Nein. Und mit Nein meine ich Ja.« Meine Sonnenbrille hält das meiste Licht ab, und trotzdem ist diese Wohnung ohne Wände immer noch viel zu hell, also lehne ich den Kopf zurück und schließe die Augen.

»Ich hatte gar nicht den Eindruck, dass du gestern so viel getrunken hast.«

»Habe ich auch nicht, zumindest nicht mit dir. Aber Derek hatte eine Flasche Cristal für uns, und es wäre unhöflich gewesen abzulehnen.« Außerdem wollte ich ihn trinken. Ich dachte, er würde helfen. Hat er natürlich nicht. Nichts hätte geholfen.

Ich höre ein Knarzen und stelle fest, dass Jake sich auf die Couch mir gegenüber gesetzt hat. Er schweigt für eine verdächtig lange Weile, und als ich die Augen wieder öffne, hockt er auf der Kante, beugt sich vor und mustert mich eingehend.

»Was?«

»Geht es dir gut?«

»Es fühlt sich an, als würde mir gleich der Schädel platzen, also nein, eigentlich nicht.«

»Ich rede nicht von deinem Kater, Ash.« Er macht es schon wieder, ignoriert alle meine Ablenkungsmanöver und blickt direkt in meine Seele. »Was ist gestern Abend passiert?«

Meine Haut prickelt. »Zwischen dir und mir? Darüber haben wir doch schon gesprochen. Die Hitze des Augenblicks.«

»Nicht zwischen uns, obwohl das auch etwas ist, worüber wir reden müssen. Ich meine, was ist mit Derek passiert?«

Wieso weiß er es immer? Wieso bin ich nicht in der Lage, ein Geheimnis vor ihm zu bewahren? Als wir noch Kinder waren, war es nervig, aber jetzt ist es schlichtweg unhöflich.

Wie soll ich ihm erzählen, was passiert ist, ohne ihm die Hintergründe zu erklären? Ich fühle mich doch jetzt schon schrecklich gedemütigt. Ich will das alles nicht noch einmal mit ihm durchmachen.

»Jake, bitte … Ich möchte nicht darüber reden.«

»Okay. Aber wie wäre es, wenn du die Brille abnimmst?«

Ich setze mich aufrechter hin. »Was?«

»Deine Sonnenbrille. Nimm sie ab. Ich möchte dir in die Augen sehen.«

»Willst du mich umbringen? Diese Brille ist das Einzige, was die Sonne daran hindert, meine Netzhäute in winzige Teile zu zerfetzen.« Und dich daran hindert, zu sehen, dass ich mehrere Stunden lang geheult habe.

Jake wird mit jedem Augenblick aufgebrachter. »Hat er dich geschlagen? Dich zu irgendetwas gezwungen?« Er wirkt wie geladen, als würde er, sobald ich ihm erzähle, was passiert ist, zur Tür hinausschießen, um seinen schrecklichen Zorn zu vollstrecken. »Denn wenn dieser Hurensohn auch nur eine einzige dreckige Hand an dich gelegt hat, werde ich …«

»Jake, so etwas war es nicht. Was zum Teufel?«

»Glaubst du, ich merke nicht, wenn du geweint hast? Ich habe dich öfter in Tränen ausbrechen sehen als irgendwen sonst auf der Welt, ich kenne die Anzeichen. Also, wenn nicht Derek dir das angetan hat, wer zum Teufel dann? Und erzähl mir nicht, dass alles in Ordnung wäre, denn ich sehe, dass das nicht stimmt.«

Ich presse die Lippen zusammen, um sie vom Zittern abzuhalten. Jake der Beschützer akzeptiert keine Ablenkung. Er will die Wahrheit wissen und jemanden bestrafen, aber so läuft das diesmal nicht. Zögernd nehme ich die Brille ab und versuche, das direkte Sonnenlicht zu vermeiden.

Jake beugt sich vor. »Du hast geweint. Was ist los?«

»Das ist der erbärmliche Teil: Das habe ich mir selbst zuzuschreiben.«

Ehe er etwas erwidern kann, vibriert mein Handy mit einer Nachricht von Derek.

Hey. Hoffe, dir geht es heute einigermaßen. Du hast eine Menge Champagner getrunken, aber das ist keine Schande. Ich wollte dir nur sagen, dass ich es zu schätzen weiß, wie ehrlich du gestern warst. Es war bestimmt nicht einfach für dich, mir zu sagen, wie es dir mit unserem Sexleben geht. Auf jeden Fall glaube ich nicht, dass du gestört bist. Ich finde, du bist eine schöne, wunderbare, aufregende Frau, und eines Tages wirst du den Richtigen finden, und alle deine Hemmungen verblassen zu einer fernen Erinnerung. Ich finde es bloß schade, dass nicht ich derjenige war. Lass von dir hören, okay? Du wirst mir immer wichtig sein. Und uns bleibt immer noch Paris, mon Cherie.

Als ich zu Ende gelesen habe, bin ich in Tränen aufgelöst, sowohl vor Trauer als auch Erleichterung. In der nächsten Sekunde sitzt Jake neben mir und nimmt mich in die Arme. Ich dachte schon, ich hätte mich vollkommen ausgeweint, aber offensichtlich habe ich mich geirrt.

Er streicht mir über den Rücken und wartet. Darin war er schon immer gut. Er weiß, dass Worte manchmal nicht helfen, sondern nur ein gutes, reinigendes Weinen.

Zu meiner Erleichterung lässt es langsam nach.

»Ash«, sagt er ruhig, seine Hand liegt schützend auf meinem Kopf. »Was ist passiert? Ist etwas mit deiner Großmutter? Oder mit Eden?«

Ich löse mich von ihm und wische mir übers Gesicht. »Derek und ich haben Schluss gemacht.«

Er streicht mir über den Rücken. »Oh, das tut mir leid. Etwa per SMS?«

»Nein, schon gestern Abend.« Ich bin zu erschöpft, um ihm alles zu erklären, also reiche ich ihm einfach das Telefon. »Er wollte sich erkundigen, wie es mir geht.«

Ich lehne mich an seine Schulter und schließe die Augen, während er liest.

Als ich gestern Abend in Dereks Hotelzimmer kam und ihm erklärte, was mich die ganze Zeit gehemmt hat, war er wunderbar und verständnisvoll, aber ganz offensichtlich auch überrascht. Ich hatte mein Geheimnis gut verborgen. So sehr ich ihm auch zu versichern versuchte, dass es nicht seine Schuld sei, merkte ich doch, dass er sich Vorwürfe machte. Der Champagner half mir dabei, meinen Schuldgefühlen die Schärfe zu nehmen, und als mir die Entschuldigungen ausgingen, hielt er mich einfach in den Armen, bis ich einschlief. Als ich heute Morgen aufwachte, war er schon gegangen. Ich hielt es für ein Zeichen, dass er sauer auf mich sei, aber wahrscheinlich war er das nicht. Es war bestimmt besser, dass er vor mir gegangen ist. Wir hatten uns schon gestern Abend voneinander verabschiedet.

»Wovon zum Teufel redet er? Warum glaubst du, du wärst gestört?«

Ich halte meine Augen geschlossen. Ich bin einfach so müde. Warum können sich offene, ehrliche, erwachsene Interaktionen anfühlen wie ein Guerillakrieg?

»Ash?«

»Jake, können wir darüber jetzt bitte nicht reden? Ich kann nicht. Später, okay?«

»Ja, klar.« Er legt einen Arm um mich und streichelt mir den Arm. »Wann immer du willst.«

Ich kuschle mich enger an seine Seite, und ein vertrautes Gefühl der Zufriedenheit überkommt mich. Es ist das gleiche Gefühl wie früher, als wir Kinder waren. Ich konnte allein für mich lesen und vollkommen zufrieden sein, aber es war so viel schöner, wenn Jake da war. Wir mussten nicht einmal viel reden. Es genügte einfach, im selben Raum zu sein. Er war meine Schmusedecke. Ein lebendiger Schnuller in Jungengestalt.

Seine Nähe ist so beruhigend, dass ich kurz weggedämmert sein muss.

»Ash.«

Ruckartig setze ich mich auf. »Hey. Hi. Ich bin wach.«

Er streicht mir ein paar Haare aus dem Gesicht. »Ich werde für eine Weile schreiben. Warum legst du dich nicht in mein Bett und schläfst ein bisschen?«

Ich blicke hinüber zu den frischen weißen Laken und den weichen Kissen. »Wäre das nicht seltsam?«

»Wir haben doch früher ständig im selben Bett geschlafen.«

»Ja, okay, aber das war, bevor wir groß waren und ... Bedürfnisse hatten. Wenn ich deine Laken mit Schwarzlicht anstrahle, leuchten sie dann wie eine Neon-Rave-Party?«

Er lacht. »Es schmeichelt mir, dass du glaubst, ich würde so viel Action bekommen, wenn auch nur von meiner eigenen Hand. Aber die Laken sind sauber. Größtenteils.« Er greift nach seinem Notizbuch und dem Stift. »Schlaf eine Runde. Ich wecke dich, wenn ich irgendetwas Lesenswertes zu Papier gebracht habe.«

Das braucht er mir nicht zweimal zu sagen. Ich ziehe Mantel und Schuhe aus und gehe durch den Raum. »Gott segne dich, Jacob Stone. Ich nehme jedes böse Wort zurück, das ich jemals über dich habe fallenlassen.«

Er reckt triumphierend die Faust. »Wurde auch Zeit.«

Beim Bett angekommen, krieche ich unter die dicke Steppdecke, kuschle mich in die nach Jake duftenden Kissen und seufze tief. Wenige Sekunden später ist alles um mich herum schwarz.

Langsam wird mir bewusst, dass mir jemand über die Haare streicht. Es kommt mir so vor, als wäre ich gerade erst eingedöst, und ich habe keine Lust, die Augen zu öffnen. Außerdem gefällt mir das sanfte Streicheln, also habe ich es nicht eilig, es zu beenden.

»Ash.«

Das ist Jake. Ach ja, ich liege in seinem Bett. Wie passend, denn ich hatte gerade einen extrem erotischen Traum von ihm.

Ich umarme ein Kissen und seufze. Mein Gott, er riecht so gut. Das hat er schon immer.

»Asha.«

»Hmmm.«

Die streichelnden Finger wandern von meinem Kopf hinab zu meinem Arm. Ich bekomme eine Gänsehaut.

»Bist du wach?«

Ich bleibe ruhig. Die zarte Berührung fühlt sich unglaublich an. Alles wird warm. Ich bewege die Hüften und seufze zufrieden.

Ich strecke die Hand aus und berühre ihn. Er ist ganz nah. Weicher Stoff. Meine Hände wandern weiter hinab und unter den Stoff, wo ich warme Haut und feste Muskeln spüre. Es fühlt sich wunderbar an.

Er macht ein Geräusch. »Asha, es ist keine gute Idee, mich so anzufassen, es sei denn, du möchtest unseren Nur-Freunde-Pakt noch einmal neu verhandeln.«

Ich schlage die Augen auf. Jake liegt direkt neben mir, gegen einige Kissen gelehnt, das Notizbuch in der Hand. »Dann bist du also wach?«

Meine Hand ist unter sein T-Shirt geschlüpft und liegt auf seinem Bauch, gefährlich nah am Bund seiner Jeans.

Er blickt mich mit dem gleichen Verlangen an wie gestern Abend, und heute ist es nicht weniger aufregend und beängstigend.

»Ernst gemeinte Frage«, sagt er gepresst. »Willst du mich in den Wahnsinn treiben? Erst hast du alle möglichen erotischen Laute gemacht, und jetzt fasst du mich an …«

Ich ziehe meine Hand weg. »Sorry. Ich wollte nur …« Ich schüttele den Kopf und zucke zusammen, weil hinter meinen Augen Schmerz explodiert. »Du hast dich schön angefühlt. Warm. Ich war noch im Halbschlaf. Tut mir leid.«

Er atmet tief aus. »Du brauchst dich nicht zu entschuldigen. Es ist nur so, dass mich schon lange keine Frau mehr so berührt hat und mein Körper total aufgeregt war, weil es nun endlich zur Sache gehen sollte.«

Ich kann kaum glauben, was ich da höre. Nicht nur das unerwartete Geständnis, dass ich ihn antörne, sondern auch die unglaubliche Neuigkeit, dass er nicht regelmäßig Dutzende von Frauen in seinem Bett hat.

»Wie lange ist es her?«, frage ich. »Ich war davon ausgegangen, ein Teil deiner Mission, über Ingrid hinwegzukommen, bestehe in reichlich heißem Sex. Es ist ja schließlich nicht so, als würden sich nicht Millionen Frauen nach dir verzehren.« Jedes Mal, wenn ich daran denke, wie viele Frauen ihn wollen, fühle ich mich ganz unwohl. In meiner Vorstellung sind meine Gefühle für ihn einzigartig und besonders, aber wahrscheinlich glauben das alle, die auf ihn stehen. »Dein Posteingang muss überquellen vor Angeboten. Gerätst du nie in die Versuchung, eines davon anzunehmen?«

Er lehnt den Kopf ans Kopfteil des Bettes. »Nein. Bedeutungsloser Sex funktioniert für mich nicht mehr. Ich habe es ein paarmal mit One-Night-Stands versucht, nachdem ich aus dem Ausland zurückgekommen bin. Es war jedes Mal irgendwie unangenehm. Ich bin zu dem Schluss gekommen, dass ich mehr brauche als körperliche Anziehung.« Er schaut mich an. »Wenn ich nicht mit jemandem auf einer tieferen Ebene in Verbindung stehe, brauche ich es gar nicht erst zu versuchen.«

Als er das sagt, blickt er mir in die Augen, und die Welle des Verlangens lässt meine Kopfschmerzen in den Hintergrund rücken.

»Was ist mit dir?«, fragt er leise. »Hast du vor, mit einer heißen Sextherapie über Derek hinwegzukommen? Ich bin sicher, es würde dir nicht an Freiwilligen mangeln.«

Ich lache. *Genau. Dutzende Männer stehen Schlange, um mit der Frau auszugehen, die sich in einen toten Fisch verwandelt, sobald sie sie im Bett haben. Davon träumt jeder Mann.*

»Ähm … nein. Ich stehe da auch nicht so drauf.«

Er schweigt und mustert mich mehrere Sekunden lang, als könnte er in meinem Gesicht den Sinn des Universums finden. »Und worauf stehst du, Ash? Was macht dich mehr an als alles andere?«

Ehe ich es verhindern kann, bildet sich in meinen Gedanken die Antwort.

Du.

»Äh …«

Sofort tauchen in rascher Folge verschiedene Bilder vor meinem inneren Auge auf.

Du, wie du mich berührst. Mich küsst. Mich langsam ausziehst und deine Lippen auf mich presst.

»Ich … äh …«

Du, wie du dich auf mich legst. Mir die Beine spreizt und in mich eindringst. Wie du ein leises Grollen ausstößt, während du mich ausfüllst.

»Himmel …«

Du, wie du mich liebst. Dich bewegst und stöhnst und dir jeden Teil meines Körpers zu eigen machst.

Die Bilderflut ist so schnell und heftig, dass ich die Augen zukneifen muss, um sie auszublenden. Mein Herz pocht heftig vor Anstrengung.

Die Matratze bewegt sich, und auf einmal legt Jake mir eine Hand auf die Wange. »Asha?« Ich packe ihn am Unterarm. »Geht es dir gut?« Er legt mir eine Hand auf die Stirn. »Verdammt, du glühst ja.«

»Kopfschmerzen«, murmele ich und versuche, dem Drang zu widerstehen, ihn auf mich zu ziehen. »Ganz schlimme.«

»Ist dir übel? Soll ich dir einen Eimer holen?«

Ich löse mich von ihm. »Geht schon. Bin wahrscheinlich nur dehydriert.«

Meine Gedanken rasen immer noch bei der Vorstellung, wie es sich anfühlen würde, seine Hände überall auf mir zu spüren. Seinen Mund. Seine Zunge.

Heilige Mutter Maria, seine Zunge.

»Asha?«

Ich steige aus dem Bett und stürze zum Bad, wobei ich versuche, ihn nicht anzusehen. »Mir geht's gut. Ich brauche nur eine Sekunde. Du kannst …« *Mich küssen. Mich lecken. Mich ficken.* »Ähm … einfach weiterschreiben. Ich bin gleich wieder da.«

»Im Badezimmerschrank sind Schmerztabletten.«

»Alles klar. Danke.«

Ich schließe die Badezimmertür hinter mir und lehne mich erschöpft dagegen.

Scheiße, Scheiße, Scheiße.

Ich atme tief aus. *Das lief ja schnell aus dem Ruder.* Kann ich nicht einmal darüber reden, was mich anmacht, ohne dass in meinem Kopf ein sehr erotischer Porno mit ihm in der Hauptrolle abläuft? Geht gar nicht.

Ich drehe das kalte Wasser auf und spritze es mir ins Gesicht.

»Scheiße!« Jakes fließendes Wasser muss auf direktem Wege aus der Arktis nach Brooklyn kommen, denn es ist eiskalt. Immerhin vertreibt die extreme Kälte meine unerträgliche Röte, und in der Folge lässt auch mein Kater langsam nach. In meinen tiefergelegenen Körperregionen herrscht zwar noch immer extreme Feuerwarnung, aber ich ziehe mich jetzt nicht aus, um auch dieses Gebiet mit Wasser zu besprenkeln.

Ich reiße das Schränkchen über dem Waschbecken auf und schnappe mir ein paar Aspirin, die ich mit einem Schluck Wasser hinunterspüle. Sicher ist sicher.

Dann stütze ich mich mit beiden Händen auf dem Toilettentisch ab und lasse den Kopf hängen. Es muss doch irgendein Mittel gegen diesen Wahnsinn geben, den er mir antut. Und wenn es eins gibt, muss ich es finden, denn diese Achterbahnfahrt der Gefühle werde ich nicht viel länger aushalten.

Fürs Erste muss meine Priorität sein, dieses Buch fertigzubekommen. Sonst nichts. Alle anderen Ablenkungen sollen sich verpissen.

Ich trockne mir das Gesicht mit einem süßlich duftenden Handtuch ab, hole tief Luft und stoße die Tür auf.

»Darf ich es jetzt bitte sehen?« Meine Stimme klingt ein wenig flehentlich, aber das kommt davon, wenn er mir nicht sofort gibt, was ich will.

»Noch nicht. Hab etwas Geduld, Weib.« Seine Hand flitzt schneller über das Papier.

»Jake, seit einer Stunde hältst du mich hin. Komm schon. Erlöse mich von meinem Elend.«

Er stöhnt. »Gott, ich liebe es, wenn du bettelst. Mach das noch mal.«

»Jacob!«

Er lächelt und kommt mit einem Schnörkel zum Schluss. »Okay. Bleib cool. Oder auch heiß. Was auch immer dir lieber ist.« Er kommt zu mir und setzt sich neben mich, dann reicht er mir sein Notizbuch. »Sei gnädig. Mein Ego ist zerbrechlich.«

»Ja, zerbrechlich wie Titan.« Ich blättere durch das Buch und bin überrascht, dass er zehn Seiten vollgeschrieben hat, Vorder- und Rückseite.

Ich schaue ihn an. »Das hast du alles heute geschrieben?«

Er nickt. »Erstaunlich, was ich alles schaffen kann, wenn du mich nicht anschreist. Meinst du, das reicht aus, um Serena zufriedenzustellen?«

»Auf jeden Fall. Obwohl ich es ein wenig unfair von ihr finde, schon am zweiten Tag nach einer Arbeitsprobe zu fragen.«

Vorhin haben wir eine Nachricht von Serena bekommen, in der sie einige Beispielseiten anforderte, um zu sehen, wie wir vorankommen. Jake ist der Meinung, sie will sicherstellen, dass ihre Dreihundert-Riesen-Investition kein Flop ist. Ich bin der Meinung, sie will sich vergewissern, dass ihr Lektoratsschützling sich nicht als Blindgänger entpuppt. So oder so, der Druck, etwas Beeindruckendes vorzuweisen, das all ihre Ängste zerstreut, ist groß. Wenn wir auf diesen Seiten nichts finden, das sie aus den Socken haut, haben wir nur noch ein paar Stunden, um etwas anderes aus dem Ärmel zu schütteln.

Ich kaue an meinem Daumennagel herum, während ich die ersten Seiten des neuen Materials lese.

Oh, verdammt. Jetzt läuft es, Serena.

»Jake … das ist gut.«

»Ja?«

Ich setze mich aufrechter hin und lese den Rest. »Ja.« Vielleicht war es doch unsere dysfunktionale Beziehung, die ihn gehemmt hat, denn welche mentale Blockade er gestern auch hatte, sie ist verschwunden. Was er geschrieben hat, ist leidenschaftlich und regt zum Nachdenken an, und er hat sich in einen interessanten literarischen Stil eingefunden, der die Bildsprache seiner Gedichte aufgreift. Bei den letzten beiden Absätzen läuft mir ein Schauer über den Rücken.

Wut ist eine starke Emotion. Sie macht alles einfach. Du kannst Angst, Furcht, Erniedrigung, Enttäuschung und Einsamkeit nehmen und sie in einer einzigen, starken Form zusammenfassen. Und wenn du der Wut ihren Lauf lässt, wirst du nie befürchten müssen, etwas anderes zu fühlen. Sie ist Balsam für gebrochene Herzen. Ein Schutzschild für die Schwachen. Wut ist die gemütliche Decke der Verleugnung, die dich davon überzeugt, dass nichts jemals deine Schuld war.

Wenn du Angst hast, dass du zu kaputt bist, um geliebt zu werden, erinnert dich die Wut daran, dass du es nicht zu sein brauchst.

Und wenn du die Welt niederbrennst und zwischen den schwelenden Trümmern deines Lebens stehst, ist die Wut immer noch da und gratuliert dir. Schützt dich. Redet dir ein, dass der Rauch in deiner Lunge dich nicht langsam umbringt.

Ich drehe mich zu Jake um, der mit vor dem Mund gefalteten Händen, die Ellenbogen auf die Knie gestützt, darauf wartet, dass ich etwas sage.

Ich kann nichts sagen, außer: »Das ist der Hammer.«

»Glaubst du, es wird Serena gefallen?«

»Jake, wahrscheinlich wird sie ausflippen und dir einen Präsentkorb schicken.«

Augenblicklich lächelt er: »Hervorragend!«

»Ich kann dein Grübchen sehen«, sage ich und berühre die kleine Vertiefung in seiner Wange. »Es ist lange her, seit das zum Vorschein kam.«

Er spannt sich unter meiner Berührung an, also ziehe ich die Hand weg. »Es ist auch schon lange her, seit ich zuletzt so glücklich war.«

»Nicht seit Ingrid.«

Er sieht mich verwirrt an. »Was?«

»Auf dem Foto von euch beiden, da ist dein Grübchen zu sehen. Mit ihr warst du glücklich.«

Er wirft einen Blick hinüber zu seinem improvisierten Regal mit seinen Fotos. »Es kommt mir vor, als wäre das eine Ewigkeit her.«

Aber das ist es nicht, will ich sagen. *Und auch wenn ich gern glauben würde, dass deine unglückliche Liebe deine zukünftigen Beziehungen nicht beeinflussen wird, weiß ich doch, das wird sie. Und das ist bloß ein weiterer überzeugender Grund, warum ich ignorieren sollte, wie du mich schon den ganzen Tag lang ansiehst.*

Ich gebe ihm sein Notizbuch zurück und stehe auf. »Also, du solltest weitermachen, solange die Schreibgötter dir gnädig sind.«

»Asha, warte.« Er nimmt meine Hand und blickt zu mir auf. »Ich … äh … ich glaube, ich habe mich nie bei dir bedankt.«

»Wofür?«

Er streicht mir über die Finger, und ich hole scharf Luft. Früher, als wir jünger waren, hat er das oft gemacht, aber es hat sich nie so angefühlt wie jetzt.

»Dafür, dass du an mich glaubst. Dafür, dass du mir die Chance gibst, etwas zu tun, worauf ich stolz sein kann. All das hier passiert nur deinetwegen.«

Ich bin wie hypnotisiert von seiner sanften Berührung. Ich hätte meine Fingerspitzen nie für eine erogene Zone gehalten, aber mit ihm sind sie es absolut.

»Ich habe bloß eine Tür geöffnet, Jake.« Ich bete, dass er nicht merkt, wie heftig mein Herz klopft. »Du bist derjenige, der das Talent hatte, hindurchzugehen.«

Ich ziehe meine Hand weg und balle sie ein paarmal zur Faust, um das Kribbeln loszuwerden.

Er schaut sie an und räuspert sich. »Dann dürfen Freunde wohl auch nicht Händchen halten?«

»Nein, nicht wenn sich das so anfühlt.«

Er steht auf und stellt sich neben mich, sodass er mich beinahe berührt, aber nicht ganz. Ich zwinge mich dazu, nicht aufzublicken. Wenn ich in seine dunklen, leidenschaftlichen Augen schaue, bin ich verloren.

»Weißt du was«, sagt er ruhig. »Ich hatte erwartet, es wäre kinderleicht, wieder Freunde zu sein, und in gewisser Weise ist es das auch. Aber früher haben wir uns ständig berührt und es nicht einmal gemerkt. Und jetzt fühlt es sich schon anders an, wenn ich nur mit dir im selben Raum bin.«

Ich schiele zu seinem Hals. Sein Puls rast, und das gefällt mir mehr, als mir lieb ist.

»Ich will das hier auf keinen Fall vermasseln, Ash. Es hat viel zu lange gedauert, wieder an diesen Punkt zu kommen. Deshalb sag mir bitte, wenn ich eine Grenze überschreite, okay?«

Ich nicke. »Natürlich.«

Wir schweigen beide, und nach ein paar Sekunden sagt er: »Freunde dürfen auch nicht so nah beieinander stehen, oder?«

»Nein.«

In diesem Augenblick klingelt sein Telefon, und er tritt einen Schritt zurück. Kaum hat er sich von mir entfernt, stoße ich einen Seufzer aus und lasse mich zurück auf die Couch sinken. Mein Herz kann diese Aufregung nicht jeden Tag aushalten. Bald werden mir die Blutgefäße platzen und ich werde in einer Wolke schwelender Lust verbluten. Das einzig Gute an dieser unfassbar heißen Anziehungskraft ist, dass seine Gegenwart jegliches Cardio-Training überflüssig macht.

Ich versuche, meine Atmung zu beruhigen, während er das Gespräch annimmt und an das riesige Panoramafenster tritt. In der Zwischenzeit fange ich damit an, die Ausbeute des Tages abzutippen. Serena braucht nur ein paar Seiten, also werde ich, nachdem ich alles in das Dokument eingefügt habe, meine Lieblingspassagen heraussuchen.

Ich versuche, nicht mitanzuhören, was er sagt, aber in dieser Wohnung ist das unmöglich.

»Ja, ich kann so gegen fünf da sein … Sicher? … Okay, gut. Dann bis nachher.« Er legt auf und kommt zu mir zurück.

»Hast du nachher noch ein heißes Date?« Es soll bloß ein Witz sein, trotzdem habe ich das Gefühl, dass mein Auge zuckt.

»Ähm, ja. Gewissermaßen.« Er setzt sich neben mich. »Ich muss heute ein bisschen eher Schluss machen, weil ich zum Krematorium muss.«

Ich höre auf zu tippen. »Du gehst mit deinem Date zum Krematorium? Das ist aber makaber.«

»Tja, kann man so sagen. Das Date ist mit meinem Dad. Ich werde mich verabschieden.«

»Dein Dad?«

»Er wird heute eingeäschert. Ich habe darum gebeten, dabei sein zu dürfen.«

Ich drehe mich zu ihm um. »Moment. Als du mir gestern

erzählt hast, er sei tot, bin ich davon ausgegangen, es sei schon eine Weile her. Wann ist er gestorben?«

»Vorgestern.«

Ich rechne kurz nach. »Aber … das war dein erster Tag bei Whiplash. Bist du deshalb nach dem Meeting so schnell aufgebrochen?«

Er nickt. »Das Krankenhaus hat angerufen. Sie sagten, es gehe zu Ende und ich solle so schnell wie möglich herkommen.«

Da habe ich geglaubt, ich könne mich nicht noch schlechter fühlen, weil ich nicht für ihn da war, und stelle nun fest, dass das sehr wohl geht. Ich habe ihn angezickt, weil er abgehauen ist, um bei seinem sterbenden Vater sein zu können. »Oh Gott, Jake, das tut mir so leid.«

»Es ist in Ordnung. Er war schon lange krank, und ich wusste, dass es irgendwann passieren würde.«

»Wie schade, dass er es nicht mehr erleben kann, wenn du dein Buch veröffentlichst. Wusste er davon?«

»Ja. Er hat geglaubt, ich hätte ihn über den Vorschuss belogen. ›Welcher Idiot gibt denn so viel Geld für deine dämlichen Liebesgedichte aus?‹ Das waren seine Worte.«

Ach ja. Mr Stone war immer warmherzig und aufbauend. Ich weiß noch, wie Jake ihm erzählte, dass er nicht in seine Fußstapfen treten und kein Polizist werden würde, und Mr Stone ihn so heftig gegen die Küchenwand stieß, dass der Putz einen Riss bekam. Da war Jake zehn.

»Tja, immerhin ist er sich bis zum Ende treu geblieben.«

»Ja.« Jake klaubt eine Fluse von einem Sofakissen. »Er hat immerhin etwas gesagt, was mich überrascht hat. Als ich ihm erzählt habe, dass ich mit dir zusammenarbeiten würde, hat er genau zwei Wörter gesagt.«

»Lass mich raten: Hau ab? Hör auf? Nimm Drogen?«

Jake steht auf und blickt auf mich herab. »Nein, er sagte: ›Heirate sie!‹« Er schüttelt den Kopf. »Mich hat er vielleicht abgrundtief gehasst, aber dich hat er immer geliebt.«

Vor Verblüffung bleibe ich schweigend sitzen, während er die leeren Kaffeebecher und angebissenen Kuchenstücke vom Couchtisch nimmt und zum Mülleimer trägt.

»Jake?« Er dreht sich zu mir um. »Möchtest du heute Abend Gesellschaft haben? Ich hätte nichts dagegen, mich auch von deinem Dad zu verabschieden.« Egal, wie holprig ihre Beziehung war, er sollte das definitiv nicht allein durchstehen müssen.

»Bist du sicher? Es ist Freitagabend. Du hast bestimmt eine Million wichtigere Dinge zu tun.«

Ich schüttele den Kopf. »Nichts ist wichtiger als das hier. Wenn ich in den letzten Jahren schon nicht für dich da war, dann bin ich es wenigstens jetzt.«

Er nickt, und mir entgeht nicht, wie erleichtert er ist. »Also dann dürfen Freunde sich nicht umarmen oder Händchen halten, aber zur rituellen Einäscherung von kürzlich verstorbenen Familienmitgliedern mitkommen?«

Ich lächle. »Das dürfen sie definitiv.«

21. KAPITEL

Kein Bedauern

Jede Freundschaft ist anders. Manche sind stark und überstehen jedes Unwetter, während andere so zerbrechlich sind, dass sie schon in einer leichten Brise zerfallen. Dann gibt es die, die sich jeder Beschreibung entziehen. Sie balancieren auf einer unsichtbaren Linie, wie ein Akrobat auf dem Hochseil, und sind sich nicht sicher, ob sie sich nach dem Komfort sehnen, es sicher auf die andere Seite zu schaffen, oder nach dem prickelnden Rausch eines unerwarteten Sturzes. Es sind diese Freundschaften, die entweder in einer lebenslangen Bindung oder einem plötzlichen und unrühmlichen Ende münden.

Genauso einen Balanceakt haben Jake und ich die vergangenen Wochen vollführt – jede Sekunde könnten wir die eine oder die andere Richtung einschlagen.

Seit unserem Beinaheunfall vergangenen Monat auf der HEA-Gala ist es kein Problem mehr, wie früher miteinander umzugehen. Trotz unserer jahrelangen Feindschaft, geschürt von verletzten Gefühlen und Schuldzuweisungen, ist das Zusammensein mit ihm so, wie eine Lieblingsplatte aufzulegen – auch wenn ich sie lange nicht gehört habe, kenne ich jeden Ton und jede Textzeile auswendig. Er bringt mich zum Lachen wie früher. Er hat immer noch ein riesiges Herz, einen kurzen Geduldsfaden und ist so stur wie der Grand Canyon breit. Wir passen immer noch in vielerlei Hinsicht gut zusammen, aber vieles ist auch anders geworden. Zum Beispiel, dass ich ihn anstarren muss, wenn er nicht hinsieht; das heftige Ziehen in meiner Brust, immer wenn er über seine Zeit mit Ingrid schreibt; der subtile Abstandstanz, den wir vollführen, damit wir nicht so nah beieinanderstehen und spannungsgeladene Momente des gegenseitigen Verlangens vermeiden.

Ich erinnere mich ständig daran, dass ich trotz Jakes extremer Anziehungskraft bestimmte Grenzen nicht überschreiten darf. Es wäre absolut unprofessionell, mit meinem Autor und besten Freund zu schlafen, und damit würde ich alles aufs Spiel setzen, wozu wir gerade erst zurückgekehrt sind. Mit einem Mann zu schlafen, der noch in eine andere Frau verliebt ist, wäre außerdem so, als würde ich geradezu darum bitten, dass er mir das Herz bricht.

Aber selbst wenn all diese Schwierigkeiten auf magische Weise verschwänden und ich die Freiheit hätte, meinen niedersten Trieben nachzugeben, ist da immer noch meine lästige Intimitätsstörung, mit der jede sexuelle Aktivität beschämenderweise vollkommen zum Erliegen kommt. Mich trotz all dieser Hürden in Jake zu verlieben, wäre emotionaler Selbstmord und trotzdem … begehre ich ihn.

Ist es verwunderlich, dass ich angefangen habe, meine Morgenroutine um Magensäuretabletten zu erweitern?

Es gibt ein Sprichwort, dass Liebe nur Freundschaft in Flammen sei, und das könnte nicht zutreffender sein. Im Augenblick fühle ich mich, als lebte ich in einem brennenden Haus, und obwohl ich jeden Moment verbrennen könnte, sitze ich einfach da, röste Marshmallows und summe den Refrain von *Disco Inferno*, um den Klang der Sirenen zu übertönen.

»Bist du sicher, dass du nicht mitmachen willst?«, fragt Jake. Er trägt kein Shirt, ist verschwitzt und hält irgendeine verrückte, kopfstehende Yogapose, durch die all seine Muskeln auf höchst ablenkende Art und Weise hervortreten. Ich weiß nicht, wie er heute Morgen nur Shorts tragen kann. Obwohl er unbeabsichtigt meine Temperatur in die Höhe treibt, hält meine graue Fleece-Jogginghose die Kälte gerade so ab.

»Ganz sicher. Danke der Nachfrage.« Als ich einmal eingewilligt habe, mit ihm Yoga auszuprobieren, hat er meine Position mit sanften, elektrisch aufgeladenen Händen korrigiert. *»Heb den Arm ein bisschen. Dreh das Bein. Heb deinen Po so hoch du kannst.«* Den letzten Satz sagte er, während er hinter mir stand und mich mit seinen riesigen Händen an der Hüfte festhielt. Danach konnte ich nur noch an schmutzige Dinge denken und wurde ununterbrochen rot. Natürlich kam ich deshalb aus dem Takt, weshalb er mich noch mehr korrigierte und so weiter und so weiter. Diese langsame, sinnliche Folter hielt ich genau fünfzehn Minuten aus, dann gab ich auf.

Jetzt macht er normalerweise jeden Morgen seine Übungen, bevor ich ankomme, aber ich wollte heute früher anfangen, und das hab ich jetzt davon. Ich bemühe mich, die Augen auf den Computerbildschirm zu richten, aber mein Kopf scheint sich aus eigenem Antrieb zu drehen. Er mag auf der anderen Seite der Wohnung sein, aber wegen seiner dämlichen Nicht-Wände gibt es nichts, was seinen Wahnsinnskörper vor meinen Blicken verbirgt. Ich bin mir sicher, dass er eine unnatürliche Anzahl von Bauchmuskeln hat.

»Hör auf, meine Bauchmuskeln zu zählen«, sagt er müde, als er sich in eine Position hinunterlässt, in der er sich selbst nur mit einem Arm über dem Boden hält. »Ich habe dir schon gesagt, dass ich nicht unnormal bin.«

»Tja, das ist Ansichtssache. Du magst keinen Kuchen. Das macht dich zu einem absoluten Sonderling.«

»Ja, und du bist eine kaffeesüchtige Kaffeehasserin. Glashaus und so, meine Liebe.«

Ich proste ihm mit meiner Kaffeetasse zu, dann trinke ich den letzten Rest aus. Gott, wie kann etwas mit vier Stück Zucker und einem Haufen Kaffeeweißer immer noch so verdammt bitter sein? Wenn mein Gehirn nicht nach seinem täglichen Koffein verlangen würde, hätte ich schon vor Jahren damit aufgehört.

Ich verdoppele meine Bemühungen, Jake und seinen prachtvollen Körper nicht anzusehen, und wende mich wieder dem Abtippen seiner Arbeit des gestrigen Tages zu. Trotz der ständig zwischen uns brodelnden sexuellen Spannung nimmt das Buch langsam Formen an. Sowohl Serena als auch Mr Whip bekommen die Kapitel, sobald wir damit fertig sind, und sie sind mit unserem Fortschritt zufrieden.

Mein Computer piept leise, als eine Direktnachricht auf dem Bildschirm erscheint. Sie ist von Joanna.

Heyyyy. Was treibst du so?

Nicht Jake beim Hot Yoga anglotzen, das ist mal klar.

Oh. Das ist hart. Zeit, mich anzurufen? Ich habe etwas getan, was dich vielleicht verärgert. Ruf erst an, wenn du sicher bist, dass Jake dich nicht hören kann. Ich warte.

Also das klingt mysteriös und faszinierend.

Ich werfe Jake einen flüchtigen Blick zu. Er plankt gerade und hebt dabei die Füße vom Boden. Mein Gott, seine Körperspannung ist jenseits von Gut und Böse.

Ich schnappe mir mein Handy und meine Handtasche und steuere auf die Tür zu. »Ich besorge uns Snacks. Willst du was?«

Er lässt sich zu Boden sinken. »Cheetos, M&Ms, Oreos, Cool Ranch Doritos, Fruit Loops, Snickers und mehrere Gläser Nutella … Du weißt schon. Das Übliche.«

Ich schüttele angewidert den Kopf. »Wie kann es sein, dass du nicht sämtliche Diabetestypen auf einmal hast?« Ich öffne die Tür und trete auf den Treppenabsatz hinaus.

»Und Cola Light!«, ruft er, kurz bevor ich die Tür hinter mir schließe. Im Ernst, der Mann hat den Stoffwechsel eines hyperaktiven Gepards.

Während ich die Treppen hinunter und hinaus auf die Straße gehe, rufe ich Jo an. Sie geht nach dem ersten Klingeln dran.

»Huhu. Das Wichtigste zuerst – hast du ein Video von Jake, wie er Yoga macht?«

»Nein. Er war nicht begeistert, als ich das beim letzten Mal versucht habe.«

»Hast du ihm gesagt, dass es für mich gewesen wäre?«

»Ja, aber er hat mich seltsamerweise trotzdem böse angestarrt.«

»Oh. Komisch. Wie auch immer, weißt du noch, dass du mir erzählt hast, wie er und Ingrid sich auf der Zen Farm auf Bali kennengelernt haben?«

»Ja.«

»Alsooooo, meiner Cousine gehört das Organic Chocolate Museum nicht weit von dort, deshalb habe ich sie gebeten, sich mal unauffällig ein bisschen umzuhören. Sie hat sich heute bei mir mit Ingrids Nachnamen gemeldet. Vielleicht oder vielleicht auch nicht habe ich dir den Link zu ihrem Facebook-Profil gemailt.«

Ich halte an einem Fußgängerübergang und drücke auf den Ampelknopf. »Was? Meine Güte, Jo …«

»Warte, lass mich ausreden. Jake hat nie mit diesem Mädchen abschließen können, weil er nicht weiß, ob sie nach Hause gefahren ist und ihren Ex geheiratet hat, stimmt's? Tja, jetzt können wir ganz sicher herausfinden, wofür sich Ingrid entschieden hat, indem wir in ihrer Chronik herumspionieren.«

Als ich bei Jakes örtlichem Minimarkt ankomme, schnappe ich mir einen Korb und steuere auf den Gang mit den Süßigkeiten zu. »Aber er hat klargemacht, dass er es nicht wissen will, und das müssen wir respektieren.«

»Müssen wir? Wenn er ein ekliges Furunkel an seinem perfekten Körper hätte, würden wir dann zulassen, dass die Infektion ihn weiter vergiftet? Oder würden wir das Ding öffnen, es mit Gaze verbinden und ihn dann mit Öl einreiben?«

»Mit Öl einreiben?« Ich werfe Jakes gewünschte Snacks einen nach dem anderen in den Korb.

»Das ist meine Krankenschwester-Fantasie, und darin reiben wir ihn auf jeden Fall mit Öl ein. Mehrmals. Dann waschen wir ihn mit einem Schwamm und reiben ihn noch ein bisschen mehr mit Öl ein.«

Ich lache und nehme eine Flasche Cola Light aus dem Kühlschrank. »Jo, glaub mir, wenn wir das tun, wird er stinksauer.«

»Nur, wenn er es herausfindet, aber das wird er nicht.«

Ich lege alles auf die Theke und warte darauf, dass der Kassierer es eintippt und einpackt. »Wenn sie also nicht verheiratet ist und jede Menge ›Ich habe meine große Liebe auf Bali verlassen und nur dieses T-Shirt als Erinnerung‹-Bilder gepostet hat, auf denen sie weint und sich nach ihm sehnt, sagen wir ihm nichts?«

»Ah. Jetzt erkenne ich den Fehler in meinem gesamten ›Er braucht es nicht zu wissen‹-Plan. Denn wenn sie bereut, ihn verlassen zu haben, und er sie immer noch liebt, dann …«

Dann sollten sie zusammen sein. Schon beim Gedanken daran bricht mir der kalte Schweiß aus.

»Aber wenn sie *verheiratet* ist«, sagt Jo, »was wahrscheinlicher ist, dann kannst du ihm Bescheid sagen und ihm helfen, diese Tür ein für alle Mal zu schließen.«

Damit hat sie nicht ganz unrecht. Wie kann er jemals wirklich weitermachen, ohne abzuschließen? Und trotzdem fühlt es sich nicht richtig an, ihn zu hintergehen.

Ich bezahle, schnappe mir meine Ladung Junkfood und gehe zum Apartment zurück.

»Jo, ich weiß, dass du nur helfen willst, aber ich glaube, das kann ich nicht machen. Es fühlt sich wie Betrug an, und ich gebe mir wirklich Mühe, seine Freundin zu sein.« *Und sonst nichts.*

Sie seufzt. »Ja, ich kann dich total verstehen. Ich werde dich nicht drängen.«

»Danke. Und ich bin dir dankbar, dass du dir so viel Mühe gemacht hast. Du hast das Herz am rechten Fleck.«

»Genau genommen«, sagt sie, »habe ich *Situs inversus,* was bedeutet, dass mein Herz auf der anderen Seite der Brust ist, aber ich weiß den Gedanken zu schätzen. Ich melde mich morgen.«

Wir legen auf, und auf dem Weg zurück zur Wohnung scrolle ich durch meine E-Mails. Als ich diejenige mit Ingrids Facebook-Link sehe, schwebt mein Finger ein paar Sekunden darüber. Dann, bevor ich meine Meinung ändern kann, verschiebe ich sie in den Papierkorb und hoffe wirklich, dass ich die richtige Entscheidung getroffen habe.

Ich packe gerade Jakes Lieferung in der Küche aus, da kommt er aus dem Badezimmer und rubbelt sich mit dem Handtuch über die feuchten Haare. Als ich sehe, dass er ein weißes T-Shirt und Jeans trägt, seufze ich erleichtert auf. Es ist immer einfacher, mit ihm umzugehen, wenn seine Muskeln und Tattoos bedeckt sind.

»Kaffee?«, fragt er, wirft das Handtuch über eine Kiste und füllt einen Kochtopf mit Wasser.

»Du weißt, dass du inzwischen Geld genug hast, um eine Kaffeemaschine zu kaufen, oder? Du musst nicht mehr wie ein Teilnehmer einer Reality Show leben.«

Er stellt den Topf auf die Kochplatte und schaltet sie ein. »Du und deine Liebe zu neumodischem Schnickschnack. Kaffeemaschinen, Computer, richtige Wände. Du bist weich, Tate. Weich, sag ich dir.« Er geht an mir vorbei, schnappt sich zwei Becher, und mehr braucht es nicht, um ein Vibrieren in meinem Innersten hervorzurufen. Auch bei ihm bemerke ich eine Veränderung. Er verspannt sich, und seine Stimme verrät leichte Verärgerung.

»Eines Tages«, sagt er, »nehme ich dich mit auf eine Trecking-Tour durch den peruanischen Regenwald, und dann wirst du verstehen, dass du besser gelernt hättest, wie man Blutegel aus dem Intimbereich entfernt, anstatt deine Zeit mit deiner heißgeliebten Kaffeemaschine zu verschwenden.«

Er löffelt Kaffee in die Becher, und ich stelle seine Cola Light in den Kühlschrank. »Bitte sag mir, dass das nicht passiert ist.«

»Könnte ich, das wäre aber gelogen. Kein Mann hat echte Panik erlebt, bis er beim Pinkeln nach unten schaut und einen riesigen peruanischen Blutegel entdeckt, der zu ihm hochstarrt.«

Ich schließe den Kühlschrank und lächele. »Ich mache mir Sorgen um dich. Ehrlich. Ich kann nicht glauben, was für einen Scheiß du zum Spaß gemacht hast, als ich nicht da war.« Ich lehne mich an den Tisch und sehe ihm beim Arbeiten zu. Er füllt Kaffeeweißer und Zucker in die Tassen, und als er fertig ist, schüttelt er mit angespanntem Kiefer den Kopf.

»Was?«, frage ich.

»Nichts.«

Es ist ganz eindeutig nicht »nichts«, aber ich traue mich nicht zu fragen.

Er konzentriert sich auf den Topf mit Wasser, als könnte er es durch die Kraft seines Blicks zum Kochen bringen.

Ich räuspere mich und rücke das Besteck gerade. »Ach übrigens, Serena hat mir vorhin gemailt und um mehr Details im Kapitel über Ingrid gebeten.« Ihr Name fühlt sich immer falsch in meinem Mund an.

Jake verschränkt die Arme und knurrt zur Antwort.

»Stell dich nicht so an«, sage ich und komme näher. »Deine Schreibe ist großartig, aber du schreckst immer vor den Gefühlen in eurem Miteinander zurück. Ich weiß, dass sie ein schmerzhaftes Thema ist, aber darum geht's doch. Die Leser wollen deine Angst und deinen Herzschmerz erleben.« *Ganz egal wie sehr ich darauf verzichten könnte.*

»Warum?« Er starrt weiter das Wasser an. »Was sind das für Menschen, denen das Leiden der anderen einen Kick versetzt?«

Ich zucke mit den Schultern. »Jede gute Geschichte braucht einen Konflikt, bevor alles gut wird. Je mehr Widrigkeiten der Held überwinden muss, desto mehr drücken wir ihm die Daumen, dass er am Ende gewinnt. Nur so kann er sich sein Happy End verdienen.«

»Ach ja?« Er dreht sich zu mir um. »Wie werden wir dann dieses Buch enden lassen? Wie sieht mein Happy End aus?«

»Also …« Vor meinem inneren Auge taucht ein Bild von ihm auf, wie er sich mit Ingrid versöhnt und mit ihr in den Sonnenuntergang reitet. »Äh … das müssen wir noch herausfinden. Es könnte deine steile Karriere sein. Oder deine Fähigkeit, Menschen zu berühren und ihnen bei ihren eigenen emotionalen Schwierigkeiten zu helfen.« Ich schaue zu Boden. »Oder … dass du mit der ganzen Ingrid-Geschichte abschließen kannst. Der Sonnenschein nach dem Sturm und so.«

Als ich zu ihm aufsehe, starrt er mich an, und die Dunkelheit in seinen Augen ist undurchdringlicher als sonst. »Mhhm.«

In diesem einfachen Mh-hm liegt so viel Subtext, dass ich keine Ahnung habe, was er damit sagen will. Stimmt er mir zu? Widerspricht er?

»Sind das die einzigen Möglichkeiten?«, fragt er leise. »Bekommt am Ende der meisten Geschichten der Held nicht normalerweise das Mädchen?«

Ich blinzele ein paar Sekunden, sicher, dass ich missdeute, was er sagt. »Na ja … wenn du deine Entscheidung, Ingrid nicht zu kontaktieren, überdacht hast, dann …«

»Ich spreche nicht von Ingrid, und das weißt du auch.«

Wärme breitet sich von meinem Hals weiter nach oben aus. Ich will ihn nicht weiter anstarren, aber offensichtlich kann ich auch nicht wegschauen. Er berührt mich nicht. Er steht noch nicht einmal besonders nah bei mir. Und trotzdem steht mir jedes einzelne Körperhaar zu Berge, als mir ein Schauer der Möglichkeiten über die Haut läuft.

»Sag mir, was du denkst.« Seine Stimme ist leise, verrät aber etwas Begehren. »Seien wir beide ausnahmsweise einmal ehrlich in Bezug auf das, was wir wollen.«

Ich spüre einen gewissen Druck auf der Lunge. Zuzugeben, was ich will, ist schwierig. Ich bin vielleicht nicht die Einzige hier, die etwas zu verlieren hat, aber ich bin diejenige, die am meisten verlieren wird. Schlimmstenfalls bin ich eine Lückenbüßerin. Bestenfalls zweite Wahl. Keine dieser Möglichkeiten ist gut.

Als ich weiter zögere, kommt er herüber und bleibt vor mir stehen, so nah, dass ich seine Wärme spüren und sein Shampoo riechen kann.

»Weißt du, worüber ich gern sprechen würde?« Er kommt näher, bis auf wenige Zentimeter. Als er mich ansieht, beißt er die Zähne zusammen, und die Anspannung seines Körpers spiegelt meine wider. »Lass uns über das absolut verdammt wahnsinnige Knistern zwischen uns sprechen. Wir können es nicht weiter ignorieren, Asha. Das weißt du genauso gut wie ich.« Er lässt den Kopf hängen, und zum ersten Mal fällt mir auf, wie müde er wirkt. »Jeden Tag, wenn du durch diese Tür kommst, kostet es mich mehr und mehr Mühe, die Finger von dir zu lassen, und ich kann so nicht weitermachen. Das ist zu anstrengend.«

Er sieht mich an und legt mir die Hand an die Wange, und als sein Daumen einen sanften Bogen über meine Haut beschreibt, atme ich flach ein.

»Wenn du willst, dass ich aufhöre, dann sag es. Wenn du glaubst, dass ich falschliege, sag es mir. Aber wenn du dasselbe fühlst und nicht mehr dagegen ankämpfen willst, dann … rede mit mir.«

»Wir haben auf der HEA-Party geredet.« Ich bemühe mich, mich nicht an seine Hand zu schmiegen, aber sie ist warm, und ich möchte gern. »Wir waren uns einig, dass es keine gute Idee ist. Wir hatten unsere Gründe.«

»Sie gelten nicht mehr, Ash. Du hast mit deinem Freund Schluss gemacht. Das Buch läuft gut. Es gibt keine Ausreden mehr.«

»Du bist noch nicht über Ingrid hinweg.«

Er hält inne, und ich glaube, in diesem Moment ein bisschen zu sterben. »Doch.«

»Das glaube ich dir nicht.«

Er sieht mir in die Augen und holt Luft. »Ich schwöre dir, dass ich über sie hinweg bin. Spürst du nicht, dass niemand sonst existiert, wenn ich mit dir zusammen bin? Noch nicht einmal Ingrid.«

Ich nehme seine Hand von meinem Gesicht und halte sie fest. »Aber ein Teil von dir wird immer ihr gehören.«

»Tja, dir habe ich zuerst gehört.« Er legt mir die Hand in

den Nacken und legt seine Stirn an meine. »Erinnerst du dich, als wir das alte Taschenwörterbuch in Mrs Garcias Mülleimer gefunden haben? Wir haben es zusammen durchgeblättert und waren überrascht, wie zirkelhaft es war. Jedes Wort brauchte weitere Wörter, um es zu beschreiben.«

Ich traue meiner Stimme nicht, deshalb nicke ich.

»*Genauso* fühle ich mich, wenn ich mit dir zusammen bin. Du bist der Mensch, der mich beschreibt. Du gibst mir eine Bedeutung. Selbst als wir zerstritten waren, habe ich es gespürt. Du bist diese eine Person auf der Welt, die meinem Leben einen Sinn verleiht.«

Er schlingt mir den anderen Arm um die Taille und zieht mich an sich. Als meine Brüste mit seiner Brust zusammenstoßen, öffnet er den Mund und holt tief Luft.

»Was, wenn es nicht funktioniert?«, flüstere ich.

Er schüttelt den Kopf, als würde ich das Offensichtliche nicht erkennen. »Was, wenn es funktioniert? Wir haben versucht, Feinde zu sein. Das war scheiße. Wir haben versucht, Freunde zu sein, aber das ist nicht genug. Was ich für dich empfinde, ist nicht länger platonisch. Es geschieht instinktiv. Und egal, wie sehr ich es mir ausrede oder es wegargumentiere, ich schaffe es nicht. Schaffst du es?«

Ich lege ihm die Hände flach auf die Brust, und sein T-Shirt ist weich, aber die Muskeln darunter vibrieren mit einem schweren, hämmernden Puls. »Nein.« Es fühlt sich so gut an, mir zu erlauben, ihn zu berühren, dass mir der Atem stockt.

Nichts höhlt ein Herz so gehörig aus wie Bedauern. Diese Nachricht hat er mir geschickt, als wir noch Onlinefremde waren.

»Ich würde lieber etwas bereuen, was ich getan habe, anstatt zu bedauern, es nicht getan zu haben.«

Ich schlinge ihm die Arme um den Hals und wir spüren beide eine Veränderung. All die Zurückhaltung, die wir uns in den vergangenen paar Wochen auferlegt haben, löst sich auf und das ursprüngliche, überwältigende unterdrückte Verlangen steigt auf und ersetzt sie.

Als ich ihn jetzt berühre, weiß ich nicht, warum ich jemals geglaubt habe, ich hätte die Kraft, dagegen anzukämpfen. Dem Verlangen ist es egal, ob du es willst oder nicht. Es entzündet sich in dir wie ein Karton voll Feuerwerk, der auf einmal explodiert. Und manchmal ist es wie eine langsam brennende Kerze, die all deine Nervenenden entflammt und deinen Körper als zerschmolzenen Tropfen Wachs zurücklässt.

Jakes Blick in diesem Moment? Zum Dahinschmelzen.

Ich streiche mit der Hand über seinen Nacken und hinauf bis in seine Haare, und er zieht mich mit einem ungeduldigen Stöhnen an sich. Dann beugt er sich herunter und berührt mit seinen Lippen meine so sanft, dass ich erschauere. Er verharrt in dieser Position, küsst mich nicht richtig, zieht sich aber auch nicht zurück. Mit einer Hand umfängt er mein Gesicht, einen Arm hat er um meinen Rücken geschlungen. Während wir so verweilen, schwelge ich in dem wundervollen Gefühl, etwas so sehr zu wollen, dass es beinahe wehtut.

»Kein Bedauern«, sagt er, als wäre es eine Tatsache.

Mein Körper vibriert und bittet mich, etwas zu tun. Irgendetwas. Ich atme zitternd aus und verstärke den Griff meiner Finger in seinen Haaren. »Kein Bedauern.«

Endlich presst er seine Lippen auf meine, wir hören beide auf zu atmen und die Zeit steht still. Mein Herz schlägt so hart und schnell, dass ich zittere.

Lieber Himmel, wir tun es wirklich. Jacob Stone küsst mich, und ich küsse ihn. Und obwohl ich spüre, dass wir uns von der Sicherheit unserer Freundschaft in einen unerforschten Dschungel vorwagen, vibriert mein Blut voller Vorfreude auf das, was jetzt kommt.

Jake stöhnt, zieht sich zurück und küsst mich noch einmal. Seine Lippen sind geöffnet und weich, aber alles andere an ihm ist stahlhart. Es kommt mir so vor, als würde er sich zurückhalten, damit er mich nicht durch die Wucht seines Begehrens erdrückt. Als ich die sanfte Berührung seiner Zunge spüre, stöhne ich und verlange nach mehr, und dann zerreißt, was auch immer ihn noch zurückgehalten hat, und Jacob Stones Leidenschaft trifft mich mit ganzer Kraft.

Er greift mir unter die Arme und hebt mich auf den Tisch. Dann tritt er zwischen meine Beine und küsst mich hart und tief. Seine Hände sind überall, seine starken Finger berühren mich abwechselnd sanft und drängend. So viele Empfindungen fluten meinen Körper, dass mir schwindlig wird und ich mich wie auf Drogen fühle. Als er meinen Po packt und mich eng an seine Erektion zieht, keuche ich und schlinge ihm die Beine um die Taille.

Das sollte sich seltsam anfühlen. Ich kenne diesen Mann quasi schon mein ganzes Leben. Ich weiß, dass er ein Muttermal am linken Knöchel hat und die kleine Narbe über der Augenbraue daher kommt, dass er in der dritten Klasse gegen einen Baum gerannt ist. Ich habe ihn schon tausendmal auf tausend verschiedene Arten berührt und im Arm gehalten, ohne auch nur einen Bruchteil dessen zu spüren, was ich jetzt empfinde. Der Junge, den ich so innig liebte, ist zu einem Kraftwerk sexueller Energie geworden, und er berührt mich so, als hätte er schon immer gewusst wie. Er küsst mich, als würde er die Form meines Mundes bis in den letzten Winkel erkunden wollen.

In meinem Leben habe ich schon großartige Küsse bekommen, und die anderen vergesse ich lieber. Aber Jake zu küssen … durch ihn kommt es mir vor, als wäre alles andere nur gespielt gewesen, und jetzt ist es zum ersten Mal echt.

»Asha …« Er küsst mich, als würde es ihm Schmerzen bereiten aufzuhören, und dann schlingt er die Arme um mich und trägt mich mit großen zielsicheren Schritten zu seinem Bett. Ich löse meine Beine von ihm, und er lässt mich auf meine Knie hinunter. Innerhalb einer Sekunde hat er den Reißverschluss meiner Kapuzenjacke geöffnet und streift sie mir von den Armen. Erst als die kühle Luft mir über die Haut streicht, merke ich, dass er mir auch mein Tanktop ausgezogen hat.

Mit einem Knurren befreit er sich von seinem T-Shirt und legt mich dann mitten aufs Bett. Ich strecke mich aus, und er positioniert sich mit den Hüften zwischen meinen Beinen direkt über mir. Dann drückt er sich mit kreisenden Bewegungen an mich, während ich versuche, ihn an so vielen Stellen wie möglich zu berühren.

Alles ist perfekt, bis ich spüre, wie er die Hand unter mich schiebt und nach dem Verschluss meines BHs tastet. Sofort schrillt ein Alarm in mir los, und kalte Finger der Panik krampfen sich mir um Magen und Hals.

Nein, nein, nein, nein. Bitte … nicht jetzt. Nicht mit ihm. Bitte …

Ich drücke mir die Handballen in die Augenhöhlen und wünsche mir, dass die Angst vorbeigeht, aber ich spüre schon, wie die Taubheit einsetzt.

»Asha. Hör auf.« Jake zieht meine Hände weg und drückt sie neben meinem Kopf auf die Matratze. »Schau mich an.«

Ich öffne die Augen und sehe ihn über mir, sein Blick ist durchdringend und besorgt.

»Was auch immer du da gerade machst …«, keucht er. »Welche Stimme dir ausreden will, das hier zu genießen … hör nicht auf sie. Die einzige Stimme, auf die du hören darfst, ist meine. Und ich sage dir, dass ich dich brauche. Ganz und gar.«

Beschämt, dass er mich durchschaut hat, schlucke ich und wende den Blick ab.

Er verstärkt den Griff um meine Hände. »Nein, schau nicht weg. Bleib bei mir. Sieh mich an.«

Ich blicke ihn an, und sein markantes Gesicht ist so voller Zuneigung, dass es mich umhaut.

»Vertraust du mir?«

»Ja.«

»Dann lass los. Hör auf zu grübeln. Hab keine Angst. Ich bin nicht irgend so ein Arsch, der dich kaum kennt und nur eine heiße Mieze vögeln will. Ich bin der einzige Typ, der seit seinem fünften Lebensjahr durch dein Schlafzimmerfenster hereingeklettert ist. Egal, was passiert, du kannst mich nicht enttäuschen. Verstehst du?«

Ich nicke und weiß nicht, ob es an der Art liegt, wie er mich aufs Bett drückt, oder an der Härte in seiner Stimme. Sie verrät mir, dass er nicht zulassen wird, dass ich mich vor ihm verschließe, deshalb hole ich ein paarmal tief Luft und dann … lasse ich los. Ich lasse meine Anspannung los. Meine Erwartungen. Ich werde zu einem unbeschriebenen Blatt, das darauf wartet, von Jake beschrieben zu werden.

Er lässt meine Hände los, und ich wölbe den Rücken, damit er wieder an meinen BH-Verschluss kommt. Als er ihn öffnet, warte ich auf das scharfe Vibrieren der Angst, das mich wieder aus dem Moment katapultiert, aber es bleibt aus. Als er sich auf die Fersen setzt und mir den BH sanft über die Arme streift, suche ich nach der anschwellenden Panik, aber ich kann sie nicht finden. Und als er auf meine nackten Brüste hinabschaut, als hätte er noch nie etwas so Wundervolles gesehen, entflammt mein Körper zum ersten Mal, anstatt dichtzumachen.

Ohhhhh ja. Endlich.

»Du bist vollkommen«, flüstert er. »Das warst du schon immer.«

Ich schließe die Augen, während er meine Brüste mit sanften Küssen bedeckt, und als er den Mund um eine steife Brustwarze schließt, vergrabe ich die Finger in seinen Haaren und stöhne seinen Namen.

»Ich kann kaum glauben, dass wir das tun«, sagt er und küsst sich von meinem Brustbein bis zu meinem Bauch. »Und genauso wenig verstehe ich, dass wir es nicht schon vor Jahren getan haben.«

Als er am Bund meiner Jogginghose ankommt, schaut er zu mir auf, dann zieht er sie langsam herunter. Mein Höschen folgt, und während er es mir über die Beine streift, lässt er mich nicht aus den Augen.

»Du kannst dir nicht vorstellen, wie oft ich davon schon geträumt habe.«

Er packt mich bei den Hüften und zieht mich zur Bettkante hinunter. Dann sinkt er auf die Knie, legt sich meine Beine über die Schultern und küsst sich seinen Weg zu dem Ort, an dem ich so sehr brenne, dass ich kurz davor stehe, um Erleichterung zu flehen. Mir bleibt kaum Zeit, nach der dicken Steppdecke zu greifen, da schließt sich sein Mund auch schon über mir. Er bewegt seine Zunge, und ich winde mich vor Lust.

»Atme weiter«, sagt Jake und zieht mich wieder zu sich heran. »Ich fange gerade erst an.«

Er widmet sich mir mit voller Aufmerksamkeit und leckt und küsst mich abwechselnd. Lieber Himmel, noch nie habe ich solche Begierde empfunden. Immer wenn ich glaube, es könne nicht noch intensiver werden, saugt er noch ein wenig fester, und als er an mir stöhnt, feuern die Vibrationen mein Verlangen noch weiter an.

An einem bestimmten Punkt verabschiedet sich mein Gehirn, und als die ersten Ranken des Orgasmus sich emporschlängeln, möchte ich leise sein, aber ich schaffe es nicht. Wahrscheinlich flüstere ich »Bitte«. Bestimmt keuche ich »Ja«. Und als Jake mich bei den Oberschenkeln packt und mich noch fester an seinen heißen Mund zieht, schreie ich ganz sicher »Fuck«.

»Oh Gott … ich komme gleich. Ohhh Gott. Oh Gott.« Ich halte den Atem an, alles dreht sich immer schneller, und dann flüstere ich nur noch immer wieder Jakes Namen.

So sollte es sich anfühlen. *Darauf* habe ich gewartet. Nach all den Jahren der Taubheit hat Jake mich wieder zum Leben erweckt. Er ist der Erste. Ich bin so dankbar, dass es mir den Hals zuschnürt.

Ich bin also doch nicht gestört.

Unaufhaltsam nähere ich mich dem Abgrund. Ich blicke hinunter zu Jakes Kopf, der sich zwischen meinen Beinen bewegt, während er mir mit den Händen die Oberschenkel streichelt. Ich beginne zu taumeln, schnappe nach Luft, während ich auf den endgültigen, berauschenden Sturz warte. Als er mich noch einmal mit seiner Zunge stimuliert und mich dabei mit seinen seelenvollen, leidenschaftlichen Augen anschaut, komme ich mit aller Gewalt. Meine gesamten Muskeln spannen sich an, und dann wird alles schwer und weich, die Lust verebbt, doch Jake fängt mich auf, küsst meinen Kopf, schlingt die Arme um mich und zieht mich in die Wärme seiner Umarmung. Erst als ich die glitzernde Nässe auf seiner Brust sehe, bemerke ich, dass ich weine.

22. KAPITEL

Entblößt

Als sich der Nebel meines postorgastischen Rauschs lichtet, stelle ich fest, dass Jake die Decke über uns gezogen hat. Um mich herum ist es ganz warm. Starke Arme und glatte Haut. Ich liege an seine Brust gekuschelt, und er riecht so gut, dass ich einfach meine Nase an seinen Hals pressen und ihn für immer einatmen möchte. Wir liegen einander zugewandt auf der Seite, und er hat beide Arme um mich geschlungen. Noch nie in meinem Leben habe ich mich so befriedigt gefühlt. So sicher. So *richtig*.

Er hat immer noch seine Jeans an, aber ich bin völlig nackt, und auch wenn ich normalerweise so schnell wie möglich zurück in meine sichere Kleidung schlüpfen will, fühle ich mich in seiner Gegenwart … als ob ich nie wieder etwas anziehen müsste.

Ich schlage die Augen auf und blicke seinen Adamsapfel an. Als er spürt, dass ich wach bin, lehnt er sich zurück, damit ich sein Gesicht sehen kann.

»Hey.«

Ich lächle ihn selig an. »Hey.«

»Geht es dir gut?«

»Besser als gut. Ich fühle mich unglaublich.«

»Du fühlst dich auch unglaublich an.« Ein paar Sekunden lang sieht er mich an, als versuche er, ein Rätsel zu lösen.

»Was ist?«

»Das hier«, sagt er und streichelt meinen Arm. »Du. Was wir gerade getan haben. So hat es sich noch nie mit jemandem angefühlt.«

»Wie denn?«

Er lässt seine Hand sacht meinen Hals hinauf wandern und streicht mir mit der Fingerspitze übers Kinn.

»Als wüsste ich schon in der Sekunde, bevor ich dich berühre, wie du reagierst. Als hätte ich das schon eine Million mal gemacht. Dich geschmeckt. Gesehen, wie du kommst.« Er streicht mir mit dem Daumen über die Lippen. »Hast du eine Ahnung, wie umwerfend du bist, wenn du kommst?«

Mir läuft ein Schauer über die Haut. Ich kann nicht glauben, dass er das zu mir sagt. Nicht die Worte selbst, sondern dass sie von ihm kommen. »Du redest davon, wie ich aussehe, wenn ich komme, und ich werde nicht einmal rot. Was ist das zwischen uns?« Ich fahre ihm mit den Fingern durch die Haare, und er schließt die Augen und brummt zufrieden.

»Ich weiß nicht, aber ich möchte, dass es niemals aufhört.«

»Vor ein paar Wochen hätte es mich fertiggemacht, mich vor einem Typen auszuziehen, und jetzt liege ich hier nackt mit meinem besten Freund, dem Mann, der mir gerade den besten Orgasmus meines Lebens beschert hat … und schäme mich überhaupt nicht.«

Er streicht mir die Haare aus dem Gesicht. »Warum solltest du dich schämen? Und was meinst du mit fertigmachen?«

Ich hole tief Luft und erzähle ihm von meinem Problem. Die Panik, die Taubheit, das unvermeidliche Dichtmachen. Er hat Verständnis, aber auch Mitleid.

Als ich ausgeredet habe, stützt er sich auf die Ellenbogen und schaut mich an. »Und was war, wenn du mit einem Typen zusammen warst? Hattet ihr einfach keinen Sex?«

Ich zucke die Achseln. »Hatten wir schon. Manchmal. Aber es hat mir einfach keinen Spaß gemacht.«

»Meine Güte, Ash. Dann bist du also vorher noch nie …« Er stellt pantomimisch eine Explosion dar.

Ich lache. »Ich komme ständig. Nur nie mit anderen Leuten. Ich dachte schon, es würde nie passieren.«

»Und du dachtest, es wäre deine Schuld. Deshalb hast du zu Derek gesagt, du wärst gestört.« Als ich nicke, seufzt er. »Ich bin kein Sex-Experte, und ich weiß definitiv nicht genug, um dir konkrete Zahlen zu nennen, aber ich kann dir vollkommen zweifelsfrei sagen, dass du nicht allein bist. Es gibt *Millionen* von Frauen, die beim Sex mit ihrem Partner nicht kommen, und manchmal, ja, ich schätze, manchmal liegt es daran, dass es ihnen schwerfällt, sich zu entspannen. Aber manchmal …« Er schüttelt den Kopf. »Nein, Blödsinn. *Meistens* sind die Männer einfach schlechte Liebhaber. Wenn ein Mann eine Frau zum Orgasmus bringen müsste, damit sie schwanger wird, dann wäre die Weltbevölkerung noch immer im zweistelligen Bereich.«

Wieder muss ich lachen. Wie immer findet er genau die richtigen Worte, damit ich mich besser fühle. »Frauen müssen häufiger darüber reden, damit wir uns nicht alle so minderwertig vorkommen.«

»Da hast du recht. Warum hast du nicht mit mir darüber geredet?«

»Weil ich nicht wollte, dass du mich für gestört hältst.«

Er umfasst mein Handgelenk und zieht mich näher an sich heran. »Hör mal, ich war Zeuge, wie du dir zwölf Hubba Bubba auf einmal in den Mund gesteckt hast. Ich war der einzige Trauergast bei einer zweistündigen Beerdigungszeremonie, die du für eine tote Raupe abgehalten hast. Den einen Sommer hast du eine Woche lang wahllos irgendwelche Möbel in meinem Zimmer verrückt, um mir einzureden, dass es dort spukt.«

Ich lege ihm eine Hand auf die Brust und fahre mit den Fingern durch die weichen Haare. »Und es hat funktioniert. Weißt du noch, wie ich mich mit einem Laken über dem Kopf hinter deiner Tür versteckt habe? Als du hereinkamst, bin ich hervorgesprungen, und du hast dir vor Schreck in die Hose gemacht.«

»Zum letzten Mal«, sagt er gespielt genervt. »Ich habe mir nicht in die Hose gemacht. Ich hatte ein Glas Wasser in der Hand. Für *dich*. Und deinetwegen habe ich es verschüttet.«

»Jaaa. Genau.« Ich lasse die Finger tiefer wandern, über seine Bauchmuskeln.

Seine Augenlider flattern, und als er wieder spricht, klingt seine Stimme angespannt. »Was machst du?«

Ich wandere weiter hinab und streiche über den Bund seiner Jeans. »Nichts. Ich habe mich nur gefragt, warum du die immer noch anhast.«

Er mustert mich vorsichtig. »Wenn ich sie auszöge, würde ich den ganzen Tag nicht mehr zum Schreiben kommen. Und dann würde mich meine umwerfende, höllisch sexy Lektorin in den Arsch treten. So sehr ich auch meinem Bedürfnis nachgeben möchte, mit dir zu schlafen, es hilft mir leider nicht dabei, meine Deadline einzuhalten.«

Ich hebe die Decke an. Obwohl es darunter dunkel ist, erkenne ich, wie seine Erektion den Jeansstoff spannt. »Wow, das sieht unbequem aus.«

Er lächelt schief. »Wenn du glaubst, ich wäre es nicht inzwischen gewohnt, in deiner Nähe ständig einen ziemlich schmerzhaften Ständer zu haben, dann hast du nicht gut aufgepasst. Das ist inzwischen normal für mich.«

Ich streiche über die riesige Wölbung unter dem Stoff, und

seine Augen brennen sich in meine. Das ist aufregend. Die Macht, die ich habe, ihn so schauen zu lassen.

»Wann hattest du das erste Mal meinetwegen einen Ständer?«, frage ich, während ich ihn weiter betaste. »Bei der HEA-Gala?«

Sein Blick ist immer noch auf mein Gesicht gerichtet, aber sein Atem geht zunehmend abgehackt. »Kein Kommentar.«

»Noch früher? Im Verlag auf der Toilette, als du meine Kopfwunde versorgt hast?« Er starrt weiter geradeaus, versucht, die Lust, die sich auf seinem Gesicht abzeichnet, zu verbergen, doch es gelingt ihm nicht. »Noch länger her?«

»Viel länger her.« Seine Stimme klingt gepresst.

Ich setze mich auf und fahre mit den leichten, neckenden Berührungen fort. »Wann?«

Sein Blick fällt auf meine Brüste, und ein schmerzhafter Ausdruck erscheint auf seinem Gesicht. »Als ich fünfzehn war. Eines Abends war ich draußen auf dem Verandadach und … die Vorhänge in deinem Zimmer waren nicht so blickdicht, wie du glaubtest.«

»Was? Du hast mich beim Ausziehen beobachtet?«

Er wirkt ein wenig verlegen. »Nicht absichtlich. Aber als es passierte, war ich körperlich nicht in der Lage wegzuschauen. Du hattest den schönsten Körper, den ich jemals gesehen hatte. Hast du immer noch.«

Eine Erinnerung an Ingrid in dem winzigen schwarzen Bikini blitzt auf, aber ich schiebe sie weg und konzentriere mich darauf, wie er mich ansieht. Was er mich fühlen lässt.

»Das war zu der Zeit, als wir zerstritten waren, Jake.« Ich erhöhe den Druck ein wenig, und er stöhnt leise. »Du hast ein Mädchen beobachtet, das du hasstest?«

»Ich war sauer auf dich. Ich war nicht tot.«

Ich weiß nicht, ob es normal ist, dass es mich so antörnt, ihm

Lust zu bereiten, aber mein Verlangen nach ihm wird mit jedem Augenblick größer.

»Eigentlich sollte mich das empören, aber …« Ich blicke hinunter und packe durch die Jeans hindurch zu. Er beobachtet mich mit verschleiertem Blick. »Ich habe auch ziemlich viel Zeit auf diesem Vordach verbracht, und du hattest nicht einmal Vorhänge.« Ich streichle ihn sanft, und er gräbt die Finger in die Matratze. »Eines Abends war ich dort draußen, es war schon spät, aber ich konnte nicht schlafen. Ich betrachtete die Sterne, als ich ein … Geräusch … aus deinem Zimmer hörte. Ich bin bis an den Rand des Vordachs gekrochen und … da habe ich dich gesehen, du lagst auf dem Bett und sahst nicht mehr aus wie ein Junge. Du sahst aus wie ein Mann.« Ich drücke meine ganze Handfläche gegen ihn, und er stöhnt auf. »Und du … hast dich berührt.« Ich blicke zu ihm auf. Sein Gesicht ist verzerrt. »Es war das Erregendste, was ich jemals gesehen hatte. Als ich wieder in meinem Zimmer war, habe ich an dich gedacht. Das war das erste Mal, dass ich mich selbst zum Orgasmus gebracht habe.«

»Du hast mich also benutzt?«, sagt er sanft, seine Stimme klingt rau. »Du hast beim Masturbieren an mich gedacht, aber nicht mit mir geredet?«

Ich drücke mich auf die Knie hoch und beuge mich über ihn. »Ich war sauer auf dich. Ich war nicht tot.«

Mit einem animalischen Laut wirft er mich auf den Rücken, und innerhalb weniger Sekunden hat er sich seiner Jeans entledigt. Er küsst mich so heftig, dass ich kaum Luft bekomme, und dann sind seine Hände und seine Lippen überall zugleich. Ohne seine Jeans kann ich ihn nun endlich überall berühren, und oh Gott, er fühlt sich so gut an. Ich komme mir vor wie eine Göttin, weil ich weiß, dass er nur meinetwegen so hart ist. Die Macht, die ich über ihn habe, lässt alle Zweifel und Unsicherheiten verschwinden, und ich fange an, mich so zu sehen, wie er mich sieht.

Nun drehe ich ihn auf den Rücken und küsse mich seinen Körper hinab, und als ich ihn in den Mund nehme, treten alle Gedanken in den Hintergrund. Er antwortet mit einem so lauten Stöhnen, dass es durch die ganze Wohnung widerhallt. Genauso wie er wusste, was mir gefällt, weiß auch ich, was ihn um den Verstand bringen wird. Ich denke nicht nach, ich folge einfach meinem Instinkt. Ich achte auf seine Laute, registriere, wann er den Bettrahmen umklammert oder die Finger in meine Haare krallt. Ich spüre Ebbe und Flut seiner Lust und erkenne den perfekten Zeitpunkt, um mich rittlings auf seine Hüften zu setzen und mich langsam hinabsinken zu lassen, Zentimeter für atemberaubenden Zentimeter.

Als er vollständig in mir ist, erstarren wir beide, ich bin mir sicher, dass sich die Bewunderung, die ich auf seinem Gesicht sehe, auch in meinem spiegelt. Wie kann es sich so anfühlen? Wie sollen all diese intensiven Gefühle und er zur gleichen Zeit in mir Platz finden? Es scheint mir unmöglich.

Ich habe ihm so viel zu sagen, möchte ihm so viele Fragen stellen, aber jetzt küsse ich ihn einfach und lasse die Leidenschaft, die ich verspüre, für mich sprechen.

Als er sich zurückzieht, muss ich ihn einfach anschauen, denn es gibt nichts Hypnotisierenderes als Jacob Stone in den Qualen der Leidenschaft. Wie er die Augen schließt und den Kopf zurückwirft, ist das gleiche Bild, das sich mir als Teenager ins Gedächtnis gebrannt hat. Ich vermute, es hat jahrelang in meinem Unterbewusstsein gelauert und die Zusammenkünfte mit allen Männern sabotiert, die nicht er waren.

Ich orientiere mich an seinen Reaktionen, erhöhe das Tempo und beuge mich zu ihm hinab, um seine Brust und seinen Hals zu küssen. Sein Stöhnen wird lauter und klingt mit jedem

Mal, wenn ich mich wieder hinabsinken lasse, verzweifelter. Dann schaut er mich mit angespanntem Kiefer und entschlossenem Mund an, und obwohl ich diejenige bin, die ihn dem Höhepunkt entgegentreibt, reißt er mich mit sich. Er berührt mich, während ich ihn reite, und als er das Tempo erhöht, kann ich meinen Rhythmus nicht länger beibehalten. Alles wird immer unregelmäßiger und schwerer zu kontrollieren. Wir klammern uns aneinander, keuchen, treiben uns gegenseitig an. Ich schließe die Augen und halte den Atem an, versuche auszuharren, obwohl der Druck immer größer wird. Und als ich meine Brust auf seine presse und er meinen Namen stöhnt, umfasse ich seinen Nacken, während ich verzweifelt und ruckartig die Hüften kreisen lasse.

Ich weiß nicht, ob er zuerst kommt oder ich. Doch nachdem die Schockwellen abgeklungen sind, lasse ich mich auf ihn fallen und rühre mich für eine ganze Weile nicht.

Ich umarme ihn, während wir beide schwer atmend in die Realität zurückfinden, und nach einer Weile murmelt er: »Nur damit du Bescheid weißt: Sobald ich meine Beine wieder spüren kann, machen wir das noch mal.«

Ich reibe meine Wange an seiner. »Ja, das machen wir.«

Unsere unglaubliche sexuelle Anziehung zu entdecken ist sowohl das Beste als auch das Schlimmste, was Jake und ich je getan haben. Alle Spannungen, die zwischen uns existierten, bevor wir den Körper des anderen erforscht haben, verblassen neben dem überwältigenden Verlangen, das uns überfällt, wenn wir zusammen sind. Und unsere ständig wachsenden Gefühle füreinander schüren nur das Feuer.

Ich habe mir oft vorzustellen versucht, wie es sich anfühlen würde, einen Seelenverwandten zu haben, aber nicht einmal in meinen wildesten Träumen hätte ich erwartet, dass es eine solche alles verzehrende Leidenschaft entfachen würde. Und offenbar geht es Jake genauso. Manchmal frage ich mich, ob es zwischen ihm und Ingrid noch stärker geknistert hat, denn ich kann mir nicht vorstellen, dass irgendein Paar auf der Welt besseren Sex hat als wir. Deshalb haben wir uns auch kaum unter Kontrolle.

Zu Beginn eines jeden Arbeitstages nehmen wir uns vor, den ganzen Morgen konzentriert zu arbeiten, bevor wir uns eine Belohnung gönnen, aber wir halten es nie lange aus, und keiner von uns beiden weiß, was ein Quickie ist. Unser Liebesspiel ist stets ausgedehnt und beinhaltet meistens mehrere Orgasmen, und es ist uns ganz egal, wo wir es tun: Küche, Bad, Wohnzimmer, in seinem Bett, an der Wand, über die Sofalehne gebeugt. Wenn er in mir ist, verliert alles andere an Bedeutung.

Wir mussten beschließen, einige Tage getrennt voneinander zu verbringen, um überhaupt etwas zu schaffen. Heute war keiner dieser Tage.

»Ash? Hey.«

Ich erwache mit einem Ruck. Ich liege auf dem Bauch mitten auf Jakes Bett, und als ich verschlafen aufblicke, sitzt er neben mir, frisch geduscht und fertig angezogen. Ich setze mich auf und reibe mir übers Gesicht. »Hey. Wie lange habe ich geschlafen?«

»Ein paar Stunden. Wenn ich nicht mit Sid zu diesem Bloggertreffen gehen müsste, wäre ich immer noch bei dir da drin.« Er stellt einen Becher frischen Kaffee neben mich. »Ich habe ihn extra stark gemacht, also trink aus und dann schau dir die Überarbeitungen an, die ich gestern gemacht habe. Irgendetwas stimmt damit noch nicht, und ich brauche deine unglaublichen Gehirnzellen, damit du mir sagst, was ich falsch gemacht habe.«

»Ja. Okay.« Ich bin immer noch benebelt. Ich habe nie wirklich Drogen genommen, aber ich stelle mir vor, dass ein Orgasmus-Kater so ähnlich ist, wie von einem Trip runterzukommen. Alles tut weh, aber auf eine gute Weise, und ich möchte nichts lieber, als etwas zu essen zu bestellen, mit Jake auf dem Sofa zu kuscheln und irgendetwas auf Netflix zu schauen.

»Ash? Du bist doch wach, oder?«

»Hellwach.« Ich drehe mich auf den Rücken, strecke mich und gähne. Jake versucht, sich auf irgendetwas anderes zu konzentrieren.

»Verdammt.« Er beugt sich über mich und küsst mich auf den Hüftknochen. »Du törnst mich an, bevor ich in die U-Bahn steigen muss …« Er bedeckt meinen Oberkörper mit Küssen. »Ich könnte verhaftet werden.« Er umfasst meine Brust mit beiden Händen und drückt einen zarten Kuss darauf. »Verhülle diese waffenscheinpflichtige Sexyness. Jedenfalls so lange, bis ich wieder da bin.«

Er zieht die Decke über mich, um meine Nacktheit zu verbergen. Und als er mit den Fingern über meine Wange streift, halte ich seine Hand fest und drücke einen Kuss in seine Handfläche, während ich meinen Mut zusammennehme, um ihn etwas zu fragen. Schon seit einer ganzen Weile nagt ein Gedanke an mir, und ich habe es immer wieder vor mir hergeschoben, ihn danach zu fragen, weil mir die Antwort nicht gefallen könnte. Aber ich kann es nicht ewig vermeiden.

»Darf ich dich noch etwas fragen, bevor du gehst?«

»Natürlich.«

Ich blicke auf seine Finger, um ihm nicht ins Gesicht sehen zu müssen.

»Du hast gesagt, du seist über Ingrid hinweg … aber, denkst du manchmal an sie, wenn wir zusammen sind? Wünschst du dir vielleicht, sie wäre hier, an meiner Stelle?«

Jake schaut entsetzt. »Himmel, Ash … Nein.« Er streitet es ab, aber ich merke genau, dass er mir nicht die ganze Wahrheit sagt.

»Ist schon okay«, sage ich und komme mir blöd vor, weil ich gefragt habe, obwohl ich wusste, dass mir die Antwort wehtun würde. »Schon klar. Sie ist deine Seelenverwandte. Seit einem Jahr schreibst du Gedichte über sie. In ein paar Monaten wird dein Buch über sie veröffentlicht. Ich weiß bloß, wenn es erschienen ist, werden alle Leute nur von dieser Beziehung hören wollen, und ich … nun ja, ich stehe im Hintergrund herum wie irgendein Trostpreis.«

Er nimmt meine Hände in seine. »Asha, du bist kein Trostpreis. Ingrid ist Vergangenheit. Du bist meine Zukunft.«

Ich schaue ihn an. »Aber du weißt nicht genau, ob sie wirklich über dich hinweg ist. Ich kann einfach die Sorge nicht abschütteln, dass sie das Buch liest und feststellt, dass sie dich zurückhaben will. Ich meine, so wie du über sie schreibst … diese offensichtliche Leidenschaft in deinen Worten. Wie könnte eine Frau das lesen und nicht bewegt sein?«

Jake blickt auf unsere Hände, widerstreitende Gefühle zeichnen sich auf seinem Gesicht ab. Er beißt die Zähne zusammen und scheint etwas sagen zu wollen, doch dann hält er sich zurück.

Schließlich, nach ein paar stockenden Atemzügen, schaut er mich an und sagt: »Ich war so beschäftigt mit all dem hier – dem Buch, dass du wieder zurück in meinem Leben bist –, dass ich überhaupt nicht daran gedacht habe, wie es dir mit der Ingrid-Geschichte gehen muss. Ich bin so ein Arschloch.«

Ich möchte ihm widersprechen, aber er unterbricht mich. »Ash, das ist meine Schuld, nicht deine. Es gibt ein paar Dinge, die ich dir schon längst hätte sagen sollen, und weil ich es nicht getan habe …« Er schüttelt den Kopf, als wäre er wütend auf sich selbst, dann schaut er mir in die Augen. »Ich habe jetzt keine Zeit, das zu vertiefen, aber lass uns heute Abend reden. Triff mich am Haus von meinem Dad. Um acht Uhr.«

Ich nicke. »Okay. Aber warum dort?«

»Komm einfach dorthin, okay?« Er wirft einen Blick auf die Uhr und flucht leise. »Ich muss los.« Er nimmt mein Gesicht in beide Hände und küsst mich mit einer solchen Zärtlichkeit, dass es mir den Atem verschlägt. »Bis heute Abend.«

Er nimmt seinen Schlüssel und sein Portemonnaie und geht zur Tür. Als er sie öffnet, dreht er sich noch einmal zu mir um. »Und damit du es weißt: Meine Gefühle für dich spielen in einer ganz anderen Liga als das, was ich für Ingrid empfunden habe. Das ist überhaupt kein Vergleich.«

Er schließt die Tür hinter sich, und ich warte, bis seine Schritte verklungen sind, bevor ich ins Badezimmer hinübertapse und mich unter die Dusche stelle. Ich weiß, dass er versucht hat, mich zu beruhigen, aber den letzten Satz könnte man so oder so verstehen.

Während ich unter dem warmen Wasser stehe, lasse ich meine Gedanken solange um sich selbst kreisen, bis sie mir das pessimistischste aller Ergebnisse präsentieren. Normalerweise bin ich nicht paranoid, aber wenn man jemanden so sehr liebt, wie ich Jake liebe, ist ein gewisses Maß an Misstrauen einfach vorprogrammiert. Ich habe mich nie wirklich mit der Eifersucht auseinandergesetzt, die ich wegen seiner Gefühle für Ingrid verspüre, und diese Gedanken reißen alte Wunden wieder auf.

Nachdem ich mich angezogen habe, stürze ich mich in die Arbeit, um meinen Kopf zu beschäftigen. Ich jage durch Jakes Kapitel, markiere mit meinem Rotstift die Passagen, die er noch einmal überarbeiten oder umschreiben muss, dann werfe ich einen Blick auf den finalen Produktionsplan, den Serena geschickt hat. Alle Illustrationen und das Cover sind inzwischen fertig, und wir haben nur noch eine Woche für die letzten Überarbeitungen, bis wir das fertige Manuskript abgeben müssen. Wenn wir irgendeine Chance haben wollen, es rechtzeitig fertig zu bekommen, werden Jake und ich die meiste Zeit getrennt voneinander verbringen müssen.

Nachdem ich alle meine E-Mails beantwortet habe, reibe ich mir die Hände und gehe zum Bett hinüber. Nun, da es draußen kälter wird, wird es zunehmend unmöglich, hier in dieser Wohnung zu arbeiten, ohne sich warm einzupacken. Ich greife nach der Steppdecke, und als ich sie vom Bett ziehe, um sie mir um die Schultern zu schlingen, schaffe ich es, einen Stapel von Jakes Aufbewahrungskisten umzuwerfen.

»Ach, verdammter Mist.«

Als sie auf den Boden krachen, verteilt sich ihr Inhalt überall, und ich hocke mich hin, um sicherzugehen, dass ich nichts kaputt gemacht habe. Als Erstes überprüfe ich seine Kamera. Der Objektivdeckel ist abgegangen, aber ansonsten scheint sie in Ordnung zu sein. Während ich alle seine Fotos aufsammele, fällt mein Blick auf ein einzelnes Blatt Papier, und ich hebe es auf. Es ist ein handschriftlicher Brief.

Lieber Jake,
ich kann nicht glauben, dass das der Abschied sein soll. Die letzten Monate mit dir waren die glücklichsten meines Lebens. Ich dachte, ich würde nie jemanden wie dich finden, und nach allem, was mit Roger passiert ist, war ich auch überhaupt nicht auf der Suche. Aber dann blickte ich von der Terrasse der Zen Farm hinunter, und da warst du, und als ich dich das erste Mal sah, wusste ich, dass du für mich bestimmt warst. Du bist der erste Mann, dem ich alles gegeben habe: mein Herz, meinen Geist, meinen Körper und meine Seele. Und egal, wohin du

gehst, oder was du tust, ein Teil meiner Seele wird immer bei dir sein.
Ich wünschte, ich könnte dich überzeugen zu bleiben. Ich weiß, dass du deine Gründe hast, nach Hause zu gehen, aber ich fühle mich, als würde unsere Geschichte enden, obwohl sie noch gar nicht richtig angefangen hat, und wenn ich daran denke, dass du in dieses Flugzeug steigst, splittert und bricht mir das Herz.
Seit wir getrennt sind, bete ich jeden Tag, dass du deine Meinung ändern wirst. Falls du das tust, sollst du wissen, dass ich auf dich warte.
In Liebe, für immer
Ingrid.

Als ich zu Ende gelesen habe, sitze ich einfach da, starre den Brief an und versuche, einen Sinn darin zu erkennen.

Nachdem ich den Brief fünf Minuten lang wieder und wieder gelesen habe, habe ich immer noch keine Erklärung dafür, warum Jakes Schilderung ihrer Trennung das genaue Gegenteil von diesem Schreiben ist. Die ganze Zeit über habe ich mir gesagt, dass sie für immer aus seinem Leben verschwunden ist, weil sie sich für den anderen Typen entschieden hat. Aber das hat sie nicht. Sie hat sich für Jake entschieden. Und er hat mich die ganze Zeit über angelogen.

Ich nehme mein Handy vom Couchtisch und zögere, bevor ich wähle, aber ich weiß, es muss sein.

»Hey, Jo. Hast du noch den Link zu Ingrids Facebook-Profil? Ich brauche ihn.«

23. KAPITEL

Kartenhaus

Als ich durch unser altes Viertel gehe, weht ein kalter Wind, aber ich bin so wütend, dass ich ihn kaum spüre. Egal, was Jake heute Abend geplant hat, ich brauche einen Arsch voll Antworten.

Ein paar Minuten später stehe ich auf dem Bürgersteig vor dem Haus, in dem ich aufgewachsen bin, und mich ergreift ein seltsames Gefühl der Schicksalhaftigkeit. Es ist so, als wären kleine Teile von mir schon längst hierher zurückgekehrt, seit Jake wieder in mein Leben getreten ist, aber der Rest von mir holt erst jetzt auf.

Wir schwelgen ständig in Erinnerungen an diesen Ort, durchleben Augenblicke aus unserer Kindheit, aber das Zuhause aus meiner Erinnerung hat wenig Ähnlichkeit mit dem Gebäude vor mir. Das ist die Veranda, auf der Mom ihren Morgenkaffee getrunken hat, aber sie ist kleiner, als ich sie in Erinnerung hatte. Dort ist die Vordertreppe, auf der Jake und ich schreckliche Einakter aufgeführt haben, aber ich bin mir sicher, dass sie größer war. Selbst der Baum der Liebe in Jakes Garten wirkt verkümmert und weniger lebendig.

Man sagt, dass man nie nach Hause zurückkehren kann, aber das stimmt nicht. Man kann, aber man wird immer erstaunt sein, wie klein alles ist. Jakes Vater hat bis zu seinem Tod in diesem Haus gewohnt, aber wer heute in unserem wohnt, weiß ich nicht. Beide Häuser sind dunkel, vielleicht ist Jake noch gar nicht da.

Doch dann höre ich Musik, lege den Kopf schief und weiß sofort, woher sie kommt. Jahrelang haben Jake und ich Wände, Veranden, Gärten und Betten geteilt. Aber der eine Ort, der wirklich uns gehörte, war immer etwas Besonderes.

Ich gehe um die Hausecke und die Auffahrt hinunter. An deren Ende, im Schatten einer riesigen Eiche, befindet sich die Garage. Weil Jakes Dad kein Auto besaß, diente sie als Stauraum, und es gab einen Dachboden, den Jake und ich mit Beschlag belegt hatten. Dort war es feucht und muffig, aber für uns Kinder war es der magischste Ort der Welt. Wir mopsten überzählige Decken und Kissen und trugen sie die klapprige Leiter hinauf. Dann holten wir Bücher, Spielzeug, Stifte und Papier. Einmal fand Jake eine alte Lichterkette im Müll der Nachbarn. Irgendwie brachte er sie zum Leuchten, und wir hängten sie an Nägeln unter der Decke auf und stellten uns vor, wir lägen an einem exotischen Ort unter dem Sternenhimmel.

In diesem Moment fällt Licht aus den Garagenfenstern, und beim Näherkommen erkenne ich, dass die Musik ein altes Album von Natalie Cole ist. Es war eins von Moms Lieblingsalben, und wir hörten es immer, wenn wir der Realität eine Zeit lang entfliehen wollten.

Ich öffne die Tür und trete ein, und der Anblick, der sich mir bietet, ist völlig anders als gedacht. In dem Bereich, der voller Aufbewahrungsboxen und alter Feiertagsdeko war, liegt jetzt ein Perserteppich, auf dem ein riesiger Schreibtisch steht, der perfekt in ein Anwaltsbüro aus den Fünfzigerjahren passen würde. Auf dem Tisch liegen stapelweise Notizbücher, ähnlich wie die in Jakes Wohnung.

Zuerst denke ich, dass Jake produktiver sein muss, als ich gedacht hätte, wenn sie alle vollgeschrieben sind. Aber dann fällt mir auf, dass er all diese Bücher niemals innerhalb der letzten zwei Jahre hätte füllen können. Er muss schon viel länger schreiben.

Ich werfe Jake, der an der Tischkante lehnt, einen flüchtigen Blick zu. Als er mich sieht, richtet er sich auf, die Hände in den Taschen und mit hängenden Schultern. Ich gehe zu ihm, und er will meine Hand nehmen, aber ich ziehe sie zurück. Bevor er mich entwaffnet, will ich erst hören, was er zu sagen hat.

Er nickt, als würde er verstehen. »In meinem Kopf habe ich dieses Gespräch mit dir schon tausendmal geführt, und es war nie leicht. Aber ich hätte nie gedacht, dass es sich so anfühlen würde, als müsse ich mich übergeben.« Er reibt sich mit dem Handrücken übers Kinn. »Ash, ich war nicht ehrlich zu dir und es tut mir leid, dass du geglaubt hast, du wärst für mich nicht das Wichtigste auf der Welt. Denn das bist du.« Er schaut wieder zu meiner Hand, berührt mich aber nicht. »Ich weiß, dass du Angst hast, Ingrid könnte ihre Meinung ändern und zurückkommen, aber das wird nicht passieren. Ingrid hat nicht mit mir Schluss gemacht. Ich habe sie verlassen.«

»Das habe ich schon herausgefunden.« Ich ziehe Ingrids Brief aus der Tasche und reiche ihn ihm, aber er knüllt ihn zusammen.

»Ich habe nicht herumgeschnüffelt«, beteuere ich, als wäre es wichtig, wie ich ihn gefunden habe. »Ich habe deine Aufbewahrungsboxen umgeworfen, und da ist er herausgefallen.«

Aufgewühlt wirft er den Brief auf den Tisch. »Verdammt. Es tut mir leid, dass ich nicht schon früher ehrlich zu dir war. Es war ein Fehler, so lange zu warten.«

»Ich habe heute auch auf Ingrids Social-Media-Profile geguckt. Sie sind voll von dir. Erst vor ein paar Tagen hat sie eine Erinnerung von euch beiden geteilt und dazu geschrieben, wie sehr sie dich vermisst und dich liebt. Was soll das alles, Jake?«

Er lässt den Kopf hängen. »Es war so dumm von mir, deshalb zu lügen, aber ich wusste nicht, was ich sonst hätte tun sollen. Du warst so begeistert von der Geschichte, wie sehr ich den Verlust meiner Seelenverwandten betrauere, und Ingrid war die naheliegende Wahl.«

»Das war also alles erfunden? All die Gedichte … diese schönen, leidenschaftlichen Gedichte waren nur leere Worthülsen? Du hast eine Geschichte erfunden, damit sie tiefgründiger wirken, als sie sind?«

Er starrt mich eine Weile an, als hätte ich die Punkte verbunden, könnte aber das entstandene Bild nicht erkennen. »Diese Gedichte waren nicht nur leere Worte, sie kamen von Herzen. Jedes Gefühl darin war echt. Ich habe sie bloß nicht für Ingrid geschrieben.« Er holt tief Luft. »Sie waren für dich.«

Mir bleibt fast das Herz stehen, als mir die Erinnerungen an all diese unglaublichen Worte durch den Kopf gehen. Ich bin zu schockiert, um zu antworten.

»Es gab immer nur dich, Asha. Wie kann es sein, dass du das nicht schon längst verstanden hast?«

Ich versuche, in meinem Kopf alles zusammenzufügen, aber ich kriege es nicht hin. »Aber die Reisen … Ingrid … Die Gedichte haben erst nach ihr angefangen.«

»Ich habe Brooklyn verlassen, um von dir wegzukommen, aber es war dumm von mir, zu glauben, ich könnte vor meinen Gefühlen davonlaufen. Anstatt mich hier nach dir zu verzehren, saß ich vor dem Taj Mahal und tat es dort. Ich starrte vom Eiffelturm hinunter und wollte dir die Aussicht zeigen. Ich habe mich auf jedem Kontinent nach dir gesehnt, vor jedem Kunstwerk, das mich dankbar für das Leben sein ließ. Aber all das bedeutete letztendlich nichts, weil ich es nicht mit dir teilen konnte.«

Er deutet auf den zerknüllten Zettel auf dem Tisch. »Und dann traf ich Ingrid und dachte, mein Gott, endlich. Eine Frau, die vielleicht deinen Platz in meinem Herzen einnehmen könnte. Und ich habe es mit ihr versucht. Ich habe alles in meiner Macht Stehende getan, um ihr wenigstens ein kleines Stück von mir zu geben. Aber es war sinnlos. Ich gehörte dir. Mit Haut und Haaren.«

Nach und nach ergibt alles einen Sinn, aber ich fühle mich deshalb nicht besser.

»Ich habe die ganze Zeit geglaubt, sie wäre deine Seelenverwandte und ich wäre deine zweite Wahl. Kannst du dir nur ansatzweise vorstellen, wie sich das angefühlt hat?«

Zögerlich kommt er zu mir. »Ash, ich wollte dich nie verletzen. Das war das Letzte, was ich beabsichtigt habe. Hast du dich jemals so sehr in eine Lüge verstrickt, dass du nicht mehr wusstest, wie du herauskommen solltest? Ich saß vor dir und deinen Chefs und habe mir einen Riesenhaufen Mist über Ingrid ausgedacht. Und dann musste ich damit weitermachen, weil ich wusste, wenn ich zugeben würde, was ich getan hatte, würdest du mich so ansehen wie jetzt. Ungläubig. Und ein bisschen angewidert.« Er nimmt meine Hände. »Es tut mir so leid. Ich hasse es, dass ich dich getäuscht habe.«

Zu wütend, um mich anfassen zu lassen, ziehe ich die Hände weg. »Nicht nur mich, Jake. Alle. Wir alle haben dir deine Geschichte abgekauft. Deine Fans hätten sie dir im wahrsten Sinne des Wortes abgekauft. Du hast uns allen eine Lüge verkauft. Und ich stehe wie die größte Idiotin von allen da, weil du der Mensch bist, über den ich alles zu wissen glaubte. Niemand wird mir abnehmen, dass ich nicht eingeweiht war. Mein Ruf wird zusammen mit deinem in den Dreck gezogen.«

»Du hast nichts falsch gemacht. Das fällt alles auf mich zurück.«

»Das stimmt nicht, Jake. Das wird auf uns alle zurückfallen. Auf jeden Einzelnen bei Whiplash. Dieses Buch sollte unser schwächelndes Unternehmen wiederbeleben. Du hättest unser Retter sein sollen. Es gibt hunderttausende Vorbestellungen im ganzen Land und jetzt … ist das alles im Eimer.«

»Und wenn wir Ingrids Namen ändern? Sie zu einer fiktiven Figur machen?«

Ich setze mich auf den Stuhl hinter dem Schreibtisch und stütze den Kopf in die Hände. »Der Grund, warum dieses Buch so viel Begeisterung hervorgerufen hat, liegt darin, dass alle glauben, es wäre autobiografisch. Es gibt eine Million fiktive Liebesromane auf dem Markt. Dieser hätte echt sein sollen. Wenn jemand herausfindet, dass alles erfunden ist, und das wird passieren, stehen wir alle als Betrüger da.«

Wir verfallen in Schweigen, und ich fühle mich, als wären wir ein Hochseil-Duo, das sich gerade im Absturz befindet. Alles lief so gut. Das Buch. Wir. Und jetzt sehe ich keinen Weg in die Zukunft. Jeder Weg, den ich mir vorstelle, würde uns in Stücke reißen.

Jake legt die Hände flach auf den Tisch und sieht mich an. »Wir müssen doch irgendetwas tun können.«

»Das können wir«, sage ich müde. »Ich werde morgen zu Serena gehen und ihr die Wahrheit sagen. Sie wird deinen Vertrag auflösen, dich dazu verpflichten, den Vorschuss zurückzuzahlen, mich feuern und dann vermutlich verkünden, dass Whiplash Insolvenz anmelden muss.«

Jakes Nasenflügel beben. »Das ist keine akzeptable Lösung.«

»Tja, das ist das Einzige, was ich mir vorstellen kann.«

»Und was wird aus uns?«

Ich schüttele den Kopf, nicht in der Lage auch nur einen zusammenhängenden Gedanken zu fassen, schon gar nicht über Jake und mich. »Ich kann gerade nicht an uns denken.«

»Hör zu, Ash, ich werde nicht zulassen, dass mein dummer Fehler uns oder deine Karriere zerstört. Ich werde das in Ordnung bringen.«

»Wie?«

Er zieht sein Handy hervor und wählt. »Das finde ich jetzt heraus. Lass mich mal machen.« Er geht zur Tür hinaus, und während er geht, höre ich: »Hey Serena. Hier ist Jake Stone. Wir müssen reden.«

Ich reibe mir die Augen und lasse den Kopf kreisen. Egal wie selbstbewusst Jake auch wirkt, ich glaube nicht, dass wir dieses Problem lösen können. Wenn er es schafft, Serena zu irgendeinem Kompromiss zu überreden, ist das ein Wunder.

Ich werfe einen flüchtigen Blick auf die Leiter, die nach oben zum Dachboden führt. Die Lichterkette ist an und bringt mich in eine einfachere Zeit zurück, in der mein größtes Problem war, ob ich ein Apfel- oder Traubensaft-Trinkpäckchen nehmen sollte.

Ich gehe zur Leiter und steige sie hinauf, vorsichtig, weil ich um einiges größer bin als bei meinem letzten Besuch. Oben angekommen muss ich trotz meiner beschissenen Laune lächeln. Es sieht nicht nur genauso aus, wie ich es in Erinnerung habe, sondern Jake muss hier auch geputzt und alle Kissen und Teppiche gewaschen haben, denn ich glaube nicht, dass ich diesen Ort schon einmal so sauber gesehen habe. Auf dem umgedrehten Papierkorb, den wir als Tisch benutzt haben, liegt ein Buch. Als ich es hochhebe, sehe ich, dass es unser altes Wörterbuch ist, das wir in Mrs Garcias Müll gefunden haben. Ich denke daran, was Jake gesagt hat, dass jedes Wort ein anderes Wort braucht, das es beschreibt. Wenn es einen Eintrag für »Jake und Asha« darin gäbe, wäre die Definition in diesem Moment »total und absolut gefickt«.

Ich bin stocksauer, weil er gelogen hat, und finde es schrecklich, dass deswegen alles den Bach runtergehen könnte. Was hat er sich dabei gedacht? Hat er wirklich geglaubt, es würde nicht eines Tages auf ihn zurückfallen und ihn in den Arsch beißen?

Irgendwo ganz tief in meinem Innern bin ich ein bisschen erleichtert, dass ich doch nicht nur zweite Wahl bin, aber jetzt gerade ist es unter Schichten von Angst und Furcht vergraben, nicht nur um mich, sondern um all meine Freunde, die ihre Jobs verlieren werden, wenn Jake die Sache nicht in Ordnung bringt.

Ich gehe zum dicken Teppich in der Mitte des Raums und lege mich darauf. Ohne nachzudenken, lege ich mir die Hände auf den Bauch und schlage die Knöchel übereinander – unsere Standardhaltung beim Sternegucken. Ich schließe die Augen und tue so, als wäre das alles nicht wahr. Ich bin in einem fernen Land, döse unter dem Sternenhimmel und habe abgesehen von Trinkpäckchen keine Sorgen.

Unter mir höre ich Jake leise telefonieren, und an seiner Lautstärke und seinem Tonfall kann ich erkennen, dass er hart kämpft. Nach einer Weile höre ich die Leiter knarren, und als er sich neben mich legt, spüre ich seine Wärme.

»Und?«, frage ich und öffne die Augen.

Er starrt auf die Lichter. »Verständlicherweise ist sie stinksauer. Wenn es nach ihr ginge, wäre das Buch gestorben, aber ich habe sie überzeugt, morgen früh ein Treffen mit ihr und Robert zu arrangieren, um genauer darüber zu sprechen. Wenn sie den Veröffentlichungstermin um ein paar Monate verschieben, kann ich ein völlig neues Buch abliefern.«

»Erscheinungstermine zu ändern ist ein Riesending, Jake. Besonders, wenn man im Produktionsplan schon so weit vorangeschritten ist. Ich komme mit zu dem Termin.«

Er schaut mich an. »Nein. Das ist nicht dein Fehler. Es ist meiner. Und ich werde alles tun, um ihn auszubügeln. Ich werde dich nicht enttäuschen, Ash.«

So entschlossen, wie er ist, nehme ich ihm ab, dass er es versuchen wird. Aber ich bezweifle, dass es ihm gelingen wird.

Er schaut wieder auf die Lichter, und ich tue es ihm gleich. Offensichtlich sind wir beide angespannt, aber wir hoffen, dass unser alter Zufluchtsort uns ein wenig der dringend benötigten Magie verleiht.

»Bist du nie auf die Idee gekommen, dass du mir gegenüber erwähnen solltest, dass ich deine Seelenverwandte bin?«, frage ich.

»So etwas erzählt man ja nicht mal eben zwischen Tür und Angel. Außerdem hast du mir auch nie gesagt, dass ich deiner bin, obwohl ich ganz genau weiß, dass es so ist.«

»Wohl wahr.«

Es entsteht eine Pause, dann sagt er: »Auf der Highschool war ich so oft kurz davor, dir zu sagen, was ich empfand. Ich hätte fast mitten in der Nacht an deine Tür geklopft. Habe überlegt, ob ich durch dein Fenster einsteigen sollte. Ich hätte dir fast die dutzende von Briefen gegeben, die ich geschrieben und in denen ich erklärt habe, wie wahnsinnig und unwiderruflich ich in dich verliebt war. So viele ›Fasts‹.«

»Und warum hast du nicht?«

Er wendet sich mir zu und sieht mich an. »Weil ich mir fast sicher war, dass du mich zurückweisen würdest. Und so sehr die Vermutung auch wehtat, du könntest meine Gefühle nicht erwidern, das sichere Wissen hätte mich umgebracht.«

Er schaut mich weiter an und verdammt, ich kann nicht anders als zurückzuschauen. Ich sollte immer noch wütend sein, aber es ist fast unmöglich, unsere Verbundenheit zu ignorieren, wenn er mir so nah ist. Es ist so, als würden die guten Zeiten, die wir hier hatten, uns in Nostalgie einhüllen und uns dazu einladen, alte Geheimnisse zu offenbaren.

»Ich wünschte, du hättest an meine Tür geklopft«, sage ich. »In so vielen Nächten lag ich wach und wusste, dass du nur ein paar Meter von mir entfernt warst.«

Er bewegt seinen Arm, sodass seine Hand direkt neben meiner liegt. »Erinnerst du dich an die Nacht, in der du und Jeremy einen Riesenkrach hattet, weil Shelley mit ihm geflirtet hat? Du bist in mein Zimmer gestürzt und hast ihm die Tür vor der Nase zugeknallt.«

Ich kann mich gut daran erinnern. »Ich war so sauer, weil er das Problem nicht verstanden hat, dass ich von ihm weg musste.«

»Und du wusstest, dass es ihn ärgern würde, wenn du zu mir kommst.«

Ich blinzele, überrascht, dass er meine Beweggründe so falsch einschätzt. »Ich bin nicht deshalb in dein Zimmer gekommen.«

»Warum dann?«

»Weil … ich dich vermisst habe. Und weil ich wusste, dass ich alles zwischen uns kaputtgemacht habe, und es mir leidtat. Und weil ich wusste …« Ich verschränke meinen kleinen Finger mit seinem. »Ich wusste, wenn ich mich für dich entschieden hätte, wäre ich nie so behandelt worden.«

Auf seinem Gesicht zeigt sich ein winziges Lächeln. »Du hast kein Wort zu mir gesagt. Du bist nur neben mir ins Bett geklettert, hast dein Gesicht zur Wand gedreht und die Augen geschlossen.«

»Und du hast mich ignoriert.«

Er schnaubt. »Ich kann dir versichern, dass ich dich nicht ignoriert habe. In dem Moment, als du in mein Zimmer gekommen bist, hörte alles andere auf zu existieren.«

»Du hast nicht mit mir geredet. Oder mich getröstet.«

Er verschränkt die Finger mit meinen. »Ich konnte nicht. Wenn ich dich berührt hätte, hätte ich nicht mehr aufhören können. Wenn ich mit dir geredet hätte, hätte ich dir alles gestanden.«

»Dann wäre ich vielleicht nicht zu Jeremy zurückgegangen.«

»Vielleicht doch. Und ich war nicht mutig genug, dieses Risiko einzugehen.«

Wir sehen einander noch ein paar weitere Augenblicke an, dann schauen wir wieder zur Decke, die Hände immer noch verschränkt.

»Es tut mir leid, dass ich alles kaputtgemacht habe«, sagt Jake. »Aber ich verspreche dir, dass ich es wieder in Ordnung bringe. Es war für mich okay, allein zu sein, schließlich hatte ich darin jede Menge Übung. Aber dich endlich wiederzufinden und dann wieder zu verlieren? Das lasse ich nicht zu.«

Vielleicht liegt es am Dachboden oder an der Lichterkette oder an dem optimistischen Kind in mir, aber als er es diesmal sagt, glaube ich ihm.

24. KAPITEL

Der unmögliche Traum

Ich weiß, ich habe Jake versprochen, mich heute Morgen von Whiplash fernzuhalten, aber wie könnte ich das? Es steht mehr auf dem Spiel als das Buch oder mein Job: Die Zukunft des gesamten Verlags ist in Gefahr. Alle hier haben sich den Arsch aufgerissen, damit die Veröffentlichung des Feelgood-Buches eine Riesennummer wird. Hunderte Blogger stehen in den Startlöchern, die Presse hat schon Schaum vorm Mund, weil sie endlich Auszüge und Vorabdrucke veröffentlichen will, Millionen von Fans schreien im wahrsten Sinne des Wortes danach, und die Buchhandlungen werben bereits für Lesungen und Signierstunden. Mir wird schlecht, wenn ich nur daran denke, was passiert, wenn das Buch nicht kommt. Selbst den Veröffentlichungstermin um ein paar Tage zu verschieben, würde eine ungeheure Kettenreaktion auslösen, und das wäre der letzte Sargnagel für den finanziell angeschlagenen Verlag.

Deshalb muss ich hier sein. Wenn uns die Situation um die Ohren fliegt – und ich weiß, das wird sie –, dann muss ich meinen Teil der Verantwortung für diesen GAU übernehmen.

Es wäre schlauer, mich einfach hinter meinem Schreibtisch zu verkriechen, bis das endgültige Urteil gesprochen ist, aber dafür bin ich viel zu nervös. Stattdessen tigere ich auf und ab und behalte die Aufzüge im Blick. Vor einer Stunde ist Jake mit Serena zu Mr Whips Büro hinaufgefahren. Ist es ein gutes Zeichen, dass sie ihn nicht nach fünf Minuten wieder hinausgeschmissen haben? Oder sollte ich mir Sorgen machen, weil sie nur um den heißen Brei herumreden? Den unvermeidlichen Crash nicht abwenden, sondern ihn nur hinauszögern?

»Kann ich dir irgendetwas bringen? Kaffee? Whiskey? Beruhigungsmittel für Pferde?« Ich drehe mich um und sehe Joanna, die mich aus einiger Entfernung dabei beobachtet, wie ich einen Trampelpfad in den Teppich trete.

»Hast du es schon gehört?«

»Alle haben es gehört. Dafür hat Devin gesorgt. Er wirkte geradezu schadenfroh.«

»Ich wette, es freut ihn, mich scheitern zu sehen, vor allem, nachdem ich ihm seine Beförderung ›weggeschnappt‹ habe.«

»Ja, das spielt vielleicht mit rein, aber ich glaube, noch mehr freut es ihn, Whiplash pleitegehen zu sehen.« Ihr Blick verrät mir, dass sie mehr weiß als ich.

»Jetzt machst du mich aber neugierig. Spuck's aus.«

Sie kommt zu mir herüber und blickt sich vorsichtig um, damit uns auch niemand hört. »Bei der Verleihung des Excellence in Publishing Awards hat er sich abgeschossen. Ist mit einer Freundin von mir von Little Brown nach Hause gegangen. Erst hat er in Rekordzeit sein Pulver verschossen, obwohl sie noch längst nicht so weit war, dann fing er an, Andeutungen zu machen, seine Tage bei Whiplash seien gezählt. Als sie nachgehakt hat, kam heraus, dass er mit seinem Bruder, der bei Random House arbeitet, einen eigenen Verlag gründen will. Devin ist stinksauer, dass sein Onkel in ihm nicht den Rockstar gesehen hat, für den er sich hält, und er hat es satt, Fußsoldat zu sein anstatt General. Wenn sie allerdings ihren eigenen Laden aufmachen, solange Whiplash noch im Spiel ist, dann gibt es natürlich jede Menge Familiendrama. Aber wenn Whiplash untergeht …«

Sie braucht den Gedanken nicht weiter auszuführen. Ich hatte schon länger den Verdacht, dass Devin den Professor-Feelgood-Deal sabotiert, und jetzt bin ich mir sicher. Seinem Onkel den Rettungsanker wegzunehmen, der seinen Verlag über Wasser halten würde, ist die perfekte Strategie, um den Weg für seinen eigenen Verlag freizumachen. Was für ein Arschloch.

»Jedenfalls«, sagt Jo, »sage ich dir Bescheid, sobald ich etwas Neues höre. Jetzt muss ich erst mal raus.«

»Wo gehst du denn hin?«

Sie drückt auf den Aufzugknopf. »Ich hole Devin seinen geliebten Double Mocha Latte. Schließlich würde er diese hochkonzentrierten Abführmittel, die ich zufällig in der Tasche habe, niemals freiwillig schlucken.« Sie lächelt unschuldig. »Kann ich dir auch irgendwas mitbringen? Abgesehen von Eingeweide-sprengender Rache natürlich.«

Ich lächle, als sie in den Aufzug steigt. »Nein, danke. Bis später.«

Sie winkt mir zu, die Türen schließen sich, und als sie weg ist, lehne ich mich an die Wand und seufze. Diese Aufregung ist so anstrengend. Ich wünschte, ich könnte mich einfach unter meinem Schreibtisch zusammenrollen und eine Woche lang schlafen.

Während ich hier so stehe, hallen Fergus' seltsam tröstliche Fotokopierer-Beschimpfungen den Flur entlang, und auf einmal habe ich einen Kloß im Hals. Whiplash ist mehr als nur ein Verlag. Wir sind eine Familie. Und wenn wir alle gezwungen werden, getrennte Wege zu gehen, wären eine Menge Leute sehr, sehr traurig.

Ich löse mich von der Wand, als ich den Aufzug kommen höre, und stelle mich vor die Tür, in der Erwartung, Jake zu sehen. Doch stattdessen steht mir eine ernst dreinblickende Serena gegenüber.

»Er redet immer noch mit Robert«, sagt sie im Vorbeigehen. »Mein Büro. Jetzt.«

So habe ich sie noch nie erlebt, und weil ich weiß, dass es zum Teil meine Schuld ist, bricht mir der kalte Schweiß aus.

Ich folge ihr ins Büro und schließe die Tür, ehe ich mich auf den Stuhl vor ihrem Schreibtisch setze. Sie sucht etwas auf ihrem Computer. Ihrem Gesichtsausdruck nach findet sie nicht die Antworten, die sie sucht.

»Du weißt, wozu es Deadlines gibt, Asha?«

»Ja. Weil es tausende bewegliche Teile gibt, die alle an ihrem Platz sein müssen, bevor ein Buch veröffentlicht werden kann.«

»Korrekt. Und nun bin ich gezwungen, so viel Druck wie noch nie auf unsere Mitarbeiter und Zulieferer auszuüben, im Versuch, diesen Verlag zu retten. Aber wenn Jacob nicht einhalten kann, was er eben versprochen hat, kann ich niemandem garantieren, dass unsere Türen in einem Monat noch offen stehen.«

»Was hat er denn versprochen?«

Ihr Drucker springt an, und sie dreht sich zu mir um. »Ein alternatives Buch in sieben Tagen. Eines, aus der die Ingrid-Erzählung komplett gestrichen wurde.«

Ich starre sie einige Sekunden lang ungläubig und mit glühendem Gesicht an. »Serena, das ist unmöglich. Ingrid zieht sich durch das ganze Buch. Wenn wir versuchen, ihre Passagen zu streichen, und trotzdem noch irgendetwas Lohnenswertes retten wollen, würde es Wochen dauern, das alles umzuschreiben, wenn nicht mehr.«

»Das weiß ich, und du weißt es auch, aber Mr Stone weiß es offensichtlich nicht. Er besteht darauf, dass wir ihm vertrauen sollen und dass er uns nicht enttäuschen wird. Robert und ich würden seinen Vertrag liebend gern aufheben und ohne ihn weitermachen, aber wir haben nicht den finanziellen Luxus, diese Riesenmenge Geld und Zeit, die wir schon in ihn investiert haben, die Toilette runterzuspülen. Ob es dir gefällt oder nicht, er hat sich verpflichtet, ein kleines Wunder zu vollbringen und die Situation zu retten, und uns bleibt nichts anderes übrig, als ihn in seinen Bemühungen zu unterstützen.«

»Wie kann ich ihm helfen?«

»Gar nicht. Wir waren uns alle einig, dass ich ihn von nun an als Lektorin betreuen werde.«

»Dem hat Jake zugestimmt?«

»Es war seine Idee.« Sie lässt ein dickes Manuskript vor mir auf den Schreibtisch fallen. »Außerdem wirst du sowieso hiermit beschäftigt sein. Für den unwahrscheinlichen Fall, dass wir nicht zumachen müssen, wird das hier unser nächstes Buch. Ich möchte nächste Woche deinen ersten Überarbeitungsdurchgang haben.«

Ich spüre, wie wütend und enttäuscht sie im Augenblick ist, und das gefällt mir ganz und gar nicht. Sie stand immer auf meiner Seite, und ich habe ihr Vertrauen enttäuscht.

»Serena, es tut mir leid. Das war mein Projekt, und ich muss die Verantwortung dafür übernehmen, dass wir es so vor die Wand gefahren haben.«

»Mr Stone hat dich heute Morgen vehement verteidigt. Er übernimmt die volle Verantwortung für die Ingrid-Täuschung und trägt die Konsequenzen.« Ihr Blick wird milder. »Aber du hast mir weder erzählt, dass ihr beide eine Vorgeschichte habt, noch dass du etwas mit ihm angefangen hast. Das hätte ich nicht von dir erwartet, Asha. Ich war immer eine deiner glühendsten Verteidigerinnen. Dass du mir nicht genug vertraut hast, um ehrlich zu mir zu sein … das verletzt mich.«

Zum ersten Mal erkenne ich, dass Serena hinter ihrer Eisköniginnenmaske genauso verletzlich ist wie alle anderen auch.

»Serena … Es tut mir leid. Du bist meine Mentorin und ich hätte mit dir reden sollen, aber das habe ich nicht, und das werde ich immer bedauern. Du hast alles für mich getan, und ich habe dich enttäuscht. Wenn wir aus dieser Sache rauskommen, dann werde ich es wiedergutmachen, versprochen.«

Sie nimmt die Brille ab und reibt sich die Augen. »Ich hoffe, du bekommst die Chance. Damit eins klar ist, die Fehlertoleranz bei diesem Alternativprojekt ist gleich Null. Wenn Jacob auch nur eine Stunde zu spät abgibt, dann ist alles vorbei, für uns alle.«

»Das verstehe ich.« Ich nehme das Manuskript, das ich bearbeiten soll, und stehe auf. »Am Montag bekommst du meine Überarbeitung.« Ein Siebenhundert-Seiten-Biest mit verständlichen Anmerkungen zu versehen wird bedeuten, dass ich rund um die Uhr arbeiten muss, aber im Augenblick werde ich alles tun, was nötig ist, um meinen guten Ruf zu retten. Selbst wenn ich meinen Job verlieren sollte, soll sie wissen, dass sie sich nicht geirrt hat, als sie Potenzial in mir gesehen hat.

Zurück an meinem Schreibtisch lasse ich mich auf meinen Stuhl fallen. Ich habe keine Ahnung, was Jake sich dabei gedacht hat, ihnen ein neues Buch innerhalb einer Woche zu versprechen, aber solange er keinen magischen Zeitumkehrer hat, weiß ich nicht, wie er das schaffen soll.

»Solltest du nicht deinen Lebenslauf aktualisieren?« Ich blicke auf und sehe Devin neben meinem Schreibtisch stehen. »Wenn du dich beeilst, kannst du vielleicht noch ein paar Exemplare auf Firmenkosten drucken, bevor das ganze Büromaterial gepfändet wird. Wie schlecht geht es dir? Fühlst du dich superschuldig oder absolut erdrückend, betäubend schuldig?«

»Ich fühle mich schrecklich. Aber ich glaube, das kannst du nicht nachvollziehen, du hast ja schließlich kein Problem damit, deinen Onkel zu ruinieren, nur um dein armes, geschundenes Ego aufzupolieren.«

Das Grinsen weicht von seinem Gesicht. »Wovon zum Teufel redest du?«

»Ich glaube, das weißt du ganz genau. Pass auf, was du Frauen erzählst, die du sexuell nicht befriedigen konntest. Sie haben keine Skrupel zu bestätigen, dass du ein Schlappschwanz bist.«

Seine Überraschung darüber, dass ich ihm ausnahmsweise Widerworte gebe, verwandelt sich rasch in Ärger. »Wenn ich meinen eigenen Verlag gründe, brauchst du gar nicht erst angekrochen zu kommen und dich zu bewerben. Ich nehme nur Lektorinnen, die nicht mit ihren Autoren ins Bett steigen. Ich hätte nie gedacht, dass du so dreist sein würdest, etwas so unglaublich Unprofessionelles zu tun, aber offensichtlich habe ich mich geirrt.«

Ich stehe da, die Hände in die Hüften gestemmt. »Ach ja, verachtest du mich dafür, dass ich mit einem Kollegen schlafe? Hast du mich deswegen die letzten Jahre ständig angebaggert? Oder ärgert es dich einfach, dass ich mit jemandem geschlafen habe, der zufällig nicht du ist?«

Er mustert meinen Körper von Kopf bis Fuß, dann lächelt er spöttisch – der klassische Notfallplan für einen Mann wie ihn, wenn er feststellen muss, dass eine Frau, in der er nur ein Sexobjekt gesehen hat, ihm seinen Scheiß nicht länger durchgehen lässt. »Mit dir würde ich nicht meine Zeit vergeuden, Tate. Deine Titten sind nicht schlecht, aber ansonsten bist du kein großer Hingucker.«

»Autsch«, sage ich todernst. »Es deprimiert mich, dass ein Neandertaler ohne Stehvermögen so wenig von mir hält.«

Er zischt angewidert und beugt sich nah zu mir herunter. »Sag, was du willst, aber ich war es nicht, dessen Möchtegern-

Autor-Liebhaber diese Firma gefickt hat. Das ist alles deine Schuld. Und das beweist mir nur, dass Onkel Robert absolut inkompetent war, als er dich an meiner Stelle befördert hat. Hast du mit ihm auch geschlafen? Denn wenn ja, herzlichen Glückwunsch, dann hast du gerade deinen letzten Rest an Glaubwürdigkeit zerstört.«

Während er diese letzten Worte sagt, macht er den Fehler, mir seine schmierige Hand auf die Schulter zu legen. Die Mischung aus unerwünschtem Körperkontakt, ein paar Jahren Taekwondo-Training und meiner auf Rekordtief gesunkenen Toleranzschwelle lässt mich handeln, bevor ich darüber nachdenke. Schnell wie der Blitz packe ich seine Finger und biege sie zurück, bis er auf die Knie fällt.

Er macht ein Geräusch wie eine Katze, der man auf den Schwanz getreten ist, und ich beuge mich zu ihm hinunter, damit er mich über seinem erbärmlichen Winseln noch verstehen kann.

»Devin, ich habe es schon viel zu lange ertragen, dass du ein ekelhaftes Schwein bist, also hör mir jetzt gut zu. Vielleicht geht Whiplash unter, vielleicht auch nicht. Aber bis es soweit ist, bin ich in jeder Hinsicht deine Vorgesetzte. Also wirst du respektvoll mit mir sprechen, nie wieder auf meine Brüste starren und mich noch nicht einmal mit dem kleinen Finger berühren, es sei denn, du willst, dass er an mehreren Stellen gebrochen wird. Haben wir uns verstanden?«

»Verdammt, ja! Lass los, lass los!«

Ich lasse seine Hand los, und er kommt mühsam auf die Füße und reibt sich die Finger. Dann macht er einen Schritt nach vorne, als wappne er sich dafür, mich anzugreifen. Als ich einen Schritt zurückweiche, spüre ich einen harten Körper hinter mir.

»Wenn du noch einen Schritt näherkommst, du Arschloch,

schleudere ich dich quer durch den Raum.« Ich höre die Wut in Jakes Stimme, noch bevor ich mich umdrehe und sehe, wie er Devin anstarrt, als wolle er ihm am liebsten beide Arme ausreißen. Er tritt vor mich, und Devin schrumpft in sich zusammen. Neben Jake, der in diesem Augenblick noch größer erscheint als sonst, sieht Devin genauso aus wie der feige Hänfling, der er ist.

»Wenn du mich schlägst«, sagt Devin und reckt das Kinn vor wie ein trotziges Kind, »dann verklage ich dich.«

»Wenn ich dich schlage«, sagt Jake mit tiefer Stimme, »dann gilt dein erster Anruf deinem Zahnarzt, nicht deinem Anwalt.«

Als ich Jake eine Hand auf den Rücken lege, spüre ich, dass seine Muskeln angespannt und einsatzbereit sind. Doch bevor die Situation eskalieren kann, öffnen sich zum Glück die Aufzugstüren, und Joanna kommt mit einem Tablett voller Kaffeebecher mit Deckeln heraus und tritt zwischen die beiden Männer.

»Hey, Leute, was ist los?« Sie ignoriert die Spannung im Raum völlig und tut so, als würden wir alle nur herumstehen und nett plaudern. »Devin. Wow, du bist ja ganz blass. Weißt du, was du jetzt brauchst? Diesen leckeren Double Mocha Latte, den ich dir mitgebracht habe.« Sie reicht ihm den Becher und zwinkert Jake und mir zu, während sie ihn in Richtung Pausenraum scheucht. »Nichts zu danken. Geht auf mich.«

Als sie weg sind, legt Jake den Kopf in den Nacken. »Zu schade. Ich hätte ihm mit Vergnügen eine reingehauen.«

»Wenn ich das richtig verstehe«, sage ich, nehme seine Hand und ziehe ihn um eine Ecke, »hast du dafür überhaupt keine Zeit. Serena hat mir gerade erzählt, was du angeboten hast, und das ist völliger Wahnsinn. Das ist nicht zu schaffen.«

»Das ist es, und das werde ich. Ich habe die ganze Nacht darüber nachgedacht. Ich weiß ganz genau, was ich schreiben will. Und ich kann einige der allgemeineren Passagen aus dem anderen Buch übernehmen.«

»Aber selbst wenn, du bist es gewohnt, zweitausend Wörter am Tag zu schreiben, nicht zehntausend. Und Serena hat gesagt, du möchtest meine Hilfe nicht.«

Er nimmt meine Hände. »Es ist nicht so, dass ich sie nicht wollen würde. Aber … wenn wir zusammen sind, kann ich mich unmöglich auf etwas anderes konzentrieren als auf dich. Also, wenn ich irgendeine Chance haben will, das hier zu schaffen …« Er seufzt und blickt hinunter auf meine Finger, die er streichelt. »Dann muss ich mich für die nächsten sieben Tage verkriechen und darf keinen Kontakt zu dir haben. Das ist die einzige Möglichkeit. Wenn ich weiß, dass ich erst wieder mit dir zusammen sein darf, wenn ich fertig bin, dann ist das genau die Motivation, die ich brauche.« Er sieht mir in die Augen. »Mir ist klar, was hier auf dem Spiel steht, Ash. Und Versagen ist keine Option. Und wenn ich in Rekordzeit einen Beststeller schreiben muss, um diese Sache wieder in Ordnung zu bringen, dann werde ich das tun.«

Ich schlinge ihm die Arme um den Hals und drücke ihn an mich. »Ich glaube, du kannst alles schaffen, was du dir vornimmst, also halte ich Abstand von dir, wenn du das willst.«

Er löst sich von mir und sieht mich an. »Ich möchte jede wache Sekunde mit dir verbringen, aber im Moment brauche ich das. Zusammen mit …« Er küsst mich zärtlich, als wollte er, dass die Erinnerung an diesen Augenblick so lange wie möglich anhält. Als die Hitze, die wir erzeugen, zu viel für einen öffentlichen Korridor wird, löst er sich atemlos von mir. »Ich rufe dich nächste Woche an, wenn das alles vorbei ist.«

Wir gehen zurück zu den Aufzügen. Als sich die Türen öffnen, tritt er ein und dreht sich noch einmal zu mir um. »Es ist nur eine Woche, okay? Wir schaffen das.«

Ich nicke und lächle, versuche mich zuversichtlicher zu geben, als ich mich fühle. »Stimmt. Die wird im Handumdrehen vorbei sein. Viel Glück. Mögen die Worte frei und flott fließen.«

Er lächelt, als sich die Türen schließen. »Ich brauche kein Glück. Ich brauche nur dich.«

25. KAPITEL

Unsere Geschichte

Eine Woche ohne Jake ist noch schlimmer, als es sich anhört. Ich habe mich so daran gewöhnt, ihn zu sehen, zu küssen und mit ihm zu schlafen, dass ich schon nach zwei Tagen zappelig bin. Nach vier Tagen bin ich regelrecht reizbar. An Tag fünf fange ich an, tagsüber zu trinken.

»Bist du soweit, Ash? Nan erwartet uns um sechs.«

»Fast. Lass mich nur noch dieses Kapitel fertigmachen.« Ich bin beim zweiten Lektoratsdurchgang des Monster-Manuskripts, das Serena mir anvertraut hat. Ich glaube, sie war beeindruckt, dass ich die erste Runde so schnell geschafft habe, besonders, wenn man bedenkt, dass der Debütautor nur eine flüchtige Beziehung zu Rechtschreibung und Grammatik hat. Jetzt strotzt zwar das gesamte Manuskript vor roten Markierungen, aber immerhin habe ich mir wieder ein bisschen Respekt bei Serena verdient.

Ich beende die letzte Zeile und lasse das Manuskript aufs Bett fallen. »Na gut. Ich muss nur noch meine Sachen zusammenpacken, dann können wir los.«

Eden lungert in meinem Türrahmen herum und hält eine Tragetasche mit Champagner und einer Geschenkebox. »Ich kann nicht glauben, dass ich dir heute Abend endlich ein Geburtstagsgeschenk machen darf. Und dass du einer Party zugestimmt hast.«

»Es ist keine Party«, sage ich, während ich mir die Schuhe anziehe. »Es ist nur ein Essen. Ein Schritt nach dem anderen, okay?«

Seitdem meine Mom an meinem neunten Geburtstag gestorben ist, habe ich mich geweigert zu feiern. Es wäre mir respektlos vorgekommen, Geschenke und Kuchen zu bekommen, als würden die Leute Moms Tod verherrlichen, anstatt meinen Geburtstag zu feiern. Aber nach all den Fortschritten der vergangenen Monate, in denen ich mich damit beschäftigt habe, inwiefern Probleme aus der Vergangenheit zu schlechten Entscheidungen beigetragen haben, glaube ich, dass ich mich auch dieser Sache stellen sollte.

»Du weißt, dass Nan unheimlich gern eine Überraschungsparty veranstaltet hätte, oder?«, sagt Eden. »Sie wollte den gesamten Dachgarten mit Lichtern schmücken, eine Jukebox aufstellen und all deine Freunde einladen. Sie war am Boden zerstört, als du es auf ein Essen in ihrer Küche mit uns dreien und Moby beschränkt hast.«

»Und Joanna«, sage ich und schnappe mir meinen Mantel aus dem Schrank. »Sie muss erst noch woanders hin, hat aber gesagt, dass sie nachkommt.«

Ich ziehe meinen Mantel an, drehe mich um und sehe, wie Eden mich mit einem mitleidigen Ausdruck ansieht. »Dann kommt Jake definitiv nicht? Ich hätte gedacht, er würde ganz oben auf deiner Geburtstagsliste stehen.«

Ich gehe zu ihr hinüber. »Er ist immer noch in Schreibklausur.«

»Willst du ihm nicht wenigstens Bescheid sagen?«

»Edie, ich habe versprochen, ihn in Ruhe zu lassen. Er reißt sich den Arsch auf, um dieses ganze Debakel noch zum Guten zu wenden, und ich will ihn nicht ablenken.«

»Glaubst du, er schafft es?«

»Ich denke, er wird es versuchen.«

Wir gehen zur Wohnungstür. »Ich weiß nicht so viel übers Bücherschreiben wie du, aber Jake ist ein leidenschaftlicher Typ, besonders wenn es um dich geht. Selbst wenn er sagen würde, dass er in den Himmel einbrechen will, um mit den Sternen deinen Namen zu schreiben, würde ich ihn nicht unterschätzen.«

Ich weiß, dass sie recht hat, aber das lindert nicht die unterschwellige Angst, die ich schon die ganze Woche verspüre. Im Moment leben wir bei Whiplash alle mit diesem riesigen Damoklesschwert, das über uns hängt, und Jake ist der Einzige, der seinen Fall abwenden kann.

Als wir aus der Wohnung treten und die Straße entlanggehen, hakt sich Eden bei mir unter.

»Hast du Nan schon erzählt, was alles passiert ist?«

»Nein«, sage ich. »Und ich fühle mich schrecklich deswegen. Jedes Mal, wenn wir in den letzten Wochen miteinander gesprochen haben, habe ich sie wegen Mobys Gesundheit beruhigt. Ich habe ihr noch nicht erzählt, welche Dramen sich auf der Arbeit abgespielt haben, seitdem ich die Beförderung bekommen habe.«

»Also weiß sie noch nicht einmal, dass Jake dein Autor ist? Und dass ihr zusammen seid?« Als ich den Kopf schüttele, stößt sie einen leisen Pfiff aus. »Oh Mann. Gut, dass ich Alkohol dabeihabe. Das wird ein holpriger Ritt heute Abend.«

Ich fühle mich schlecht, weil ich Nan nichts erzählt habe, aber ich hatte ziemlich wenig Freizeit. Und ehrlich gesagt, hat mir der Kopf wegen dieser Jake-Sache vom ersten Tag an geschwirrt. Wenn Nan erfahren hätte, dass mein Autor das mürrische Nachbarskind ist, hätte sie mich darüber ausgequetscht, wie es sich anfühlt, mit ihm zu arbeiten, und ich hätte keine angemessene Antwort gehabt.

Ich weiß, dass ich ihr heute Abend erzählen muss, dass zwischen mir und Jake etwas läuft. Ich weiß nur nicht, wie sie es aufnehmen wird. Er gehörte praktisch zur Familie. Das könnte komisch werden.

Eden und ich steigen die Treppe zur U-Bahn hinunter, der Ort meiner berüchtigten Bruchlandung, und springen in den Zug zu Nan. Wir ergattern Plätze nahe der Tür und checken beide unsere Handys. Ihr seliger Gesichtsausdruck verrät mir, dass sie Max schreibt. Weil das mit meinem Mann nicht geht, mache ich das Nächstbeste: Ich durchstöbere den Instagram-Feed von Professor Feelgood.

Während wir am Buch gearbeitet haben, hat Jake nicht mehr jeden Tag gepostet, aber seitdem wir getrennt sind, hat er wieder damit angefangen. Jetzt, da ich weiß, dass all seine Gedichte für mich sind, habe ich sie noch einmal mit ganz anderen Augen gelesen.

Seine neuesten Gedichte haben einen etwas anderen Unterton, und es ist so, als würde er mir erzählen, wie es ihm geht, auch ohne mit mir zu sprechen.

Als ich das Foto sehe, das er heute gepostet hat, muss ich lächeln. Es zeigt uns, als wir fünf waren. Ich grinse in die Kamera, und Jake umarmt mich von hinten und schaut mich mit purer Zuneigung an. Ich erinnere mich an den Tag, als Mom es aufgenommen hat. Sie hat zwei Abzüge davon gemacht, einen für mich und einen für Jake, aber ich habe meinen seit Jahren nicht mehr gesehen.

Darunter steht:

Meine blecherne Fassade hätte einen Dosenöffner gebraucht
Denn dann hättest du die verwirrende Wahrheit gesehen
Dass ich immer noch der Junge bin, für den du das Universum warst

Der Teenager, der wie eine zornige Sonne für dich brannte
Der Mann, der dich wie ein liebeskranker Mond umkreist
Der Liebhaber, der dich bis ans Ende der Zeit verehren wird.
Ich kann meine Fehler nicht ungeschehen machen
Aber ich kann feierlich schwören:
Unter meiner Haut, meinen Muskeln, meinen Knochen
Findest du ein liebevoll gemaltes Porträt von dir
Direkt auf meiner Seele.

Ich weiß nicht, ob es an den Worten oder am Bild liegt, oder daran, dass ich ihn so sehr vermisse, dass ich nicht mehr richtig atmen kann, aber als ich zu Ende gelesen habe, verdrücke ich ein paar Tränchen.

Eden legt den Arm um mich und lehnt den Kopf an meinen. »Geht's dir gut? Ich weiß, dass du ihn vermisst.«

Ich nicke und wische mir über die Wange. »Es ist lächerlich. Es sind erst fünf Tage.«

Sie drückt mich. »Ich kenne das und ich weiß, dass sich ein paar Tage wie eine Ewigkeit anfühlen können.« Ich sehe sie flüchtig an und bin überrascht, dass ihre Augen auch feucht sind.

»Gott, Edie. Es tut mir leid. Ich weiß, dass es dich ansteckt, wenn ich weine.«

»Das stimmt, aber das ist es nicht.« Ihr zittern die Lippen. »Ich bin nur so froh, dass meine umwerfende, intelligente, liebevolle Schwester endlich jemanden gefunden hat, der ihrer würdig ist. Und ich werde mir nie Sorgen machen müssen, dass Jake dir wehtut, denn er weiß, wenn er das tut, werde ich ihn im Schlaf umbringen und seinen Leichnam im Fluss versenken.«

Am Ende schluchzt und lacht sie gleichzeitig, und wir umarmen uns wie zwei gefühlsduselige Trottel.

Als wir uns voneinander lösen, sagt sie: »So, und jetzt bist du nicht mehr traurig wegen deinem abwesenden Freund. Heute Abend gibt es Kuchen, und Kuchen heilt alles.«

Sie plappert den ganzen Weg bis zu Nans Haus weiter und sorgt so dafür, dass ich nicht mehr an Jake denke. Ich weiß nicht, was ich ohne sie machen würde.

»Wir sind da, Nan!«, ruft sie, als wir zur Tür hereinkommen. Fünf Sekunden später kommt ein sehr aufgeregter Moby Duck angewatschelt, um uns zu begrüßen. Er quakt aufgeregt und schlägt mit den Flügeln, weil er wahrscheinlich glaubt, wir würden ihm etwas zu essen geben. Ich quietsche fast, als ich sehe, dass er einen winzigen gepunkteten Partyhut trägt.

»Oh mein Gott, Mobes! Du siehst bezaubernd aus.« Nachdem ich meinen Mantel und meine Tasche an die Garderobe neben der Tür gehängt habe, fahre ich ihm mit der Hand über den gefiederten Rücken. »Du bist hungrig, was? Wo ist deine Mami? Kocht sie was?«

Nans Stimme erklingt aus der Küche. »Hier drin, Mädels! Und lasst euch von Moby nicht erzählen, er hätte sein Abendessen noch nicht bekommen, denn das stimmt nicht. Das verlogene kleine Schweinchen.«

Moby quakt verdrießlich.

Eden kommt zu mir und streichelt ihn auch. »Mobes, du bist mehlwurmsüchtig. Das weißt du, oder?«

Moby quakt, dreht sich auf dem Absatz um und steuert auf die Küche zu.

»Hey, lauf nicht weg«, sage ich. »Zuzugeben, dass du ein kleines Dickerchen bist, ist der erste Schritt zur Besserung.«

Wir folgen ihm in die Küche. Nannabeth dreht sich um, schenkt uns ihr charakteristisches Sonnenscheinlächeln und rührt dabei weiter in einem Topf. »Hallo, meine entzückenden Enkelinnen.«

»Sei gegrüßt, gutaussehende Großmutter.« Eden küsst sie auf die Wange, und ich tue es ihr gleich.

»Mein Geburtstagshäschen«, sagt Nan, legt mir eine Hand auf die Wange und gibt mir einen Extrakuss. »Weil ich dich so liebhabe, mache ich dein Lieblingsessen.«

Ich werfe einen Blick auf die Lammhaxen im Topf. »Äh. Das sieht nicht wie Pilz-Risotto aus.«

Sie runzelt die Stirn und schaut den Kochtopf an. »Was? Wenn du keine Lammhaxen magst, wer dann?« Eden hebt die Hand, und Nan schneidet eine Grimasse. »Oh, verdammt. Tut mir leid, Schätzchen.«

»Ist schon gut, Nan.« Ich küsse sie auf die Wange. »Alles, was du kochst, ist köstlich. Können wir noch was helfen?«

»Ihr könntet den Salat machen. Die erste Portion ist auf mysteriöse Weise verschwunden.« Sie sieht Moby vielsagend an. Ohne zu blinzeln starrt er sie nieder. Eden und ich unterdrücken ungefähr fünfzehn Sekunden lang unser Gelächter, während wir ein episches Kräftemessen zwischen einer alten Dame und einer Ente miterleben. In meinem Kopf beginnt der Titelsong von *Zwei glorreiche Halunken.* Schließlich lässt Moby eine Quaktirade los und watschelt wütend aus dem Zimmer.

»Ignoriert ihn«, sagt Nannabeth und winkt ab. »Er ist schlecht gelaunt, weil er Fernsehverbot hat.« Sie schaut in Richtung Wohnzimmer. »Du könntest jetzt *Animal Planet* schauen, wenn du nicht den Salat stibitzt hättest! Handlungen haben Konsequenzen, junger Mann!«

Aus dem Flur erklingt noch mehr ärgerliches Gequake.

Nan legt den Deckel auf den Topf und schüttelt den Kopf. »Muffeliges kleines Monster.«

Eden zieht die Flasche Champagner aus der Tasche, die sie mitgebracht hat. »Zeit für Blubberwasser?«

Nan lächelt. »Ja, bitte.« Eden bemüht sich, die Flasche zu

öffnen, und Nan holt ein paar Gläser aus dem Schrank. Ich weiß nicht, was den Gedanken an Champagner bittersüß färbt: Die Traurigkeit wegen unserer verlorenen Jahre oder dass Jake nicht hier ist. Trotzdem versuche ich, glücklich zu sein, als wir die Gläser erheben.

»Heute Abend«, sagt Nan, »führen wir eine neue Tradition ein. Es ist schon viel zu lange her, seitdem ich meine Tochter verloren habe, und obwohl ich alles dafür geben würde, sie hier bei uns zu haben, würde ich die Zeit, in der ich ihre wunderschönen Töchter großgezogen habe, gegen nichts eintauschen. Also werden wir jedes Jahr den Schmerz über ihren Verlust beiseiteschieben und ihr Vermächtnis feiern.« Sie sieht Eden und mich an. »Ich wünschte so sehr, sie könnte sehen, was für unglaubliche Frauen ihr beide geworden seid. Ich habe keinen Zweifel, dass sie genauso stolz auf euch wäre wie ich. Vielleicht sogar noch mehr.«

Sie hebt ihr Glas. »Auf Lizzie.«

Eden und ich teilen einen gefühlvollen Blick und erheben dann unsere Gläser. »Auf Mom.«

»Und auf Asha«, fügt Eden hinzu. »Herzlichen Glückwunsch, liebste Schwester. Auf dass diese die erste vieler zukünftiger Feiern wird.«

Wir stoßen an und nippen an unseren Drinks, und zum ersten Mal seit ich neun war, kann ich an meinem Geburtstag an meine Mutter denken und lächeln.

»Mach meins zuerst auf.« Eden räumt ein paar dreckige Teller ab, um Platz für ihr Geschenk zu machen. »Na ja, genau genommen ist es von Max und mir, aber er ist nicht hier, und deswegen heimse ich die ganzen Lorbeeren ein.« Sie stellt die Teller ins Waschbecken und kommt schnell zurück, um sich neben mich zu setzen.

»Das verrate ich ihm.« Ich nehme den Deckel ab, durchwühle Lagen von Seidenpapier und finde eine zweite Box. Als ich erkenne, was es ist, bleibt mir der Mund offen stehen. Sie hat mir das brandneue Spitzen-iPhone geschenkt, und ich weiß verdammt gut, dass Derek ihr nicht genug zahlt, um sich so etwas leisten zu können.

»Eden, das ist zu viel.«

Sie winkt ab. »Nichts ist zu viel für meine kleine Schwester. Außerdem …« Sie senkt die Stimme und murmelt: »… eine von Max' Kundinnen ist Großhändlerin und hat uns einen wirklich guten Preis gemacht, also war es eigentlich gar nicht so viel.«

Ich stehe auf und umarme sie. »Du weißt, dass du meine Lieblingsschwester bist, oder? Das wird mein Leben so viel leichter machen. Danke.«

»Jetzt bin ich dran«, sagt Nan und legt ein in Geschenkpapier verpacktes Rechteck vor mir auf den Tisch. »Das ist nicht so ausgefallen, wie das gesammelte menschliche Wissen in der Tasche herumzutragen, aber trotzdem …« Sie zuckt mit den Schultern. »Ich hoffe, es gefällt dir.«

Ich lächele sie an, reiße das Papier auf und schiebe es zur Seite. Als ich enthülle, was sich darin befindet, braucht mein Gehirn einen Augenblick, um zu verstehen, was meine Augen sehen, und dann … bleibt mir das Herz stehen.

»Oh, verdammt«, flüstert Eden neben mir. »Das ist traumhaft.«

Es ist ein Bild von mir und Jake auf der HEA-Party. Es muss aufgenommen worden sein, als wir auf dem roten Teppich standen, und es ähnelt dem Foto, das Jake vorhin gepostet hat. Ich lächele der Fotografenriege zu, Jake hat den Arm um mich gelegt und sieht mich mit einem völlig vernarrten Gesichtsausdruck an.

»Ihr zwei seid ein wunderschönes Paar«, sagt Nan leise.

Ich schaue sie besorgt an und frage mich, ob sie traurig ist, weil ich ihr nichts davon erzählt habe. »Nan …«

Sie tätschelt mir die Hand. »Ich bin nicht sauer auf dich, Schätzchen. Du hast ein paar verrückte Monate hinter dir. Ich bin nur froh, dass ihr zwei euch zusammengerauft habt. Ihr liebt euch seit dem Tag, an dem ihr euch kennengelernt habt, und ich hatte schon fast die Hoffnung aufgegeben, dass ihr es euch jemals eingestehen würdet.«

In meinem Kopf schwirren so viele Fragen herum, dass ich gar nicht weiß, welche ich zuerst stellen soll. Nan lächelt mich nur rätselhaft an und trägt schweigend die restlichen Teller zum Waschbecken.

»Nan, wie bist du an dieses Foto herangekommen? Und woher wusstest du von Jake und mir? Und wenn du wusstest, dass wir uns lieben, warum hast du nie etwas gesagt?«

Sie lässt Wasser über die Teller laufen. »Schätzchen, etwas zu wissen und in der Lage zu sein, etwas zu unternehmen, sind zwei Paar Schuhe, und ihr musstet erst auseinandergerissen werden, bevor ihr bereit für die Wahrheit wart. Zu verlieren, was man am meisten liebt, offenbart dem Herzen seinen wahren Wert. Und weil ihr jetzt wisst, wie es ohne den anderen ist, garantiere ich euch, dass du und Jacob eure Liebe niemals als gegeben hinnehmen werdet.«

Ich streiche mit dem Finger über Jakes Gesicht auf dem Foto und erkenne, dass sie damit nicht ganz unrecht hat. Weil ich ein Leben ohne Jake kennengelernt habe, will ich nie wieder ohne ihn sein. »Na gut, aber woher wusstest du, dass wir zusammen sind?«

Nan zuckt unbestimmt mit den Schultern. »Hast du vergessen, dass der Junge so viel Zeit in deinem Zuhause verbracht hat, dass er quasi zum Inventar gehörte? Nach dem Tod deiner

Mutter sind wir uns nahegekommen. Und dann, als ihr beide euch zerstritten habt, blieben wir in Kontakt.«

»Wie bitte?«

»Wir haben hin und wieder telefoniert, und er hat ein paar Postkarten aus dem Ausland geschickt. Ach, und ungefähr vor einem Jahr hat er mir einen Haufen Möbel abgekauft.«

Ich stütze die Ellenbogen auf den Tisch und reibe mir mit den Fingern über die Stirn. Jake hat all seine Möbel von Nan? Das überfordert mich gerade.

»Alles in Ordnung, Ash?«, fragt Eden.

»Ja. Ich kämpfe nur gerade gegen Kopfschmerzen an, weil mir der Verstand weggepustet wurde.«

Nan kommt zu mir und streichelt mir den Rücken. »Schätzchen, du hast viel zu hart gearbeitet. Eden und ich bringen hier alles in Ordnung. Warum gehst du nicht aufs Dach und schnappst ein bisschen frische Luft?«

Ja, bitte.

Von der Kombination aus drei Gläsern Champagner und dem Wissen um die Allmacht meiner Großmutter fühle ich mich etwas erschlagen. Nans Dachgarten ist einer meiner Lieblingsorte in der ganzen Stadt, an dem ich am besten runterkommen kann.

Ich stehe auf und packe meine Geschenke ein. »Seid ihr sicher, dass ihr kurz ohne mich zurechtkommt?«

Nan und Eden sehen sich an und sagen unisono: »Auf jeden Fall.«

Okay, das war unheimlich.

»Danke. Ich komme gleich zum Kuchenessen wieder.«

Ich ziehe mir den Mantel über, während ich die Stufen zum Dach hinaufgehe. In den letzten Jahrzehnten hat Nan den kargen Ort in eine üppige Oase voller Beete und Topfpflanzen verwandelt. Es gibt sogar ein paar Bienenstöcke und einen besonderen Teich für Moby. Ein weiteres tolles Feature ist der Blick über Brooklyn. Wenn ich mich anstrenge, kann ich sogar Jakes Gebäude sehen.

Allein der Gedanke an ihn bereitet mir Gänsehaut. In zwei Tagen werde ich so oft mit ihm schlafen, dass wir vermutlich blaue Flecken bekommen.

Als ich aus dem Treppenhaus in die kühle Nachtluft trete, halte ich plötzlich inne und betrachte erstaunt die Szenerie vor mir. Der gesamte Garten ist mit funkelnden Lichterketten dekoriert, und in der Mitte steht eine blinkende Jukebox, die leise Jazz spielt.

Ungläubig schüttele ich den Kopf. »Oh Nan, du konntest es nicht lassen, was?«

Vor Angst, dass plötzlich ein Haufen Leute hervorspringt und »Überraschung« schreit, halte ich kurz den Atem an, aber das einzige andere Lebewesen hier oben ist die dicke Taube, die sich neben dem Wassertank zusammenkauert.

Ich wandele durch den Garten, und es macht mich glücklich, wie schön er mit all den kleinen Lichtern aussieht. Sie verleihen dem gesamten Ort eine magische Aura. Deshalb habe ich den Garagendachboden so geliebt. Es ist unmöglich, eine düstere Perspektive auf das Leben zu entwickeln, wenn man mit einer glitzernden Welt konfrontiert wird.

Hinter den Rosenbüschen gehe ich nach links und erschrecke mich fast zu Tode, als ich eine große Silhouette vor einer von Nans antiken Außenlaternen sehe. Ich will gerade zurück zum Treppenhaus rennen, da tritt sie ins Licht. In der Sekunde, in der ich die vertrauten Gesichtszüge erkenne, springt mir das Herz fast aus der Brust.

»Jake?«

Er lächelt, und etwas Umwerfenderes, Strahlenderes habe ich noch nie gesehen. Adrenalin rauscht mir durch die Adern, und ich renne so schnell ich kann zu ihm und werfe mich ihm in die Arme.

Er knurrt, als er mich auffängt, schließt die Arme um mich und vergräbt sein Gesicht an meinem Hals.

»Hi.« Er atmet tief ein und seufzt dann erleichtert. »Ich hatte vergessen, wie unglaublich du riechst.«

Ich drücke ihn so fest, dass ich Gelenke knacken höre. »Gott, ich habe dich so sehr vermisst.«

»Nicht so sehr, wie ich dich.« Wir halten einander für eine Weile und atmen, und all die Unruhe, die ich während unserer Trennung gespürt habe, löst sich in der Wärme seines an mich gedrückten Körpers auf.

»Was machst du hier?«, frage ich schließlich.

»Nannabeth hat mir Bescheid gesagt. Hat gesagt, dass du endlich einer Geburtstagsfeier zugestimmt hast.« Er stellt mich auf die Füße und lehnt seine Stirn an meine. »Also Geburtstagsabendessen, was? Das ist ein großer Schritt nach vorn.«

Ich streichle seine Brust durch das T-Shirt. »Ich dachte, es wäre an der Zeit, das Trauma loszulassen, das ich seit Moms Tod mit mir herumtrage. Wenn sie hier wäre, würde sie mir in den Hintern treten, weil ich mich davon so lange habe beeinflussen lassen. Nan hat mich davon überzeugt, dass wir gleichzeitig feiern und ihrer gedenken können.«

»Das hat sie mir auch gesagt. Und deshalb möchte ich dir etwas zeigen.«

Er führt mich zu den Rosen und ich bemerke einen neuen Kübel mit einem frisch eingepflanzten Polarstern, über und über mit Blüten bedeckt. Auf der Außenseite des Topfs befindet sich eine gravierte Messingplakette.

In liebevoller Erinnerung an Elizabeth Iris Tate. Von uns gegangen, aber für immer in unseren Herzen.

Sprachlos drehe ich mich zu Jake um.

Er schaut die Plakette an. »Ich dachte, es wäre schön, wenn sie hier beim Rest der Familie einen Ort hätte.«

Ich verschränke die Finger mit seinen und bin überrascht zu sehen, dass er mit den Tränen kämpft. »Jake, das wäre doch nicht nötig gewesen.«

Er streicht mit der Fingerspitze über eine der Rosen. »Doch, war es. Auch wenn wir nicht verwandt waren, war sie mir mehr eine Mutter, als meine leibliche Mutter es je hätte sein können. Sie war diejenige, die mich geliebt und aufgezogen hat. Die eingeschritten ist, wenn Dad tobte. Ich vermisse sie und wollte ihr Ehre erweisen. Außerdem hat sie die Liebe meines Lebens zur Welt gebracht, und allein dafür werde ich ihr für immer dankbar sein.«

Ich ziehe ihn an mich, umarme ihn und streichle ihm über den Hinterkopf. Jake war immer der Starke von uns beiden. Man vergisst leicht, dass auch die Härtesten unter uns Narben haben.

»Wie lange kannst du bleiben?«, frage ich und löse mich von ihm. »Ich hätte dich so gerne hier, aber wenn du weiterschreiben musst, dann verstehe ich das.«

Er streicht mir die Haare aus dem Nacken und lächelt. »Das Manuskript ist fertig. Ich habe es Serena heute Nachmittag gemailt.« Er kann seine Freude nicht verbergen. »Es hat ihr sehr gut gefallen. Genau genommen findet sie es besser als das ursprüngliche Buch. Natürlich muss es noch redigiert werden, aber sie ist zuversichtlich, dass sie es rechtzeitig fertig bekommt. Whiplash kann den geplanten Erscheinungstermin einhalten.«

Ich strahle ihn an, weil ich so stolz bin, dass ich es nicht in Worte fassen kann. »Du genialer, genialer Mann. Daran habe ich nie gezweifelt.«

»Doch, hast du, aber das ist in Ordnung. Habe ich nämlich auch. Es ist erstaunlich, was man mit der richtigen Muse erreichen kann. Apropos …« Er geht zu Nans Gartenbank und kommt mit einer in Geschenkpapier eingepackten Box zurück. »Herzlichen Glückwunsch, Ash.«

Aufgeregt hebe ich den Deckel an. In der Box liegt ein dicker Stapel Papier, gehalten von einer riesigen Papierklemme, und bei diesem Anblick will ich ihn direkt wieder umarmen.

»Oh Jake.« Ich nehme das Manuskript aus dem Karton und wiege es in den Händen. »Das ist der Wahnsinn. Hast du schon einen Titel?«

Er nickt. »Schau mal rein. Whiplash wollte eine krasse autobiografische Liebesgeschichte und, na ja … da ist sie.«

Ich öffne die Titelseite und lese die Widmung.

Für Asha, die immer der Sonnenschein in meinem Sturm war.

Den Tränen nahe schaue ich zu ihm auf.

Er lächelt. »Lies weiter.«

Ich blättere die Seite um und halte den Atem an, während ich den Prolog lese:

An dem Tag, als ich meine Seelenverwandte traf, war ich sauer auf die Welt. Ich war zwar erst drei Jahre alt, aber ich kannte schon meinen Platz im Universum, weil alle mich immer wieder darauf hinwiesen. Ich war derjenige, der durch seine Geburt Moms Modelkarriere ruiniert hatte; ich war derjenige, in dem Dad eine wandelnde, sprechende Unannehmlichkeit sah. Ich war der Keil, der meine Eltern auseinandertrieb und meinen Vater dazu brachte, jeden Abend zu trinken und mich für die Sünde meines Daseins zu bestrafen, bis er auf der Couch das Bewusstsein verlor.

Als Dad mich also in unser klappriges Auto packte und sich während der gesamten fünfstündigen Fahrt zu unserem neuen Haus in Brooklyn darüber beschwerte, dass alles, was in seinem Leben falsch lief, meine Schuld sei, war ich müde, wütend und musste dringend pinkeln.

Kaum war ich aus dem Auto gestiegen, ging ich zum Maschendrahtzaun an der Seite unseres Gartens, zielte auf den Rosenstock der Nachbarn, an dem jede Menge reinweißer Blüten prangten, und erleichterte mich.

Als ich fertig war, sah ich, wie ein kleines Mädchen mich von seiner Veranda aus anstarrte. Sie hatte leuchtend blaue Augen und noch leuchtendere rote Haare, und in diesem Moment fand ich, sie sei das Schönste, was ich je gesehen hatte. Ich sah sie an, und alles andere trat in den Hintergrund. Ich vergaß Mom und Dad. Ich vergaß, dass ich alles, was ich anfasste, kaputtmachte. Ich vergaß sogar meine Wut.

Es gab nur noch sie. Ich wollte hinüberlaufen und ihr Gesicht berühren, nur um mich zu vergewissern, dass sie echt war. Und wenn sie es war, wollte ich nach ihrem Namen fragen, wie alt sie war, wie viele Comics sie hatte, ob sie Lego mochte und noch viel mehr. Und während ich starrte, überwältigt von dem Gefühl, dass ich sie in meinem Leben brauchte, flüsterte das einsame, schmerzende Loch in meinem Herzen: »Ach, da bist du ja.«

Das ist unsere Geschichte.

Tränenüberströmt sehe ich zu Jake auf. »Du hast unsere Geschichte geschrieben?«

»So hätte es von Anfang an sein sollen. Das ist die einzige Geschichte, die ich erzählen möchte.« Ich blättere die Seiten durch und überfliege dabei Abschnitte.

»Da steht alles drin«, sagt Jake. »Unsere ganze Kindheit, Jeremy, Highschool. Ich erzähle sogar die echte Geschichte von

Ingrid. Es fehlt nur noch ein Abschnitt, aber dafür brauche ich deine Hilfe. Sagst du mir deine Meinung über das Ende?«

Ich blättere zum Ende des Manuskripts und lese die letzte Seite.

Jeder, der behauptet, wahre Liebe wäre einfach, hat sie noch nie gespürt, denn es ist nicht einfach, eine Person zu lieben, die für dein Leben so notwendig ist wie die Luft zum Atmen. Diese Riesenangst davor, sie zu verlieren, bringt dich dazu, tausend falsche Entscheidungen zu treffen, bevor du erkennst, dass es das einzig Richtige ist, alles zu riskieren.

Die Liebe zwischen Asha und mir war nie einfach. Unsere Reise wurde von Schmerz und Verlust, Ablenkung und Halbwahrheiten, Selbsterhaltung und purer Verleugnung überschattet. Aber egal, wie sehr diese Dinge an unserer Verbundenheit genagt haben, sie haben sie nie zerstört. Und genau das ist wahre Liebe. Es geht nicht darum, so perfekt zu sein, dass man keine Probleme hat. Es geht um das Verständnis, dass kein Problem jemals so groß sein wird, dass man es nicht gemeinsam überwinden kann.

Asha hat mir einmal gesagt, dass man einen Konflikt braucht, bevor alles gut wird. Sie hat gesagt, dass wir in der Kunst des Geschichtenerzählens den Helden gebrochen und blutend sehen müssen, bevor er sein Happy End verdient. Nun, wenn das die Regel ist, denke ich, dass wir beide für ein Leben genug gekämpft haben. Überschäumend vor Glück steige ich die Treppe eines Wohnblocks in Brooklyn hinauf und bete zu jeder erdenklichen Gottheit, uns unsere Belohnung zu gewähren.

Ich liebe diese Frau schon mein ganzes Leben, und ich weiß, dass ich sie bis an mein Lebensende lieben werde. Als ich nun also an einem kühlen Oktoberabend auf einem Dach stehe, umgeben von tausend Sternen, ignoriere ich das hektische Schlagen mei-

nes Herzens, während ich vor ihr auf die Knie falle und sie bitte, mich zum glücklichsten Mann der Welt zu machen.

Ich hole scharf Luft, und als ich aufschaue, setzt mein Herz aus, denn Jake kniet vor mir und streckt mir den Verlobungsring meiner Mutter entgegen.

»Asha«, sagt er und atmet bewegt ein. »Viele Sachen mache ich schlecht und wenige gut. Aber eine Sache kann ich besser als jeder andere auf diesem Planeten, und das ist, dich zu lieben. Ich möchte mein Leben mit dir verbringen. Mit dir Babys haben. Mit dir alt werden. Und wenn du meine Frau werden willst, verspreche ich dir, dass ich dich mit jeder Faser meines Körpers jeden einzelnen Tag anbeten werde – bis zu meinem letzten Atemzug. Willst du mich heiraten?«

Ich kann in diesem Augenblick nicht stark sein. Mir schwirrt der Kopf, und jedes Gefühl, das ich jemals für ihn empfunden habe, überschwemmt mich mit solcher Macht, dass ich nur noch den Tränen ihren Lauf lassen kann. Er steht auf und zieht mich in seine Arme.

Wir weinen aus so vielen Gründen, aber meine Gefühle in diesem Moment kann ich mit einfachen Begriffen wie Glück oder Trauer nicht beschreiben, obwohl ich von beiden überwältigt werde. Ich weine, denn der unglaublichste Mann, den ich je getroffen habe, hält mich eng umschlungen und gibt mir Halt, während mir klar wird, dass er zu mir gehört und ich zu ihm und wir nie wieder daran zweifeln werden. Ich weine, weil ich mir noch vor ein paar Monaten nicht hätte vorstellen können, so viel herzsprengende Freude zu erfahren, und ich betrauere die alte, fehlgeleitete Version meiner selbst. Und ich weine vielleicht am meisten deshalb, weil es so schade ist, dass meine Mutter nicht erlebt, wie ihre beiden Töchter von Männern geliebt werden, die sie vergöttert hätte. Männer, die uns niemals so behandeln werden, wie Dad sie behandelt hat.

Nach dieser gesamten Reise mit Jake glaube ich, meine Mutter besser zu verstehen. Sie hat nie den Glauben an die Liebe verloren, nicht weil sie schwach war oder weil sie meinem Vater seine zahlreichen Fehltritte verziehen hat. Sie hat an diesem Glauben festgehalten, weil er ihr dabei geholfen hat, all die negativen Gedanken und Erinnerungen eine Weile zu verdrängen. Er half ihr, weiterzumachen, wenn sie traurig, müde oder einsam war.

Ich verstehe es, weil es mir genauso ging. Ich glaube, uns allen geht es manchmal so. Wir vergessen so viel mehr als wir erinnern. Und vielleicht kommen wir deshalb zurecht. Wir machen die guten Erinnerungen schöner und verdrängen die schlechten. Versuchen, unsere Geschichte zu einer guten zu machen.

Hier in Jakes Armen gestehe ich mir meine Fehler ein. Ich akzeptiere, dass ich sie gemacht habe, danke ihnen, dass sie mich bis zu diesem wunderbaren Augenblick geführt haben, und dann, während ich mit hämmerndem Herzen an den Mann gedrückt bin, den ich liebe, lasse ich sie los.

Sie verlassen mich durch riesige, reinigende Schluchzer.

Jake hält mich fester. »Bitte sag mir, dass deine Tränen bedeuten, dass du Ja sagst.«

Ich weine noch heftiger. »Natürlich sage ich Ja. Gott Jake, du bist mein Ein und Alles. Ich kann gar nicht sagen, wie glücklich ich gerade bin.«

Obwohl mein Gesicht total verheult ist, lehnt Jake sich ein Stück zurück und wischt mir geduldig die Tränen ab. Dann steckt er mir Moms Ring an den Finger und küsst mich so ehrfürchtig, dass es mir vorkommt, als würden sich unsere Lippen zum ersten Mal berühren. Da beginnt der Applaus hinter uns.

Ich drehe mich um und sehe eine große Menschengruppe an der Tür zum Treppenhaus. Ich erkenne einige meiner Freunde von Whiplash, darunter Sid und Serena, sowie ein paar Bekannte von Romance Central und *Pulse*. Es sind sogar ein paar von Nans Freunden da, die auch hier im Haus wohnen.

Vorn in der Gruppe stehen Max, Eden, Toby, Joanna und natürlich Nan. Selbst aus der Distanz kann ich die Tränen auf ihrem Gesicht sehen.

»Du darfst nicht böse auf mich sein«, ruft Nan. »Eine Geburtstagsparty hast du verboten. Du hast aber nichts von einer Überraschungsverlobung gesagt.«

Ich lache und bedeute ihnen allen herüberzukommen, und nach einer Menge Umarmungen und tränenreicher Gratulationen programmiert Nan die Jukebox auf mehrere Liebeslieder, während wir anderen den Bereich neben Mobys Teich zu einer provisorischen Tanzfläche umfunktionieren.

Serena ist eine der Letzten, die mir gratulieren, und als sie mich umarmt, drücke ich sie fest.

»Du kannst dich wirklich glücklich schätzen«, flüstert sie. »Hast du das Manuskript schon durchgelesen?«

»Nein.«

Sie wirft Jake einen flüchtigen Blick zu. »Du wirst begeistert sein. Dein Verlobter ist sehr talentiert, und seine Liebe zu dir spricht aus jeder Seite. Dieses Buch wird den Leuten den Verstand wegpusten, Asha. Als ich es gelesen habe, wollte selbst ich meinen Single-Status überdenken und mich auf die Suche nach der Art von Liebe machen, die euch verbindet.«

Ich ziehe die Augenbrauen hoch. »Na ja, solltest du dir wünschen, dass ich dich einem fantastischen Mann vorstelle, der dich wie eine Königin behandelt, sag Bescheid. Edens Chef ist ein toller Typ, und ich weiß, dass ihr zwei euch verdammt gut verstehen würdet.«

Sie lächelt. »Das klingt interessant. Wir sprechen nächste Woche genauer darüber, aber jetzt muss ich nach Hause. Ich muss noch ein Wahnsinnsbuch für die Veröffentlichung fertigmachen.«

Nachdem sie sich von uns verabschiedet hat, zieht Jake mich in seine Arme, und wir bewegen uns langsam zur Musik. Ich lächele, als ich Moms Ring im Restlicht an meinem Finger funkeln sehe.

»Hat Nan dir den gegeben?«, frage ich.

Er legt seine Wange an meinen Kopf. »Ja, als ich um deine Hand angehalten habe. Sie hat mir gesagt, dass sie schon immer gewusst hat, dass ich ihn irgendwann bekommen würde. Glaubst du, Eden hat etwas dagegen? Er hätte wahrscheinlich ihr zufallen sollen.«

Ich schaue zu Eden hinüber, die selig in Max' Armen tanzt. »Ich glaube, Eden freut sich einfach für uns.« Sie bemerkt, dass ich sie ansehe, und lächelt, und ich lächele zurück. In diesem Augenblick glaube ich, dass die glücklichsten Menschen der Welt genau hier auf diesem Dach sind. Selbst Toby und Joanna wirken vertraut.

Ich sehe zu Jake auf, und sein Gesichtsausdruck bestätigt meine Vermutungen.

»Ich liebe dich«, sage ich so leise, dass nur er es hören kann. »Danke, dass du mich ausgewählt hast.«

Er beugt sich herunter und seine Lippen streifen sanft über meine. »Ich hatte keine Wahl. Ich muss dich einfach lieben. Weißt du das nicht mittlerweile?«

Wir tanzen küssend weiter, und ich erkenne, dass die Liebe zu Jake mich immer bis in mein Innerstes berühren wird. Er ist wie ein Gewitter und die sanfte Ruhe, die darauf folgt. Er ist wie ein loderndes Feuer und die noch warme Glut. Und selbst wenn die Gefühle für ihn mich in meinen Grundfesten erschüttern, weiß ich eines ganz sicher: Ich könnte jeden Liebesroman auf der Welt lesen und würde trotzdem keine Geschichte finden, die so fesselnd, befriedigend und leidenschaftlich ist wie die, die ich gerade lebe.

Unsere Geschichte.

Danksagung

Dieses Buch zu schreiben war eine schwierige Reise. Wie jeder Schriftsteller euch sagen kann, sind auch wir nicht immun gegen den Druck des wahren Lebens. Gesundheitliche Probleme, Familientragödien, irrsinnige Zeitpläne und Stress bei der Gartengestaltung können die Kreativität ersticken. Und wir sind ganz sicher nicht immun gegen lähmende Anfälle von Selbstzweifeln, die uns einreden wollen, dass wir Müll sind, dass unsere Bücher Schund sind und dass die Katzenzeichnung, die wir in der dritten Klasse gemacht haben, totaler Anfängerscheiß war. (Okay, die Augen waren cool, aber ansonsten: SCHROTT.) Und obwohl auf die Marathon-Fertigstellung dieses Buches von allem etwas zutrifft, war das diesmal nicht das Hauptproblem.

Mein Problem war von Anfang an eines, das ich noch nie zuvor erlebt hatte: Ich habe den schrecklichen Fehler gemacht, mich in meine Figuren zu verlieben. (Und ich meine so richtig unsterblich zu verlieben.) Ich war wie besessen von Jakes und Ashas Vergangenheit und schrieb Seite um Seite mit Szenen aus ihrer Kindheit, Streitereien aus ihrer Highschool-Zeit, höhnischen, schmerzhaften Auseinandersetzungen zwischen ihnen als Erwachsenen, in denen sie versuchten, ihre unausgesprochene Liebe durch zu viele Schichten von ungelöstem Groll zu filtern. Ich habe diese Charaktere näher kennengelernt als alle anderen, die ich je erschaffen habe, und das wurde zu einem Problem.

Plötzlich steckte ich so tief in ihrer Geschichte, dass ich Angst hatte, sie falsch zu erzählen. Ich wollte ihnen gerecht werden, wollte, dass die Leserinnen sie genauso sehr lieben wie ich. Und so war jedes Wort ein Kampf, jede Szene eine Prüfung. Ich kann euch gar nicht sagen, wie viele zusätzliche Kapitel ich geschrieben habe, nur um weitere Aspekte ihres Lebens erkunden zu können.

Am Ende musste ich das, was ich zeigen wollte, ausblenden und mich von Jake und Asha leiten lassen. Und das taten sie. Sie offenbarten mir ihr Innerstes, zeigten sich verletzlich und ehrlich und sorgten am Ende dafür, dass ich ihnen das Glück schenken konnte, das sie verdient hatten.

Auch wenn mir immer noch so viele ihrer besonderen Momente vor meinem geistigen Auge stehen, kann ich ihnen für die Freude, die sie in mein Leben gebracht haben, nur danken, indem ich sie mit euch teile. Ich hoffe, ihr schätzt ihre Geschichte genauso sehr wie ich.

Ich hätte dieses Buch ohne meine erstaunliche Lektorin, Freundin, Arschtreterin und Therapeutin Caryn absolut nicht fertig stellen können. Als mich die Unentschlossenheit lähmte, redete sie mir gut zu. Als ich Müll schrieb, zwang sie mich, noch einmal von vorn anzufangen. Und als ich sie zum Weinen brachte, schimpfte sie in brüllenden Großbuchstaben mit mir und verfluchte mich. Catty-Wan, vielen Dank, dass du meine Hand gehalten und mich über die Ziellinie gezogen hast. Du bist mein Rockstar und mein Fels in der Brandung.

An meine Agentin Christina und das gesamte Team der Agentur Jane Rotrosen – vielen Dank, dass ihr immer an mich glaubt und mich dazu bringt, nach Exzellenz zu streben. Zu wissen, dass ihr mir immer mit Rat und Tat zur Seite steht, ist ein Segen, den ich nie für selbstverständlich halten werde.

An meinen wunderbaren Mann Jason, der mich liebt und mich durch irrsinnige Deadlines, schlaflose Nächte, launische Ausbrüche und Weinkrämpfe voller Selbstzweifel begleitet und immer unterstützt. Mein Liebling, ohne dich wäre ich nichts. Du bist mehr als unglaublich, und ich bin unfassbar dankbar, dass du mir so leidenschaftlich dabei hilfst, meine Träume zu verwirklichen. Und an meine hübschen Teenager-Söhne Xander und Kyan – ihr seid mein Herz und meine Seele in menschlicher Gestalt, und eines Tages, wenn ihr ein wenig älter seid, wird Mummy euch Liebesromane lesen lassen, damit ihr lernt, wie man Frauen wie Göttinnen behandelt.

An meine atemberaubende beste Freundin Andrea, die sich immer noch mehr in meine Figuren verliebt als ich – du bist mein Sonnenschein. Meine Seelenschwester. Die liebevollste, bestärkendste und positivste Person, die ich je kennengelernt habe. Ich liebe dich.

An meine Presseagentin Nina, die immer den ganzen Ärger abbekommt, wenn ich meine Deadlines nicht einhalte oder mit den Vorabexemplaren nicht rechtzeitig fertig bin. Die mich sanft anstößt, wenn ich es brauche, und dafür sorgt, dass ich nach der Veröffentlichung nicht zusammengekauert in einer Ecke sitze und mich weigere, mit Leuten zu reden. Ich liebe dich, Lady. Danke für alles.

An die unglaubliche Regina Wamba, die meine Cover-Visionen auf spektakulärste Weise zum Leben erweckt – du bist ein Genie.

An mein unerschrockenes Team von Test- und Korrekturleserinnen: Cecile, Anne, Ngaire und Kendra – ihr seid meine Rettung, wenn ich unmöglich alles noch einmal lesen kann, um sicherzustellen, dass das Buch nicht von Tippfehlern übersät ist. Vielen Dank für eure Adleraugen. Und an C.P. Smith für das fabelhafte Formatieren – du bist unglaublich.

Meine Babys in *Romeo's Dressing Room* – ich kann nicht in Worte fassen, wie viel ihr mir alle bedeutet. Eure allgegenwärtige Liebe und Unterstützung hält mich an Tagen am Leben, an denen ich mich nur von der Welt zurückziehen will. Ich bin euch allen unglaublich dankbar.

An die unzähligen Blogger, die für uns Autoren so wichtig sind, die endlose Stunden damit verbringen, zu lesen, zu rezensieren, zu promoten, zu fotografieren und ihre außergewöhnliche Leidenschaft zu teilen – ich bin euch allen so dankbar. Danke für alles, was ihr für die Romance-Community tut.

Und schließlich geht mein Dank an euch, meine lieben, wunderbaren Leserinnen. Ihr, die ihr mir einfach aufmunternde Nachrichten schickt, weil ihr seit einer Weile nichts von mir gehört habt, oder schöne Rezensionen schreibt, die mich zum Weinen bringen, oder eure Freundinnen so lange mit meinen Büchern nervt, bis sie sie endlich lesen, oder Artwork oder Instagram-Accounts oder Facebook-Seiten erstellt. Ihr gebt jeder schlaflosen Nacht, jedem beschissenen Tag, jedem Kapitel, jeder Szene und jedem Wort einen Sinn. Ihr seid das Herz dessen, was ich tue und warum ich es tue. Und ich fühle mich geehrt, dass ihr meine Worte mit eurer Zeit und Leidenschaft segnet. Aus tiefstem Herzen danke ich euch, dass ihr diese verrückte, wunderbare Reise mit mir unternommen habt.

Ich liebe euch alle.

Leisa

Ein Bad Boy erobert die High Society

Vi Keeland / Penelope Ward
REBEL SOUL
Aus dem amerikanischen
Englisch von
Antje Görnig
ISBN 978-3-7363-1099-5

Rush ist reich, kalt und abweisend. Als er merkt, dass die junge Frau hinter der Theke seiner Bar in den Hamptons keine Ahnung von Cocktails, Wein oder Whiskey hat, will er sie feuern. Doch Gia rührt etwas in seinem Inneren. Sie ist die Einzige, die hinter Rushs Fassade schaut und den verletzlichen Mann sieht. Schnell entwickeln sich Gefühle zwischen den beiden. Doch eine falsche Entscheidung in Gias Vergangenheit holt sie ein und droht ihr Glück zu zerstören …

»*Rebel Soul* macht süchtig! Ich konnte nicht genug von Gia und Rush bekommen!« KINDLE CRACK

LYX

Gegensätze ziehen sich aus!

Rachel Higginson
THE DIFFERENCE
BETWEEN US
Aus dem amerikanischen
Englisch von
Corinna Wieja
ISBN 978-3-7363-1000-1

Molly Maverick ist verflucht. Zumindest wenn es darum geht, Mr Right zu finden. Die junge Künstlerin hat es daher aufgegeben, nach der einen großen Liebe zu suchen. Bis sie Ezra Baptiste trifft. Der Restaurantbesitzer ist attraktiv, erfolgreich und strotzt nur so vor Selbstbewusstsein. Das Letzte, woran Molly denkt, ist, dass er ein Auge auf sie geworfen haben könnte. Sie sind einfach zu verschieden. Und doch kribbelt es, wenn Ezra sie nur ansieht …

»Dies ist einer jener Romane, an den man noch lange denkt. Es ist fantastisch, wie die Autorin die wachsenden Gefühle zwischen Molly und Ezra beschreibt!« NATASHAISABOOKJUNKIE

Der Eine, den du nie vergisst

Katy Evans
TYCOON - DEIN HERZ SO NAH
Aus dem amerikanischen Englisch von Michaela Link
304 Seiten
ISBN 978-3-7363-0836-7

Bryn Kellys Leben liegt in Scherben. In New York will sie mit ihrem Start-up neu anfangen, doch keiner der möglichen Sponsoren glaubt an ihre Firma. Ihr letzter Ausweg ist der Immobilientycoon Aaric Christos. Er ist erfolgreich, sexy – und Bryns Schwarm aus Highschool-Zeiten. Seit zwölf Jahren haben sie sich nicht mehr gesehen, doch das Feuer zwischen ihnen brennt noch so heiß wie früher …

»Katy Evans' Bücher sind wie Achterbahnfahren und bringen mich immer wieder zurück zu ihren grandiosen Liebesromanen!«
KYLIE SCOTT, SPIEGEL-BESTSELLER-AUTORIN

LYX